# O Teatro da Ira

## DIEGO guerra

1ª edição

Editora Draco

São Paulo

2016

### Diego Guerra

Nasceu em São Paulo, de pai mineiro e mãe fluminense. Formado em Produção Editorial pela Anhembi Morumbi e em Roteiro pela Academia Internacional de Cinema. Trabalha como designer e é fã de literatura fantástica e romances históricos. Quando não está lendo ou escrevendo, está planejando a sua próxima viagem megalomaníaca de férias. Entre essas viagens pelo mundo e projetos independentes, desenvolveu Qran, o mundo onde se passa Chamas do Império.
SITE chamasdoimperio.com.br FACEBOOK.com/ChamaDoImperio TWITTER @ChamasDoImperio

© 2016 by Diego Guerra.

Todos os direitos reservados à Editora Draco

*Publisher:* Erick Santos Cardoso
*Produção editorial:* Janaina Chervezan
*Edição:* Olivia Maia
*Arte:* Diggs (identidade visual e capa) e Ericksama
*Ilustração de capa:* Camaleão

Dados Internacionais de Catalogação na Publicação (CIP)
Ana Lúcia Merege 4667/CRB7

G 934

Guerra, Diego
  Chamas do império: o teatro da ira / Diego Guerra. – São Paulo : Draco, 2016.

ISBN 978-85-8243-107-8

1. Ficção brasileira 1. Título

CDD-869.93

Índice para catálogo sistemático:
1. Ficção : Literatura brasileira 869.93

1ª edição, 2016

*Editora Draco*
R. César Beccaria, 27 – casa 1
Jd. da Glória – São Paulo – SP
CEP 01547-060
editoradraco@gmail.com
www.editoradraco.com
www.facebook.com/editoradraco
Twitter e Instagram: @editoradraco

# O Teatro da Ira

| | |
|---|---|
| Agradecimentos | 6 |
| Capítulo 1 | 11 |
| Capítulo 2 | 27 |
| Capítulo 3 | 38 |
| Capítulo 4 | 55 |
| Capítulo 5 | 72 |
| Capítulo 6 | 95 |
| Capítulo 7 | 113 |
| Capítulo 8 | 132 |
| Capítulo 9 | 148 |
| Capítulo 10 | 170 |
| Capítulo 11 | 187 |
| Capítulo 12 | 202 |
| Capítulo 13 | 220 |
| Capítulo 14 | 236 |
| Capítulo 15 | 257 |
| Capítulo 16 | 277 |
| Capítulo 17 | 289 |
| Capítulo 18 | 304 |
| Capítulo 19 | 315 |
| Capítulo 20 | 338 |
| Notas históricas | 358 |

# Agradecimentos

Este livro foi escrito graças a inestimável ajuda de meus amigos e não teria sido possível sem o incentivo de Mariana Sgambato, o olho clínico de Elza Keiko e o dedo pontual de Martha Lopes.

Um agradecimento especial a Isabelle Rodrigues que me ouviu falar sobre este livro ano após ano, sem nunca reclamar, me enchendo de perguntas que eu lutava para responder.

Meus agradecimentos também a equipe da Draco que se dedicou de corpo e alma para que essa história fosse contada. Erick Sama, Olivia Maia, esse livro não teria acontecido sem vocês.

Para finalizar, minha eterna gratidão para quem duvidou, pois me deu convicção de que isso um dia seria possível.

Meus agradecimentos a todos vocês.

# CHAMAS DO IMPÉRIO

## DIEGO GUERRA

# O TEATRO DA IRA

# THENDUIN

## ANDERNOFH
### TÁSSIA
### VALÍSIA

### SHENE

### LENKI

### QUINA DO RIO

### ILLIOTH

# Map

- Iamar
- Darius
- Mar do Espelho
- Charon
- Eliz
- Jor
- Mar de Jor
- Andue
- Silhica

Em memória de Márcio Zechetto, amigo e mentor.

# Capítulo I

Naqueles sonhos, Jhomm Krulgar não era mais do que um garoto. Sentia cheiro de sangue apodrecido em suas roupas e ouvia os cães a cada segundo mais perto. *Bons cachorros*. Sabia que sentiria saudade deles, se conseguisse fugir, mas precisava continuar correndo. Tinha fome. A fome mais avassaladora que havia sentido. O corpo, que já era magro, parecia ter encolhido nos últimos dias, mas nada disso diminuía sua velocidade. A mata era sua amiga, os cães também. Já haviam brincado assim centenas de vezes, mas agora a brincadeira tornava-se mortal. Saltou por cima de um tronco e continuou correndo.

Sentia-se exausto. Estava fugindo havia dias, praticamente sem dormir. Na mata lá atrás havia se escondido em uma toca de raposa por algumas horas, e em uma árvore por metade de uma noite, mas não conhecia a floresta daquele lado do rio e temia ser encontrado se fechasse os olhos. O pão que levara do monastério tinha acabado e ele só encontrou alguns morangos silvestres que não valiam praticamente nada. Mas o pior de tudo era a sede. Tinha se virado com poças de chuva e lambido folhas úmidas de orvalho. Sabia que seria pego a qualquer instante, mas precisava continuar fugindo. Ainda tinha sete homens a matar.

A mata subitamente terminou em uma extensa clareira. O garoto pensou em voltar para a segurança das árvores, mas ouviu o latido dos cães próximo demais. Tentou correr pelo capim alto, mas mal podia sentir suas pernas e sabia que não seria capaz de chegar ao outro lado sem ser visto.

Respirava com dificuldade. O ar gelado enchia seus pulmões, queimando-os antes de se espalhar pelo seu sangue. Algo se moveu no canto dos seus olhos. Ele se virou, com a esperança de quem encontraria um rosto amigo; a garota já havia sumido, deixando para trás apenas uma insinuação de cabelos dourados. *Não havia sido assim*. Em um lapso de consciência, comparava o sonho com suas memórias. No fundo não se importava. Queria apenas ver Liliah novamente.

Os cães já estavam sobre ele quando percebeu. Castanha caiu primeiro. Krulgar reconhecia o latido da cadela se destacando no alvoroço da matilha, bem antes de ela o alcançar. Castanha se jogou contra ele com um impulso monstruoso e ele tentou rolar para longe, lutando contra a força do animal. Em alguns minutos o resto da matilha estaria sobre eles e o garoto começou a rosnar e gritar, como o pequeno animal que tinha dentro de si. Castanha rosnava de volta, derrubando-o sempre que tentava se mexer, e Krulgar já podia ouvir a voz dos homens gritando ordens. Seria pego. Não havia nada a fazer.

Percebeu em poucos segundos que Castanha estava apenas brincando com ele, mas já era tarde demais. Os outros cães se aproximaram e o rodearam, felizes por encontrá-lo e sem saber que estavam condenando-o à morte. Segundos depois de os homens surgirem na linha das árvores, Jhomm Krulgar havia conseguido se colocar de pé para correr. Os cães o seguiram. Ele era apenas um membro da matilha que estava perdido, mas agora que haviam se encontrado corriam todos juntos. Estava fraco demais, as pernas alternavam a completa insensibilidade com uma dor aguda que alertava que algo estava errado, mas ele encontrou força entre os cães para seguir correndo. Embora Castanha já estivesse bem a sua frente, ele mantinha o ritmo rodeado pelos animais.

Em pé sobre o capim alto estava outra vez a mulher loira. O vento soprava seus cabelos dourados diante do seu rosto. Mesmo sem poder ver seus olhos, sabia que a mulher o vigiava. Também sabia que aquilo não tinha acontecido daquele jeito. Era apenas um sonho, um pedaço distorcido de sua memória; Liliah não teve chance de se tornar mulher.

Ouviu o barulho da flecha bem depois de ela passar zunindo no seu ouvido, cortando sua orelha com um leve peteleco. O sangue jorrou rápido. Antes que pudesse entender o que estava acontecendo, viu outras flechas passando por ele. Um dos cães ganiu, os outros rosnaram. A corrida continuou adiante aos tropeços. O outro lado da clareira podia estar no próximo passo, ou do outro lado do mundo, não sabia dizer. Ouviu alguém gritando bem atrás de si e foi jogado para o lado com um forte golpe. Sua cabeça zunia. O capim alto ficara amassado ao seu redor enquanto ele tentava se recompor. A respiração era difícil. Os cães pararam de correr e começaram a rosnar para o seu agressor. Vestia uma túnica de monge e para

Krulgar seu rosto era uma mancha sem sentido na qual seus olhos não conseguiam se firmar. Sentia a cabeça girar.

O monge gritava por ajuda enquanto tentava afastar os cães. A matilha ficava a cada segundo mais irritada. Castanha avançou e mordeu o braço do homem com tanta força, que ele conseguiu erguê-la do chão ao tentar se soltar. A cadela apenas colocou mais força nos dentes. Os cães lutavam pelos seus e Jhomm Krulgar estava cansado de fugir.

Krulgar, meio garoto e meio cão, saltou para cima do monge, rosnando e babando. As mãos sujas de terra se agarraram aos cabelos ralos do homem, abrindo caminho para que o garoto cravasse os dentes no pescoço vermelho, tentando rasgar sua jugular. Os cães o ajudavam, mantendo os outros atacantes afastados com rosnados e mordidas. O homem caiu no meio do mato, surpreso e desesperado. Krulgar sentiu o gosto de sangue inundando sua boca quando alguém o puxou para trás. Ouviu o barulho da pele se rasgando. Outro monge invocou o nome dos deuses. O garoto se debatia contra a morte cada vez mais certa. Braços fortes o seguraram enquanto ele gritava e rosnava. Outras pessoas se aproximaram: homens da aldeia, do monastério, rosto conhecidos e desconhecidos, monstros que ele não sabia como vencer. Estava acuado, mas um animal ferido era sempre o mais perigoso.

Viu surgirem dois homens com monstruosas bestas de caça. Outro se aproximou balançando uma faca de aparência maligna nas mãos.

– Eu vou abrir sua barriga feito um peixe, pedaço de estrume! – O homem virou a faca em sua direção.

Jhomm Krulgar percebeu que já estava morto. Aqueles monges haviam deixado seu deus em casa para que ele não pudesse ver o que estavam fazendo. Não havia escapatória. Quando começava a se entregar viu os homens caindo ao seu redor.

A segunda flecha já estava no ar quando o primeiro besteiro foi jogado para trás. O segundo teve tempo apenas de se virar para o lado e a seta o atingiu na garganta. Houve pânico. Alguém gritou para o mato pedindo para que parassem de atirar, pois eram homens de deus. Uma flecha vinda do alto se cravou na perna de um monge. *Quem estava lá? O que estava lá?* O homem com a faca percebeu que não teria muito tempo, mas não pensou em fugir. Em vez disso, sorriu com uma expressão assassina e mostrou ao garoto a lâmina cinzenta.

Krulgar arregalou os olhos e fez um som que se parecia com o de um cão implorando por comida. O homem não se deteve. Com um sorriso e um movimento lento e cheio de prazer, esfaqueou-o na barriga. O metal frio invadiu suas entranhas; um objeto desconhecido que o corpo se negava a entender. O homem torceu a faca, com um sorriso vitorioso, os dentes podres e lascados à mostra.

– Você não é uma criança. Você é menos que um animal. E eu vou te matar e te enterrar, como faria com qualquer cão raivoso – ouviu ele dizer, e as trevas começaram a engoli-lo.

O sorriso do seu assassino sumiu quando uma ponta sangrenta se projetou em seu peito. O homem caiu, levando Krulgar consigo. O garoto sangrava no chão de frente para o homem que o havia ferido. Enquanto a morte tentava engoli-lo, imaginou se ele e aquele "*homem de deus*" iriam para o mesmo lugar.

Ouviu o choro de Castanha perto dele, jogada no chão, com a espinha partida. Fez um esforço para se arrastar até ela, que o recepcionou com lambidinhas tímidas na ponta dos dedos. Estavam morrendo. Não havia mais nada a fazer. Coçou a cadela atrás da orelha e se virou para olhar o céu. Nuvens vermelhas flutuavam contra o fundo azul. Confortou-se sabendo que faltava pouco.

A última coisa que viu foi os olhos perolados de um *dhäen*, com uma estranha tatuagem negra sobre o olho direito. Depois, só as trevas.

•••

Khirk ouviu o jovem sufocar o grito ao se levantar e deixou de lado o ensopado que preparava junto à fogueira. Já esperava por aquilo. Na sua infância, Krulgar não conseguia pregar os olhos sem acordar gritando no meio da noite. Os sonhos o haviam abandonado depois que cresceu, mas pareciam tê-lo reencontrado nos últimos meses, relembrando o animal enraivecido que vivia dentro dele.

O *dhäen* esperou enquanto Krulgar se sentava e colocava a cabeça no lugar. O garoto selvagem cuja morte ele havia impedido tinha se tornado um homem muito mais assustador. Os cabelos mal cortados permaneciam sujos e emaranhados. O rosto ganhou uma barba rala e cicatrizes que contavam sua história. Não tinha mais nada daquele garoto magrelo que lutava pela própria vida, exceto os olhos selvagens que encaravam o mundo como uma presa prestes a ser apanhada. Khirk se levantou e foi até ele, levando um pouco de ensopado em duas vasilhas de madeira. O cheiro de especiarias se espalhou pelo ar da madrugada.

Krulgar sentou, debruçando-se sobre os joelhos, enquanto tentava recobrar os pensamentos. Viu Khirk espiando ao redor com seus olhos de um perolado frio e agradeceu que não houvesse ninguém por perto. A caravana estava quase toda em silêncio. Somente Lum Morcego sorria acordado, puxando as grandes orelhas. Lum não gostava de *dhäeni* como Khirk, mas o desprezo do bandido não o incomodava. O povo de Khirk já havia se acostumado com aquele tipo de tratamento e tudo o que o *dhäen* fazia era ignorar suas ofensas.

— Eu a vi outra vez — Krulgar finalmente falou. — No sonho. Eu fugia dos monges, mas Liliah estava lá. Só que era uma mulher, não uma menina.

Quando os sonhos recomeçaram, não eram mais como antes. Aquilo era novidade. Vinham acompanhados de uma mulher loira que às vezes o perseguia, outras apenas o observava. Krulgar achava que era um fantasma do passado, mas Khirk tinha suas dúvidas.

— Eu sei que é ela! — Krulgar rosnou, ao ver a descrença no olhar do *dhäen*. Khirk continuava segurando a vasilha com o ensopado de grãos. Krulgar encarou aqueles olhos, perguntando-se o que havia feito para merecer tanta lealdade. — Às vezes eu queria que você abrisse a boca para dizer algo.

Mas Khirk não tinha nada a dizer, mesmo se pudesse. Sentou-se ao lado do garoto que havia criado como se fosse seu filho e fez com que ele segurasse a vasilha de ensopado entre os dedos. Krulgar já era um homem. Um belo palmo mais alto do que ele e com ombros ainda mais largos. O *dhäen* sempre se surpreendia com como os filhos dos homens se desenvolviam rápido. Talvez por isso continuasse vendo-o como uma criança que precisasse de proteção. Quando Khirk salvou Krulgar dos caçadores, ele mesmo não era mais do que um rapaz, no padrão do seu povo, e agora era como se tivessem a mesma idade. Um dia Krulgar pareceria mais velho do que ele e um dia morreria, deixando Khirk sozinho novamente.

O *dhäen* afastou uma mecha dos cabelos azuis da própria testa e coçou a tatuagem sobre o olho direito como se pudesse sentir a maldição que se escondia sob a pele e o tornava um proscrito entre seu povo. Às vezes pensava em seu pai e em como ele teria lidado com Krulgar, se tivesse tido a chance de conhecê-lo. Quando Khirk acordava com um sonho ruim, seu pai cantava para afastar os espíritos dos pesadelos. Khirk gostaria de cantar para Krulgar, mas havia sido privado daquele pedaço de canção. Havia sido privado de toda a música do seu povo.

– Já estamos chegando, logo vamos descobrir se estou ou não certo. – Krulgar fez uma careta enquanto mastigava algo parecido com uma batata amarga. Limpou um fio de ensopado que escorria por seu queixo, encarando Lum Morcego com um olhar azedo. Lum não confiava nele e Krulgar retribuía o gesto com o máximo de desprezo.

Khirk sabia que seu protegido não estava pensando com clareza, mas não ia mais insistir contra a insanidade de Krulgar. Se ele queria seguir um sonho de um lado ao outro do Império, que seguisse. Talvez essa fosse sua parte na Grande Canção do Mundo.

Krulgar devia ter visto o desdém em seus olhos, e franziu as sobrancelhas, esforçando-se para manter a voz baixa.

– Ela não vai me deixar em paz enquanto eu não lhe der o que quer.

Khirk terminou a sopa como se Krulgar não estivesse falando. Sabia que não podia dissuadi-lo quando estava daquele jeito. A frequência dos sonhos era cada vez maior e ele estava resolvido a segui-los, certo de que eram a manifestação do desejo vingativo de um fantasma. Lembrou-se do corpo decapitado do coletor de impostos, do seu sangue que escorria pelo chão engolindo as moedas de prata, e soube que logo Krulgar encontraria outro cadáver para lhe fazer companhia.

– Problemas pra dormir, filhote? – Krulgar levantou a cabeça e topou com Lum Orelhas de Morcego sorrindo ao seu lado. Tinha dentes pequenos e muito espaçados no rosto largo. Quando criança, Krulgar era chamado de Mastim por se portar como um cão e o apelido parecia segui-lo de cidade em cidade. Lum era o líder daquela caravana e preferia chamá-lo de filhote-fedorento-de-merda.

Estavam em seis e o trabalho era simples. Entregar um baú para um homem e trazer de volta outro baú cheio de ouro. Nada de perguntas.

– Por que não volta pra casa e não leva esse lambe-bosta contigo? Nós não queremos vocês aqui.

– Você não me quer aqui, Lum, mas foi o seu chefe que me pediu pra vir. – Krulgar afastou as cobertas e ficou de pé. Lum batia na altura do seu peito, era magro e meio corcunda, mas nem por isso Krulgar o subestimava. Já havia visto o Morcego estripar um homem tão rápido que o infeliz só percebeu quando tropeçou no próprio intestino. Krulgar achava que podia acabar com ele, se precisasse, mas não via motivo para arriscar. Sabia o tipo de gente para quem Lum trabalhava.

— Até mesmo feiticeiros podem ser idiotas, não é? — Lum foi até a panela de ensopados de Khirk e cheirou seu conteúdo. — Mas você sabe o que ele vai fazer se você fizer merda. Não sabe?

Krulgar encarou Lum enquanto ele experimentava uma colherada da sopa e a cuspia de volta na panela, com cara de nojo, sorria e se afastava, deixando a pergunta no ar. Krulgar pegou a panela de sopa e entornou o que restava no chão do acampamento.

Lum era um tipo especial de bandido, que circulavam no limiar da legalidade. Khirk preferia evitar aquele tipo de gente sempre que podia, mas Krulgar havia insistido em seguir com a caravana. Marg, o feiticeiro, não era o tipo que se esquecia de uma dívida, e quando Krulgar mencionou alguém interessado em comprar grandes quantidades de gemas *élantari*, Marg ficou lhe devendo um favor. Com o dinheiro daquela venda eles teriam um ano de tranquilidade. Por sorte, o feiticeiro nunca havia perguntado como Krulgar soube da presença do homem na cidade. Seria complicado dizer que havia sido avisado por meio de um sonho.

Talvez Krulgar tivesse razão, Khirk pensou, talvez seus sonhos estivessem mesmo lhes guiando em direção a alguma coisa.

Khirk se acomodou de costas para uma grande árvore e se preparou para dormir. Aos seus pés, enrolado sobre si como um cachorro, Krulgar fazia o mesmo.

— *A serpente e a lança; o leão com asas; a águia de duas cabeças; o javali negro; o cavalo com chifres; o touro em chamas; a aranha púrpura.* Só faltam seis.

A maioria das pessoas tentava esquecer seus pesadelos. Krulgar se esforçava todos os dias para encontrá-los.

• • •

Thalla acordou no chão, abraçada aos joelhos, ainda com a sensação da faca em suas entranhas. Às vezes, não conseguia se desvencilhar de um sonho. Ficava tão absorta, que tudo o que acontecia com seu hospedeiro parecia estar acontecendo com ela.

A manhã já a havia alcançado quando ela se sentou no tapete de lã e respirou procurando as certezas do mundo. Tocou o chão, acariciou os cabelos, aspirou pesadamente sentindo o cheiro das brasas que esfriavam na lareira e ouviu alguém batendo na porta, chamando o seu nome.

— Só um instante.

Apressou-se a colocar-se de pé, exibindo o corpo esguio e nu. Os cabelos dourados caíram lisos pelas suas costas, acariciando a pele bronzeada. Thalla tinha uma beleza única, famosa por todo o Império. Não faltariam homens dispostos a desposá-la, mesmo que não pertencesse a uma das famílias mais ricas do Império. Thalla, no entanto, tinha sonhos maiores do que ser a esposa de um simples nobre. Era por esses sonhos que trabalhava, dia e noite.

— *Mea shäen?* — Evhin era como um passarinho tímido, colocando a cabeça para dentro do quarto apenas por uma fresta da porta. — Seu pai lhe chama, senhora.

— Ele que espere. Me ajude com esse vestido. — Era longo e justo, de um verde escuro, com peixes dourados bordados em seu tecido. Usaria um corpete com fios de ouro e prenderia seu cabelo com uma fita de *lhon*. Sabia que a cada dia ficava mais parecida com sua mãe e vestia-se única e exclusivamente para irritar seu pai. — Não quero mais que você me deixe sozinha. Os sonhos estão ficando mais densos. Talvez fique perigoso.

— Sim, *mea shäen* — Evhin gaguejou. Não estava acostumada a contrariar os desejos de seus senhores, principalmente as vontades de Thalla. Impaciente, a filha de Círius ordenou que falasse. — Seu pai. *Shäen* Círius me perguntou por que a senhora dorme tanto.

— E o que você respondeu? — Thalla encarou Evhin pelo espelho, procurando a mentira em seus olhos lilases. Ninguém além de sua aia sabia do dom que havia herdado de sua mãe e Thalla queria que continuasse assim. — O que você contou?

— Nada, *me'shäen!* — Evhin se encolheu. — Disse que a senhora havia passado a noite com um livro. Ele riu. Disse que sabia por qual tipo de livros mulheres da sua idade se interessavam. Eu não soube o que dizer.

— Então não diga nada. Está tudo bem. Logo não vamos ter mais que nos preocupar com o que meu pai pensa sobre mulheres da minha idade.

Evhin terminou de ajudá-la. Thalla sempre se irritava com sua falta de jeito, e o nervosismo de sua senhora deixava a *dhäen* ainda mais atrapalhada.

Evhin era bonita, para uma *dhäen*. Tinha olhos de um lilás escuro que combinavam perfeitamente com o lilás quase branco dos seus cabelos. Mantinha os cachos presos em complexas tranças ou enrolados em estranhos coques no alto de sua cabeça. Thalla às vezes a obrigava a usar um lenço sobre os cabelos, temendo que a aparência da *dhäen* ofuscasse sua própria beleza, embora nunca o admitisse.

De toda forma, sua pele era coberta pelas gordas sardas de sua raça, que acabavam com qualquer ilusão de beleza. Ainda assim, Thalla podia entender por que algumas pessoas escolhiam *dhäeni* de cama. Bordeis cheios de *dhäeni* ainda eram comuns, embora ninguém gostasse de falar sobre isso. Apesar da guerra que havia mais de vinte anos tinha lhes trazido a liberdade por todo o Império, as pessoas ainda os tratavam como escravos, cidadãos de segunda categoria. Os *dhäeni* aceitavam tudo aquilo como parte de sua sina.

— Você sabe que é livre para ir embora, se desejar, não sabe? — Thalla perguntou para a *dhäen*.

— Sim, *me'shäen*. Mas para onde eu iria? Servi sua família por toda a minha vida. Fiz uma promessa a sua mãe.

Apesar de parecer mais nova do que Thalla, Evhin tinha idade para ser sua avó. A mãe de Thalla, Rella, a havia retirado de uma fazenda de *lhon* onde sofria abusos de seu capataz e a transformou em sua aia. Quando Rhella desapareceu, Evhin foi colocada a serviço de Thalla, a quem conhecia desde que era uma garotinha. Histórias como aquela, sussurradas pelos corredores do palácio, transformavam sua mãe em uma espécie de santa entre os empregados.

Depois que Rhella se foi, Evhin se tornou tudo o que Thalla tinha no mundo. Ainda que oficialmente fosse empregada de seu pai, a lealdade de Evhin pertencia a Thalla.

— Um dia vou lhe devolver o que meu pai roubou, como minha mãe lhe prometeu. Nesse dia, você será livre de verdade. — Thalla prometeu.

Para os *dhäeni*, os filhos eram obrigados a cumprir as promessas dos pais. Thalla e Evhin estavam ligadas por uma história antiga. Evhin encarou-a com um olhar esperançoso, depois abaixou a cabeça, submissa ao próprio destino.

Thalla olhou-se no espelho e viu uma bela mulher diante de si. As pessoas costumavam compará-la com sua mãe, embora ela fosse mais alta e esbelta do que Rhella. A comparação a agradava, assim como as diferenças. Se para os empregados da casa Círius sua mãe era uma espécie de santa, o temperamento de Thalla era mais parecido com o do pai, pouco sujeito a amenidades. Os empregados costumavam evitar o seu olhar e os outros nobres confundiam sua beleza com frivolidade, o que Thalla alimentava ou destruía de acordo com seus interesses. Vendo-se no espelho e sabendo de suas qualidades, não se julgava mulher para viver à sombra de homem algum, o que por vezes contrariava os desejos do seu pai. Não seria assim para sempre, ela sabia. Tinha ambições maiores.

O que ainda faltava na imagem do espelho era uma coroa, e ela sabia onde encontrar uma.

– Vamos. – Thalla finalmente estava pronta. – Não devemos deixar o nobre Thauber Regin Círius esperando.

•••

Quando as portas do palácio de Círius se abriram, o salão fervilhou com uma centena de mercadores vindos de toda parte do Império. Alguns estavam apressados, outros calados, aguardando uma oportunidade de falar com um dos maiores negociantes de Karis. Valísia, onde ficava o palácio de Círius, era a cidade irmã da capital do Império. Andernofh permanecia oculta no vale da névoa, enquanto Valísia crescia com os mercadores que chegavam ao norte viajando por meses pelas estradas Imperiais, ou por caminhos que mal podiam ser chamados de trilhas de mula, para terem seus produtos negociados por Círius. Thalla desceu as escadas e atravessou a multidão sem demonstrar interesse nas criaturas bizarras que cagavam pelo chão ou nos frascos multicoloridos com coisas ainda vivas dentro deles. Seu pai a aguardava em seu escritório e Thalla marchava para lá com a certeza de um soldado em missão. Por algum motivo, porém, parou ao ver um mercador sentado ao lado da porta do salão, sentindo o sol da manhã no rosto.

O *kentario* percebeu sua presença e sorriu enquanto enrolava pacientemente um pouco de fumo. Não era difícil descobrir sua origem. Trazia o turbante no pescoço como uma montanha de trapos e tinha a pele dourada dos homens do deserto. Thalla já o tinha visto esperando fora do escritório de Círius alguns dias antes. Ao seu lado havia uma pequena caixa de madeira preta que chamou a atenção de Thalla.

Tão logo terminou de enrolar o cigarro, o homem o ofereceu com ambas as mãos como um presente.

– Você é a filha de Círius, sim? – Seu sotaque era forte, mas os modos gentis. Thalla fez que sim com a cabeça e o homem estendeu novamente as mãos. – Você fuma? – A garota negou com cabeça. Havia tentado uma vez, mas desistiu depois de vomitar o que restava no estômago. O *kentario* colocou o cigarro na boca e o acendeu com um pequeno isqueiro. Era difícil ver um homem do deserto tão longe de casa.

– Você veio falar com meu pai? – Thalla se inclinou para frente para ver melhor. – Ele sabe que você está aqui?

– O mercador nos atende quando nos atende. Enquanto isso, nos resta fumar. – Deu um trago no cigarro e, depois de meio instante, soprou a fumaça no ar. Thalla odiava aquele cheiro.

– Você veio comprar alguma coisa?

Pessoas de todos os lugares do mundo vinham ver seu pai, alguns com propostas comerciais, outros com encomendas especiais. Aquele homem parecia ter um pouco dos dois. Com a ponta dos pés, empurrou a caixa de madeira na direção de Thalla.

A garota hesitou, mas a curiosidade venceu. Caminhou até a caixa e se ajoelhou para ver o que ela continha. A caixa de madeira era esculpida com belos cavalos *kentarios* e demônios de areia cavalgando tornados. Thalla passou os dedos sobre ela, apreciando o trabalho delicado. Quando os dedos encontraram o fecho não esperou mais para abri-la.

Sobre uma almofada negra de veludo, estava uma garrafa de vidro, vermelha e redonda. Thalla olhou o *kentario* como se pedisse autorização para segurá-la. O homem soprou outra nuvem de fumaça para o ar. Thalla ergueu a garrafa em suas mãos, constatando com espanto o quanto era leve. Os *kentarios* eram exímios artesãos e poderosos alquimistas. *Élan* era escasso em suas terras, o que não lhes permitia praticar a magia como o fariam em Karis, então eles se viravam com o que tinham.

Dentro da garrafa, girando em pequenos espasmos de luz, havia uma nuvem: uma tempestade em miniatura.

Thalla sorriu e o homem sorriu de volta.

– Meu senhor enviou esse presente para o seu pai. Ele espera fazer negócios com Círius em breve. Essa é só uma amostra.

– E o que ela faz?

O homem deu de ombros. Não sabia. Era só um entregador.

– Creio que mata pessoas. – Abriu um sorriso amarelo e Thalla tentou imaginar como aquilo seria possível.

– Você entrega para o seu pai, sim? – O homem parecia ansioso para ir embora. Círius recebia seus emissários aleatoriamente, entre um assunto e outro. Algumas pessoas esperavam por semanas até finalmente serem atendidas e aquele homem estava muito longe de casa. – Basta entregar. Seu pai sabe o que fazer com ela, sim?

Thalla concordou com a cabeça e o homem abriu um sorriso de dentes amarelados. Tateou os bolsos procurando por algo que não encontrou. Pelo favor, entregou a Thalla um saco cheio de fumo, que a garota prontamente ignorou. Antes de ir embora, lembrou-se de algo importante e procurou as exatas palavras.

– Não deixe cair, sim? Não é bom. Muito frágil.

Thalla não tinha dúvida quanto a isso. O homem sacudiu a cabeça e foi embora como se fugisse de um demônio dos calabouços. Thalla olhou mais uma vez a tempestade trovejando dentro da garrafa, e então lembrou que Círius estava esperando.

Vendo a cena, outros mercadores se aproximaram, empurrando-lhe tecidos, potes, lâmpadas e um pequeno rato com chifres para que fossem entregues a seu pai. Ela agarrou o que pôde enquanto se dirigia à porta do escritório de Círius. Dois guardas de seu pai se aproximaram, afastando os mercadores e deixando-a quase soterrada sobre uma centena de itens cujas utilidades ela desconhecia. Thalla empurrou tudo para os braços de Evhin, que continuava seguindo-a como uma sombra e agradeceu com um aceno de cabeça. Abriu a porta do escritório.

Sempre que se via diante do seu pai, surpreendia-se com a distância que havia entre o demônio dos seus pensamentos e a figura baixa e rechonchuda que vivia com o nariz enfiado em livros de contabilidade. A barba negra era bem aparada e oleada, assim como os cabelos, no qual o tempo ia desvendando entradas. A testa franzida era suportada por sobrancelhas grossas e olhos diminutos e atentos. Sua voz era grave e tranqüilizadora.

Círius jamais esquecia um rosto ou um nome e cumprimentava a todos com a mesma cordialidade, sem importar-se com seu degrau na cadeia social.

Em uma mesa de negociação, porém, a figura simpática era um dragão das histórias antigas: poderoso, faminto e confortavelmente aninhado sobre pilhas incalculáveis de ouro. Seus negócios estavam espalhados por todo o Império. De tecelagens de *lhon* a artefatos antigos, passando por especiarias, animais exóticos, espadas ordinárias, poções mágicas e grimórios proibidos: tudo estava à venda nas mãos de Círius.

Thalla parou à porta do escritório, esperando que ele terminasse de assinar seus papéis para dizer o motivo de tê-la chamado. Ele examinava brevemente uma folha após a outra antes de assiná-la e devolvê-la ao seu secretário. Parecia mais apressado do que o normal. Quando encontrava algo fora do esperado, fazia uma anotação marginal e dava ordens para que o problema fosse corrigido.

– O Imperador solicitou a minha presença – ele finalmente disse, sem tirar os olhos da pilha de contratos. Thalla teve dúvidas se Círius estava ou não falando com ela. – Os homens de gelo não voltaram para casa e o Imperador não está no palácio. Por isso, estou partindo para as terras devastadas para falar com ele.

– Espero que faça boa viagem, meu pai.

– Será uma viagem de merda. – Círius apertou seu sinete contra uma das folhas e soprou para a cera esfriar. – Ele quer conversar outra vez sobre a dívida do Império. Os cofres do Imperador continuam vazios e ele vai pedir mais prazo para os pagamentos. Têm feito o mesmo com todos os mercadores, pelo *"bem do Império"*. De qualquer forma, preciso ir.

Thalla esperou que Círius continuasse, mas o assunto parecia ter chegado ao fim. Seu pai sempre a deixava desconcertada. Deveria ir embora ou esperar mais um pouco? Círius rasgou um contrato ao meio e pediu ao secretário que anotasse uns números no livro caixa. Ela não sabia do que se tratava. Quando levantou a cabeça para falar com seu secretário, o mercador deparou novamente com Thalla, como se somente àquela hora se desse conta de sua presença. Abriu a boca, lembrou-se de algo e pediu outra anotação em seu livro negro.

– Se me chamou aqui para me enfiar em uma carruagem e me fazer desaparecer, acho que devia ter esperado a noite, como é o costume nesta casa – Thalla rosnou, impaciente.

Círius interrompeu uma frase pela metade e lançou um olhar azedo para a filha. Ela sabia que tinha atingido um nervo. Círius terminou as últimas instruções e dispensou seu secretário. As portas foram fechadas atrás de Thalla e ambos ficaram finalmente a sós. O silêncio era constrangedor.

– Eu a chamei pois soube que planeja uma viagem ao sul.

Thalla tentou disfarçar a surpresa, mas fez um péssimo trabalho. Esperou um sorriso vitorioso de seu pai, que permaneceu sério.

– Por quanto tempo você vai continuar essa brincadeira com o Príncipe Oren?

– Eu não sei o que...
– Não zombe da minha inteligência, Thalla. Você não fez segredo de seu relacionamento com o filho mais novo de Thuron e não tem motivo para começar agora.

Os relacionamentos de Thalla nunca foram um mistério. Os nortistas eram bastante francos sobre suas relações, enquanto os sulistas preferiam segredos de alcova. Oren havia se criado ao norte e concordava com Thalla em tudo o que precisava concordar.

– Não tem segredo nenhum. Eu só não sabia que o senhor se importava.

A resposta era sincera, mas Círius talvez houvesse percebido algo além do óbvio. Abriu uma gaveta e recolocou os extravagantes anéis em seus dedos. Mesmo se vendessem tudo o que tinham, algumas casas nobres não possuiriam o tesouro que Círius carregava em joias.

– Oren é um príncipe. Mesmo não sendo o herdeiro do trono, seu pai vai conseguir para ele um casamento que fortaleça as alianças do sul. Você devia esquecer isso.

– Como sempre, o senhor me menospreza, meu pai. Garanto que Oren não tem a menor intenção de me deixar.

– O que ele quer é problema dele. – A resposta foi mais dura do que Círius pretendia. – O que um príncipe quer é insignificante. Você deve se preocupar com o que querem os reis. Oren sempre teve uma vontade fraca. Ele vai ceder às vontades do pai.

Thalla sacudiu a cabeça enquanto procurava uma forma de negar o que Círius dizia. Sabia que ele podia estar certo. Oren era fraco e submisso. Thalla havia usado aquilo ao seu favor, conduzindo-o como um boneco sem vontade, e não tinha certeza se seu amante contrariaria o próprio pai.

– Você já se divertiu o suficiente. Esqueça o príncipe. – Círius gesticulou como quem espanta uma mosca incômoda. Voltou sua atenção para mais um documento. Thalla ficou ali, vendo o silêncio se alargar. Tinha as mãos geladas e úmidas e o maxilar tensionado de raiva.

– Vamos fazer um acordo – A voz de Thalla era quase um sussurro, mas ela podia sentir o sangue fervendo no seu rosto. – Você me diz o que houve com a minha mãe e eu me caso com quem o senhor escolher.

Círius bufou e pôs-se a juntar os papéis em sua mesa, impaciente.

– Sua mãe morreu durante uma cavalgada. Você sabe muito bem disso. – O mercador se levantou e colocou os papéis dentro de um pequeno armário, dando as costas para Thalla. A garota deu dois passos em sua direção e procurou as palavras:

— Eu era pequena, mas me lembro. Eles a empurraram para dentro da carruagem e desapareceram. Eu me lembro. — Sua voz estremeceu.

— Você deve ter sonhado. — Círius bateu a porta do armário e sorriu para a filha.

Algo em seu tom de voz fez Thalla se calar. *Será que ele sabe?* A dúvida atravessou seu corpo na forma de um formigamento insano. *Seu pai não pode saber, Thalla. Promete para mim.*

— Você sempre teve a cabeça cheia de sonhos, igual a sua mãe.

Thalla gaguejou. Talvez tivesse uma resposta, se conseguisse recuperar o fôlego. Ficou contente quando alguém bateu à porta do escritório e seu pai deu ordens para que entrasse.

— *Shäen* Círius?

Derek esperava na porta por instruções. Thalla olhou o homem de seu pai. Era alto e sério, com cabelos vermelhos cortados bem curtos e olhos de um verde ferroso. Trazia na mão um pequeno relicário de prata. Quando se voltou para seu pai, viu que ele ainda a olhava, com uma expressão morna. A conversa já havia ido longe demais.

— Feche a porta quando sair. — Círius fez um sinal para que o mensageiro se aproximasse e Thalla se afastou, sentindo-se novamente derrotada. A raiva que havia sentido se esfarelou em pavor e cansaço. Virou-se para trás a caminho da porta e viu Círius abrir o relicário e erguer de dentro dele uma pequena ponta de flecha. Depois, com a ajuda de Derek, começou a tirar sacos de moeda de dentro do seu cofre. Antes de encostar a porta ela ainda ouviu as instruções:

— Os homens de Marg estarão nas ruínas perto de Shene...

Seu pai olhou em sua direção e ela não teve outra opção além de fechar a porta. Não importava. Thalla sabia bem com quem Derek iria se encontrar. Sem que seu pai soubesse, havia sido ela a responsável por providenciar o encontro, puxando as cordas por meio de sonhos alheios.

Evhin continuava parada no mesmo lugar, com os braços cheios de objetos estranhos. O pequeno rato com chifres havia se empoleirado em sua cabeça e ela lutava para fazê-lo descer. Thalla pensou se deveria contar-lhe o que havia acabado de presenciar. O salão continuava movimentado e ninguém parecia se importar com a presença das duas.

Tudo o que Thalla queria era ter certeza. A morte de Rhella havia trazido boatos, mas ninguém nunca conseguiu provar que Círius a matara para ficar com o dinheiro de sua família. Contrariando as expectativas, Círius nunca se casou novamente, tampouco revelou uma amante ambiciosa. Mesmo assim havia a estranha promessa de sua mãe para Evhin. *"Guarde o meu tesouro de Círius e um dia devolverei o tesouro que Círius lhe tomou."*

A promessa agora era sua.

Thalla começou a imaginar se conseguiria convencer Krulgar a matar seu pai. Parecia claro que havia limites sobre o que poderia ou não fazer com o guerreiro. Alimentar sua raiva, reavivar suas lembranças. Ela não tinha verdadeiro controle sobre ele. Podia guiá-lo por seus próprios desejos, como vinha fazendo havia semanas.

Tudo o que Krulgar queria era matar um príncipe; ele apenas não sabia disso ainda.

A porta do escritório do seu pai se abriu outra vez e Derek passou por ela. Atrás dele veio seu pai, com ainda mais pressa. Trancou a porta do seu escritório e atravessou o saguão. Talvez aquela fosse a última vez que o veria. Pesou bem para saber o que estava sentindo. Havia raiva, com certeza alguma tristeza. Nenhum remorso.

Em silêncio, deu adeus ao seu pai e àquela vida. Tudo estava prestes a mudar. Em breve ela estaria na estrada imperial, a caminho do sul na bota do gigante, e só voltaria se fosse para ver seu pai de joelhos aos seus pés.

# Capítulo 2

A primavera chegou tímida por toda Karis, e o frio ainda era cortante aos pés da Espinha do Dragão. Os soldados se amontoavam ao redor de uma fogueira gelada, enrolados nos mantos finos cedidos pelo exército. Os últimos raios de sol sobre a neve no topo da cordilheira de montanhas refletiam um brilho agudo.

– Dizem que é no Dente que o dragão guarda o tesouro. – Um dos homens levantou o queixo em direção à montanha mais alta. Havia inúmeras lendas sobre os tesouros enterrados na montanha e sobre heróis valentes que enfrentavam dragões para uma vida de riqueza. Karis tinha seus tesouros ocultos, deixados para trás pelo povo antigo em ruínas e tumbas, mas ninguém nunca havia encontrado nada na Espinha do Dragão. – Uma caverna cheia de peças de ouro e pedras preciosas.

– E ele come o quê? Moedas e safiras? – outro soldado respondeu, enquanto terminava de limpar um dos coelhos que comeriam aquela noite. – Tudo o que esta maldita montanha tem é neve e um punhado de *khäni*.

– Olho na estrada – o terceiro soldado sussurrou.

O grupo levantou a cabeça e viu um cavaleiro se aproximando a galope. Dos quatro que se levantaram, somente dois tinham condições para combate. Vendo o olhar sanguinário com que observavam o visitante, no entanto, era impossível dizer qual deles. Usavam as cores de Karis, o vermelho e dourado do leão do sol poente, e tinham a armadura roída pelos dias de batalha.

– É a merda de um pena preta – alguém anunciou. – Espero que estejam com os pecados em dia, rapazes.

Um dos homens segurou uma pata de águia e o outro fez sacudir um saco de moedas de ferro preso ao cinto para espantar a má sorte. Os magistrados não eram muito populares. Sua ordem guardava as leis do Império e sua missão era levá-la aos confins de Karis. As cidades maiores tinham palácios de justiça, com tribunais, masmorras, grilhões e forcas. As aldeias pequenas, esquecidas no meio do nada, só tinham aqueles homens errantes, fazendo valer a lei na ponta da espada. Soldados

O magistrado reduziu a passada de sua montaria e ergueu a cabeça para ver os quatro soldados do exército imperial às margens da estrada. Era alto e magro, com o rosto encovado e lábios finos. Os cabelos negros eram curtos, ao estilo *allarini*, e a barba tinha apenas alguns dias. Vestia a jaqueta preta dos magistrados, com o leão do Império no ombro e a pena preta da ordem sobre o peito. Tinha um elmo aberto amarrado à sela junto com uma espada curta. Olhou para eles com evidente mau humor e tão logo recebeu a ordem de um dos soldados parou o cavalo.

– Tenho ordens para encontrar o Imperador. – Estendeu seus papéis ao soldado mais próximo e observou enquanto ele passava os olhos pela folha, tremendo levemente de frio ou medo.

– Pode seguir. – O soldado abriu caminho para o magistrado, mas ele não se moveu nem apanhou de volta seus papéis.

– Só isso? "Pode seguir"? – Desafiou o soldado com um olhar. Seus companheiros pareceram inquietos.

– Pode seguir... senhor? – outro soldado se arriscou.

O magistrado suspirou com força, procurando por paciência, e então desprendeu o pé do estribo. Os soldados do Império tocaram nas espadas sem nem perceber que haviam feito aquilo.

A égua era alta e o magistrado teve dificuldade para descer. Quando o fez, passou a mão pela pelagem marrom e lustrosa do animal, acalmando-o. Só rompeu o silêncio quando a confusão dos soldados começou a irritá-lo.

– Não quero ser chamado de senhor, idiota! Quero que examine direito os meus papéis. Ou você deixa qualquer um passar por esta estrada?

– Mas o senhor é um magistrado!

– É isso o que os papéis dizem? – Grahan esperou que o soldado examinasse o papel. Em vez disso, o homem levantou o dedo apontando para a pena preta na sua jaqueta. O magistrado balançou a cabeça novamente, contrariado. – Você sabe ler?

– Um pouco, senhor, mas reconheço bem o selo imperial.

Era um absurdo que um soldado não soubesse ler. Todos os magistrados eram alfabetizados e muitas vezes eram usados como mensageiros dos despachos mais importantes. O magistrado pegou o papel da mão do soldado e leu para ele.

– *"Pelas ordens de Vossa Majestade Imperial Arteen Prio Wudmond*

*Garantar II, fica dhun Marhos Grahan, magistrado Imperial, obrigado a se apresentar diante do Pavilhão Voador Imperial imediatamente ou o mais breve possível. Todo aquele que se encontrar em seu caminho, estando sob o estandarte do Leão do Sol Poente, deve lhe prestar a necessária assessoria, sob sanção penal."* Quem assinou foi o Imperador.

O soldado sorriu. Exatamente como havia dito, ali estava um magistrado em missão oficial. Ele devia sair do seu caminho e terminar de preparar o coelho para o jantar. *Dhun* Marhos Grahan ainda não parecia satisfeito. Examinou os soldados.

– O que deseja de nós, senhor?

– Quero que vocês façam o seu trabalho direito, se não for pedir muito. Onde está o Imperador? Estou atrás do Pavilhão Voador há semanas. Cada vez que alguém me indica uma direção, encontro apenas acampamentos desfeitos. Onde estão as batalhas?

– Falta mais um dia e meio de viagem, senhor. Quando a estrada cruzar o rio, é melhor seguir pelas margens. O senhor vai chegar a uma série de colinas; é lá que vai estar o pavilhão. As batalhas estão por toda parte. Os desgraçados estão ficando audaciosos.

– Algum sinal deles aqui ao sul?

Os soldados fizeram que não. Pelo menos daquilo tinham certeza. O que significava que tinha um dia e meio para encontrar o Imperador.

– De onde o senhor está vindo?

Grahan olhou para o soldado, contrariado pela pergunta. Supôs que não havia mal em responder. Estava vindo do sul.

– Andernofh? Valísia?

– Também, mas antes disso, bem mais ao sul. Para baixo do Firian. Venarca e Bhör.

Grahan havia estado também em outras cidades, algumas cujo nome nem saberia dizer. Para a maioria das pessoas, Venarca ou Bhör eram tão distantes quanto o sol e a lua. Nomes soltos no ar.

– Os boatos dizem que os sulistas querem retirar suas tropas. Isso não é verdade, é?

Um dos soldados ofereceu um pedaço duro de pão e uma caneca de vinho aquecido para Grahan, e ele cogitou a ideia de esperar pelo coelho. Percebeu que estava faminto. Aceitou o pão e mordeu-o, tentando disfarçar a voracidade. Teria tempo para comer mais tarde.

– Somente um idiota se arriscaria a virar as costas ao Imperador – Grahan disse.

Foi o suficiente para acalmar os temores dos soldados. Infelizmente,

Grahan sabia, o mundo era um lugar cheio de idiotas. Embora tecnicamente os reinos não tivessem soldados próprios além da guarda local, era difícil convencer um homem de que ele lutava por todo um Império e não por sua cidade.
— Como estamos aqui?
Os soldados se olharam. Era óbvio que a coisa não ia bem. Karis tinha um exército poderoso. Grahan não conseguia entender como os homens de gelo podiam estar dando tanto trabalho.
— São os engenheiros deles. — Um dos soldados cuspiu no chão. — Trazem grandes máquinas, como aquelas feitas pelos *khäni*, coisas medonhas que matam um batalhão em segundos. O Imperador pôs seus melhores engenheiros para estudá-las, mas ninguém tem respostas. Os *khäni* dizem que não sabem nada. Como sempre, preferem não se envolver. Anões desgraçados.
— Se os *khäni* dizem que não sabem, então não sabem. Eles têm motivos de sobra para manter sua lealdade ao Imperador.
Grahan não tinha certeza de nada, mas não havia motivo para dizer isso em voz alta. Tinha ouvido os boatos sobre o avanço dos homens de gelo com descrença e agora começava a acreditar neles. As notícias não eram boas. Quando o Imperador ouvisse o que ele tinha a dizer, também não ficaria satisfeito.
— Os homens da Academia Arcana formaram um batalhão. Os feiticeiros têm conseguido segurar os homens de gelo aqui e ali, mas eles são muitos e os feiticeiros *maghoë* não podem estar em todos os lugares. — o soldado disse.
— Os *maghoë* resolveram sujar as mãos? — Aquilo era novidade. Os feiticeiros da Academia Arcana não costumavam se envolver diretamente nas ações do Império; preferiam servir como conselheiros. A guerra parecia mais séria do que Grahan imaginava.
— O senhor gostaria de ficar conosco para comer? Temos coelho e amêndoas torradas.
O magistrado recusou o convite e deu ordens para que os homens ficassem atentos à estrada. Em terras tomadas pela guerra, a lei era a primeira baixa. Todo tipo de gente mal intencionada circulava pela região; os saques e roubos eram comuns. Os soldados agradeceram e esperaram até que Grahan desaparecesse na curva seguinte, instigando sua égua em passadas longas. A noite já andava uma galopada a sua frente. Não tinha tempo para descansar. As chamas do Império já começavam a se alastrar.

∙∙∙

Krulgar seguia por uma estrada reta e monótona que descia a colina de um vale. Observava os *khirks* empoleirados nas árvores da beira da estrada: os pássaros azuis e brancos batiam os bicos em um som ritmado e estranho, sem nunca emitir um único pio. Eram criaturas inteligentes, do tamanho de um corvo, que roubavam tudo que brilhasse o suficiente para ser colocado em seu ninho, atraindo fêmeas para o acasalamento e crianças curiosas. Krulgar se lembrava daquelas pequenas caças ao tesouro, quando menino. Havia encontrado uma moeda de cobre gasta e um pequeno anel de prata, que dera de presente a Liliah.

Não havia dia em que não pensasse nela. Uma criatura magra e muito pálida com o rosto tão sujo de terra quanto ele. Teria sido uma garota bonita. Às vezes se imaginava casado com ela. Viviam em uma cabana afastada, criando cavalos, com crianças correndo por todos os lados. Por medo de ser motivo de piada, guardava aqueles pensamentos para si.

Lum Morcego olhou para trás por cima dos ombros. A desconfiança de Lum era ofensiva, embora pertinente. Krulgar teria tido prazer em agarrar o saco com as gemas e fugir dali, se soubesse o que fazer com elas depois disso. Uma gema *élantar* era difícil de se encontrar. Usadas pelos *maghoë*, podiam ser incrustadas em espadas mágicas ou carruagens voadoras; Krulgar não sabia dizer. Sabia apenas que valiam mais do que diamantes.

Lum e Krulgar eram os únicos que sabiam o que estavam transportando. O grande baú amarrado à mula de carga era um chamariz. As gemas estavam em um pequeno saco escondido na mochila do Morcego.

Khirk assobiou para chamar a atenção do amigo e jogou para ele uma fruta meio verde. Krulgar agradeceu e a mordeu, sentindo o caldo azedo correndo pela garganta. O *dhäen* sorriu ao ver a careta. Para não se dar por vencido, Krulgar mastigou e engoliu o que tinha na boca. Jogou o resto da fruta na cabeça de Khirk com toda força que conseguiu.

– Como vocês se conheceram, Mastim?

Eburo era um *ommoe* negro e grande que tinha vindo de Porto Canela para tentar a sorte como ferreiro no Império. Sem dinheiro ou amigos, fora explorado por outro ferreiro durante anos, até que perdeu o que lhe restava de paciência e o empalou com um vergalhão em brasas. Foi caçado pelo assassinato e fez da morte seu modo de vida. Levava no cinto uma sacola com uma moeda de ferro para cada homem morto, ao estilo *karistar*. A estrada se tornou seu lar desde então, embora ainda falasse em juntar dinheiro e montar uma forja. Dos novos companheiros, Eburo era o único de quem Krulgar gostava. Tinha um riso fácil e muito azar nos dados, o que com frequência abastecia o copo de Krulgar com cerveja.

– Khirk me encontrou vagando pela floresta quando eu tinha uns oito ou nove anos. Foi ele quem me criou. – Krulgar cuspiu outra vez para tirar o azedo da língua. – Como pode ver, ele não fez um trabalho muito bom.

– Te alimentando com frutas e raízes; deve ter sido uma infância miserável mesmo. – Eburo sorriu e procurou algo dentro de seu alforje. – Ele já tinha essa marca?

Krulgar afirmou com a cabeça enquanto Khirk fingia não ouvir a conversa. Eburo lhe empurrou um pedaço de carne salgada que Krulgar mastigou feliz por se livrar do gosto que havia ficado em sua boca.

– No começo foi uma merda, mas tudo melhorou quando fomos trabalhar na fazenda. Era estranho ouvir as pessoas tentando falar comigo. Eu só sabia umas três palavras e esse *dhäen* safado não ajudou muito. – Krulgar apontou Khirk, a sombra fantasmagórica que o acompanhava em silêncio, e pensou em como sua infância havia sido estranha. – Não passamos fome e o senhor até que era boa pessoa.

– Você se torna um animal estranho quando não fala a mesma língua dos outros. Também foi assim comigo. Seu senhor era bom. O meu se aproveitou de mim. Ele não queria que eu aprendesse a língua. As pessoas esperavam meses por uma faca, e pagavam muito dinheiro, mas ele sempre dizia que meu trabalho era ruim.

– Por que você veio para Karis, Eburo?

– Em casa eu era só mais um ferreiro. Aqui, sou um dos demônios de fogo *ommoe*. – Abriu um sorriso largo e muito branco.

Krulgar gostaria de conhecer Porto Canela um dia. Deixar Karis para trás junto dos pesadelos que havia depositado sobre aquelas terras.

Ficaram em silêncio até que Eburo começou a cantar com voz grave uma música de sua terra natal. Tinha um ritmo poderoso e uma cadência repetitiva de vogais, que pareciam se misturar com a paisagem monótona. Krulgar se ajeitou na cela. Era estranho como os passos dos cavalos pareciam acompanhar a música do *ommoe*. Não havia dormido nada durante a noite e agora cochilava. Lembrou-se das manhãs escondido no estábulo enquanto esperava, com o ouvido na terra, a chegada dos cavalos.

Não tinha permissão para andar nos estábulos. Sua família eram os cães de caça. Eram eles que cuidavam de Krulgar quando seu mestre não estava ocupado esmurrando sua cara e xingando-o de cão vadio. Quando Krulgar não estava com os cães, escondia-se nos estábulos e olhava extasiado aqueles outros seres, cachorros que haviam crescido demais. O mestre dos cavalos sorria para ele quando o encontrava. Às vezes tentava se aproximar com palavras gentis e incompreensíveis, e oferecia pão ou pedaços de carne, que Krulgar temia agarrar por medo de ser espancado. Outras vezes se lembrava de terem comido juntos. Nunca tinha certeza. Sua memória era uma cacofonia de ideias, fome, gritos, ira e sangue.

Foi daquele refúgio que viu o mestre dos cães entrando pelo portão do monastério puxando pelo braço a menina. Ela devorava um punhado de morangos vermelhos. Krulgar nunca tinha visto uma garota antes e farejou o ar tentando descobrir que tipo de criatura era ela.

– Para trás, cãozinho! – O mestre parecia estranhamente feliz. Sorria, como em um daqueles dias em que voltava cheirando a cerveja e putas. Krulgar só conseguia sentir o cheiro de morangos nas mãos de Liliah. – Esta é a minha filha. Ela vai viver conosco agora que a mãe morreu.

As palavras não lhe diziam nada. As pessoas quase nunca falavam com ele. Podia prever o perigo quando gritavam ordens, ou a recompensa quando fazia algo certo. Devia atender se chamassem por Mastim, cão, idiota, cãozinho, cachorro, retardado ou saco de pulgas.

– O que tem de errado com ele? – A garota se escondeu atrás do mestre e olhou Krulgar com medo. A mão e a boca lambuzadas do vermelho dos morangos.

– É louco. Melhor não chegar perto, ele pode morder.

Krulgar quis se aproximar e seu Mestre tentou chutá-lo. O garoto já esperava por aquilo e desapareceu antes de receber o golpe. A meio caminho do estábulo, olhou novamente para trás. Seu mestre apontava as altas janelas do monastério e a estátua do homem com quatro faces no pátio. Ela não o ouvia. Procurava o menino com os olhos. Krulgar a viu se afastar. Não fez menção de segui-la. Já estava pensando novamente nos cavalos e no cheiro adocicado dos morangos.

Khirk acertou-lhe um tapa na nuca que quase o fez cair do cavalo. Tinham ficado para trás enquanto Krulgar cochilava. Seus companheiros desmontavam. Eburo e Lum amarravam seus cavalos nas árvores ao lado da estrada de terra. Deviam estar muito perto.

– Quando você acordar e comer seu desjejum, filhote, vamos ver se não existe nenhuma surpresa nos aguardando. Amanhã nossos convidados vão chegar. – Lum limpou a garganta e cuspiu no chão, sacudindo a cabeça.

Krulgar tinha acordado mal-humorado e desejou cortar a garganta de Lum e desaparecer dali com o ouro de Marg. Com o dinheiro das gemas, podia partir com Eburo e Khirk a Porto Canela, pelo mar. Estariam tão longe dali que Marg nem tentaria encontrá-los.

A ideia veio e se foi feito uma lufada de ar. Ninguém escapava de Marg, não importava em que lado do oceano se encontrasse.

O que Krulgar não sabia era que, ao seu lado, puxando as orelhas para baixo, Lum Morcego tinha pensamentos parecidos.

•••

Pela janela do quarto, Thalla tinha vista para o centro da cidade: o amontoado de ruas e templos que tinham transformado o principado de Valísia na capital comercial do Império. Thalla não tinha tempo a perder com a vista. Naquela noite ela se despiria outra vez de seu corpo e mergulharia no universo volúvel da umbra, onde as sombras têm forma física e os pensamentos podem matar.

Evhin esperava com o semblante assustado. A *dhäen* havia assistido àquele ritual noite após noite, desde o tempo de Rhella, e ainda tinha medo de suas consequências. Para os *dhäeni*, os sonhos eram uma forma pessoal de compreender a Grande Canção que formava o mundo. Para Thalla, os sonhos eram uma biblioteca invisível, na qual repousava, em linguagem cifrada, todos os segredos do mundo.

A garota se sentou em sua cama e tomou seu chá adoçado com licor dos sonhos. Evhin tomou uma cadeira ao seu lado, com os joelhos juntos e os dedos cruzados, pensando na canção que embalaria os sonhos de Thalla. O poder dos *dhäeni* estava em suas canções. Com suas vozes, podiam acessar a Grande Canção que regia o mundo para que suas vontades fossem feitas. Aquela espécie de magia *dhäen* era usada para a cura, o crescimento e o fortalecimento das pessoas. Traziam sabedoria, saúde, colheitas fartas e paz de espírito. A canção de Evhin trazia tranquilidade e sonhos.

Respirou fundo e fechou os olhos. Thalla odiava aquela parte. O sonho de algumas pessoas tinham o gosto de frutas cítricas e raios elétricos. Não os dele. Os sonhos de Gras Bardolph tinham gosto de carne apodrecida, suor e compotas de pêssego. Mergulhada em sua inconsciência, Thalla alongava a visão pelo umbral da realidade, procurando pela nuvem pestilenta dos sonhos do Javali Negro.

Noite após noite, Thalla viu Gras e os outros nobres cercarem Liliah. *"Seu pai nos prometeu"* dizia Compton Ormwor. *"Feche a boca e abra as pernas!"* A menina não entendia. Os garotos eram maiores do que ela e Liliah não sabia o que queriam.

Eles a jogavam no chão e rasgavam sua roupa. Seu corpo era magro e amorfo; nada além de uma sombra dos seios. Ela gritou e chorou e tentou se debater, mas eles eram sete e pareciam se divertir em subjugá-la. Ormwor gritava para que Bardolph virasse homem. *"O gordo não tem pinto!"* eles caçoavam. *"O gordo não tem pinto!"* O garoto com o emblema de javali sentia o rosto arder de ódio. Ele conseguiria provar que era homem. Uma vez após a outra, até a garota sangrar. Então foi a vez dos outros e Liliah parou de gritar.

Gras Bardolph era o retrato fiel do escudo de sua casa, focinhando a vida como o javali negro que lambia a pele branca de Liliah. Invadir seus sonhos era como mergulhar em um poço repleto de corpos apodrecidos. A água turva invadia suas narinas e sua boca, alojando-se em seu estômago.

*"Somos todos deuses"* dizia a sua mãe. *"Criadores e destruidores dos mundos de nossos sonhos."* Se Rhella tivesse razão, Bardolph era um deus maligno, entregue a desejos pestilentos e sonhos sombrios, cheios de morte, luxúria, sangue e prazeres violentos.

Ela o encontrou no seu palácio dos prazeres, onde realizava suas fantasias quando estava dormindo. Era impossível invadir o sonho de alguém sem deixar algo de si e sem trazer algo da pessoa consigo. Thalla interferia no cenário ao seu redor sem perceber, pois o mundo se alterava à medida que ela o observava. Ao mudar o sonho de Bardolph, também era mudada por ele. Suas roupas se rasgavam, encolhiam. O vestido vermelho que se estendia pela sua cintura tinha dois cortes que revelavam suas pernas a cada passo e deixavam seus seios à mostra, amarrados por uma espécie de trança incômoda. Thalla precisava ter cuidado para não ser devorada pelo sonho de Bardolph.

O gordo estava sentado à mesa, cercado por lembranças desconexas. Mulheres seminuas, com os olhos cobertos por véus, riam e se empanturravam de vinho e pedaços gordurosos de carne. Havia um corpo sobre a mesa, com o ventre aberto e as costelas expostas, cuidadosamente posicionado sobre uma bandeja de prata, cercado por guarnições de maçãs e peras cozidas.

Thalla não sabia se eles devoravam o corpo. Não queria imaginar. Luxúria e gula eram a mesma coisa para o Javali Negro. A carne e as mulheres alimentavam um mesmo anseio, que se associava à emoção da caçada.

Homens e mulheres se espalhavam pelo chão do palácio, emaranhados, oleados e nus, pulsando em suspiros de dor e êxtase. Thalla se desviou daquela criatura de mil corpos e seguiu até o Javali Negro. Ela o via pelas lembranças de Krulgar e sua memória interferia no sonho, fazendo de Bardolph uma criatura meio homem e meio javali, rindo porcinamente ao lamber os próprios dedos.

Thalla deslizou as mãos pelo nobre corpulento, arranhando a armadura de couro com unhas compridas. Quando o Javali Negro se virou para olhá-la, ela se sentou em seu colo. Sentiu seu membro endurecer. Aquilo não estava acontecendo, ela sabia, mas isso não impedia seu coração de bater desesperado.

O Javali urrou de prazer ao reconhecê-la. As mulheres sentadas à mesa a observaram com um misto de desejo e inveja.

– Pedaço de carne – o Javali disse. Thalla sorriu, passou a língua nos dentes e lambeu os dedos da mão. Ela não precisava dizer nada. O Javali não gostava de ouvir sua voz. – Vou te devorar e lamber os seus ossos.

Thalla se inclinou, segurando a cabeça monstruosa de Bardolph entre as mãos. Estava pronta a beijá-lo, mas parou a poucos milímetros de tocá-lo. Sentia seu hálito de cerveja e carne apodrecida, e o corpo do gordo estremecia de ansiedade. Thalla sorriu desafiadora e Bardolph rosnou, irritado por ter seus desejos contrariados. A garota soltou sua cabeça e tentou se levantar. Bardolph a impediu.

Ela não esperava que alguém tão gordo pudesse ser tão rápido. O Javali Negro da casa Bardolph a agarrou pela garganta e a jogou sobre a mesa, quebrando pratos e espalhando a comida. As mulheres sem rosto que observavam a cena se debruçaram sobre ela. Thalla sabia que não devia perder o controle, mas era difícil pensar com as mãos do gordo sobre a sua pele, tentando segurá-la enquanto soltava os botões da calça. Ela queria matá-lo, mas não havia nada que pudesse fazer dentro dos seus sonhos. Precisava guiá-lo.

Bardolph a dominava. Ela viu o membro enorme do Javali para fora em meio à pelugem negra de suas pernas. Trincou os dentes. Queria acordar, não queria mais estar ali. *É só um sonho!*

– Hoje não, pedaço de carne! Hoje você não vai fugir! – O Javali grunhia e Thalla lutou para manter suas pernas fechadas. O monstro babava sobre ela. "*Ajude-me, mãe!*" Thalla implorou, e encontrou forças para um único chute. Ouviu o Javali urrar de dor.

Thalla saiu de cima da mesa, livrando-se das mãos das mulheres. O Javali não demorou a se recuperar da dor e estendeu a mão para agarrá-la novamente. Thalla fugiu, tropeçando nos corpos emaranhados pelo chão. Cruzou a porta do palácio dos prazeres. Precisava retomar o controle. Precisava moldar aquela parte da umbra. Concentrou-se ao abrir outra porta e viu-se nas ruas de Shene. Havia sombras pelas ruas, coisas que lembravam vagamente pessoas. Thalla correu, sem perder de vista o Javali Negro que a perseguia.

Sentiu o ar lhe faltar. Sabia que não precisava respirar, mas era difícil e sua mente buscava familiaridade com o mundo real. Estava quase no topo da ladeira quando viu que o gordo a alcançaria. Olhou ao redor e viu uma taverna cuja placa tinha o formato de um javali estilizado. Correu porta adentro. O javali a seguiu. Estendeu as mãos para agarrá-la ao cruzar a porta. Foi apenas um instante mais lento. Thalla acordou, ao mesmo tempo em que desaparecia dos sonhos de Bardolph.

— Calma, *me'shäen*! Calma! — Evhin a segurou. — Acabou!

Thalla olhou ao redor sem ter certeza de onde estava. Viu o rosto arranhado de Evhin e sentiu o cheiro do fogo aceso na lareira. Sentiu o perfume das roupas de cama. Respirou fundo mais uma vez e sentiu o estômago convulsionar.

Vomitou a sopa rala do jantar sobre o tapete do quarto. Limpou os lábios e logo sentiu outra onda de ânsia lhe escapar pela boca, e de novo e de novo, até que não havia mais do que biles. Então parou. Evhin lhe trouxe um chá morno e a ajudou a beber. Cantava baixo ao seu lado.

As memórias de *dhun* Gras Bardolph ainda arranhavam seus ossos. Thalla levou quase uma hora para se recompor. Esperava que sua influência funcionasse, mas não podia se arriscar. Terminou o chá do bule e esperou que Evhin limpasse o tapete do quarto.

— É melhor arrumar um balde, Evhin. Vamos tentar mais uma vez.

Evhin olhou incrédula sua senhora. Havia poder em um sonho que se repetia. Um sonho que fazia despertar durante a noite era apenas um sonho, mas um sonho repetido três vezes era um sinal. Evhin acatou as ordens e quando estava pronta começou a cantar baixinho. Uma onda de bem estar atravessou o corpo de Thalla. Respirou fundo e fechou os olhos.

Odiava aquela parte.

# Capítulo 3

*hun* Thirus Arman Vorus já não era um rapazote aventureiro. Filho mais novo de uma família de quatro irmãos, havia perdido dois deles para as guerras e temeu que um dia tivesse que assumir o trono de Illioth. Era responsabilidade que não lhe interessava, e que só deixou de assombrá-lo quando seu irmão mais velho teve seu primeiro filho. Quando mais jovem, Thirus divertia-se em aventuras pelo reino, entre as pernas de mulheres e duelos de espada. A maioria dos jovens da sua idade não tinha problema algum em violar camponesas, mas Thirus preferia a conquista. Viajava sem escolta e nunca usava o brasão real; livrava-se sozinho dos problemas. Era briguento e temia que a coroa pudesse transformá-lo em um homem sensato, como havia feito com seu irmão mais velho.

A idade, porém, o alcançou. Com ela vieram as obrigações que tingiram seus cabelos de branco e alargaram seus ombros. Tornou-se capitão da guarda do rei e responsável pela ordem nas ruas de Illioth. Essa responsabilidade que o havia levado até o gueto, onde a pequena população *dhäeni* ainda se concentrava em Illioth.

Deu ordens para que seus homens dispersassem a multidão que se aglomerava na rua estreita. O barulho da batalha já havia desaparecido, mas o ar ainda estava tomado pela fumaça da casa parcialmente queimada. Usando os cabos de suas lanças, os guardas empurraram os curiosos para longe da poça de sangue e dos quatro corpos estendidos no chão. Thirus ainda ouvia as pessoas resmungando. "*Dhäeni* sujos. Pedaços de merda! Pobre rapaz!"

O rapaz magricela que havia atirado uma pedra contra os soldados ainda estava vivo; os quatro *dhäeni* pegos pela turba enlouquecida tinham sido destroçados.

Eram um casal de velhos e duas crianças. Impossível saber ao certo sua idade. Os *dhäeni* viviam três vezes mais do que um homem. Mortos, alinhados no chão de pedra úmido, com sangue escorrendo de seus ferimentos, o capitão da guarda não saberia dizer o que os diferia dele mesmo.

Seus pares chorariam suas mortes, depois comemorariam suas vidas com cantos noite adentro. Os *dhäeni* não acreditavam no Outro Mundo e não faziam votos a nenhum deus. Tampouco queimavam seus mortos. Guardavam seus ossos em pequenos santuários esculpidos no troncos das árvores, para que as memórias do seu sofrimento não o atormentasse na nova vida. Suas almas estavam presas à terra, em um eterno ciclo de morte e renascimento, até que pudessem voltar à Grande Canção.

– É o terceiro linchamento esta semana – Thirus disse ao seu segundo. – Isso não vai parar por aqui.

– São *dhäeni*, senhor. – O soldado se ajeitou na sela e respondeu sem tirar os olhos dos corpos despedaçados. – Graças aos deuses, ninguém se machucou.

Thirus olhou o corte na testa do garoto que havia atirado a pedra. Ele não tinha nome, não era ninguém, e ainda assim valia mais do que quatro *dhäeni* mortos.

– Descubra quem são os senhores deles e avise-os do que aconteceu. Resolvam isso antes que reclamem ao *probo*. O rei já tem problemas o suficiente.

O probo era o líder dos magistrados na grande cidade. Cabia a ele o julgamento do crime. Se alguém reclamasse ao probo, ele pressionaria o rei e a guarda para que o crime fosse solucionado.

Era responsabilidade da guarda da cidade fazer as prisões; e como prender um bairro inteiro? Ou uma cidade toda? Thirus viu as pessoas sorrindo e apontando, como se assistissem a um divertido teatro *coen*. Um clérigo vermelho observava entre a gente. Tinha barba comprida e olhos insanos. Um sorriso satisfeito. Thirus sabia das pregações que estavam sendo feitas em praça pública e não podia fazer nada. O sangue e o conflito parecia atrair os adoradores de Kuthar, abutres sobre o campo de batalha. A língua ferina dos pregadores escondia suas mãos sujas de sangue.

Thirus voltou ao palácio real para informar o rei sobre os últimos acontecimentos. As testemunhas diziam que os quatro *dhäeni* haviam sido pegos roubando. Se alguém fosse preso haveria julgamento, mas com a falta de testemunhas e a má vontade local os linchadores acabariam sendo inocentados.

O rei estava sentado junto ao fogo. Sua filha mais nova e a rainha, que tinham praticamente a mesma idade, tocavam alaúde. A música era alegre e as mulheres pareciam se divertir, o que tornava a figura do rei mais solitária. Sempre que Thirus se aproximava de seu irmão, surpreendia-se ao pensar que apenas dez anos o separavam daquele homem envelhecido. O rei Thuron Arman Vorus, senhor do reino de Illioth, a maior cidade ao sul do Império, estava morrendo. Estava morrendo havia tantos anos que muitos já tinham desistido de velar seu cadáver.

– Não fique aí parado com essa cara de idiota, Thirus. – A voz de Thuron era grave. – Posso não enxergar muito bem, mas até um cego pode ver que há algo errado. O que houve?

– Os separatistas, meu rei. Atacaram novamente. Mataram quatro *dhäeni* e tentaram incendiar sua casa. O povo se levanta.

Thuron pesou as palavras em silêncio. Tinha os mesmos cabelos brancos de seu irmão mais novo. Os cabelos de Thirus, porém, eram longos e volumosos, e os do rei eram ralos, deixando à mostra a cabeça calva e ressaltando os pequenos olhos miúdos. Thuron parecia uma versão encolhida do seu irmão. Era difícil relacionar aquela figura frágil com suas antigas histórias de glória. O rei já havia cavalgado ao lado de Devan Coração Negro, um dos Imperadores mais terríveis que havia governado Karis. Sua juventude, no entanto, havia sido levada, deixando um corpo doente e debilitado e uma mente cada dia mais afiada.

– O povo é um cachorrinho de circo que se levanta e se senta sob comandos que não compreende. – Thuron se esforçou para se aprumar na cadeira, mas os cobertores ao redor de suas pernas o atrapalharam. Thirus não tentou ajudá-lo; sabia que aquilo irritaria seu irmão. – Os nobres querem guerra. A libertação dos *dhäeni* levou metade dos produtores de *lhon* de Illioth à falência. Eles querem as coisas como eram antigamente. Com o tempo isso vai passar.

O capitão da guarda tinha suas dúvidas. Depois de mais de vinte anos da abolição, toda uma geração de miseráveis havia crescido com histórias de épocas mais fartas, nas quais o Imperador não se metia nos negócios de Illioth e os *dhäeni* triplicavam o rendimento das fazendas. A miséria e a fome se espalhavam pelo campo e o Imperador gastava os impostos em uma guerra sem sentido contra os homens do norte. Para coroar os problemas do sul, ainda havia a história de Whedon. O príncipe escravo agora tinha um reino para receber todos os *dhäeni* que precisassem de um lar.

– Os "cachorrinhos" já mataram onze *dhäeni* esta semana, meu rei, e o cheiro de sangue tem atraído verdadeiros lobos.

As brigas se intensificavam na cidade. Os *dhäeni* eram, em sua maioria, um povo amedrontado e pacífico, presa fácil para a violência. Sua religião pregava a aceitação. Esse discurso era incentivado pelos senhores escravagistas. A única rebelião da qual fizeram parte estourou quando um de seus bosques sagrados foi derrubado. A disputa terminou com a destruição da cidade de Lenki e a abolição da escravatura. Thirus não era o único a ficar nervoso sabendo que um povo tão tranquilo tinha aquele tipo de força escondido.

– Estou velho para conversas sobre rebelião, Thirus. – Thuron balançou a mão, afastando a ideia.

– O Imperador não é surdo, meu rei. Seus homens já devem estar comentando sobre o que veem aqui. Teremos notícias em breve.

Que importância tinha aquilo? Os soldados do Império estavam no norte, tentando impedir a invasão dos homens de gelo. Os nobres aproveitavam essa ausência para esfregar a barriga gorda e gritar que estavam com fome. Quando o Imperador retornasse, as vozes se calariam sob o jugo da espada.

Mas e se o Imperador não retornasse?

Thuron imaginou outro cenário se desdobrando, e nesse cenário estava sozinho contra os outros reinos do sul. Se os outros reis se rebelassem, Illioth precisaria declarar sua aliança. Escolher o lado errado significaria a ruína.

– Meu rei? – Thirus não precisaria de coragem para dizer o que estava pensando. – Acredito que o príncipe herdeiro seja um dos separatistas.

– Dhommas? – Thuron viu seu irmão confirmando a acusação com um gesto de cabeça. – O príncipe herdeiro tem mais coração do que cérebro. Por que os jovens sempre procuram a guerra, irmão?

Thirus não sabia. Tampouco lhe parecia que conhecia Dhommas o suficiente. O discurso do príncipe sobre um Império sulista, porém, tinha repercutido entre os nobres da corte e encontrado adeptos. O capitão da guarda temia o que podia acontecer no dia da morte do rei. Em sua cabeça, nesse dia o reino seria entregue à guerra.

– Talvez seja a guerra que procure os jovens, meu rei.

•••

Montaram o acampamento entre as árvores, ao lado de uma queda d'água que corria veloz morro abaixo, longe o suficiente do local do encontro para que não fossem descobertos no meio da noite. Permaneciam tensos. Krulgar conhecia um pouco a região. Estavam a alguns dias de Andernofh, perto de uma aldeiazinha chamada Shene, famosa pelas antigas ruínas que a rodeavam, deixadas por povos que havia muito não caminhavam no mundo. As pessoas evitavam esses lugares, dizendo que as ruínas eram assombradas, o que as tornava perfeitas para o encontro com o comprador.

Tiraram a sorte para definir os turnos de vigia e comeram em silêncio. Depois de seu turno, Krulgar se enrolou em um cobertor fino e dormiu tremendo de frio.

Krulgar caminhava pelo seu sonho como um mastim do inferno. Queria que Liliah visse o homem que ele tinha se tornado. Era grande o suficiente para defendê-la, agora. Grande o suficiente para enfrentar todos aqueles monstros, destroçá-los com os punhos, rasgar suas gargantas a dentadas. Ouvia os gritos próximos ao poço. Algumas vozes ainda eram finas, de garotos que não haviam chegado à puberdade; outras eram roucas, como as vozes dos homens. Eles gritavam uns para os outros e riam depois de urrar. "*O gordo não tem pinto! O gordo não tem pinto!*" Krulgar sabia que estava sonhando, mas não se lembrava de ter dormido. O mundo parecia imenso ao seu redor, embora ele não fosse mais um garoto. Ouvia o tilintar de metal contra a pedra. Sentia cheiro de cerveja e cio, o mesmo cheiro que exalava seu mestre. Um animal chorava baixinho. Krulgar seguiu em frente. Sabia o que o esperava e o conhecimento não o tranquilizava. Queria estar armado.

– Jhomm! – Liliah apenas sussurrou seu nome; aquilo sangraria em seu ouvido para sempre.

Os sete monstros se viraram em sua direção. Krulgar se preparou para acordar, como sempre fazia.

Continuou sonhando.

Tudo o que restava dos sete rapazes que estupraram e mataram Liliah era a lembrança distorcida de suas máscaras. Krulgar rosnou para eles, como teria rosnado a um cachorro rival. Não se afastaram. Eram muitos, maiores do que ele. Eram nobres com muitos direitos e nenhum dever e ele era apenas um cão vadio.

*Não.* Era um cão diabólico, um mastim demônio. Não importava que sua lembrança fosse outra. Era o seu sonho e podia fazer o que quisesse.

Queria sangue e se empanturrou com ele. Latindo e mordendo. Enterrando suas patas no coração dos monstros e ouvindo costelas estalando ao escancar seus peitos a dentadas. Os rapazes fugiram. Krulgar farejou o corpo caído de Liliah, ferido e nu, e viu que o brilho havia escapado de seus olhos. Uivou, como fazem os cães quando o pesar é muito grande. Farejou Liliah novamente e sentiu o odor da morte tocar o seu corpo.

Ele nunca conseguia salvá-la.

– Jhomm...

Krulgar se virou para ver de onde vinha a voz e a garota já havia escapado, deixando atrás de si só uma mancha de cabelos loiros. *É ela*. O espírito de Liliah fugiu do mosteiro. Correu para alcançá-la, mas ela já havia saído pela porta aberta. "*Jhomm*." Sua voz ecoava pelas pedras mortas ao seu redor. Krulgar uivou e, no instante seguinte, estava correndo pelos campos ao redor do monastério. Lembrou dos caçadores; podia ouvir o latido dos cães de caça em seu rastro, mas eles não iriam matá-lo outra vez, não naquela noite. Colocou mais força nas quatro patas, procurando no ar o cheiro de Liliah.

O campo foi invadido pela aldeia. Os prédios de pedra foram crescendo pelo mato alto, deixando a erva preencher as ruas. O som dos cães e o grito dos homens ficaram para trás. Krulgar não sabia aonde estava indo. Viu-se em um território exótico, e o medo se infiltrou em sua pele. Então o capim desapareceu. Estava no meio de uma rua e tinha subido uma ladeira íngreme, sem perceber. Solitária, em um terreno mal cuidado, avolumava-se uma taverna com as portas abertas. Tudo o que Krulgar ouvia era o barulho da placa, na forma de um javali negro, balançando com o vento.

A garota loira estava diante dele. Ela não se parecia com Liliah, ou ao menos não se parecia com a imagem que ele fazia de Liliah. Mesmo assim era linda de se olhar. Mantinha as mãos unidas à frente do vestido branco e tinha para ele um sorriso amigável. Krulgar se aproximou. Não era mais um cachorro; era novamente um garoto, nu e desprotegido, estendendo as mãos para tocá-la. A garota riu e tentou se afastar. Krulgar deu um salto e a puxou pelo braço, sentindo o corpo quente contra o seu. Sem saber direito o que estava fazendo, beijou seus lábios dourados. Ela tinha gosto de cravos e mel. O beijo durou apenas um segundo até que ela conseguisse se livrar dos seus braços e correr para dentro da taverna.

Krulgar a seguiu, sem pensar no que estava fazendo. Lá dentro encontrou apenas a escuridão. O lugar parecia abandonado e apodrecido pelas larvas do tempo. "*Liliah?*" ele chamou. Pisou no chão de madeira temendo que tudo viesse abaixo. Ouviu um grunhido e se virou para ver um javali, todo negro, que arranhava os cascos contra a madeira, preparando-se para avançar. Krulgar queria ser novamente um mastim, mas agora era apenas um garoto assustado.

O javali investiu contra ele com as grandes presas cheias de saliva. Não houve tempo para desviar. O animal gigantesco bateu contra ele, empurrando-o com toda força contra o balcão da taverna. Krulgar buscou fôlego e o animal levantou o queixo, furando sua barriga com a presa. Era como a faca do caçador novamente: o gosto de metal e morte. Quando parou de gritar, finalmente acordou.

Khirk tapava sua boca para que não fosse ouvido. Sangue escorria do braço do *dhäen*, no ponto em que Krulgar o havia arranhado. Mais calmo, sentiu a mão se afrouxar de sua boca e respirou aliviado. Não havia ninguém acordado e a escuridão era quase absoluta, exceto pelo tênue brilho da lua sobre as nuvens.

– Alguém me ouviu? – Krulgar perguntou.

O *dhäen* balançou a cabeça, tranquilizando-o.

– Acho que já sei o que ela quer de mim.

Pensou na placa da taverna com o javali negro balançando ao vento. Liliah queria que Krulgar matasse de novo.

•••

A noite estava seca e sufocante quando Thalla despertou. Custou a perceber que estava acordada. Ainda sentia o gosto do beijo de Krulgar em seus lábios. Era sempre assim quando os sonhos a levavam longe demais. Em silêncio, no quarto ainda envolto nos mistérios da noite, começou a juntar as peças do quebra-cabeças do seu despertar. Sabia que eram os momentos mais importantes. A incerteza permanecia na penumbra entre o sonho e a realidade.

Atendendo a um sinal que não se lembrava de ter dado, Evhin estava parada ao seu lado aguardando ordens. Thalla olhou a silhueta que se projetava na parede com a luz da janela. Tentou descobrir se ela estava realmente ali ou se era mais um sonho. A aia perguntou em seu tom choroso se precisava de algo; o suficiente para convencer a garota de que não falava com um fantasma de seus sonhos. Só sua aia podia ser tão covarde.

Era fácil entender por que os colonizadores de além-mar haviam escravizado aquele povo. Tudo em seus modos cheirava à servidão. Não por menos eram chamados de *dhäeni* pelos antigos. Servos. Evhin havia vivido para criar duas gerações de sua família e ia viver por no mínimo outras quatro. Ainda assim ela se curvava sobre si, subserviente, de olhos baixos e voz trêmula. Era difícil para pessoas como Thalla se convencer de que aquele povo não era mais escravo.

– Chá. – Sua voz estava rouca. – Evhin? – a garota chamou. – Preciso de um mensageiro. Alguém de confiança. Um homem com filhos, que ainda não tenha caído nas graças de meu pai.

– Imediatamente, *me'shäen* – a aia respondeu da escuridão próxima à porta, antes de desaparecer mais uma vez.

Thalla havia finalmente encontrado os pedaços perdidos de seu sonho e ao colocá-los em ordem percebeu que o tempo era curto. Talvez curto demais. Ela precisava enviar uma mensagem para o sul o mais rápido possível e não confiava nos meios mais simples disponíveis. Os espelhos já não eram seguros, núncios fantasmas eram proibidos. Levantou-se e pôs-se a andar pelo quarto, amarrando as pontas soltas no emaranhado de nós que formavam a tapeçaria de seus planos. *Um homem com o coração da guerra ardendo em sua mão.*

Arrepiou-se com o vento que entrava pela janela e só então se deu conta de que ainda estava nua. Cobriu-se com as mãos. A nudez não a constrangia, mas o frio sim. Acreditava que as roupas, mesmo as mais finas, aprisionavam seus sonhos. Não tinha tempo nem para as mais finas barreiras quando se despia de seu corpo.

Estava cansada.

– O mensageiro está aqui, *mea shäen*. – A voz de Evhin estremeceu.

Thalla abaixou a cabeça, fazendo outra oração para sua mãe. Sabia que ao menos Rhella nunca a abandonaria.

– Traga-me algo para vestir, Evhin.

O últimos dias haviam sido exaustivos. Tinha vasculhado sonhos sem conta atrás das peças que faltavam. Agora que o tabuleiro parecia completo, era hora de começar a partida. Evhin reapareceu trazendo nas mãos uma túnica de um tecido tão fino que disfarçaria pouco de sua nudez. A garota a vestiu, sentindo o tecido delicado deslizando por sua pele dourada, e caminhou para o outro lado do quarto.

Parou de frente para o mensageiro e o observou curvar-se. Sentou-se em uma cadeira grande e imponente que lhe emprestava um ar majestoso. Evhin lhe serviu o chá e o cheiro de mel e especiarias tomou conta do ar. A garota olhou o homem. Não era muito velho, mas tinha uma aparência cansada e rota.

– Você sabe quem eu sou? – A pergunta foi feita em voz baixa, com um sorriso levemente ameaçador. O homem tentou responder, mas só conseguiu balançar a cabeça. – Diga.

– *Shäen* Thalla, Filha de *Shäen* Círius – o homem gaguejou.

Thalla deu um longo gole em seu chá.

– Então também sabe o que eu posso fazer?

O homem balançou a cabeça novamente, desta vez, de forma firme e profissional. Thalla respirou fundo.

– Tenho uma mensagem para enviar. Preciso de um homem que possa cavalgar rápido, sem fazer perguntas. Você pode cavalgar rápido?

– Tão rápido quanto permitir a montaria, senhora.

– A montaria é rápida. – Thalla sinalizou para Evhin e a aia lhe trouxe papel, pena e seu selo. – Vou lhe entregar ordens para que lhe forneçam montaria descansada e dinheiro para que nada o impeça de chegar. Trabalhe bem e será recompensado. Me decepcione e seus filhos irão lamentar o pai que tiveram. Evhin, a cera.

Se houve surpresa por parte do mensageiro ele a escondeu bem. A *dhäen* esquentou a cera vermelha no fogo de uma vela. Por um instante o mensageiro pensou que ela estivesse conversando com a chama, que se inclinava para ouvir com atenção. Um arrepio involuntário correu pelo seu braço ao perceber a feitiçaria. *Dhäeni* eram servos úteis, cheios de magias e maldições. O medo que o atingiu não tinha nada a ver com a maldição que ela provavelmente colocava no sinete. Ele jamais se arriscaria a rompê-lo. Sobrevivera a todos aqueles anos porque se negava a ter conhecimento dos jogos dos nobres. Mas tinha medo dos *dhäeni* e de tudo o que eles podiam fazer.

Thalla selou a carta com a cera viscosa e a estendeu para o mensageiro. O homem deu um passo respeitoso para alcançar a carta. Thalla não a soltou de pronto. Segurando-a entre os dedos, procurou no fundo dos olhos do homem qualquer sombra de traição. Viu-o enrubescer quando seu olhar passou pela sombra dos seus seios, visíveis através do vestido. A garota sorriu e o dispensou com um aceno.

O mensageiro se apressou em direção da porta, sob a qual deteve-se.

– Senhora, me perdoe. Ainda não sei para onde estou indo.

Thalla tomou outro gole de chá, feliz pelo efeito que havia

provocado. O homem esperou na porta, sem voltar a se aproximar. Não haveria endereço no envelope. Ela olhou Evhin com uma expressão quase entediada, mas sentia-se exultante. Sabia que estava a poucos passos de ver seus planos se realizarem.

– Illioth – Thalla disse. – A carta deve ser entregue no palácio, ao Príncipe Oren. Evhin vai lhe dar os detalhes da viagem.

O mensageiro fez uma mesura e saiu do quarto, fechando a porta atrás de si. Os peões estavam em movimento e ela havia conseguido vantagem bisbilhotando os sonhos alheios. Por mais segredos que seu pai mantivesse, havia pouco a fazer contra alguém capaz de entrar nos sonhos de um mensageiro com ordens para pagar pela morte de alguém. Ou de um secretário que durante o sono refazia no inconsciente toda a rotina do seu dia, incluindo uma carta a um príncipe sulista, pedindo apoio contra o Imperador. Círius trabalhava para os dois lados: enquanto oferecia apoio financeiro ao Imperador, alimentava as ambições de Dhommas, a ponto de contratar um assassino para colocá-lo no poder.

Thalla sabia exatamente quem seria seu alvo.

– Grandes reis começam uma guerra com um grande exército. Reis grandiosos são mais sutis. Para que se inicie uma guerra basta uma faca afiada. E a garganta certa.

Evhin retirou a bandeja de chá e viu que Thalla parecia animada. Sabia que aquele seria o momento mais perigoso. *Não existe faca mais afiada do que o coração de uma mulher*, a *dhäen* ainda pensou. Pediu licença e foi falar com o mensageiro.

Era hora de aumentar o controle sobre Krulgar. Não bastava apenas manipular seus sonhos. Thalla precisava ser sua única esperança.

– "Seja a solução para todos os problemas dos seus inimigos, e se ele não os tiver, invente-os." – citou as palavras do seu pai para o quarto vazio.

Em breve ela também teria o seu assassino. *Com o coração da guerra ardendo em sua mão.*

•••

A névoa fria da manhã se espalhava pelo chão do bosque, onde a imensa cabeça de pedra descansava semienterrada. Um lagarto de fogo se estendia sobre a rocha escura, mudando sua coloração para um vermelho em brasa caso alguém se aproximasse. Lum Morcego estava ainda mais nervoso do que o habitual, em um humor parecido com o do lagarto imóvel sobre a pedra. Era preciso cuidado para não se queimar. Krulgar mantinha uma distância saudável de ambos.

— Ele não vai vir! — Lum olhou Krulgar como se ele fosse o culpado. — Marg vai querer a língua de alguém.

O resto da caravana estava espalhado pela floresta para vigiar o local do encontro. De onde estava, Krulgar podia ver Khirk instalado em cima de uma árvore, alerta. Sentia-se mais seguro com a presença do *dhäen* sobre seus ombros. Enquanto se organizavam, Eburo havia passado por ele com um martelo de batalha nas costas; uma arma tão grande que um homem comum teria dificuldade de arrastá-la. O *ommoe* parou ao seu lado e sorriu com seus dentes brancos.

— Não confie em ninguém — sussurrou quando o Morcego não estava olhando.

Tocou o ombro de Krulgar e se afastou para a floresta. Krulgar riu. Estava tranquilo; sabia exatamente o que aconteceria se algo desse errado. Viu Khirk prendendo a corda no arco longo e se afastou quando um lagarto de fogo tocou sua bota.

Não demorou muito para que alguém se aproximasse pela trilha. Pelo sinal de Eburo era um homem sozinho, com duas montarias. Não houve alerta de perigo e Lum Morcego coçou a grande orelha, ansioso. Tinha tirado o baú de cima da mula, deixando-o à mostra no chão das ruínas. As verdadeiras gemas estavam escondidas na mochila presa ao cavalo.

O cavaleiro se aproximou com um trote cuidadoso, puxando uma mula de carga atrás de si. Vestia uma camisa branca de algodão sob uma jaqueta de couro marrom e uma calça preta, desbotada pelo uso. Não usava joias. A única coisa de valor que parecia levar consigo era o punho da sua espada enfeitado com pequenas pedras preciosas. Tinha os cabelos curtos de um vermelho vivo e olhos de um verde escuro que examinavam a tudo com inteligência e desprezo.

— Você é o homem de Marg? — perguntou a Krulgar.

O mercenário negou com a cabeça e indicou Lum com o queixo. O Morcego não era nada impressionante perto de Krulgar. Se o comprador se surpreendeu, porém, não deu nenhum sinal disso.

— Vocês trouxeram as gemas?

— Você trouxe o dinheiro? — Lum tentou parecer tão ameaçador quanto o comprador, mas sua voz saiu esganiçada e nervosa.

O ruivo indicou o baú preso à mula. Krulgar procurou Khirk, mas o *dhäen* estava escondido. O silêncio se alongou. Krulgar encarou o ruivo que, calado, mantinha o mesmo olhar de desprezo com que havia entrado na clareira. Então viu o sorriso no rosto de Lum, alargando-se com seus milhões de dentes afiados. Os pelos da sua nuca se arrepiaram e ele soube que algo errado estava acontecendo.

A marreta de Eburo atingiu a fronte da mula de carga e partiu seu crânio com um estalo seco. O animal foi ao chão, torcendo as pernas em terríveis convulsões. A montaria do mensageiro empinou, mas ficou presa onde estava, amarrada à mula agonizante. Lum assobiou uma vez, com força. Os outros membros da caravana surgiram de trás das árvores. Eburo virou a marreta para tentar derrubar o cavaleiro, mas o ruivo foi mais rápido e tirou o pé dos estribos, deixando-se cair no chão. Lagartos de fogo fugiram entre as folhas e os homens de Lum se aproximaram com armas a postos. O ruivo tentou sacar a espada, mas era tarde. Lum já estava sobre ele com uma faca em seu pescoço.

– Vocês não sabem com quem estão se metendo – o ruivo avisou. Lum apenas riu. – A chave! – gritou, quando a lâmina de Lum revelou um filete do seu sangue. – Vocês não vão conseguir abrir o baú sem a chave!

Krulgar sabia que Marg era um trapaceiro maldito, mas preferia ter sido avisado de que tentariam roubar o dinheiro do comprador. Lum deu um sinal para Eburo, que ergueu a grande marreta de batalha bem acima de sua cabeça e a deixou cair sobre o baú com toda a força e precisão. O barulho da marreta contra a fechadura ecoou pelas árvores, assustando os *khirks*. O baú permaneceu incólume. Lum xingou o *ommoe* e lhe deu ordens para que tentasse de novo.

O resultado foi o mesmo.

– Não adianta. A chave do baú está há duas semanas com seu mestre. Só ele vai conseguir abri-lo. – O ruivo sorriu ao ver a surpresa no rosto de Lum Morcego. – Ah, você não sabia! Quer dizer que seu chefe não sabe de nada, não é? Foi tudo ideia sua. Idiota!

– Do que ele está falando, Lum? – Eburo pareceu preocupado. – Onde está o dinheiro?

Lum viu o sorriso no rosto do ruivo e soube que havia cometido um erro. Eburo bateu no baú com mais força, mas estava claro que perdia seu tempo. Os outros membros da comitiva se aproximaram, hesitantes. O Morcego deu ordens para que revistassem as coisas do ruivo.

– Você disse que era simples, Lum! O que vamos dizer para Marg?

Lum se levantou e chutou o ruivo no peito, fazendo-o tombar para trás. Andou de um lado para o outro enquanto puxava a orelha.

Krulgar não acreditava que eles pudessem ser tão idiotas. Marg os perseguiria até o fim do mundo, seriam mortos e usados como exemplo.

– Marg é o menor dos seus problemas – o ruivo disse. – Ele não vai ter a menor chance de encontrá-los antes de Círius. Vocês estão todos mortos.

– Silêncio!

Lum ficou pálido ao ouvir o nome do comprador. Precisava pensar, mas o barulho da marreta de Eburo e toda aquela conversa pareciam sobrepujar qualquer pensamento.

*Círius*! Krulgar já tinha ouvido falar no mercador. Sua fama era implacável. Marg era grande entre os aventureiros, mas Círius negociava com reis e frequentava a corte do Imperador. Se soubesse para quem o atravessador trabalhava, teria tido mais cuidado. Krulgar precisava arrumar uma forma de sair da confusão.

– Acharam a chave? – Lum perguntou.

As coisas do ruivo se espalharam pelo chão, semidestruídas. Não havia sinal da chave.

– Vocês ainda podem sair desta história com vida. Entreguem as gemas, peguem o baú e voltem para casa. – O ruivo se sentou no chão e limpou a terra das mãos. – Onde você acha que vai se esconder? O prêmio pela sua cabeça vai ser tão grande que seus companheiros vão acabar te entregando. Esqueça.

– Não vai ter prêmio pela minha cabeça!

Krulgar podia ver que Lum ainda não havia admitido a derrota. Tocava a ponta da adaga com o dedo, testando seu fio. Krulgar viu o brilho frio nos olhos do Morcego e entendeu por que era o único que não sabia o que estava acontecendo. Lum planejava culpá-lo por tudo.

*Não confie em ninguém.*

Krulgar agarrou o cabo da espada. Lento demais para os movimentos do Morcego. Lum já havia erguido a mão para arremessar sua adaga. Àquela distancia ele não erraria e a mente de Krulgar imaginou a morte como certa. Lum sorria pela óbvia vitória quando sua mão falhou, a adaga escorregou de seus dedos e caiu no chão, inofensiva. Olhou para a mão, surpreso, sem entender o que via: uma flecha preta transpassava seu pulso, cortando veias e tendões.

– Matem! Matem to... – A voz esganiçada de Lum Morcego foi interrompida por um grito de dor no momento em que a espada de Krulgar atingiu seu peito.

Seus comparsas ainda não tinham entendido o que estava acontecendo, mas Eburo agiu rápido e ergueu o martelo pronto a despedaçar a cabeça do comprador. Krulgar gritou. Percebeu que outro dos homens de Lum já vinha em sua direção com a espada desembainhada.

Krulgar reagiu rapidamente. Um dos homens se virou em sua direção. Seu golpe desenhou uma parábola diante da cintura de Krulgar, mas o guerreiro o evitou com um passo para trás. Em seguida, como uma serpente dando o bote, Krulgar atacou usando a ponta de sua espada, resvalando no pescoço do oponente. Um sangue grosso espirrou pelo corte, bombeado pelo coração apressado do inimigo. Krulgar não perdeu tempo com sentimentalismos. Girou a espada e deu fim à vida do seu ex-companheiro de caravana.

Eburo deixou cair o martelo com selvageria. O ruivo, porém, não ficou esperando para levar o golpe, como a mula de carga. Girou para frente em tempo de ouvir o barulho do martelo contra o chão fofo do bosque.

Eburo avançou e o ruivo tentou se colocar de pé, um segundo mais lento do que pretendia. O *ommoe* sorriu para ele com dentes muito brancos e ergueu outra vez o martelo. O ruivo protegeu o rosto e Eburo vacilou, empurrado para trás por uma flecha negra no peito. A dor transpassou-o, transformando-se em raiva, e ele olhou o homem de Círius no chão como se ele fosse o culpado; outra flecha acertou-o no peito, inundando seus pulmões com ferro e sangue. Então Eburo percebeu o *dhäen* à sua frente, de pé, com o arco erguido. Khirk soltou a terceira flecha e Eburo caiu de joelhos ao chão. O ruivo se afastou, vendo o gigante negro tombar morto.

Só restava um inimigo de pé quando a luta acabou. Ruffo não era, nem de longe, o mais corajoso dos seus companheiros. Quando viu os homens caídos e o sangue na lâmina de Krulgar, recuou, assustado. Krulgar deu um passo adiante e rosnou. Viu o último membro da comitiva tropeçar nas próprias pernas e correr.

Krulgar se virou para o mensageiro, que a esta altura já havia sacado a espada e esperava, segurando-a com ambas as mãos. Ajoelhou-se e arrancou um pedaço da camisa de um dos mortos para limpar a lâmina. O silêncio era completo.

— Você pode baixar sua espada. As gemas estão na mochila de Lum. Você segue o seu caminho e eu levo o ouro — Krulgar disse, e guardou a espada, estendendo a mão. — O que acha?

O ruivo olhou para o mercenário desconfiado.

— Assim que eu chegar a uma cidade vou enviar uma mensagem

avisando Marg do que aconteceu. Se eu escapar, você não vai poder ficar com esse dinheiro e sabe disso.

– Eu não seria idiota de tentar. Guerras já foram travadas por muito menos e eu só quero sair daqui vivo. Marg vai pagar a minha parte e talvez a parte dos outros quatro que não voltarão para casa. O que acha?

O ruivo refletiu por mais um tempo e então embainhou novamente a espada. Agarrou a mão de Krulgar.

– Estamos de acordo?

– Sim. Estamos. Meu nome é *dhun* Derek.

– Jhomm Krulgar. E este é Khirk. – Krulgar indicou o *dhäen* que continuava atrás de Derek. – Foi ele quem salvou a sua vida.

Derek olhou para trás pronto a agradecer, mas ficou em silêncio ao ver os olhos perolados de Khirk.

– Você pode me chamar de senhor, Jhomm. – Derek cuspiu as palavras no chão e andou na direção do cavalo de Lum, onde estava presa a mochila. – Mande o seu *dhäen* soltar a carcaça da minha mula. Vou levar um daqueles cavalos.

– Ele não é meu *dhäen*. *Senhor*. Diga o que quiser para ele, só não sei se ele vai querer obedecer.

Derek se virou sem acreditar na ousadia de Krulgar. Resolveu relevar sua falta de educação.

– O que você disse sobre a chave é verdade? – Krulgar perguntou.

– Não. Tem um compartimento com a chave debaixo da minha sela. Sejam rápidos. – Derek vasculhou a mochila de Lum até encontrar um saco de cereais de aparência ordinária, do tamanho de um melão pequeno. Soltou o laço que o fechava e retirou de dentro dele uma pequena gema *élantar*. Seu brilho pareceu responder ao toque de Derek. – Nossos caminhos se separam aqui.

Khirk selou a montaria do ruivo e Krulgar abriu o baú. A chave girou com dificuldade e ele temeu que Eburo houvesse estragado a fechadura. Depois de algumas tentativas, ouviu o mecanismo cedendo.

Não sabia dizer quanto dinheiro havia ali; sabia que era muito. A maioria das moedas eram de ouro, pequenas e circulares com o rosto de um Imperador de um lado e um castelo do outro. Também havia moedas com torres de prata e uns poucos templos de cobre. Era a fortuna de um nobre e Krulgar cogitou ficar com ela.

– Eu não faria isso se fosse você. – Derek percebeu a cobiça nos olhos do mercenário. Já havia montado e tomado o cavalo de Lum para carregar suas coisas. — Marg não é famoso por sua paciência, mas pode ser generoso por sua lealdade.

Krulgar fechou novamente o baú e enfiou a chave no bolso do cinto. O corpo de Eburo estava caído no chão e Krulgar sentiu-se culpado ao olhar o *ommoe*. Khirk se aproximou e colocou a mão sobre seu ombro em um pedido mudo de desculpas.

— Talvez devêssemos preparar uma fogueira. — Krulgar não se importava para o espírito dos outros, mas gostava de Eburo e queria que ele chegasse ao outro lado.

— Você deve enterrá-lo. Os *ommoë* enterram os seus mortos — Derek disse.

Krulgar estranhou. Nunca havia falado com Eburo sobre a morte. Um enterro seria mais difícil do que preparar uma fogueira.

— Obrigado pela ajuda — Derek se despediu.

Krulgar respondeu com um aceno de cabeça e viu Derek se afastar. Sentiu-se cansado. Pensou na aldeia de Shene e tentou imaginar uma forma de cavar um buraco para enterrar Eburo. Nesse momento se deu conta de que o corpo de Lum havia desaparecido.

Encontraram uma trilha de sangue que levava até onde ficavam os cavalos. Lum havia fugido levando uma das montarias. O *dhäen* insistiu para que fossem atrás dele. Krulgar só queria entregar o ouro para Marg e receber a sua parte. O feiticeiro que lidasse com o traidor.

Enterraram Eburo. Krulgar não sabia bem o que fazer; deitou o *ommoe* de costas e apoiou o grande martelo de batalha sobre seu peito, como em uma pira funerária. Em Karis a maioria dos povos queimava seus mortos, para que pudessem renascer do outro lado. Dizia-se que os esqueletos eram assombrados por seus espíritos, presos na terra até que seu corpo virasse pó, o que fazia com que se tornassem vingativos com os vivos.

Talvez fosse assim entre os *ommoë*. Mortos e vivos convivendo no dia a dia. Krulgar não sabia. Sequer sabia se devia ou não fazer uma prece ao homem que havia tentado matá-los. Por fim sorriu, lembrando-se do grande sorriso de Eburo.

— Bastardo filho da puta. — Marcou seu túmulo com uma pedra e levou Khirk para longe dali.

Já era noite alta quando pegaram a estrada e Krulgar sentiu a fúria da batalha se esvair do seu corpo. Tinha matado dois homens e seu único arrependimento era não ter matado o terceiro. Enviaria imediatamente uma mensagem a Marg, contando o que tinha acontecido. Lum era problema dele agora.

Duas horas depois avistaram as luzes de Shene do alto de um morro. A cidade ficava na encosta de um vale, após um pequeno rio, mas já pelo caminho passaram por casas isoladas, com as luzes apagadas e cães ladrando junto ao portão. Sentiram o cheiro de galinhas e esterco. Ninguém saiu na janela para vê-los passar.

As luzes que tinham visto vinham da torre do castelo, na cabeceira do morro, e de umas poucas casas logo abaixo da muralha. Pelo horário deviam ser as tavernas e bordéis locais. Na maioria das cidades os bordéis ficavam na periferia; em Shene pareciam a atração principal da aldeia. Antes do rio as casas começaram a ficar mais próximas umas das outras e eles atravessaram uma sólida ponte de pedra, pisando em um calçamento que subia rumo ao castelo em uma longa curva na encosta do morro.

Krulgar sentiu uma estranha euforia ao ouvir os cascos dos cavalos batendo contra o calçamento de pedra. Havia algo de familiar no ar da cidade: um cheiro que ele reconhecia. Desconfiado, desmontou e seguiu a pé, imitado em seguida por Khirk. As pessoas daquele lado do rio pareceram mais curiosas ao ouvirem os cavalos andando no chão de pedra, mas não responderam quando Krulgar parou para se informar sobre a estalagem mais próxima. De alguma forma, porém, Krulgar sabia que estava indo na direção certa. Toparam com dois bêbados caídos no meio da rua, com as caras enfiadas em uma poça de vômito, e souberam que estavam perto.

Tudo o que Krulgar queria àquela hora era dormir em uma cama. Um pouco de comida também seria bom, e talvez uma bebida quente. A ansiedade crescia dentro dele.

Antes que chegassem a qualquer lugar, Krulgar percebeu o que o incomodava. Reconheceu o chão sob seus pés. Lembrou-se das casas de pedra que cresciam ao seu redor. Fez uma curva, seguindo por uma ladeira mais íngreme. Sentiu a panturrilha gemer de dor. Ofegava. Khirk olhava para ele com a expressão preocupada.

Seu coração se esforçava para acompanhar o ritmo dos pensamentos. Krulgar não tinha dúvida do que via. Poucos passos adiante, rangendo ao soprar do vento, a placa de um javali negro balançava sobre a porta de uma taverna lotada.

# Capítulo 4

— Eu disse duas camas, seu trapaceiro dos infernos! — Krulgar bateu a mão no balcão, fazendo o atendente estremecer junto com os copos e jarros.

A taverna estava cheia. Da pequena antessala onde ficava o balcão da entrada, ele podia ver as pessoas festejando no grande salão ao lado. Havia música e cantoria, e um trio de mulheres desinibidas dançava no centro de uma roda. Khirk passou os olhos por tudo, sem sair da porta. Do outro lado da rua, uma taverna menor e menos movimentada teria aceito de bom grado seu cobre, mas Krulgar insistia que era ali que deviam ficar.

No fundo do grande salão, um grupo animado pelas prostitutas gargalhava. As roupas e a maneira como os outros evitavam olhar em sua direção demonstravam sua autoridade, assim como as espadas na cintura mostravam seu desprezo às normas sociais mais elementares. Em um salão não se devia portar espada. Cerveja e aço eram receita certa para sangue, embora para os nobres aquilo não importasse, desde que o sangue ao chão fosse vermelho e não azul.

— Nós não aceitamos *dhäeni!* Seu servo pode dormir no estábulo, se quiser — o rapaz gaguejou. Khirk já havia dormido em estábulos e ao relento. Tinha ainda esperança de conseguir um banho, mas só desejava terminar a noite. Havia acabado de matar um homem. Cada pessoa que morria levava consigo um pedaço da Grande Canção do mundo. Caberia ao *dhäen* preencher aquele vazio; ele, no entanto, já não era capaz de fazer aquilo. Sua voz tinha sido tomada quando a marca *fahin* fora feita em seu rosto. Seu nome havia sido banido para sempre das canções de sua família. Tudo o que tocava virava silêncio e aquela morte era só outra prova disso.

— Ele não é meu servo. Qual é a diferença se quem vai se deitar na cama é um homem, um cavalo ou um *troll?* A cama é a mesma e eu vou pagar por ela da mesma forma.

– Sim, verdade, mas vamos ter que limpar todo o quarto e lavar os lençóis quando vocês saírem... – o atendente acusou. Khirk riu.
– Sai da frente, seu *dhäen* de merda! – Khirk foi praticamente jogado quando um homem gordo passou por ele. Era alto, talvez até mais alto do que Krulgar, e tinha a cabeça tão enfiada entre os ombros que parecia não ter pescoço. Os braços eram largos e o tecido gasto em sua túnica era suficiente para cobrir um cavalo.

Krulgar estava de costas quando o homem gordo passou em direção ao grande salão. Khirk se acomodou com um leve franzir das sobrancelhas para o nobre. Vinha sozinho e deixava uma rua deserta atrás de si. Pelo canto dos olhos perolados, Khirk viu uma garota de capuz passar correndo pela sombra de uma porta do lado de fora, tentando não chamar atenção.

Resolveu avisar Krulgar que ficaria no estábulo; já estava farto daquela discussão. Quando se virou para avisá-lo, a antessala estava vazia. Um silêncio tenso tinha se instaurado no salão.

– O gordo não tem pinto! – A voz era apenas um sussurro pausado, amplificada no súbito silêncio. A música havia parado. As mulheres tinham deixado de dançar. – O gordo não tem pinto! – Krulgar repetiu, agora aos berros. Khirk correu para a porta a tempo de ouvir o barulho de copos e pratos se despedaçando contra o chão. Uma dezena de pés bateram contra o assoalho, em fuga. Espadas foram desembainhadas e ele não teve dúvida de que precisaria do arco.

As pessoas passaram apressadas pela porta, empurrando-o. De onde estava, Khirk levantou uma flecha sem saber quem seria o alvo. Viu homens se levantando com espadas na mão. O espaço era pequeno para uma luta como aquela. Krulgar encarava o homem gordo que havia acabado de esbarrar em Khirk, desafiando-o com um sorriso.

Um dos soldados que acompanhava o nobre se ergueu sacando a espada, mas Krulgar parecia não notá-lo, mesmo estando a poucos passos dele. O mercenário se concentrava no homem gordo, subitamente apavorado.

Khirk disparou uma flecha sem nem pensar no que estava fazendo, bem a tempo de salvar Krulgar do golpe da espada do soldado. Nem todos os clientes da taverna conseguiram escapar quando o caos começou. Encolhidos contra a parede, alguns se protegiam do duelo de espadas quando viram a flecha de Khirk "*Na dúvida, aponte para o dhäen*", dizia o ditado, e tomando coragem contra a raça mais fraca, um dos camponeses correu para atacá-lo. Khirk levantou o arco, apontando a flecha no nariz do homem e, quando ele hesitou, chutou-o no meio das pernas.

Outros camponeses tomaram coragem para se levantar e participar da briga. O guerreiro parecia prestes a desaparecer numa maré de pernas e braços que tentavam detê-lo, mas ainda era possível ouvi-lo rosnar, assim como era possível ouvir os gritos afeminados do gordo: *"Ele me achou! Ele vai me matar! Ele vai me matar!"*

Somente o gordo, entre os nobres, parecia ter sobrevivido. Os camponeses não estavam tão interessados em salvá-lo. Esmurrando e chutando, Krulgar se livrava de todos eles, sem mais do que algumas escoriações.

Livre, o mercenário agarrou o gordo pelo tornozelo e o puxou para o abate. O nobre levantou as mãos, como se os seus dedos gordos pudessem protegê-lo. Krulgar riu, erguendo sua espada.

– Não foi minha culpa! – O homem guinchava de medo, mas Krulgar já não o ouvia. Sua espada desceu com força onde deveria estar o pescoço do gordo, cortando um grande pedaço de banha. Depois outra vez, encontrando carne e sangue.

Khirk tinha seus próprios problemas. As pessoas saíam às ruas gritando pelos guardas. Um dos músicos conseguiu escapar da cena sangrenta e avançou até ele, balançando o alaúde para um golpe. O instrumento se despedaçou contra uma viga no teto e Khirk largou o arco para sacar a faca longa que levava nas costas. Antes que pudesse fazê-lo, algo se partiu em sua cabeça. O mundo explodiu em manchas coloridas e seus olhos ficaram nublados de sangue. Ele ouvia Krulgar urrando de alegria em algum lugar. Alguém o puxou pelo braço e ele se virou para continuar lutando, mas a figura que o segurava se rendeu, levantando as mãos. Era uma garota com parte do rosto escondido por um capuz.

– Se quiser ajudar o seu amigo, você precisa ir embora agora. – Ela apontou a rua: um grupo de guardas falava com o rapaz do balcão. – Tem outra saída pela cozinha.

Khirk viu Krulgar imobilizado por dois homens. Estava banhado em sangue e gargalhava. O *dhäen* queria gritar, mas sua garganta se encheu de vazio. A garota o levou pela mão por uma porta ao mesmo tempo em que os guardas entraram pela outra. Da cozinha da taverna escaparam para os fundos da rua; ninguém foi atrás dele, ninguém estava interessado. Afastaram-se pelas sombras, enquanto Krulgar era arrastado para fora e surrado no meio da rua. Eram muitos e estavam armados.

— Veja isso, capitão! — Um dos soldados havia encontrado o baú de ouro de Marg que tinha ficado preso ao cavalo do lado de fora e erguia orgulhoso um punho cheio de moedas de ouro. — Dinheiro do resgate de um rei.

— Não. Dinheiro do assassinato de um nobre — o capitão respondeu. Krulgar gargalhou quando ouviu aquilo.

— Aquele gordo não valia nem uma bela cagada — escarneceu entre soluços. O capitão fez um aceno de cabeça e os homens voltaram a espancá-lo. Khirk se moveu para impedi-los, mas a garota o deteve novamente.

— Não o matem. Precisamos descobrir quem o contratou para matar Lorde Bardolph — o capitão os interrompeu. Krulgar já não se movia. — Levem-no à masmorra.

O alarme havia soado e a aldeia toda correu para fora com forcados e foices, enquanto soldados surgiam pela estrada prontos para restaurar a ordem.

Krulgar e o dinheiro de Marg foram escoltados para dentro da fortaleza. Khirk olhou as muralhas e voltou-se para a garota. Agarrando-a pelos pulsos, arrancou o capuz de seu rosto. Tinha cabelos muito loiros e olhos de um dourado profundo. Khirk a puxou para perto de si e quis ter voz para arrancar dela as respostas que faltavam, mas a garota não se intimidou com seu olhar gelado.

— Meu nome é Thalla. Se quer ver seu amigo de novo, você tem que confiar em mim.

A única pessoa em que Khirk confiava no mundo acabava de ser presa. Ele examinou a verdade naqueles olhos de ouro e sentiu o cheiro da traição. A tatuagem em seu rosto pareceu se mover como uma serpente sob a sua pele.

O *dhäen* deu as costas para Thalla e caminhou pelas sombras de volta à taverna. Vendo sua silhueta desaparecer, a garota o chamou.

— Espere. Eu tenho dinheiro. Muito dinheiro. Você vai precisar de ouro para compensar por aquele que os guardas levaram, não vai?

Khirk vacilou. *Como é que ela sabia daquilo tudo?* Se eles não devolvessem o dinheiro de Marg, seriam caçados e mortos. Podia ser em um ano, ou na semana seguinte, mas Marg soltaria seus cães de caça. Isso se ele conseguisse tirar Krulgar do calabouço do castelo. Khirk olhou para trás. Ninguém ofereceria aquela quantidade de ouro se não desejasse alguma coisa em troca.

*Quem era aquela mulher?*

Thalla sorriu e observou o *dhäen* voltar atrás, com passos desconfiados. Khirk parecia menor do que ela se lembrava, nos sonhos de Krulgar, e agora ele lhe pertencia. Em breve, Krulgar também.

•••

A égua de *dhun* Marhos Grahan era uma das montarias mais cobiçadas de todo o Império. Grahan a havia comprado de um mercador em Lausarlot que dizia tê-la trazido do oeste, das terras para além do Deserto de Sal, onde os homens não queimavam seus mortos e permitiam que seus espíritos vagassem pela terra.

Era alta, infatigável e feroz. Seu preço teria sido indecente a qualquer homem de posses, mas para *dhun* Marhos Grahan, o homem de confiança do Imperador, custou apenas uma carta selada com o Leão do Sol Poente.

Grahan batizou-a como Mensageira do Oeste e colocou suas longas pernas a serviço do Imperador de Karis, função na qual elas jamais haviam fraquejado. Mas mesmo a égua mais veloz das terras de Karis parecia cansada quando o cavaleiro a desmontou.

Havia um cavalariço a postos para a sua chegada: um *dhäen* de aparência mirrada e assustados olhos violetas que estremeceu ao receber as rédeas da Mensageira em suas mãos. Com passos largos, o magistrado do Império se afastou, deixando o *dhäen* afagando o nariz de sua égua enquanto lhe cantava uma cantiga de conforto.

O acampamento parecia agitado. Dois intendentes haviam se colocado ao lado de Grahan para levá-lo até o Imperador, mas ele não era homem de ser guiado por ninguém. Pisando a terra lamacenta com força, deixou-os para trás.

Podia ver os estandartes de todas as famílias e casas que marchavam com o Imperador no alto das tendas. No mastro mais alto, o brasão do Império com o Leão e o Sol sobre tecido carmim ofuscava a todos em sua majestade.

*Dhun* Marhos Grahan havia viajado por toda a extensão do Império de Karis. Dos Ermos ao oeste até as Colinas das Lágrimas ao leste. Da Fronteira dos Crânios ao sul até a Espinha do Dragão ao norte. Ainda assim, todas as vezes em que se encontrava diante do pavilhão voador, sentia o ar lhe faltar.

Era uma estrutura monstruosa encabeçando o alto do pequeno morro. Construída em madeira, lona e metal escurecido; comprida como a proa de um barco, com uma torre baixa no seu centro da qual uma fumaça esbranquiçada demonstrava o funcionamento de sua grande fornalha. Grahan havia viajado nela duas vezes e tinha se surpreendido com sua estabilidade quanto se levantava do chão. Navegá-la era um truque complexo, envolvendo uma tripulação maior do que a de qualquer navio mercante, levando o Imperador mais rápido do que qualquer navio daquele mundo, e a lugares aos quais nenhum navio era capaz de chegar. Seu interior era confortável, com um salão grande o suficiente para o Imperador receber seus comandantes diante de um trono esculpido em um grande tronco de madeira dourada, com um leão de cada lado.

Grahan ouviu o martelo batendo diante da estrutura e diminuiu as passadas para se dirigir ao ferreiro. O homem tinha o peito largo e brilhante de suor apesar do frio que estava fazendo. Tinha um físico esplêndido e aparentava não mais do que trinta anos, embora na verdade estivesse mais próximo dos quarenta. Seus longos cabelos dourados haviam sido amarrados em um desajeitado coque em sua cabeça e arfava a cada golpe. Estava compenetrado no que parecia ser uma ferradura. *Dhun* Marhos Grahan aguardou. O ferreiro apanhou a ferradura em brasa e a mergulhou na água. Ela chiou, soltando borbulhas, até se afogar em silêncio. Quando o ferreiro limpou o suor da testa, se deu conta da presença de Grahan e sorriu.

— Vossa Majestade Imperial. — Grahan caiu sobre o joelho e abaixou a cabeça em sinal de respeito.

— Eu continuo odiando quando você faz isso, Marhos. — A voz do Imperador trovejava sem esforço, mas a repreenda parecia cheia de afeto. — Vamos, levante-se! Eu o abraçaria se não estivesse tão sujo.

Grahan não sabia se deveria se sentir grato, ofendido ou ansioso. Como não sabia o que dizer, preferiu o silêncio. Era a maneira certa de não parecer estúpido.

Os intendentes finalmente alcançaram o magistrado, bufando com os rostos vermelhos e constrangidos pela falha em tarefa tão simples. Grahan lançou-lhes um olhar reprovador. Se estivessem aos seus serviços não teriam cometido aquele erro. Em um instante fizeram aparecer toalhas para o Imperador, bem como um jarro de água limpa e uma bacia. O Imperador se lavou e se enxugou antes de avançar e abraçar Grahan, para o seu constrangimento.

— É muito bom te ver.

O Imperador era sincero e se perderia em cortesias, se lhe fosse permitido fazê-lo. Grahan não sabia lidar com aquilo; foi o mais cortês que pôde em suas curtas respostas sobre a viagem e os perigos pelo qual havia passado.

O Imperador Arteen Prio Wudmond Garantar era o segundo filho de um segundo filho e não havia sido criado para se sentar em um trono, situação que o incomodava tanto quanto aos senhores que lhe deviam fidelidade.

– É bom vê-lo com saúde, majestade. Como estão seus filhos?

– Fortes e cheios de energia, pelo que sei. Um campo de batalha não é lugar para crianças.

Mesmo assim, Grahan podia avistar uma centena delas correndo pelo acampamento. Filhos de nobres e bastardos, misturados com animais e homens de armas, sujos de lama e excrementos, arrebanhados por algumas das muitas mulheres que seguiam os soldados. Metade das mulheres e crianças ficariam pelo caminho, quando os homens voltassem para suas verdadeiras famílias. *Se* retornassem para as suas famílias.

– É melhor entrarmos. – O Imperador jogou a toalha suja para um dos seus intendentes e escancarou o portão do pavilhão voador, deixando as botas enlameadas ao lado da porta. Grahan seguiu seu exemplo e ficou feliz em ver que estavam sozinhos.

O Imperador olhou para o trono dourado por um longo tempo e balançou a cabeça, como se tentasse se livrar de algum pensamento que o assombrava.

– Eu nunca quis esse trono. Foi a Imperatriz quem insistiu que mesmo um salão imperial itinerante precisava de um trono. Eu me contentaria com uma boa cadeira à cabeceira da mesa e uma oficina para trabalhar. Você conhece as mulheres, Marhos. O trono foi presente dos *eldani* e não pude recusá-lo, mas não consigo me livrar da sensação de que a Imperatriz teve algo a ver com isso. Meu irmão estava certo ao não se casar.

– O povo ainda sente sua falta, Majestade.

– Sente? Sim, deve sentir. Eles não conseguem me ver como Imperador. Um Imperador de mãos calejadas. Arteen, o ferreiro... ou Arteen, o construtor. Não importa todo o bem que eu fiz ao Império, eles ainda preferem meu irmão.

Grahan manteve-se em silêncio enquanto Arteen mastigava seus pensamentos. Abriu e fechou a boca duas vezes antes de Arteen mandá-lo falar de uma vez.

— Majestade...

— Enfie a merda da Majestade no cu, Marhos! Eu o conheço há tempo demais para isso. Quando você quebrou o meu nariz não era de majestade que você me chamava, e sim de grandíssimo monte de bosta.

Grahan precisou de um instante para absorver a reprimenda. Por fim tomou coragem e falou.

— Majes... Arteen — apressou-se em corrigir. — O povo amava seu irmão... mas também o temia. Eles pensam que o Imperador é muito brando com seus inimigos...

— Não me venha novamente com a história de Wedhon.

— Dar um título a um *dhäen*...

O Imperador fuzilou-o com um olhar. Grahan já havia começado e agora não desejava mais parar.

— Muitos ainda falam do tempo do seu avô e de como ele havia colocado os *dhäeni*... desculpe! Colocado os *eldani* em seu lugar.

Arteen suspirou. Era muito jovem quando colocou a coroa de chamas sobre sua cabeça, mas tinha uma ideia clara do que devia fazer para mantê-la. Precisava de paz com os *eldani*, ou teria as mãos amarradas. Seu irmão havia morrido sem conseguir sufocar a rebelião abolicionista e ele não podia se dar o mesmo luxo. Wedhon era um gigantesco pedaço de floresta quase inabitada, onde os *dhäeni* já viviam. Tudo o que Arteen fez foi oficializar o que todos já tinham como certo, consertando as loucuras de seu avô Klavus e de seu tio Devan. Seu avô havia sido ambicioso e louco ao aceitar as imposições dos nobres do sul. Seu tio, louco e rígido ao manter as decisões de seu avô como uma cláusula pétrea. Seu irmão, mais disciplinado do que rígido. O que ele seria para a História?

— A estrada Norte-Sul está livre novamente. Whedon cuida bem do trecho que atravessa a floresta e ouso dizer que existe menos mortos ali do que em qualquer outro lugar. Diga logo o que quer dizer, Grahan!

*Menos mortos pois seus corpos não são encontrados.* Guardou o comentário para si. Arteen era um homem bom, mas tinha sangue de leão nas veias e fazia muito tempo que Grahan duvidava ser capaz de partir outra vez o nariz do Imperador.

— Os boatos vindos do sul são verdadeiros. Os nobres estão falando em rebelião, senhor.

A expressão no rosto de Arteen era indecifrável. Os olhos verdes profundos passearam de seu rosto pelo aposento, terminando no teto como se pudesse perfurá-lo e ganhar as nuvens.

– Círius deixou este salão há dois dias, dizendo que os nobres estavam em paz e apoiavam a Guerra do Norte. – Arteen apoiou as mãos na mesa com a cabeça baixa.

– Círius está enganado. – Grahan não conhecia Círius, mas não teve dúvidas sobre suas intenções. Mercadores só diziam às pessoas o que elas queriam ouvir, sem respeito com a verdade.

– O que você sabe?

– Pouco. Os senhores menores parecem insatisfeitos. Muitos deles usavam os *dhäeni* em suas terras mesmo após o fim da escravidão, mas agora os *dhäeni* estão partindo para Whedon, deixando os campos vazios. A insatisfação tem sido inflamada pelos clérigos de Kuthar. Os sacerdotes vermelhos estão pregando que o Império está sendo punido Por sua benevolência com os *dhäeni*. Os mercadores também falam sobre o valor dos impostos...

– A guerra custa caro, Grahan. Estradas e fortalezas também.

– Mas eles não vêm nada disso no sul e pensam que o norte está esbanjando dinheiro.

O Imperador refletiu por um tempo. Os homens das terras geladas haviam atravessado a Espinha do Dragão, julgando-o um Imperador mais fraco do que seu irmão. Ele estava respondendo aquilo com a guerra, e agora era o sul quem ameaçava explodir em chamas e ele não podia se dar ao luxo de ter um inimigo com uma faca em suas costas.

Seu irmão havia dedicado uma vida à guerra e havia morrido para dar paz ao reino. Arteen nunca desejou para si aquele destino. Usou seu poder para agradar o povo e restaurar a justiça no Império. Mesmo assim eles pareciam odiá-lo.

– Se o sul se levantar contra nós, o exército vai se dividir. Seremos mortos pelos nossos próprios homens.

Arteen falava aquilo mais para si do que para Grahan. O magistrado já havia pensado o mesmo. A rebelião não podia acontecer. Fez um sinal para um intendente, que se aproximou trazendo uma pequena caixa de madeira.

– Devemos suborná-los, senhor. E se não for o suficiente, devemos ser rápidos em lidar com os rebeldes.

As leis do Império eram rígidas com os traidores. Seus bens eram confiscados, sua família perdia tudo e eles eram condenados à morte.

– Já sei. – Arteen parecia mais sombrio do que o normal. – Encomendei presentes de Círius e juntei ouro o suficiente para atrair alguns nobres para nós. Pelos meus pais! O mercador é um homem difícil para negociar, mas chegamos a um acordo. Esse dinheiro precisa ir ao sul equilibrado na ponta de uma lança. Por isso quero que você entregue isso a Thuron pessoalmente.

Grahan recebeu a pequena caixa de prata, constatando o quanto era leve. Não fez qualquer pergunta sobre seu conteúdo. Se o Imperador quisesse dizer o que havia na caixa, ele o diria.

– Círius me garantiu que essa é a ponta de uma das três flechas que mataram Therik. Segundo as lendas sulistas, a família Vorus é sua descendente direta. Nem todos podem dizer que um dos seus antepassados foi trazido de volta ao mundo dos vivos por um deus, se é que você acreditaria nisso. O rei vai agradecer o presente e se for esperto vai entender a ameaça. Todos morrem um dia.

– Se for verdade, o mercador não deveria ter um tesouro desses na mão.

– Círius é um colecionador de tesouros antigos. – O Imperador deteve Grahan com um gesto, antes que a discussão sobre a ilegalidade daquilo se alastrasse. – De toda forma, essa peça foi encontrada numa das propriedades dele, então é sua por direito. Isso faz muito tempo.

– Entregarei o presente pessoalmente, Majestade.

– Enviarei mensagens à sua frente, para que os reis em seu caminho saibam de sua viagem. Recrute homens, tantos quanto conseguir para uma comitiva. Thuron precisa entender as consequências de se voltar contra o Leão. Se ele mantiver sua lealdade, não existe chance de rebelião.

Grahan assentiu, satisfeito. Era magistrado do Império e vivia para fazer valer suas leis. Podia não concordar com seu senhor sempre, mas sabia que ele estava fazendo a escolha certa. Se os boatos sobre rebelião tivessem chegado aos ouvidos do Imperador em outra situação, Arteen teria gargalhado e desconsiderado o assunto. Naquele momento, no entanto, os cães do norte tinham aberto suas mandíbulas e já estavam a poucas semanas da capital.

O magistrado pediu licença ao Imperador para partir imediatamente. Illioth ficava no extremo sul do Império, uma viagem que levaria quase dois meses pelas estradas imperiais, cavalgando na Bota do Gigante.

– Espere. – O Imperador o seguiu até o lado de fora e lhe entregou quatro ferraduras ainda mornas da forja. – Fiz para a Mensageira. Que seus passos nunca vacilem.

Grahan recebeu o presente com um sorriso constrangido. *É impossível não gostar dele.* Com a licença do Imperador, partiu enfim para cuidar dos preparativos.

Arteen Garantar ficou sozinho, encarando no teto as vigas de madeira que havia colocado com suas próprias mãos. Em quinze dias estaria tão embaraçado na guerra contra os nortenhos que seria impossível olhar para trás. O sangue dos seus pais era forte em suas veias, mas ele desejou que fosse tão forte quanto o dos seus antigos antepassados, que podiam enxergar para além das montanhas, tanto o passado quanto o futuro. Tudo o que o Imperador tinha, em seu sangue diluído por casamentos entre os reis do oeste e seus súditos do leste, era um mal pressentimento sobre tudo aquilo sem lutar.

•••

A carruagem de Ethron, o *coen*, era uma mistura de casa e laboratório. Tinha dois andares e era pelo menos duas vezes mais larga do que uma carruagem comum. Quatro monstruosos búfalos brancos, idênticos, puxavam-na com velocidade, guiados por um velho *dhäen* cego e quase inútil.

Apesar da fortuna que havia acumulado com o passar dos anos, era assim que ele preferia viajar. O laboratório improvisado dava a ele a chance de adaptar o espetáculo onde quer que estivesse. Isso o mantinha sempre um passo à frente dos seus concorrentes. Ethron podia ter sido o que quisesse. Aluno brilhante, filho de um dos maiores sábios de Tallemar, foi uma surpresa quando, em vez de um ofício respeitável, ele escolheu dedicar seu tempo e energia para se tornar um *coen*, especializando-se numa forma de arte que só era praticada por punguistas e pedintes.

"Um coen é um trapaceiro," teria dito o seu irmão. Era verdade. Nas ruas, os pequenos ilusionistas chamados *coeni* viviam de esquemas sujos enquanto atraíam multidões para surrupiar suas moedas. O que seria ofensa nas ruas, porém, ele havia transformado em elogio. *"Trapaceava os sentidos para moldar a realidade"*.

Nunca deixaria de ser um trapaceiro. Se os seus estudos estivessem certos, se pudesse executar as fórmulas com exatidão, teria acesso a histórias que o próprio tempo teria enterrado. O próximo passo dependia do que ia acontecer naquele dia.

Ethron tinha cinquenta e sete anos, embora ninguém pudesse dizer isso. Seus cabelos eram negros, como também era o cavanhaque bem aparado, com fios brancos surgindo aqui e ali. Era alto e tinha um físico muito magro, que mantinha reto como uma flecha quando ficava em pé. Também tinha um jeito afetado de falar com os outros, escolhendo com cuidado cada palavra.

Haviam parado a carruagem ao lado da estrada. O velho *dhäen* de cabelos desbotados desatava as correias dos grandes búfalos quando um deles quase o derrubou com uma longa lambida. Bahr, o estúpido aprendiz, já havia acendido uma fogueira e puxava o toldo da carroça para formar a pequena varanda improvisada contra o sereno da noite. O *coen* retirou um relógio do bolso, presente do Imperador, e confirmou se estavam na data e no horário corretos. Ainda tinham tempo.

– Bahr? Traga sua areia, vamos praticar.

Ethron viu o jovem aprendiz correr para dentro da carruagem e voltar trazendo um saco com seus vidros de areias coloridas, matéria prima essencial do teatro *coen*. Debaixo do outro braço ele trazia um grande espelho que os *coeni* chamavam de lente, no qual a apresentação era montada.

– Deixe-me ver isso.

O *coen* revirou nas mãos o espelho arranhado e cheio de manchas com um balançar decepcionado de cabeça. A lente beirava a ruína. Ele não se atreveria a entregar nada melhor a uma criatura tão descuidada quanto Bahr. Limpou sua superfície com a manga da jaqueta de lã e a devolveu para seu aprendiz, que a agarrou trêmulo.

– O pardal e a mariposa. – O *coen* esperou que Bahr retirasse da sacola as areias que julgava necessárias. Ethron havia passado os últimos dois anos ensinando o rapaz a moldar primeiro a mariposa, depois o pardal. Então havia lhe ensinado a caracterizar os sons que o pássaro fazia e agora tentava, quase em vão, os movimentos daquela pequena peça. Não acreditava no seu potencial. Era um aluno lento e desleixado, com pouca atenção aos detalhes que uma ilusão realista exigia. O *coen* só o havia aceitado como discípulo por ele ser um *maghoe* natural, ainda que ter sido tocado pela magia não lhe houvesse dado nenhuma habilidade para domá-la. Enquanto o aprendiz olhava o pequeno grimório com as anotações de seus estudos mágicos, o *coen* resolveu testá-lo. – Quais os três passos da magia?

– Mentalização, canalização, materialização – ele respondeu, quase sem pensar. – Deve-se mentalizar o que é real, deve-se canalizar o que é real, deve-se materializar o que é real.

O *coen* assentiu com a cabeça.

– E de onde vem a realidade?

– De todas as possibilidades. – Sem erguer a cabeça para responder, Bahr começou a copiar o desenho de uma mandala das páginas do seu grimório, desenhando delicadamente as complexas linhas.

– Primeiro o todo, depois os detalhes. Continue com o mantra – o *coen* instruiu. O garoto tinha a mão firme, o que era um ótimo sinal, mas era desatento e se perdia nos detalhes.

O velho *dhäen* caminhou até eles com uma tigela de ensopado. A cegueira não o impedia de pisar com firmeza o chão, desviando de obstáculos em seu caminho. Os anos não haviam sido gentis com ele: seus cabelos davam sinais de terem sido vermelhos, ou talvez rosados. As pintas que os *dhäeni* tinham em pernas e braços ameaçavam engolir sua pele inteira.

– Um homem a cavalo, senhor. Armadura e espada.

O *coen* tomou um gole do ensopado grosso, mastigando um pedaço de carne, e devolveu ao *dhäen* a tigela. Esticou o pescoço e coçou a cabeça careca soltando faíscas pela ponta dos dedos. Um chiste quase involuntário. Tirou o relógio do bolso da jaqueta mais uma vez e constatou que o visitante era bastante pontual.

Teve tempo de voltar até a carruagem, lavar o rosto e trocar a jaqueta de lã simples que usava na viagem por uma capa de seda de *lhon*, revestida com veludo por dentro. Atou à cintura um rico sabre *tallemariano*, cuja habilidade para manusear ele não tinha, e pendurou no pescoço o medalhão com a gema *élantar*. Ao contrário de Bahr, ele nunca fora tocado pela magia e era incapaz de armazená-la; dependia de artefatos para executar sua arte. Parte das tarefas de Bahr era manter aquelas gemas energizadas para o espetáculo.

Já ouvia o cavalo se aproximando quando traçou no chão duas mandalas. Não gostava de ser pego desprevenido e todo o cuidado era pouco ao lidar com aquele tipo de pessoa. Enquanto desenhava, o mantra em sua boca parecia pouco mais do que um som constante, embora um ouvido experiente pudesse captar palavras repetindo-se em cadência. A gema em seu pescoço brilhou e o ar sobre as mandalas se agitou.

Com o som dos cascos, surgiu das sombras um cavaleiro de

armadura usando um capuz negro. Seu rosto permanecia quase oculto. Era possível ver a sombra de uma barba vermelha. Os trajes haviam representado riqueza em algum momento de sua vida. Tudo em sua figura remetia à ruína e perdição, exceto a bela espada que levava presa à sela do cavalo: uma coisa imensa e desajeitada, que reluzia a ouro e pequenas pedras preciosas. Ethron reconheceu Derek.

O cavaleiro foi recepcionado pelo velho *dhäen*, que lhe deu boa noite e segurou a rédea do seu cavalo enquanto Derek seguia a pé até a fogueira. Diante das chamas, três *coeni* idênticos aqueciam as mãos.

Derek sentou-se no espaço que permanecia livre e retirou as luvas para estalar os dedos diante do fogo. Permaneceu em um mal humorado silêncio por alguns minutos.

– Ensopado? – três vozes, todas com o mesmo timbre, ofereceram a sopa que o velho *dhäen* começou a servir. Derek aceitou a tigela e tomou um gole, agradecido. – Vinho?

– Estou com pressa – o visitante foi incisivo. – Vim saber se você está pronto. A caravana para Illioth deve partir em breve.

Três cabeças indicaram um sim pouco convincente e três mãos alcançaram a taça de vinho que se dividiu em três. Em goles sincronizados, o vinho multiplicado desceu pelas respectivas gargantas.

– Hoje acordei me perguntando como saber se não estou encenando. Talvez eu esteja em uma peça; talvez eu seja apenas uma ilusão. Como ter certeza de se, em vez de mestre das marionetes, não somos títeres?

Derek não tinha tempo para adivinhas e nenhuma ilusão sobre ser mestre.

– Sei bem em qual ponta das cordinhas estou atado, Ethron. Se fosse você, também não olharia muito para cima; o titereiro pode resolver cortar as suas cordas. Entende? – O polegar deu um breve vislumbre da espada e o *coen* soube que ele não estava brincando.

– Diga ao mestre Círius que estou pronto, se o pagamento estiver pronto.

Derek retirou uma pequena bolsa de dentro da jaqueta de couro e a estendeu para o *coen* mais próximo. Ethron sorriu.

– Veja! – uma voz gritou atrás de Derek.

Quando o mensageiro se virou, um jovem apontava um pássaro que voava em círculos, de trás para frente, seguido pelo que devia ser uma mariposa. O inseto parecia sempre prestes a pegar o pássaro, mas a volta se repetia sem sucesso. Derek olhou novamente o *coen* e as três réplicas examinavam o conteúdo de três sacolas iguais.

Com dedos delicados, tirava de dentro pequenas gemas *élantari*, pouco menores do que a que tinha no pescoço. O valor de tantas gemas era incalculável. Se estivessem todas carregadas, o poder seria indescritível.

*Malditos coeni!* O visitante estremeceu.

– O que você vai fazer com todas essas gemas?

– Vou comprar meu ingresso no conselho de Tallemar. Serei o mais jovem *maghoe* a se sentar no alto conselho.

– Tallemar fica a uma vida de viagem. Pensei que só feiticeiros respeitáveis eram aceitos no conselho. – Derek sabia tanto sobre Tallemar quanto qualquer outro. Era um país estranho, com leis estranhas. O último pedaço de terra governado pelos *maghoë* de além--mar. Era governado por um conselho com um número fabuloso de velhos feiticeiros que não concordavam em nada.

– Aqui eu tenho toda a respeitabilidade necessária. – As três figuras de Ethron sacudiram o saco de gemas *élantari*.

Tallemar não era tão diferente assim de Karis.

– Em Karis você seria caçado e morto pelo que pretende fazer. Então é melhor manter segredo sobre a origem da apresentação. As fogueiras não são um fim agradável.

– *Deixem os mortos em paz!* – Ethron riu. – Seus *maghoë* são supersticiosos. Em Tallemar, somos mais abertos a experiências. Círius não vai se arrepender da escolha que fez.

– Espero que não. – Derek mandou o velho *dhäen* trazer seu cavalo e se levantou. O *dhäen* deu um assobio baixo e sem graça e o imenso cavalo trotou pacificamente até eles. Antes de montar, o visitante se virou mais uma vez para os três *coeni*. – O garoto... – Ele gesticulou em direção a Bahr, que tentava tomar controle do vôo do passado. – Ele é bom?

O *coen* olhou para seu aprendiz reprimindo a vontade de correr até ele e estapeá-lo.

– O melhor que eu já tive – mentiu.

O mensageiro subiu em seu cavalo sacudindo a cabeça em aprovação.

– Só mais uma coisa. – Derek se aproximou, tirando do alforje da sua sela um pequeno baú vermelho, do tipo em que as pessoas costumavam guardar relíquias sagradas. Debruçou-se e entregou o baú na mão do *dhäen*, que o levou até o *coen*. – Círius deu ordens para que você usasse esses ossos na sua apresentação. É uma homenagem a Thuron. O rei certamente irá gostar.

Ethron abriu o baú e viu um punhado de pequenos ossos envelhecidos que podiam ser parte de uma mão ou de um pé, além de um pedaço de crânio. Era mais do que suficiente para o que planejava, mas a súbita mudança o deixou surpreso.

– De quem são esses ossos?

Ethron não gostava daquilo.

Derek olhou o *coen*, tentando decidir o que podia dizer. Achou que a informação era inofensiva, já que Ethron não podia comentar para ninguém a origem de sua magia.

– São os ossos de Therik, o Ungido. As lendas dizem que foi um dos antepassados de Thuron e que Kuthar o trouxe de volta à vida para se vingar dos *dhäeni* que mataram a sua família.

A lenda de Therik era conhecida no Império, mas Ethron não era dali.

– Se Therik voltou à vida, o que eu tenho nas mãos?

– As lendas dizem que ele morreu anos mais tarde, depois de fundar Illioth. A morte chega para todos, mesmo para os homens santos, Ethron.

O *coen* precisaria pesquisar a respeito de Therik antes da apresentação. Sempre havia detalhes que podiam ser melhorados em uma história e ele não gostava de ser pego desprevenido. A apresentação que tinha em mente era mais simples.

Aquilo podia ser melhor.

– Eu pensei que vocês cremassem os seus mortos...

Derek sorriu. Claro que cremavam os mortos, não eram bárbaros. Mas para cremá-los precisavam primeiro tê-los encontrado.

– Não conte nada disso para ninguém, *coen*. Os sulistas têm um amor incondicional por Therik e podem não gostar de vê-lo andando por aí dentro de um baú. – Bahr havia parado para ouvir a conversa dos dois. Derek acenou com a cabeça para ele e, antes de virar o cavalo, acrescentou. – Alguns ossos guardam histórias, outros guardam segredos.

Partiu, deixando-os a sós.

Cansado, o *coen* desfez a ilusão que replicava sua aparência. Sacudiu outra vez o saco de gemas na mão direita, avaliando o seu peso. O *dhäen* lhe estendeu o baú vermelho. Ele não queria olhar aquilo agora. Deu ordens para que fosse guardado dentro da carruagem. Bahr havia tentado corrigir o voo do pássaro adicionando mais areia à mandala, o que só havia transformado a ilusão em uma mariposa gigante que perseguia um diminuto pardal rosa cintilante. O rapaz estava prestes a perder o controle. O *coen* se aproximou dele e, com um gesto preciso, desenhou uma runa sobre a areia. A mariposa gigante engoliu o pássaro e desapareceu em seguida numa bola de fogo que chamuscou o galho mais próximo.

– Vamos tentar mais uma vez. – Sorriu para Bahr. – Primeiro o todo, depois os detalhes.

– Estamos indo para Illioth, mestre?

O *coen* olhou o garoto, surpreso por ele ter captado algo da conversa. Não por menos ele não conseguia praticar sua ilusão; era disperso demais.

– Sim. Vamos nos apresentar ao rei.

– E qual será a história?

– Segundo dizem, Thuron é descendente de Therik, o Ungido. Não, você precisa se lembrar do vento, ou as penas parecerão uma pintura e ninguém vai acreditar que o pássaro está voando.

– Se eu aprender direito, posso ajudar?

O *coen* viu Bahr cometer pelo menos quatro erros grotescos enquanto desenhava novamente a mandala e se convenceu de que o garoto era imprestável.

– Se conseguir fazer isso direito, pode ajudar – respondeu, certo de que aquilo seria impossível.

Treinar o garoto era perda de tempo, mas estava feliz e não via problemas em fazer uma promessa que não precisaria cumprir. Estava prestes a colocar seu nome para sempre nos livros de história. Depois da apresentação, teria a fama e a fortuna que precisava para se sentar no conselho.

– Ethron, o Conselheiro – experimentou o nome como se fosse uma roupa de festa.

Caía-lhe bem, mas se quisesse mesmo alcançar tamanho prestígio, teria que fazer o que nenhum *coen* já havia feito.

Precisava desafiar a própria morte.

# Capítulo 5

**D**hun Clavier Bardolph não tinha qualquer semelhança com seu falecido primo. Em vez da montanha desproporcional de carne flácida, Clavier tinha um aspecto musculoso, desperdiçado em um semblante entediado e distante.

Acordado no meio da noite para lidar com o assassino de Gras Bardolph, seu primeiro pensamento foi alívio por finalmente se livrar daquele incômodo ambulante. Sabia que mais cedo ou mais tarde seu primo se cansaria de camponesas sujas e acabaria ofendendo algum nobre com coragem o suficiente para ignorar as leis do Império e dar fim às caçadas noturnas de Gras. Quando foi colocado diante do seu assassino, precisou conter o impulso de cumprimentá-lo pelo favor.

A sorte de Clavier não parou ali. O homem que se apresentou como Jhomm Krulgar trazia consigo um baú cheio de ouro. Era dinheiro suficiente para quitar boa parte das dívidas de Clavier e lhe dar algum conforto pelos próximos anos. Naquela noite ele queimaria incenso para o espírito dos seus pais, como agradecimento pela boa sorte.

Percebendo sua alegria, o assassino sorriu e afastou o cabelo empapado de sangue do rosto.

– Este ouro pertence a Lorde Círius.

A fama do mercador era assombrosa e ele não se arriscaria a ofendê-lo, se pudesse evitar. Vendo a possibilidade de o ouro escapar pelos seus dedos, mandou encarcerar aquele homem no buraco mais fundo do calabouço, onde ninguém se atreveria a ouvir o que ele tinha a dizer.

Levou apenas alguns instantes para traçar um plano. Foi até o seu gabinete e se sentou para escrever uma longa carta ao magistrado mais próximo, solicitando a sua presença para resolver aquela questão. No tom mais perplexo que conseguiu encontrar, relatou o assassinato covarde de seu primo e as estranhas alegações do assassino, que havia sido apanhado com o pagamento em ouro e dito tê-lo recebido de Lorde Círius.

Acreditava que, para evitar qualquer escândalo, Lorde Círius se limitaria a negar aquelas acusações. Clavier reivindicaria o dinheiro como compensação por sua perda.

Alguns dias se passaram sem notícias. Adiantando-se, Clavier tinha encomendado novas tapeçarias, um novo manto e um belo potro que dali a alguns anos se tornaria uma montaria majestosa. Enquanto se decidia sobre uma viagem até a capital, todo aquele silêncio foi quebrado com uma visita inesperada.

– Gras não era um exemplo de honra, senhorita Thalla – *dhun* Clavier Bardolph sorriu, juntando as pontas dos dedos de suas mãos umas às outras. – Mesmo assim, não merecia morrer desse jeito.

*Dhun* Gras Bardolph era um pervertido, torturador, estuprador, assassino e glutão. Thalla pensou nisso enquanto tomava um gole de sua taça de vinho e retribuía o sorriso. *Dhun* Clavier, sentado no conforto do seu salão, tinha uma maneira tranquila de falar.

– De fato, uma tragédia, *dhun* Clavier – Thalla respondeu. Tinha esperado dois dias para pedir por aquela audiência e um dia até que ela fosse concedida. Clavier não queria se deixar impressionar por ter a filha de Círius sentada em uma cadeira puída de uma sala arrumada às pressas para recebê-la, mas todo aquele trabalho dizia o contrário. A Casa Bardolph estava falida havia várias gerações, o que ficava evidente na atmosfera lúgubre da fortaleza que eles chamavam de lar e que lhes dava domínio sobre Shene e seus arredores.

– É claro que já solicitamos a vinda de um magistrado para apurar os fatos. O assassinato de um nobre não pode passar impune dessa forma, ainda mais um com essas... humm... insinuações?

– Não existe equívoco no que foi dito. – Thalla engoliu o vinho azedo e colocou a taça sobre a mesinha diante dela. – Este homem foi pago por meu pai.

Clavier Bardolph quase entornou sua bebida na própria camisa. Nem em seus sonhos mais loucos esperava uma confissão da participação de Círius. Esperava que ele negasse, claro, que desse por perdido o ouro e que o prisioneiro morresse como mentiroso.

– Seu pai encomendou a morte do meu primo?

– Não – Thalla sorriu. – É claro que não. O homem foi contratado para entregar uma carga em ouro. O que deve ter acontecido foi apenas uma briga de taverna. O empregado do meu pai se exaltou e cometeu essa atrocidade. Sinto muito, meu senhor, por sua perda. Espero que esse assassino receba o que merece.

Clavier sentiu o rosto queimando de raiva. Podia não ser conhecido como grande mercador, mas podia dizer com certeza que estava sendo ludibriado. Foi idiota em pensar que Círius desistiria tão facilmente daquela fortuna, mas não estava tão disposto a entregá-la.

— Bem, tenho certeza de que Lorde Círius terá a chance de provar tudo aos magistrados e...

— Fico feliz em ouvir isso — Thalla apressou-se em acrescentar, interrompendo-o. De uma bolsa ela desdobrou um pedaço de pergaminho de aparência bastante cara e entregou-o a Clavier. — Trouxe comigo uma carta de crédito emitida por Círius, com o valor exato do transporte. Como pode ver, Círius é bastante específico sobre o número e valor de cada moeda. Eu a deixarei com o senhor para que a apresente como prova no seu caso, enquanto levo o valor em ouro.

Ela mesma havia forjado a assinatura do seu pai e usado seu selo para apresentá-la como prova, mas o único que poderia perceber o golpe era Círius. Isso não a preocupava. Tinha outros planos.

— Eu não posso permitir isso. — Claro que não. Se permitisse, e a carta fosse trocada, acabaria eternamente preso na burocracia dos tribunais tentando provar que o dinheiro em nada tinha a ver com o assassinato de seu primo e no fim o mercenário seria executado e o dinheiro seria perdido. Precisava manter o ouro ali.

— Desculpe-me, *dhun* Clavier, mas o dinheiro é parte de uma negociação importante de meu pai com o Imperador. Tenho certeza de que o senhor não quer colocar de lado os planos do Imperador, não é?

Clavier se levantou, apoiando a taça sobre a mesa com um golpe seco. Thalla pensou que ele fosse agredi-la. O nobre respirou fundo e virou as costas, andando pela sala. Ele não poderia correr o risco de ofender o Imperador sem motivo. Ainda assim, Thalla não apresentava provas do que dizia.

Em tribunal, a carta de crédito assinada por Círius seria mais incriminadora do que um baú de ouro cuja a origem ninguém poderia precisar, mas Clavier não estava interessado em descobrir o verdadeiro culpado daquela história. Tudo o que queria era o ouro. Se Thalla dizia a verdade, bastava uma carta do Imperador confirmando a razão do dinheiro e o caso deixaria de ter importância. O prisioneiro já não tinha valor algum, exceto talvez o embaraço de envolver Círius em uma situação como aquela. Sua única esperança era que Thalla pudesse estar mentindo. Clavier escolheu suas palavras com cuidado:

— Então não terei outra escolha exceto relatar tudo o que aconteceu ao *Probo* de Andernofh e pedir explicações ao Imperador sobre o assassinato do meu primo.

O nobre estava de costas e não viu o sorriso no rosto de Thalla. Ela manteve o silêncio, como se pensasse em uma resposta, então usou a voz mais ofendida que pôde:

— Eu não vejo necessidade de envolvermos Vossa Majestade Imperial em um assunto tão corriqueiro quanto...

— O assassinato de um nobre não tem nada de corriqueiro! — Clavier se virou, bufando de raiva. Era hora de pressionar aquela garota idiota até que fugisse pela porta do salão.

— Não foi isso que eu quis dizer. Com a Guerra do Norte...

— A guerra só torna mais urgente a necessidade de descobrirmos o que aconteceu aqui. Talvez o assassinato do meu primo possa ser parte de um plano nortista; não temos como saber!

A garota precisou se segurar para não rir. Clavier transbordava desespero. Não havia casa menos empenhada na Guerra do Norte quanto os Bardolph.

— Meu pai faz muitos negócios com o Imperador, *dhun* Clavier. Uma insinuação como essa poderia arruiná-lo.

— De fato. — Clavier olhou Thalla saboreando cada pedaço de sua imaginada vitória. — Mas talvez possamos dar um jeito nesta situação de uma vez por todas.

Thalla sabia que devia vacilar naquele instante. Agarrou a taça de vinho e bebeu um gole apressado, enquanto procurava por respostas no tampo da mesa.

— O que o senhor sugere?

Clavier voltou e serviu para si outra taça de vinho, enchendo-a até a boca. Tomou um gole profundo e olhou o teto imaginando um verdadeiro palácio, com terras aráveis que não estivessem afundadas em pedras e ruínas.

— Talvez tudo tenha sido um mal entendido, como a senhora diz. Se não houver nenhum ouro, tudo o que restará disso tudo é o depoimento do prisioneiro. Homens morrem todos os dias nos calabouços.

Thalla balançou a cabeça. Clavier já sorria com o sabor da vitória adoçando a taça azeda em sua mão. Ela deixou que ele degustasse cada gole.

— Mas e o magistrado? Imagino que ele tenha sido comunicado sobre o motivo pelo qual foi convocado.

Clavier havia feito um pequeno relato de tudo o que sabia na carta ao magistrado e aquilo podia mesmo ser um problema. O magistrado revistaria o castelo atrás de testemunhas e provas. Alguém falaria sobre o ouro e tudo pareceria suspeito.

— A menos que o prisioneiro escapasse — Thalla sugeriu. — Se disséssemos que ele fugiu levando o ouro consigo, o magistrado bateria o queixo contra uma porta trancada.

— E eu fico com o ouro! — Clavier se apressou em acrescentar. — Como compensação de sangue pelo meu primo — emendou, da forma mais sentida que pôde fingir.

— Meu pai me deserdaria, *dhun* Clavier, se eu não levasse esse dinheiro embora. Negociações importantes estão em curso. O senhor não gostaria de me ver desamparada na rua, não é? — Thalla tirou os cabelos dos ombros e sorriu de forma inocente. Clavier sentiu o ar lhe faltar quando viu aqueles olhos dourados.

— Uma linda dama como a senhorita jamais ficaria sem um teto, é claro. Mas se não pudermos chegar a um acordo, tenho certeza de que o magistrado...

— Espere. — Thalla já estava cansada daquele jogo. — Digamos que eu possa abrir mão de um terço do dinheiro. Isso seria o suficiente?

— Nem de longe. Ou fico com tudo, ou a senhorita sai sem nada. Pode se decidir.

Thalla não ligava para o ouro e não podia deixar aquilo transparecer. Por dentro já sorria com a vitória, mas precisou fingir uma dura indignação. Colocou o copo outra vez sobre a mesa e se levantou alisando o vestido.

— Vou precisar de uns dias para pensar — concluiu.

Clavier a teria agarrado pela bainha do vestido se pudesse. Todo aquele teatro era pura negociação. Teria aceitado o terço do ouro, se fosse obrigado, mas achava que podia arrancar pelo menos a metade dele das mãos daquela garota mimada. Despediu-se e deixou-a ir.

Thalla encontrou Evhin esperando na porta do salão e foi escoltada para fora do castelo. A *dhäen* a seguiu enquanto marchava indignada para fora da fortaleza que Bardolph usava como castelo. Agora sabia que o magistrado estava vindo para Shene segurando nas mãos uma carta com o depoimento de Clavier sobre o assassinato de Gras, o ouro de Círius e o assassino chamado Krulgar.

Esse homem desapareceria dali a alguns dias, levando o ouro consigo. Alguns meses depois, o mesmo homem reapareceria em Illioth, depois de matar o príncipe herdeiro. Levaria algum tempo até que alguém fizesse a conexão entre os dois fatos, mas ela tinha certeza de que os magistrados não esqueceriam o nome. O Imperador precisaria agir rapidamente para eliminar qualquer suspeita na relação entre ele e o assassino. A relação de seu pai com o Imperador jamais se recuperaria.

Agora Thalla só precisava tirar Krulgar do calabouço, antes que Clavier o fizesse sumir de verdade.

Khirk esperava por elas na beira da estrada que levava de volta para a casa de campo onde ela tinha se hospedado. Evhin percebeu sua presença e abaixou o olhar, evitando encará-lo. A *dhäen* havia insistido para que Thalla não se envolvesse com o *fahin*. Os *dhäeni* que recebiam a marca *fahin* eram renegados por seu povo. Tornavam-se solitários e morriam esquecidos por suas famílias. Seu nome não poderia ser pronunciado e sua voz era roubada para que nunca conspurcassem a Grande Canção.

A maior parte dos *fahin* se isolava para definhar e morrer. Khirk era diferente. Quando Thalla sondava seus sonhos, para tentar descobrir algo de seu passado, encontrava apenas sombras e silêncio. Evhin fingia que ele não existia e Khirk retribuía o gesto, como se não estivesse ali.

– Somente mais uns dias – Thalla prometeu. O *dhäen* se impacientava e tinha ameaçado invadir o castelo para libertar Krulgar. Ela não sabia se aquilo funcionaria e não podia se arriscar a perdê-los. Tinha insistido para que Khirk se mantivesse calmo. – Clavier não tem o menor interesse nele. Amanhã, quando eu enviar minha proposta, vou sugerir que o Mastim seja sacrificado. Tudo vai dar certo.

A dúvida brilhou no fundo dos olhos perolados de Khirk. Thalla sabia que o *fahin* não confiava nela. Logo Marg estaria atrás dele e de Krulgar e a única chance que tinham de sobreviver era devolver o ouro do feiticeiro.

– Você conseguiu tudo o que queria? Posso pedir para Evhin ajudar com... – Evhin não queria ajudar. Moveu-se desconfortavelmente com a mera menção de se aproximar do *fahin*. – Ele vai estar fraco. Uma canção *dhäen* ajudaria.

Khirk olhou Evhin, como se implorasse a sua ajuda, e a ama mirou os pés. O arqueiro havia passado os últimos dias juntando os ingredientes que precisava. Thalla não tinha poupado despesas para conseguir alguns deles, mas seria mais rápido se Evhin usasse uma canção de cura.

*Dane-se!* Fariam do seu jeito!

Havia alguém esperando na porta da casa de campo. Khirk deu um alerta para Thalla e puxou o capuz sobre os cabelos azuis, escondendo-se na sombra de uma árvore. Evhin sacou uma pequena faca escondida por baixo do vestido e a segurou atrás das costas. Um homem encapuzado se aproximou das duas mulheres; usava um gibão com o javali negro dos Bardolph. Thalla esperava que Khirk a defendesse se algo a ameaçasse, mas se o *dhäen* não fizesse nada, ela queria saber o que a esfera de vidro do mercador *kentário* podia fazer.

— Você é a filha de Círius? — o homem perguntou. Tinha a voz rouca e o olho esquerdo meio fechado, como em eterna desconfiança. — Seu nome é Thalla?

— Sim, sou eu — Thalla respondeu. Evhin abriu espaço para ficar ao lado do homem. Estava pronta a atacá-lo se ele ameaçasse sua senhora. O homem mediu a *dhäen* e cuspiu no seu pé. Evhin baixou os olhos e se afastou um passo. — O que você quer?

— Soube que você quer tirar um homem do calabouço — o visitante disse, ainda mais baixo. — Também soube que você tem um baú de ouro para fazer isso acontecer.

— Um baú de ouro? — Thalla riu. O boato sobre um tesouro digno do resgate de um rei havia atiçado a imaginação da aldeia. Tudo agora parecia ser medido em baús de ouro. — Tenho um punhado de torres de prata para ajudar um amigo, nada mais.

O homem tentou medir até onde ia a verdade daquelas palavras. A garota temeu se envolver em outra discussão monetária, mas o homem apenas balançou a cabeça. Algumas peças de prata era melhor do que nada.

— Cinquenta moedas — ele disse. — Em três dias.

— Por que não hoje?

— Porque em três dias não vai existir diferença entre seu amigo e qualquer outro prisioneiro do calabouço. Três dias. Pela entrada norte. Traga o dinheiro.

— E se você não aparecer? Qual o seu nome?

— A senhora acha mesmo que vai ser a primeira vez que eu vendo um prisioneiro? – O homem abriu um sorriso de dentes faltando. – Três dias. Portão norte. Cinquenta moedas de prata. Entendeu?

Thalla balançou a cabeça concordando. O homem acenou o fim da conversa e voltou-se outra vez para Evhin, reprovando-a com o olhar.

— Guarde a faca, *dhäen*. Se eu a tomar da sua mão, te abro como um peixe. Cinquenta moedas! – disse uma última vez.

As duas garotas só se tranquilizaram depois que o homem desapareceu na curva da estrada. Thalla chamou por Khirk e percebeu que o *dhäen* havia desaparecido no meio da conversa.

Ela duvidava que Clavier aceitasse deixar Krulgar ir embora. Seria embaraçoso se dali a alguns meses ele aparecesse vivo para contar uma história diferente da sua. Agora, quando Bardolph dissesse ao magistrado que o homem tinha escapado, nem saberia que estava dizendo a verdade.

Thalla só esperava que o assassino enviado por seu pai ainda não tivesse chegado a Illioth. Lembrou-se do último sonho de Derek. A figura da morte, com o crânio descarnado e as grandes asas negras abertas, guiando uma carruagem puxada por búfalos brancos, perfeitamente iguais.

•••

A grande carruagem se arrastava pela lama da estrada. O *dhäen* cego seguia atolado com lama até os joelhos, tropeçando e caindo, enquanto insistia para que os búfalos o seguissem, cantando um som lamuriento que Ethron nem escutava mais.

O *coen* pensava em Tallemar. Na aura do farol de marfim e suas ruas de granito em círculos concêntricos. Pensava na magia dos seus edifícios, em carruagens que andavam sem animais, em portas que atravessavam a cidade, espelhos que previam o futuro e núncios fantasmas que levavam recados. De tudo, o que mais lhe atormentava eram os pensamentos em seu irmão e o desprezo em sua voz ao lamentar suas escolhas.

O salão de seu pai estava em penumbra, como se velasse seus últimos fracassos. Seu irmão permaneceu parado nas sombras, vendo-o cambalear bêbado porta adentro.

— Nosso pai tinha razão! Você é um desperdício de *élan*. – Estheres balançava a cabeça como se falasse com uma criança idiota. – Esse teatro *coen* é uma inutilidade, Ethron! Um *maghoe* não deveria gastar seu dom assim.

– Um dia, Estheres, você, meu pai e a merda do Conselho de Tallemar vão entender que existe muito mais em um teatro *coen* do que histórias para crianças e distrações de punguistas – Ethron retrucou com toda a arrogância dos seus dezesseis anos.

Seu irmão prendeu o ar. Ethron viu a impaciência crescer nos seus olhos, mas não foi o desprezo de Estheres por seus interesses que o fez vacilar. Algo mais venenoso crescia por trás daquela expressão, algo que as palavras de rancor pareciam querer ocultar, e que se tornava evidente ao olhar ébrio de Ethron: Estheres sentia pena do seu irmão. Temia o que o futuro podia lhe reservar.

Quando se deu conta daquilo, o álcool se evaporou de seu sangue e um orgulho valente tomou o seu lugar. Com a língua embolada invocou um feitiço para atacar Estheres, mas seu irmão estava sóbrio e não teve problemas em se defender com um contra-feitiço. A língua de Ethron se travou no céu da boca e ele não pôde terminar o encantamento. Estheres viu o irmão lutar para se libertar e balançou a cabeça outra vez.

Seriam as últimas palavras que trocariam por muitos anos. No dia seguinte, Ethron já tinha empacotado todas as suas coisas e comprado uma passagem em um cargueiro rumo a Karis, o Império dos Bárbaros.

– Sabe o que eu mais gosto em Karis, Bahr? – Ethron olhou seu ajudante, tentando fugir dos pensamentos melancólicos. – Eles têm todo esse *élan* no ar. Toda essa magia escapando por fontes em todos os lugares e ninguém tem o menor controle sobre isso. Em Tallemar só quem tem a marca do conselho pode fazer magia. Em Karis, até um idiota como você pode fazê-la, se souber como.

Bahr encarou seu tutor um pouco envergonhado por ter sido chamado de idiota.

– Por que, então, os tallemarianos abandonariam Karis? – Bahr questionou.

Ethron, como todo filho de Tallemar, gostava de se gabar do domínio que seus ancestrais tiveram sobre o continente quando vieram de além-mar, mas aquilo tinha sido muitas e muitas eras atrás, muito antes dos *allarini* virem do oeste e fundarem o Império.

– Não existia Karis naquela época. Existiam apenas alguns povoados *rentari* espalhados em um oceano de florestas dominadas por *trolls*, *orogi*, *dhäeni*, *khäni*, ladrões de vidas e outras criaturas assombrosas. Os reis magos foram os primeiros a lutar contra essas criaturas, empurrando-as cada vez mais para o fundo das florestas. Expulsamos *trolls*, civilizamos *orogi*, escravizamos *dhäeni*, fizemos a paz com os *khäni* e exterminamos o restante para que a civilização pudesse surgir no continente. Foi um tempo de paz que durou pouco. Quando a antiga Tallemar foi destruída, cada rei mago do continente se julgou maior do que o outro e as guerras e assassinatos destruíram tudo.

— Eles se matavam pelos grimórios, não é?

Ethron afirmou com a cabeça. Conhecimento era poder e o conhecimento de um *maghoe* estava confinado em seu grimório como as fórmulas de um alquimista, escritas em uma língua que só ele entendia. Grimórios eram cobiçadíssimos e Ethron protegia o seu com maldições e encantamentos.

— Magia é muito mais do que um estalar de dedos. O sonho dos ossos, por exemplo, é o trabalho da minha vida. Tudo o que aprendi até hoje me trouxe até onde estou agora. Se alguém um dia quiser aprender o que sei, Bahr, vai poder evitar os erros que cometi. Um dia, você poderá ser maior do que fui.

Bahr sorriu. Incentivos eram incomuns em seu aprendizado com Ethron e ele prometeu aprender *tudo* o que seu mestre sabia. Ethron não acreditava que aquilo fosse possível. Dizer isso em voz alta, no entanto, não era bem seu papel como tutor. Se fosse capaz de se concentrar, Bahr podia ser um grande *coen*. Mas era difícil acreditar que ele seria capaz de dominar o sonho dos ossos.

Nem Ethron sabia se podia dominá-lo.

O núncio do seu irmão o encontrou muitos anos depois de ele ter partido para Karis, enquanto ele se divertia em um bordel nos arredores de Lausarlot. O espectro do *dhäen* morto surgiu aos pés da sua cama e pronunciou com voz solene que seu pai falecera. A única coisa que Ethron conseguiu pensar foi que seu pai havia partido considerando-o uma vergonha. O núncio fantasma se desfez no ar e Ethron chorou, pela primeira vez desde que tinha deixado seu país.

Não foi ao enterro. Não voltou a Tallemar. Quando saiu de casa depois da briga com seu irmão, jurou provar que estavam errados. Em vez disso, passou os primeiros anos em Karis vivendo uma vida fácil e confirmando ser o fracasso que seu pai pensava. Enviou uma longa carta ao seu irmão lamentando sua ausência no enterro. Não poderia voltar para casa antes de cumprir com o que tinha prometido e faltava muito para que aquilo acontecesse.

A morte do pai o reaproximou do irmão. As palavras que trocavam por carta eram menos amargas do que as que haviam sido ditas quando deixou a casa. Mesmo sem concordar com ele, Estheres tinha toda a biblioteca de Tallemar para auxiliá-lo em sua busca.

Seu irmão era incapaz de compreender o potencial do que estava planejando: um mundo em que todo o conhecimento não se limitasse mais a grimórios e livros poeirentos, mas pudesse ser compartilhado e vivido como um mergulho na memória. Um mundo em que as bibliotecas fossem as próprias pessoas, em que os tutores não precisassem mais estar vivos para formar novos discípulos.

"O *teatro coen* é só um veículo. Enquanto o ilusionismo tradicional se ocupa da confusão provocada nos sentidos por meio de uma disciplina inteiramente mental, a arte *coen* se utiliza do mental e do físico para gerar uma resposta que não seja apenas sensorial, mas também emocional, submergindo o espectador em um fragmento de realidade que poderia muito bem ter existido. Um *coen* bem orientado, Estheres, poderia usar esse lapso como forma de mesclar a ilusão com suas próprias memórias."

Quase caiu da carruagem quando ela se moveu com um tranco. Tinham finalmente escapado do atoleiro e agora marchavam em terreno mais sólido. O *dhäen* deu um momento para os búfalos descansarem enquanto ele mesmo tomava algum ar. Ethron lembrou-se de quando teve a ideia do sonho dos ossos pela primeira vez. Os *dhäeni* entoavam todos a mesma canção durante o funeral, um som ritmado que parecia zumbir ao seu redor como uma gigantesca colmeia. Os ossos do falecido foram trazidos por um cortejo em uma bandeja de alabastro carregada pelo *dhäen* mais velho da família, enquanto os outros *dhäeni* abriam espaço.

— O que eles vão fazer com os ossos, pai? — Seu irmão fazia uma pergunta atrás da outra.

— Eles vão sepultar os ossos no coração de uma árvore enquanto cantam a história da sua vida. Então o espírito do *dhäen* poderá voltar ao ciclo da canção, deixando suas memórias para trás.

— O espírito não tem memória? — Seu irmão não conseguia entender. Ethron, sim. O espírito era apenas uma nota, a memória era a canção. Uma mesma nota podia tocar quantas canções quisesse.

— O que um espírito faria com as suas memórias? — Seu pai perguntou. — As memórias são mais úteis para os ossos sobre os quais os vivos podem chorar.

Ethron se lembrava de como aquilo o havia impressionado. Em sua pequena cabeça infantil começou a pensar nas histórias que aquelas memórias podiam contar. Foi ali que concebeu o sonho dos ossos, embora só fosse entendê-lo muitos anos mais tarde.

Estavam a menos de uma hora da guarnição de Grahan quando avistaram um pequeno riacho de águas frias. Ethron viu o estado deplorável de seus belos búfalos brancos e resolveu que deviam fazer uma parada para lavá-los. Os animais não se importaram com a temperatura da água e pareceram agradecidos quando a lama foi tirada de sua pelagem. Bahr ajudava o *dhäen* a esfregar os animais e Ethron tomava notas em seu grimório.

Imaginava que tipo de homem seria Grahan. Suas ordens eram para encontrar o magistrado e seguir com ele ao sul até a corte de Thuron. Ethron odiava magistrados. Eles o lembravam de todas as regras e imposições de Tallemar. Frequentemente se perguntava se o reino ainda vivia sob a mesma rígida disciplina imposta pelo conselho, ou se aquilo só existia no limiar entre suas memórias e sua imaginação.

Enquanto se aprofundava em seus estudos, interrogava-se sobre a diferença entre a imaginação e a memória. Imaginar a sensação da água fria em sua pele era o mesmo que se lembrar de senti-la? Se mergulhasse nas memórias de outra pessoa, saberia diferenciar o que estava sendo imaginado do que estava sendo lembrado? As lembranças eram os ossos de nossas vidas. Não por menos tantas culturas ao redor do mundo vinculavam-nas à morte: tudo o que restava eram lembranças e os ossos largados à terra.

Com ele não seria assim. Ethron sabia que quando apresentasse o *sonho dos ossos* ao conselho de Tallemar entraria para a galeria de imortais cujas vidas eram estudadas pelos grandes sábios do mundo. Tudo o que precisava fazer era encontrar Grahan e seguir pela estrada imperial na bota do gigante. Bastava um punhado de ossos e coragem para desafiar a morte.

O pensamento voltou a animá-lo e ele apressou seu discípulo e seu *dhäen* para que voltassem à estrada. O caminho até ali tinha sido longo e não existia mais volta. Ethron iria a Thuron para apresentar sua obra máxima.

E matar o que ainda restava de uma lenda.

•••

Grahan havia encontrado seus homens prontos e aguardando por ordens na pequena guarnição que usavam como base ao sudeste de Andernofh. A maioria dos magistrados contava com alguns poucos *penas pretas*, como eram conhecidos os soldados sob ordens dos magistrados, além da guarda local para fazer valer as leis do Império, mas Grahan constantemente ia até onde o braço do Imperador só tocava com a ponta dos dedos; aprendera a não contar com nada que não pudesse levar consigo na bagagem. Isso incluía os 33 homens com a pena preta no peito e os 67 soldados do Império enviados como reforço; uma força minúscula que ele esperava engordar ao passar pelas cidades em que se apresentassem, atraindo aqueles que não haviam se alistado no exército.

Os homens do Imperador pareciam recrutas sem chanfro na espada e nenhuma moeda no bolso, ansiosos para escapar do frio e das batalhas que ameaçavam engolir o norte. Não tinham ideia da merda em que iriam se enfiar. Grahan não reclamou. Ele raramente reclamava, embora isso não quisesse dizer que estivesse satisfeito.

Gibs, seu segundo em comando, tinha feito seus homens reunirem mantimentos, concertarem as armaduras, afiarem as espadas e despedirem-se das prostitutas da aldeia. Nada mais restava ao bando além de jogar dados e esperar ordens, o que transformou a guarnição em um agrupamento mal humorado de almas encolhidas pelo frio.

Quando a Mensageira do Oeste entrou pelos portões, Gibs estava no meio do pátio aguardando por ele, com um sorriso meio torto graças a uma extensa cicatriz deixada por um machado. Vestia a jaqueta de couro preta dos magistrados, com o leão do sol poente bordado em dourado no ombro esquerdo e o detalhe da pena preta sobre o coração. Tinha finalmente engraxado aquele couro surrado e a atitude foi tão comentada pelo resto da tropa que Gibs não pensou duas vezes em colocar todo mundo para fazer o mesmo, duas vezes. Os *garotos do Imperador* riram, e Gibs os enviou para o rio mais próximo, onde tomaram um banho gelado antes de se sentarem nus à beira do rio para polir o metal de suas armaduras. Quando Grahan chegou estavam todos tão reluzentes que ele mesmo se sentiu um maltrapilho.

– É bom vê-lo novamente, senhor! – Gibs estendeu a mão e um sorriso franco. Grahan retribuiu o gesto depois de desmontar. Um cavalariço *dhäen* apanhou as rédeas cumprimentando Mensageira pela longa viagem. – Illioth, hum?

– Quantos cavalos temos, senhor Gibs?
O segundo era um homem robusto. Forte feito um *orog* e com um humor igualmente ruim. Era campeão de arremesso de peso na tropa e podia marchar por dias sem diminuir o ritmo, mas até ele tinha dificuldade em acompanhar o longo passo de Grahan enquanto ele atravessava a área aberta da guarnição.
– Vinte e sete, senhor. Mais trinta e quatro cedidos por Vossa Majestade Imperial.
– O Imperador está enviando presentes para o sul. Quero dois dos nossos vigiando a carroça de transporte a viagem toda. Todos devem estar montados. Os homens do Imperador que não tiverem cavalos deverão seguir atrás protegendo a carroça com os mantimentos. Ponha Riss no comando deles. Como eles lhe parecem?
– Como cortesãs em calças de homens, senhor. Mas vão se sair bem.
Grahan balançou a cabeça sem olhar em sua direção nenhuma vez. Normalmente era um homem sério, imune às piadas de Gibs, e não gostava de nenhuma resposta que não fosse direta. Tinha o rosto encovado como se a comida não fosse capaz de alimentá-lo, o que combinava com seu físico magro. Mantinha os cabelos bem aparados e o rosto barbeado, ao estilo dos *allarin* do oeste, e vestia-se sempre de maneira impecável. Não que fosse afetado com questões de limpeza, mas prezava a ordem e, sobretudo, a praticidade das rotinas. Era um homem empenhado em ganhar tempo e isso refletia em seus movimentos.
– Quero-os prontos, senhor Gibs.
– Prontos para o que, senhor?
Grahan subiu os três degraus diante da porta do seu aposento e se virou para encarar Gibs. Havia toda a urgência do mundo naqueles olhos frios, e algo mais. Se Gibs não conhecesse tão bem seu comandante, ele diria que era medo.
– Quero-os prontos para representar Vossa Majestade Imperial, *dhun* Arteen Garantar, o Leão do Sol Poente e nada menos do que isso. E por meus pais, homem, que maldito bigode é esse?
Gibs, que sempre manteve uma barba sólida e bem aparada, havia raspado tudo exceto um grosso bigode que se espetava por baixo do seu nariz como uma vassoura de cerdas. O comentário, que deveria constranger o segundo, apenas o divertiu a ponto de ele tentar alisar o bigode entre os dedos.

– As mulheres adoram, senhor!
– Eu não ligo nem um pouco para o que as mulheres gostam, senhor Gibs. Mande alguém me trazer água quente para o banho e vá tirar esse bigode imediatamente.

A porta do quarto bateu com uma força desproposital e Gibs sorriu, esfregando novamente o bigode.

– É claro que não liga.

Quando um intendente e o cavalariço *dhäen* entraram carregando água quente, encontraram Grahan no meio de suas orações. Seus aposentos eram tão simples quanto o de qualquer soldado, exceto pela escrivaninha cheia de papéis e alguns livros em uma prateleira próxima. Em um dos cantos, Grahan havia montado seu pequeno santuário para orar a seus ancestrais. Seu relicário de madeira tinha as duas portas abertas sobre uma mesa, e mostrava nichos que pareciam quase aleatórios sobre o desenho de uma árvore, nos quais estátuas de barro representavam seus parentes falecidos, incluindo seus pais e dois irmãos.

De joelhos, cabeça baixa e mãos unidas, Grahan pareceu não perceber enquanto seu banho era preparado. Contava aos seus ancestrais seus erros e acertos, e pedia que eles intercedessem aos deuses em seu benefício. Só os loucos, os bárbaros e os sulistas rezavam diretamente aos deuses e Grahan não era nenhum dos três.

Quando terminou, beijou a ponta dos dedos e depositou o beijo sobre a mesa, aos pés do relicário. Então se virou e viu os dois garotos diante da banheira. Pareciam ter a mesma idade, mas Grahan sabia que o *dhäen* era muito mais velho, ainda que recebesse ordens do intendente. Em quase tudo era humano. Não fosse pelas pintas que surgiam em padrões complexos em seus braços e testa, ou os cabelos e os olhos cor de limão, podia se passar por um garoto de quatorze ou quinze anos. Na verdade deveria ter quase a idade de Grahan.

A água já devia estar morna. Pediu ao *dhäen* que cantasse algo para reconfortar suas dores e o cavalariço pareceu consternado.

– Tudo o que eu sei é uma canção para cavalos, *shäen* – ele se desculpou, constrangido.

– É boa?

– A preferida de Mensageira.

– Então será boa para mim também. Preciso montar novamente daqui a algumas horas, mas tenho dores por todo o corpo.

Grahan se despiu sem ajuda. O rosto e os braços eram visivelmente mais escuros do que o resto do corpo, no qual hematomas e cicatrizes deixavam claros os rigores de sua vida. Surpreendeu-se a constatar que a água não estava nem de longe tão fria quanto imaginava. O *dhäen* começou a cantar. Sua voz era fina e as palavras incompreensíveis. Tudo o que um *dhäen* fazia em sua vida tinha uma canção. Do nascimento à morte, todas as suas tradições eram marcadas por uma música. Era por meio das músicas que passavam seu conhecimento e por meio da música que tocavam o outro lado da vida, aquele capaz de operar pequenos milagres.

De olhos fechados, Grahan deixou-se penetrar pela canção em seus ouvidos. Lentamente algo surgiu nas trevas. Primeiro manchas e luzes aleatórias, fantasmas de uma mente cansada; depois algo mais concreto, que se movimentava em contornos cada vez mais nítidos. A canção ganhou força à medida em que Grahan parecia mais relaxado e as imagens pareciam mais claras.

Viu uma colina de pastagem verde, com um riacho de cor profunda aos seus pés. Sentia o vento e a grama de maneira tão vívida quanto em um sonho. Sabia que não estava sozinho. De um lado ou de outro, tinha seus irmãos e irmãs consigo. Ia à frente de um grupo enorme, cuja única preocupação era correr. Era forte, musculoso e rápido, com uma energia infinita em seus membros. Grahan ouvia a Canção ao seu redor e a reconhecia como algo natural. Era parte de algo maior do que a vida e a morte, e emanava de tudo o que podia ver ou tocar. Também era antiga: estava ali antes de tudo ser criado e permaneceria depois que o mundo se acabasse. Grahan se apoiou nas patas traseiras e empinou o corpo esbelto para o céu, relinchando em agradecimento.

Quando abriu os olhos novamente, a água já estava fria, o quarto parecia escuro e ele não queria estar ali. O *dhäen* estava em silêncio olhando para ele com dois olhos imensos, curioso e assustado. A porta do quarto estava aberta e não havia sinal do intendente que o ajudara com a água.

Grahan não podia disfarçar sua confusão. Se fechasse os olhos, ainda podia acreditar que era um cavalo, com toda a força e velocidade em seus músculos. Olhou novamente o *dhäen* que tinha dois grandes olhos esbugalhados para ele.

– Como se sente, *mo'shäen*? – o *dhäen* se atreveu a perguntar.

Antes que Grahan pudesse responder, porém, Gibs invadiu seu

quarto, conduzido por um assustado intendente que se apressou em apontar o indicador na direção do *dhäen*. Gibs, ainda bufando por causa da correria ou do susto, agarrou o *dhäen* pelo colarinho com tantos palavrões que Grahan por um instante pensou que estivesse falando outra língua.

– Senhor Gibs!

Ele não ouviu, e continuou a sacudir o pobre *dhäen*, que lutava para se livrar dos fortes braços do soldado.

– Senhor Gibs! – Grahan emprestou mais força aos pulmões, fazendo seu segundo parar para prestar atenção. – O que demônios o senhor está fazendo?

– Esse... *dhäen*, senhor... ele... o garoto disse...

– Estou esperando!

– Desculpe, senhor. O garoto me disse que este *dhäen* o enfeitiçou e fez o senhor relinchar feito um asno.

– Ele o quê? – Grahan pensou ter ouvido mal.

– Diga a verdade, garoto! – Gibs começou a suspeitar que havia caído em alguma brincadeira sem graça do intendente.

– É verdade, senhor. – O rapaz percebeu o perigo que corria. Gibs não era uma pessoa que tolerasse aquele tipo de brincadeira. Havia corrido até eles como um demônio atrás de uma alma e agora só sairia dali com a verdade ou um pouco de sangue. – Juro pela minha mãe!

Grahan olhou as três figuras aos seus pés tentando entender a lógica daquela farsa. Então voltou-se novamente ao *dhäen*, que continuava apavorado demais para se mover. Lembrou-se que estava nu dentro de uma banheira de água gelada.

– ... cavalos, *mo'shäen*! – o *dhäen* balbuciou, como se fosse toda a explicação necessária. Grahan tentou entender o que aquilo queria dizer. Gibs, menos discreto, sacudiu o pequeno servo pelo colarinho com uma ameaça clara de arrancar sua cabeça pelo rabo se não começasse a explicar tudo.

– Eu avisei que só conhecia uma canção de cavalos, *mo'shäen*! – explicou o *dhäen*, aos berros.

Gibs olhou Grahan sem saber do que o *dhäen* estava falando, e então viu algo que não estava acostumado a ver. Grahan estava sorrindo.

– Deixe-os ir, Gibs. Ele não fez nada, foi apenas um sonho.

Ainda relutante, Gibs soltou o *dhäen*, que imediatamente correu para fora, acompanhado por seu desconfiado delator. Grahan saiu da água sem parecer se importar com o frio que entrava pela porta aberta. Testava as articulações dos braços e das pernas com uma expressão satisfeita. *"Uma canção de cavalos!"* pensou em silêncio. *"Bem, sinto-me forte, como um cavalo".* Seria capaz de correr dali até Illioth parando apenas para beber água.

Enrolado em uma toalha, Grahan foi até a porta e viu o intendente conversando com outros soldados com o dedo apontado para o estábulo. Grahan desconfiava sobre o que estavam falando. *Na dúvida, aponte para o dhäen.*

*Dhun* Marhos Grahan não havia sido nomeado magistrado imperial por favoritismo, como as más línguas costumavam sugerir. O Imperador o conhecia desde garoto e sabia a dificuldade que Grahan tinha para escapar às regras. Ordens eram ordens. Leis eram leis. Se todos se mantivessem dentro dos seus limites, o mundo seria um lugar muito melhor.

Voltou para dentro e vestiu-se em silêncio. Percebeu que Gibs permanecia no quarto, quieto, tentando descobrir se o magistrado estava bem. Grahan não tinha vontade de se explicar. Vestiu as calças e as botas. Apanhou o grosso cinturão cheio de bolsos no qual ficava presa sua espada e o levou na mão sentindo urgência em resolver aquela situação. Gibs foi sábio o suficiente para sair do caminho, mas prevendo problemas seguiu de perto os longos passos de Grahan.

O pequeno grupo de homens, muitos dos quais soldados imperiais, que ouviam o intendente contar sua versão da história, agora observavam Grahan caminhando em sua direção. A conversa havia silenciado, mas o tema era claro entre as palavras que permaneciam no ar: *"sujo"*, *"dhäen"*, *"forca"*. O resto Grahan podia deduzir. Imaginava que seu nome viraria piada entre eles. *"Relinchando como um asno!"* diriam. Lembrou-se da antiga anedota que Gibs adorava repetir sobre um magistrado e um cavalo. *Ou seria um burro?*

Grahan atravessou o grupo sem se dirigir a ninguém e caminhou diretamente ao estábulo. Os homens perceberam que algo sério estava para acontecer e seguiram atrás dele. *"Tanto melhor"* Grahan pensou. *"Que vejam isso".* Com a porta do estábulo escancarada, o pequeno grupo vasculhou com os olhos até encontrar o *dhäen* em um dos cantos, agarrado a uma escova de cavalos, encolhendo-se.

O magistrado caminhou até ele, sentindo o peso do cinturão que carregava nas mãos. Atrás deles os soldados cochichavam em aberta expectativa. Gibs permanecia em silêncio, como um cão fiel.

– Levante-se – Grahan ordenou ao cavalariço.

Com a presteza própria de sua raça, o *dhäen* obedeceu de cabeça baixa, pronto para receber sua punição.

Grahan tentou definir que idade ele tinha, mas falhou. Era pequeno e mirrado, e podia ser facilmente confundido com um garoto, mas tinha o rosto marcado pelos anos de servidão. Havia sido escravo, quase um animal, e agora era apenas um dos servos sob o soldo do Império. Grahan sabia que era preciso demonstrar força para manter a disciplina. O *dhäen* olhou para ele conformado com o seu destino e Grahan ergueu o cinturão da sua espada.

•••

Lum amarrou com toda força as ataduras do seu pulso e tentou novamente mover os dedos da mão direita. A flecha do *dhäen* havia destroçado seus tendões e o sangue tinha desaparecido dos seus dedos, deixando as pontas insensíveis. A espada de Krulgar não tinha sido mais gentil. O corte em seu peito poderia tê-lo matado se não fosse a cota de couro que levava sob a camisa. O ferimento naquele instante se limitava a coçar, grudando nas ataduras com mel e sangue coagulado.

O Morcego lançou um olhar azedo para Ruffo, vendo-o temeroso enquanto contava as moedas. Lum ainda não tinha perdoado o bardo por ter fugido do combate sem experimentar a espada contra o Mastim. Ruffo havia sido escolha de Eburo. Mas em vez de defender o *ommoe*, o bardo correu do acampamento, deixando-o para morrer. Lum preferia que Ruffo tivesse morrido no lugar de Eburo.

– Marg vai nos matar, Lum! Assinamos um contrato. Você sabe o que isso quer dizer? Os farejadores vão nos encontrar e vão nos matar.

Ruffo sacudia a cabeça. Eburo havia assegurado que o bardo era um homem de confiança, mas além da óbvia facilidade que tinha para manter os registros de gastos da viagem, era um inútil. Embora fosse excelente esgrimista, era covarde, e Lum desconfiava que o palito de dente que chamava de espada nunca havia se sujado de sangue. O desprezo do Morcego só crescia.

– Temos alguns dias até que o feiticeiro solte os farejadores. Vamos evitar as estradas imperiais. Seguiremos pelas estradas secundárias até o Grande Lot e tomamos um navio rumo ao alto mar.

Você pode se sentar e esperar pelos farejadores, Ruffo, mas eu vou estar longe daqui antes que Marg receba notícias de Krulgar.

– Você já viu um farejador? – Ruffo insistia em seus temores.

Lum sentiu os pelos da nuca se arrepiarem. Claro que já tinha visto um farejador e claro que não queria estar no caminho de um deles, mas não havia mais nada que pudessem fazer além de fugir o mais rápido possível.

– Uma vez Marg soltou um farejador atrás de uma puta que tinha fugido dele. Dizem que o feiticeiro nem gostava dela, foi só para usá-la de exemplo. O farejador a encontrou dentro do castelo de um nobre, quase do outro lado do Império. Quando o nobre chegou de noite, para se divertir...

– O que tinha sobrado dela estava espalhado da parede ao teto do quarto – Lum completou. Aquela era apenas uma das histórias que se contava sobre Marg, e nem era a mais assustadora.

O bardo só o atrasaria em sua fuga. Por enquanto, ele ainda era necessário. Lum tinha que admitir que teria morrido se não fosse por Ruffo. Tinha limpado seus curativos e baixado sua febre. Ainda assim, não podiam viver daquela forma por muito mais tempo. Lum precisava de uma noite de sono decente e de um pouco de comida de verdade. Queria se colocar em forma rápido para seguir seu caminho. Sozinho.

Já estavam havia alguns dias naquele caminho, com pouca comida e quase nenhum dinheiro. Tinham passado por dois grupos grandes; Lum não estava em condições de atacar ninguém e não confiava em Ruffo para defendê-lo. O jeito foi esperar até que encontrassem algum viajante menos precavido. Agora não tinham mais opção. Precisavam de dinheiro e mantimentos se quisessem continuar em frente.

Alguém se aproximou pela estrada. Pelo barulho do trote, era um homem cavalgando sozinho.

Com sorte, um mensageiro ou um mercador com dinheiro.

– Você já sabe o que fazer – Lum disse em tom baixo. Ruffo fez um breve aceno com a cabeça e saiu balançando os braços para o cavaleiro que se aproximava.

Lum se deitou perto do fogo e colocou a mão sobre as ataduras no seu peito, gemendo como se estivesse sentindo dores terríveis e torcendo para que o bardo não o decepcionasse outra vez.

– Por favor! Por favor! – ele ouviu Ruffo gritando para o cavaleiro. – Nos precisamos de...

O bardo se calou. Lum levantou a cabeça para ver o motivo do seu silêncio e amaldiçoou sua má sorte. O cavaleiro que vinha pela estrada era um *pena preta* miúdo e de cabelos esbranquiçados. Qualquer pessoa de bom senso teria medo de atravessar o caminho de um magistrado. *"Sua consciência deve ser tão leve quanto a pena com a qual registro seus pecados"* dizia seu lema, e a consciência dos dois pesava como chumbo.

– O que houve? – O magistrado olhou para o bardo como se pudesse transpassá-lo com os olhos cor de carvão. Ruffo estremeceu. Teria corrido se suas pernas funcionassem, mas ficou onde estava, olhando o magistrado com a mesma expressão idiota. – Perdeu a voz, homem?

– Socorro! – Lum gritou. O magistrado desceu do cavalo com a mão na espada e olhou para Ruffo, desconfiado. – Por favor!

O magistrado era um homem baixo, pouco mais alto do que Lum e muito menor do que Ruffo. Um senhor de certa idade, aparentando virilidade e bom humor. Arqueou a sobrancelha ao ver Lum.

– Fomos atacados por ladrões, senhor. – Ruffo se lembrou da mentira que tinham inventado. – Meu amigo ficou muito ferido. Eles levaram tudo o que tínhamos.

O magistrado foi até o Morcego para ver o seu estado. Com a mão na espada olhou os arredores como se os ladrões ainda estivessem por perto. Ofereceu a Lum um gole de vinho.

– Quantos eram? – perguntou para Ruffo. O bardo lhe mostrou quatro dedos. – O perigo anda solto nesta região. Um nobre foi morto em Shene há alguns dias. Isso já é o suficiente para tirar os ratos de suas tocas. De onde vocês estão vindo?

– Shene – Ruffo deixou escapar, e imediatamente se arrependeu. – De perto de Shene, quer dizer; passamos por lá – o bardo gaguejou. O magistrado olhou para ele, desconfiado. Abriu a boca para dizer algo e deteve-se quando Lum tossiu e fingiu engasgar com o vinho.

– Estou indo para lá. O assassino do nobre foi preso com um baú cheio de ouro. – O magistrado pegou a garrafa da mão de Lum e tomou um grande gole de vinho. – Há uma estalagem a meio dia de viagem. Você acha que consegue chegar até ela?

Lum não ouviu a pergunta. Em seus ouvidos ainda ecoavam as palavras "preso" e "ouro". Seria possível? Por que o Mastim mataria um nobre? O Morcego sabia que Jhomm Krulgar tinha algo de louco, mas não julgava que pudesse ser burro. A ideia o seduziu.

– Os homens que nos atacaram iam para Shene. Um homem alto de cabelos mal cortados e um semblante assustador. Tinha um *dhäen* também... foram eles que mataram o nobre?

– Não tenho ideia. A carta não fala muito sobre a aparência do homem. Só um nome. – O magistrado olhou com estranheza para Lum e então viu os cavalos amarrados longe da fogueira. Limpou a boca com as costas da mão e se levantou vagarosamente.

– Estranho que os bandidos não levaram os seus cavalos – o magistrado sentenciou. Lum se virou para ele e abriu um grande sorriso cheio de dentes.

– Foi uma tremenda sorte! – Lum acenou a cabeça. O magistrado tentou sacar sua espada, mas Ruffo já estava atrás dele com o florete desembainhado. Lum teve medo de que o bardo não tivesse coragem, mas ele não vacilou. A ponta da lâmina perfurou a garganta do magistrado, manchando a terra com sangue quente. O velho gorgolejou virando-se de lado e deixou a espada cair de sua mão. Lum tirou o pé do caminho e viu o corpo tombar no chão, remexendo-se sem vida.

– Meu pai! Meu pai! – o bardo rezava. – Eu matei um magistrado, meu pai!

Não adiantava orar aos ancestrais naquela hora.

Lum se levantou com algum esforço e virou o corpo sem vida do magistrado. Dentro de um bolso da sua jaqueta ele encontrou uma carteira de couro com uma série de papéis. Entregou-os a Ruffo.

– É a identificação do magistrado e uma carta de convocação para se apresentar em Shene. Veja isso! – Ruffo passou os olhos pelos pergaminhos, assinados e marcados com o selo da Ordem dos Magistrados e os mostrou para Lum com algum espanto. As suspeitas do Morcego estavam certas. Jhomm Krulgar era o assassino que tinha sido preso pela morte do nobre. – O que vamos fazer com ele, Lum? Tínhamos mesmo que matá-lo?

O Morcego havia erguido a jaqueta negra, manchada do sangue ainda quente do magistrado, e tentava vesti-la com dificuldade. Quando conseguiu, olhou as mangas mais curtas do que ele tinha imaginado. O couro estava um bocado surrado, mas ainda conservava bem a cor da Ordem. O leão do sol poente parecia vistoso sobre seu ombro direito e a pena preta dos magistrados pousava sobre o seu coração. Lum sentia-se imponente com a mudança de roupa e sorriu para Ruffo, que curioso o examinava.

– O que você deve fazer quando um *pena preta* cruza seu caminho?

Aquilo que todos faziam, Lum pensou, sem esperar a resposta de seu companheiro. Sair da frente e deixar o magistrado passar. Nem mesmo um nobre se arriscaria a ficar no caminho de um magistrado, pois tinham muito a perder caso caíssem sob o jugo da lei. Lum não tinha nada a perder.

Era hora de voltar para Shene. Era hora de encontrar Krulgar.

# Capítulo 6

O cavalariço se encolheu contra a parede. Os homens de Grahan e os soldados do Império esperavam para ver o que aconteceria. Grahan deu ordens para o *dhäen* se levantar. Foi pouco mais do que um sussurro entediado; o magistrado era conhecido por não se exaltar se não fosse necessário. O *dhäen* obedeceu, tremendo. Grahan queria ser justo e lembrar o seu nome, mas já estava longe da guarnição havia muito tempo e aquele cavalariço era substituto do que havia morrido de febre no inverno anterior.

– Qual é o seu nome?

Ele não era famoso por sua paciência e a cada minuto ficava mais aflito para terminar aquilo. O *dhäen* foi incapaz de articular qualquer resposta.

– Ele se chama Tham, senhor – Gibs arriscou se envolver.

– Tham – Grahan experimentou o nome por um instante. – É só isso? Tham?

O *dhäen* sacudiu a cabeça, procurando coragem para falar. Havia pouco movimento entre os soldados; mesmo os cochichos eram feitos em tom tão baixo que eles pareciam não emitir som algum. Tham estava conformado. Sabia que não devia ter usado a canção. Era uma canção de cavalos, servia para fortalecer e descansar as feridas da viagem; ele a cantava sempre que trazia os cavalos para a cocheira. Fazia-o enquanto secava o corpo com palha e escovava os pelos, ou enquanto lhes dava comida e água. Mensageira do Oeste gostava daquilo tanto quanto todos os outros, mas devia ter imaginado que teria efeito diferente nos Homens. Era verdade que Grahan havia relinchado, mas só um pouco.

– É Thamos, *mo'shäen*. – ele gaguejou, acrescentando em seguida – Se for do seu agrado.

– Thamos. – Satisfeito, Grahan encarou o cavalariço o suficiente para fazê-lo estremecer. Depois olhou para trás e viu a ansiedade entre os soldados. Minutos antes, todos planejavam arrancar uma tira de couro das costas de Thamos. Grahan não gostava de linchamentos.

– Você foi contratado pelo Império para cuidar dos cavalos, certo, Thamos? – O *dhäen* ficou confuso, mas quando entendeu a pergunta, assentiu com a cabeça resmungando algo que deveria significar "*sim, mo'shäen*". – Eu lhe pedi um favor, uma canção, e você me cantou uma cantiga de cavalos, não foi isso?

Thamos confirmou. Grahan pesou as consequências. Todos reconheceram a postura do magistrado de quando proferia a sentença a um criminoso.

– Isso não foi certo. Aqui está o seu pagamento. – As palavras foram ditas devagar, e Tham se jogou ao chão se protegendo com as mãos, como se tivesse levado uma súbita chicotada. Ele ouviu os risos antes de tomar coragem para levantar a cabeça e ver o que havia acontecido. Viu Grahan com uma moeda de cobre estendida para ele. – O que diabos você está fazendo?

Gibs caminhou até o cavalariço e o pôs de pé, puxando-o para cima pelo colarinho da camisa puída. Thamos pediu desculpas e limpou as calças cheias de palha. Grahan esperou que ele se acalmasse e lhe ofereceu novamente o templo de cobre.

– Isso não é necessário, *mo'shäen*.

Grahan agarrou sua mão e colocou a moeda em sua palma, fechando-a em seguida.

– Sim, é necessário. O Imperador lhe paga por seu trabalho, não por sua vida. Você não é mais escravo e ninguém aqui vai tratá-lo como um. Sua vida deve ser dada por vontade própria ao Imperador. Fique com isso. – Grahan percebeu o olhar aturdido de Thamos e, ainda agarrando a sua mão, lembrou-se da sensação de cavalgar pelas longas campinas com todo o poder dos músculos nas patas, seus cascos trovejando pelo ar frio. – Foi uma excelente canção – acrescentou, desajeitado.

Grahan podia ouvir os soldados resmungando atrás de si. Virou-se para Gibs. O homem parecia tão confuso quanto os demais, embora tentasse disfarçar.

– Gibs, como anda o seu ombro? Ainda dói?

– Dá pra sentir o desenho da lança sempre que vai chover – Gibs respondeu, colocando a mão sobre o ombro esquerdo e testando um movimento circular. Uma lança havia escorregado pelo seu escudo e se enfiado em seu ombro com força suficiente para romper a cota de malha. O movimento do braço nunca mais foi o mesmo. Grahan retirou outra moeda do bolso e a entregou a Thamos.

– Veja o que pode fazer por *shäen* Gibs – disse. Em seguida, abriu caminho por entre os soldados para voltar ao quarto quando viu o intendente que havia criado a confusão. O garoto não podia encará-lo, constrangido. Grahan virou-se para trás.

– Thamos, você vai para o sul comigo, como meu intendente. – revelou.

Gostando ou não, os *dhäeni* eram membros do Império e estavam sujeitos à proteção do Imperador. Era hora dos seus homens aceitarem aquilo. Preferia não ter que castigar nenhum soldado por algo feito a Thamos; não por receio em castigar alguém, apenas por saber que a ira dos soldados se voltaria contra o *dhäen*.

Ainda sentia o efeito da canção de Thamos. Não era por menos que, mesmo após o fim da escravidão, as casas nobres mantinham um bom número de *dhäeni* aos seus serviços. Eram capazes das mais diferentes feitiçarias, embora as considerassem naturais. Um povo estranho. Tinham mais poder do que os homens e, apesar da aparência fraca, eram muito ágeis. Grahan não conseguia se decidir se gostava deles, mas eram úteis, o que não pretendia ignorar. Era incompreensível que, capazes do que haviam feito com Lenki, os *dhäeni* se mantivessem cativos. Grahan, assim como Arteen, preferia tê-los ao seu lado. Ainda assim, sabia que quando Arteen restabeleceu o pacto de paz iniciou a longa batalha para equilibrar a coroa de chamas em sua cabeça.

Chegando ao seu quarto, Grahan abriu sobre a mesa um mapa do Império e observou as áreas em branco. O mapa era cortado pela Estrada Imperial Norte-Sul, e suas ramificações no geral terminavam em uma cidade, como uma grande árvore com frutos em seus galhos. Entre um ramo e outro, porém, eles não faziam ideia de que cor eram as folhas. Havia muitos perigos nas terras imperiais, e poucos homens dispostos a desvendá-los.

Alguns diziam que as estradas tinham sido projetadas pelos fundadores quando chegaram a Illioth. Outras que eram ainda mais antigas, deixadas para trás pelos conquistadores tallemarianos. Para utilizar a Estrada Imperial, era preciso acender uma vela consagrada a Azhor, o protetor dos viajantes. Sob a luz mortiça da vela de Azhor era como se as distâncias se encurtassem. Um dia de viagem na Bota do Gigante valia por três no passo comum.

A vela de Azhor cobrava seu preço. Uma fome incontrolável vinha com as passadas longas, assim como um leve enjoo e uma sensação constante de vertigem. Ninguém sabia ao certo como elas funcionavam, mas eram a forma mais rápida de se viajar por Karis.

Grahan olhou o emaranhado de caminhos que atravessavam o Império tentando calcular o tempo que levaria para chegar a Illioth. Dois meses na Bota do Gigante, meio ano no voo de um pássaro; uma vida se pisasse fora da estrada e enfrentasse os territórios selvagens que permaneciam inexplorados. O Império era tão vasto que só funcionava por meio daquelas estradas e de um exército fixo de mensageiros trabalhando dia e noite.

Grahan lembrou que levariam carroças e teriam que parar pelo caminho transmitindo a mensagem do Imperador, o que só alongaria a viagem. Temia que os separatistas não esperassem tanto tempo. Jamais admitiria, mas se sentia subitamente cansado. Talvez estivesse cansado de ver o mundo piorar dia após dia, apesar de todos os esforços. Talvez estivesse ficando velho.

– Senhor? – Gibs colocou a cabeça para dentro com o cenho franzido. Devia estar envergonhado de toda a confusão que tinha causado com a história do *dhäen*, mas além disso parecia preocupado. – É melhor o senhor ver isso.

Uma barulheira infernal vinha do lado de fora. Homens gritavam e chamavam uns aos outros, enquanto coisas pesadas pareciam bater contra o chão. *"O que é agora?"*

Grahan perguntou-se em que tipo de confusão Thamos havia se metido àquela hora e saiu pela porta da frente, pronto a chicotear alguém para servir de exemplo. Tomou um susto quando as portas se arreganharam para ele.

Uma grande agitação se espalhava pela guarnição. Dezenas de sacos estavam sendo transferidos de uma carroça à outra, enquanto homens corriam por todos os lados. Os olhos de Grahan voltaram-se a quatro búfalos brancos, idênticos, que pareciam ter arrastado até ali uma casa de tamanho médio, com rodas e uma chaminé despejando uma fumaça pálida; a imensa carruagem era guiada por um *dhäen* absurdamente velho e um garoto que tinha um pardal voando em círculos sobre a cabeça.

– O que diabos...

Gibs estendeu a ele uma folha com os selos do Império. Aqueles eram os mantimentos enviados por Vossa Majestade Imperial para a viagem, assim como presentes em Vosso Nome ao rei Thuron Arman Vorus e outros nobres do sul. Entre os presentes, o espetáculo de Ethron, o Magnífico.

— Ehtron o quê?

— O Magnífico, meu senhor.

Grahan se virou para ver um homem parado na porta da carruagem. Vestia-se com riqueza, usando até mesmo uma bela capa de seda de *lhon*, cujo valor poderia tirar uma família da pobreza. O estranho lhe estendeu um sorriso amistoso e fez uma reverencia teatral.

— Seu humilde servo.

Grahan não gostava daquilo. Olhou novamente o papel em sua mão e encarou o bufão que vinha se aproximando com passos compridos. Usava bigode e um cavanhaque negro longo e pontiagudo, salpicado de fios brancos. Cada um dos seus movimentos havia sido ensaiado diante do espelho, ou assim Grahan imaginava. O homem parou à sua frente estendendo a mão enluvada, com uma elegância digna da corte Imperial.

— Muito prazer, mestre Grahan. Sou *dhun* Ethron de Astrakan. Soube que seremos companheiros de viagem.

— Espero que essa coisa consiga andar rápido. — Grahan apontou a gigantesca carruagem de Ethron. — Não estamos em um desfile de festival.

— Ela é rápida, *dhun* Marhos, não precisa se preocupar. Ficarei feliz em entretê-los durante a viagem com o que há de melhor do teatro *coen*.

Era tudo o que Grahan menos queria: algo que distraísse seus homens. O teatro *coen*, os baús de ouro, a relíquia da família Vorus. Todos aqueles presentes transpiravam desespero e Grahan esperava que os separatistas não sentissem o cheiro do medo que começava a se alastrar, ou haveria sangue na estrada. Grahan olhou Ethron com evidente má vontade e balançou a cabeça para se livrar de um mal pressentimento.

— Não desfaça suas malas, *dhun* Ethron. Vamos partir assim que as carroças estiverem carregadas.

•••

Jhomm Krulgar já não sabia mais se era dia ou noite. Nos primeiros dias havia sido capaz de contar o passar das horas quando os carcereiros trocavam os turnos e vinham visitá-lo para a surra do dia ou da noite, enquanto tentavam descobrir de onde vinha a fortuna que ele carregava no baú. Quando entregou o nome de Círius, as perguntas terminaram e os carcereiros resolveram evitá-lo, abandonando-o à própria sorte.

Deveria estar morto. Esperava uma morte imediata. Depois esperou por uma longa sessão de torturas. Mas nada. Atravessava o tempo na espera de uma morte lenta e dolorosa. Fora largado com ladrões de pão e devedores de impostos, enquanto ainda tinha os dedos sujos de sangue nobre. Algo lhe dizia que o Javali Negro não era muito querido.

Em sua defesa, se alguém quisesse ouvir, podia dizer que o gordo havia sacado a espada primeiro.

Havia sido jogado no fosso mais fundo dos sete infernos. Revirou as paredes procurando por uma forma de escapar, mas não encontrou nada além de rocha e roedores. Ficou feliz quando conseguiu apanhar seu primeiro rato.

Encostou a cabeça na parede de pedra e fechou os olhos. Sentia-se mais confortável assim, como se o fedor de merda e sujeira não fosse capaz de atingi-lo.

Não teria para onde ir. Havia assinado um contrato com Marg, o feiticeiro, entregando a ele um pouco do seu sangue. Marg usaria aquele sangue para soltar seus farejadores que o encontrariam, onde quer que estivesse. Sua única chance era levar o ouro de volta. E ouro Krulgar não tinha.

Ainda podia se lembrar de como era o sol sobre sua pele e imaginou que isso deveria ser um bom sinal. Não era a fome. Já havia passado fome antes. Também não eram as grades; já havia estado preso antes. Eram as trevas e o silêncio que realmente o incomodavam, como se ele já não fizesse parte do mundo dos vivos. Mesmo os outros prisioneiros pareciam consumidos pelas sombras. Atravessavam as paredes sem o menor ruído.

Quando foi preso pela primeira vez, era tão pequeno e selvagem que haviam lhe colocado em uma jaula pouco maior do que uma armadilha para raposas. Tinha ficado pendurado num dos cantos do salão de jantar durante dois dias, rosnando e sacudindo o arame da jaula que ameaçava cortar sua carne. Era quase um animal, naquela época. Um cão de caça, rastejando pelo chão do monastério comendo os restos que caíam da mesa dos nobres e abocanhando o calcanhar dos pés que se voltavam contra ele. Eles o chamavam de Mastim e achavam graça em sua ferocidade.

Não achavam mais.

Sentia frio. Sabia que o lugar estava quente como o inferno e percebeu que devia estar febril. Estava vivendo enfiado na merda alheia havia dias, comendo uma lavagem rançosa, do tipo usada para alimentar os porcos, o que já não acontecia havia algum tempo.

Depois, o rato. Sim. Se estava doente, a culpa era do rato. Estava morto e fedorento quando ele o achou e Krulgar sabia que não deveria comê-lo. Mas se não o fizesse naquele instante, só ficaria mais fedorento com o passar dos dias, quando a fome seria ainda maior. Julgou melhor não desperdiçar aquela chance e imediatamente se arrependeu. Havia vomitado e se cagado até não haver mais nada dentro de si, para depois começar a vomitar e cagar partes de si mesmo. Lembrou que dias antes havia recusado um prato do ensopado de Khirk. Daria um braço em troca de um prato daquela sopa pálida.

Tentava imaginar onde estava Khirk. Tudo havia acontecido sem aviso. As mesas se virando, as cartas no ar, o barulho das espadas, gritos de terror, golpe e contra-golpe. Sangue quente sobre seus pés. Lembrava-se de ver o *dhäen* ao seu lado no meio da briga, mas não sabia o que tinha acontecido com ele. Esperava que não estivesse morto. Devia-lhe muito para deixá-lo morrer daquele jeito.

Quando entraram na estalagem, não havia nada que ele quisesse mais do que uma boa noite de sono, exceto talvez um bom pedaço de carne com cerveja. A discussão sobre hospedar um *dhäen* num quarto já era esperada. O rapaz do balcão disse que ia chamar o proprietário da estalagem e desapareceu pela porta da cozinha. Krulgar se virou procurando um lugar para sentar e lá estava o Javali Negro.

De certa forma, já esperava vê-lo ali. Tudo ao seu redor era como ele lembrava no sonho. O gordo tinha o rosto sem barba e ainda roncava enquanto ria, o que ajudou muito a trazer de volta suas lembranças. Os passos do mercenário se tornaram lentos e etéreos, como se caminhasse em seus pensamentos. "*O gordo não tem pinto!*" Os outros garotos do pátio cantavam em sua cabeça, enquanto o gordo abaixava as calças e arrancava a camisa de Liliah. "*O gordo não tem pinto!*" Ele ouviu a voz da garota chamando-o, implorando por ajuda. "*O gordo não tem pinto!*" repetiu, sorrindo, quando o Javali Negro e seus homens ficaram em silêncio no salão da taverna.

Alguém deve ter perguntado se ele sabia com quem estava falando. Alguém deve ter exigido desculpas. Alguém deve ter dito que

Krulgar era só um bêbado maldito procurando encrenca. Alguém deve ter rido e concordado com ele sobre o gordo não ter pinto. Ele não ouviu nada daquilo. Ele e o Javali Negro trocaram um longo olhar. Krulgar torcia para ser reconhecido. *Eu disse que voltaria por sua cabeça!* Então o gordo se levantou, chutando a cadeira para trás, assustado como quem viu um fantasma. Não um fantasma: um cão do inferno. Um mastim demônio.

O nobre sacou a espada primeiro, seguido por seus companheiros. Krulgar deveria ter morrido naquele instante, tentando descobrir se estava acordado ou sonhando. Um dos homens estava prestes a rachar a sua cabeça com a espada quando uma flecha atravessou sua garganta. Ele sabia de quem era a flecha e não esperou que outra surgisse para salvá-lo antes de sacar a espada e dar cabo ele mesmo do segundo atacante.

O Javali Negro e um terceiro haviam se afastado, mas voltavam para a briga aos gritos. A coisa toda deve ter durado um instante, até que uma dezena de guardas invadiu a taverna e encontrou Krulgar lutando para arrancar a cabeça do gordo, como um açougueiro com um cutelo cego. Estava coberto de sangue e não resistiu quando os guardas o levaram. Apenas riu. "*O gordo não tem pinto! Também não tem cabeça!*"

Os guardas o arrastaram até um nobre. Tinha sido algemado e surrado. O estalajadeiro jurou diante de todos que o prisioneiro havia atacado o nobre sem provocação; um lobo atrás de uma presa. *Um lobo não*, Krulgar corrigiu diante do tribunal improvisado, *um mastim!* Foram as únicas palavras que ouviram da sua boca antes de esmurrá-lo e jogá-lo nas celas.

Esperavam por um magistrado, ele sabia. Nenhum homem podia ser executado sem que um magistrado ouvisse a sua história. Ainda mais um com um baú cheio de ouro e a alegação de ter sido contratado por Lorde Círius. O magistrado registraria tudo em um grosso livro e proclamaria a sentença em nome do Imperador. Se o prisioneiro morresse por causa da surra, da fome ou da febre, porém, pouco seria feito. Exceto se a família viesse proclamar sua inocência; neste caso, seria paga à família a compensação do sangue.

Toda a família que Krulgar tinha era um *dhäen* foragido ou morto, e que nunca pediria compensação nenhuma. Ficou imaginando qual seria o seu valor.

"*Muito menos do que um gordo sem pinto!*" Sorriu, sem nenhum arrependimento. O sorriso deu lugar a um riso nervoso que fazia suas juntas doerem, até que se transformou em um esgar de desespero e em uma tosse violenta. Vomitou novamente. Seu estômago doía e ele já não sabia se era a surra, a fome, ou a doença.

"*Você prometeu!*" ouviu a voz de Liliah recriminando-o. Podia ver os pequenos pés descalços no chão à sua frente, mas não tinha coragem ou forças para erguer a cabeça e encarar o fantasma da garota. "*A serpente e a lança; o leão com asas; a águia de duas cabeças; o javali negro; o cavalo com chifres; o touro em chamas; a aranha púrpura. Ainda faltam cinco. Você prometeu!*"

— Eu não posso. Não consigo. Não posso, Liliah! — Sua voz soava rouca e distante. Não se importava com a ideia de que talvez estivesse falando com uma alucinação febril.

"*Você prometeu!*"

O que aquilo queria dizer? Era só um homem. Aqueles eram monstros, criaturas com feições vagamente humanas. "*Você prometeu!*" Os pezinhos descalços se bateram contra o chão.

— Estou morrendo. — Sorriu. A ideia pareceu reconfortante. — Sinto muito, Liliah!

Sentiu uma mão levantando o seu queixo, e se recusou a abrir os olhos para encará-la. Estava morta. Era um fantasma. Seria uma criatura sombria e cadavérica; não queria olhar para ela. Não queria ver o que eles tinham feito. "*Abra os olhos!*" ela ordenou. O homem que havia sido chamado de cão selvagem e assassino monstruoso estava apavorado e à beira das lágrimas. Abriu os olhos.

A mulher que o encarava não se parecia com a pequena Liliah. Tampouco parecia real. Seu rosto oscilava à luz de uma tocha, fazendo os olhos de Krulgar, acostumados às trevas, gritarem de dor. O mercenário julgou conhecê-la de um sonho distante. Os olhos dela eram de um dourado tão profundo que pareciam duas piscinas de ouro derretido. Tinha lábios grossos e muito vermelhos que sorriam para ele. "*Você tem certeza?*" ela perguntou para alguém atrás de si.

Uma sombra encapuzada caminhou em sua direção e se agachou diante dele, descobrindo a cabeça. Se os olhos da mulher eram piscinas de ouro, os olhos de Khirk eram como duas pérolas geladas; seu rosto, de um lado, era completamente coberto pela tatuagem rebuscada que parecia se mover como um animal sob sua pele. O *dhäen* sorriu para ele com uma expressão preocupada e acenou com a cabeça.

— Ótimo! Vamos tirá-lo daqui. — Thalla sorriu, experimentando sua primeira vitória.

E tudo voltou a ficar escuro.

•••

Príncipe Oren compartilhava da mesma impaciência característica de sua família, embora tentasse disfarçá-la com o sorriso tranquilo e a voz serena que havia treinado durante os anos na capital do Império, sob a tutela do Imperador. Enquanto seu irmão extravasava seu temperamento com gritos e violência, Oren praticava com o arco e flecha, uma arma considerada vergonhosa por sua família. Era um ótimo arqueiro, o que fazia de sua prática uma zombaria ainda maior.

As lendas diziam que seu antepassado, Therik, tinha sido morto com três flechas no peito enquanto defendia sua família do ataque dos *dhäeni*. O arco havia sido banido entre seus familiares e, até onde Oren pôde verificar, nenhum membro se atreveu a envergá-lo, muito menos nas dependências do castelo.

Thirus, seu tio, lançava a ele um olhar azedo enquanto ele enfiava uma flecha depois da outra no alvo.

— Dizem que os *eldani* já foram os melhores arqueiros do mundo. É verdade, tio?

— Ainda existem bons arqueiros entre os *dhäeni*. — Seu tio respondeu a contra-gosto.

A madeira do arco se curvou gentilmente com o gemido da corda esticada. Oren inspirou fundo e estreitou os olhos azuis, concentrando-se no alvo. Vestia uma camisa branca folgada e muito fina para o frio daquela manhã e calças de montaria de aparência ordinária. A roupa era modesta para um príncipe, seu tio pensou. Ainda assim, ninguém poderia parecer tão bem em roupas tão simples como Oren, o Bonito, como era chamado pelas mulheres.

— Por minha mãe, tio. Eles não são mais servos. São *eldani*! Somos parte do Império, não somos? — A reprimenda era gentil. O Imperador havia pedido para que os *dhäeni* voltassem a ser chamados de *eldani*, o que na prática não significava nada. Nem mesmo os *eldani* se chamavam mais assim. A escravidão havia roubado seu nome.

— Enquanto seu pai viver, sobrinho. O que não deve durar muito. — Seu tio pareceu mais preocupado do que o normal. — Ontem à noite fiz uma oferenda a Kuthar em nome do seu pai. Seu irmão estava lá. Ouvi dizer que ele vem frequentando o templo quase todas as noites.

Oren, que havia acertado a última flecha no alvo, deteve-se olhando seu tio.

— Meu irmão gosta de sangue. E de sangue o templo do Senhor dos Exércitos está cheio.

— E, que lugar melhor para encontrar sangue, meu sobrinho, do que no campo de batalha?

Oren riu, afastando-se em direção ao alvo. Quatro das seis flechas que havia lançado estavam praticamente no centro do círculo; duas estavam tão próximas que contentariam qualquer um, mas o Príncipe estava decepcionado.

— Batalha contra quem, tio? Bhör? Silem? Talvez ele pudesse ser enviado para guardar a Fronteira dos Ossos em Maham, no caso de a Rainha Eterna sentir saudades. — Oren riu, mas quando notou que Thirus permanecia sério, calou-se batendo as penas de uma flecha em sua mão. — Meu pai o enviaria para o norte? É o único lugar onde existe batalha no Império.

— Hoje um mensageiro chegou do norte, mas não trouxe ordens para seu irmão ou seu pai. A mensagem veio em seu nome, pelo portão do homem morto. — Oren encarou-o com uma mistura de curiosidade e dúvida. Seu tio tirou do bolso uma carta e a entregou. — Estamos em perigo, Oren. O pior está para acontecer.

O príncipe viu o selo de Thalla quebrado e entendeu que seu tio estava falando sério. A carta tinha sido escrita na bonita caligrafia de Thalla e informava sobre uma tentativa de assassinato contra o rei. A filha de Círius alertava que Oren também corria perigo. O assassino, que tinha sido contratado no norte, estava a caminho. Embora ela não soubesse dizer quem era, ou o que planejava, tinha certeza de que o objetivo era entregar o reino aos separatistas.

— Isso é...

— Sei que parece difícil acreditar, meu sobrinho. Mas Thalla já nos alertou sobre certos eventos antes. Sabemos dos seus interesses, não brincaria sobre isso. Ela diz que está vindo para Illioth com ajuda e pede para estarmos preparados. Eu tenho duas mil espadas juradas ao rei, nós podemos fechar o palácio e...

— Não! — Oren pareceu mais duro do que pretendia e assim que ergueu os olhos fez o possível para suavizar a mensagem. — Não. Não podemos simplesmente acusar meu irmão de conspiração para assassinar o rei. Nem mesmo meu pai acreditaria em uma coisa dessas. O reino é dele! Por que ele mataria o próprio pai se pode herdar o trono em alguns anos?

— Para marchar para o norte.

– Marchar para o... – Oren entendeu o que estava implícito naquelas palavras. O Imperador tinha quase todo seu exército lutando contra os homens de gelo de Whyndur, e acreditava ter o Império defendendo sua retaguarda. Bastava uma faca afiada. Era o momento ideal para destruir o Império com um único golpe.

– Precisamos colocar seu irmão sob custodia e esperar por Thalla.

Oren procurava por respostas no chão, como se estivesse ali a história que se desenrolaria. Illioth reuniria as cidades do sul; haveria alguma oposição, mas, na Bota do Gigante, Dhommas estaria na capital antes de alguém saber o que estava acontecendo. O Imperador ficaria preso entre dois exércitos, com muitas lanças sulistas a menos para sustentar a batalha.

– Não podemos. – Sua voz soou fraca. Então despertou para olhar novamente seu tio. – Se prendermos meu irmão sem provas, seremos acusados de tentar roubar a coroa. Os nobres se levantarão em defesa do meu irmão. Seremos massacrados.

– O que você sugere? Que não façamos nada?

Oren olhou a carta, roçando o dedo no papel grosso. Tinha recebido muitas cartas com aquelas letras ao longo dos anos, mas nenhuma tão perturbadora.

– Exatamente. Não faremos nada. Mantenha o rei protegido. Talvez, quando Thalla chegar, ela possa nos dar mais detalhes. Precisamos saber em quem confiar.

Seu tio concordou. Oren era um rapaz sensato, inteligente e fiel. Não havia desacordo no reino quanto ao fato de ele ser um príncipe melhor do que Dhommas, embora nem todos concordassem que ele seria um rei melhor. Existia um grande número de separatistas entre os reis do sul dizendo que era melhor se curvar para um Imperador ao sul do Mar de Jor. Ele só não esperava que Dhommas tivesse uma posição tão radical.

– O que houve com o mensageiro, tio?

Thirus sorriu sem nenhuma alegria. Era apenas reflexo involuntário de uma vida exaustiva.

– Não dizem "portão do homem morto", por nada...

Oren assentiu com a cabeça em silêncio e se despediu do seu tio, dirigindo-se para o quarto ainda agarrado à carta de Thalla.

Havia tanto negrume naquelas palavras que a tinta parecia feita de pura maldade. Quando finalmente ficou a sós, sentou-se em sua cama e releu as palavras para ter certeza de que não tinha perdido nada. Pegou uma bacia de lavar as mãos, encostou o papel na chama de uma lâmpada e, quando o fogo lambeu a folha, largou-a para vê-la queimar sobre a tina de bronze.

Enquanto o selo de Thalla derretia com o calor, uma fumaça perfumada se espalhou pelo ar. Um agradável cheiro de lírios fez Oren pensar em Thalla. Em alguns dias, talvez a tivesse em seus braços. Se estivessem vivos.

Sentiu um sono repentino. Estava exausto. Sem que pudesse controlar, deitou-se na cama e adormeceu.

Era um sono pesado e carregado de significados, sem a confusão dos sonhos comuns. Era cristalino. Enquanto sonhava, Oren ouviu uma voz familiar.

— Meu amor, espero que esta mensagem tenha o encontrado com saúde. Sei que você deve estar preocupado com as notícias que enviei por meio da carta. Peço perdão pelo tom de urgência e pela escolha difícil que o obrigarei a fazer.

Oren tentou imaginar o rosto de Thalla, mas o que estava guardado no selo era a voz de Evhin, sua dama de companhia, e não combinava com a alta e dourada filha de Círius, o que era sempre uma frustração.

— Tudo o que escrevi é verdade. Existe um assassino marchando para Illioth, mas existem coisas que só você deve saber. Por isso pedi a Evhin que escondesse esta mensagem, como das outras vezes. Pessoas conspiram para o fim do Império. Alianças estão sendo forjadas para que os espólios do Leão sejam distribuídos entre os homens fieis à causa. O Imperador não está parado e planeja reforçar sua autoridade por meio da diplomacia, se possível, ou da espada, se necessário. Illioth vai se tornar o centro de uma disputa que pode destruir tudo o que 1887 anos de civilização construíram. Salvar o Império ainda é possível. Se pudermos resistir em Illioth até que a Guerra do Norte termine, os nobres do sul não terão outra escolha a não ser se ajoelhar diante do exército do Imperador. Mas, para que Illioth resista, para que o Império possa sobreviver, meu querido, não teremos outra escolha. Seu irmão terá que morrer...

•••

Thalla havia demorado demais e a prisão cobrou um preço alto pela liberdade de Krulgar. Dobrado sobre o próprio ventre, ele vomitava e defecava pelas escadas que os levavam para fora do calabouço. Se morresse, levaria consigo o plano que a garota tinha construído ao longo de todos aqueles meses.

Khirk o ajudava a caminhar. O *dhäen* lutava contra os degraus rumo ao céu estrelado do lado de fora. No topo da escada o carcereiro vigiava o caminho. A noite era clara e eles apagaram as tochas. O carcereiro parecia nervoso. Se fosse pego seria enviado para o mesmo calabouço onde estavam os condenados que ele tinha maltratado. Não esperava misericórdia. Corria um risco muito grande por cinquenta moedas de prata.

– Rápido, seus idiotas! Os guardas vão voltar em alguns minutos.

– Diga de novo: o que você vai responder quando Bardolph pedir para ver o prisioneiro?

Thalla estava nervosa. Até ali sua vida tinha sido perfeitamente segura, presa na torre de marfim que seu pai chamava de lar. Tudo o que tinha arriscado eram noites de sono e pesadelos sem conta. Agora estava com os braços atolados na merda até os cotovelos.

– Não é a primeira vez que eu faço isso, *me'shäen*. Levo para ele qualquer homem com a mesma altura e cor de cabelo. Uma criatura tão suja que vai ser difícil olhá-la. Prisioneiros morrem todos os dias.

Thalla quis perguntar se ele mataria o substituto de Krulgar, mas achou melhor não saber. Clavier sumiria com o corpo e diria que o prisioneiro tinha fugido com o baú de ouro. Era uma mentira dentro de outra mentira, mas Thalla duvidava que alguém tivesse interesse em negá-la, e Clavier agora tinha dinheiro o suficiente para manter todos calados.

– Ali está o portão da paliçada. Vocês só têm um instante. – Evhin estava esperando com os cavalos do lado de fora. Cavalgariam para o sul, evitariam as estradas principais até que estivessem tão ao sul que não faria mais diferença. Thalla fez um sinal a Khirk para que andassem logo, mas o carcereiro os deteve com um gesto. – Espere.

Thalla congelou. Se alguém os pegassem, ela duvidava que pudesse explicar o que estava fazendo saindo do calabouço com o assassino de um nobre. Tinha vestido calças de montaria e, sob a capa, uma camisa marrom ordinária que espetava sua pele. Não podia ser reconhecida. Se fosse, seu pai seria chamado. Círius descobriria seus planos. Thalla nunca mais sairia do palácio e não teria a menor chance de descobrir o que havia acontecido com a sua mãe. Evhin seria enviada para uma fazenda de *lhon* e só os deuses sabiam o que seria feito com Krulgar e Khirk.

— Tem alguém vindo?
— Não. — O carcereiro olhou Thalla de cima a baixo. — Está na hora de eu receber a outra metade do dinheiro.
— Que metade? Eu já te dei o que você me pediu!
— Verdade. — O carcereiro pisou no degrau em direção a Thalla. — Por que eu me contentaria com míseras 50 torres de prata enquanto você tem um baú cheio de palácios de ouro? Eu quero a metade. Metade e você pode levar seu namorado embora.
— Eu não fiquei com o dinheiro. Se você quiser ouro, vai ter que falar com *dhun* Clavier. Já te dei tudo o que tinha, conforme combinamos.
O carcereiro ficou sério. Ele cheirava tão mal quanto Krulgar, mas era forte e ameaçador. Deu outro passo na direção de Thalla e colocou a mão no cinturão onde levava as chaves do calabouço.
— Ninguém abriria mão de um baú de ouro por nada. De que vale esse merda? Você tem dinheiro em algum lugar e vai me pagar.
Khirk apoiou Krulgar contra uma parede e colocou a mão na faca curva que levava nas costas. O carcereiro pareceu surpreso em ver a intenção assassina em seus olhos perolados, mas não demonstrou medo. Talvez não fosse capaz de acreditar que um *dhäen* pudesse tirar uma vida. Não sabia que Khirk não era um *dhäen* comum. Ele tinha a marca *fahin*, o que significava que estava de fora da Grande Canção e que não existia criatura mais maldita com os pés naquela terra.
— Se vocês me matarem, ninguém vai sair desse calabouço. — Ele riu, mas sentiu-se em dúvida ao ver a calma de Thalla. — Os guardas estão voltando. É só me dar o dinheiro e vocês podem ir embora.
— Khirk, degole o desgraçado e esconda o corpo em algum canto. — Thalla deu a ordem com a mesma voz burocrática que seu pai usava quando o assunto não merecia interesse. Khirk se moveu vagarosamente, com a faca curva na mão.
— Duas moedas! Só duas moedas de ouro! — O carcereiro deu um passo para trás, de volta ao topo da escada. — Eu tenho seis filhos pequenos para alimentar.
— Então sua mulher não tem pudores em abrir as pernas. Ela pode viver disso daqui para frente.
Thalla viu o carcereiro enrubescer de raiva, mas em vez de retrucar, ele resolveu sorrir e lembrá-la do perigo que estavam correndo.
— Seu tempo está acabando, *me'shäen*. O magistrado chegou em Shene uma hora atrás. Deve estar com *dhun* Clavier agora.

— Espere. — Thalla segurou a mão de Khirk. — Abra o portão, carcereiro. E eu te darei o que pediu. Minha ama está do lado de fora com minha bolsa.

O carcereiro sorriu vitorioso e correu pelo pátio, segurando as chaves junto ao corpo para que não fizessem barulho. O forte tinha dois portões que fechavam os invasores em uma gaiola. Um sistema de polias abria os portões com a força de uma queda d'água. Para fechá-los bastava soltar a trava e a gravidade fazia o resto. Thalla e Khirk trocaram um breve olhar enquanto o carcereiro acionava o ruidoso mecanismo. Krulgar havia voltado a tossir e todo aquele barulho podia alertar os guardas. Khrik entornou um pouco de vinho com mel na boca do companheiro, obrigando-o a beber. Krulgar engasgou e cuspiu o primeiro gole, mas se acalmou depois que tomou o segundo.

O guerreiro era um farrapo humano. Uma semana na prisão havia destruído sua vitalidade. Era naquele homem que estava apostando todas as suas moedas? Thalla foi até ele e levantou sua cabeça pelo queixo. Os olhos de Krulgar oscilavam, febris.

— Liliah? É você?

— Não morra ainda, Jhomm. Ainda tenho um nome para você matar.

— Liliah? Me perdoe. Eu não consegui. Me perdoe.

Thalla não queria seu pedido de desculpas. Queria seu ódio. Queria seu desejo insano de vingança. Queria o mastim demônio de volta sobre as quatro patas, não aquela criatura doente e patética.

— Você me largou para morrer, Jhomm! Eles me estupraram. Eu tinha só dez anos e eles me montaram como se eu fosse um animal. Você deixou eles me matarem, Jhomm.

Thalla sabia que Khirk devia estar se perguntando como ela conhecia toda a história. Precisava que Krulgar mantivesse alguma centelha de vida para que saíssem dali.

— Prometa para mim, Jhomm! Prometa!

— Eu vou matá-los! Eu prometo! Eu vou matá-los!

O carcereiro acenou para eles quando o portão estava aberto. Do lado de fora já podiam ver Evhin montada, puxando os cavalos que os levariam. Thalla não poupou dinheiro na escolha de montarias velozes. Khirk jogou um braço de Krulgar sobre os ombros e o arrastou pelo pátio enquanto Thalla corria à frente. Já estavam quase do lado de fora do forte quando Thalla viu o sorriso do carcereiro desaparecer. Temeu por uma traição.

– Ei! – alguém gritou às suas costas. O carcereiro dançou sobre a própria sombra, como se pisando em brasas. Thalla olhou para trás com o canto dos olhos. Um grupo de homens armados se aproximava. Apressou-se para sair da gaiola antes que eles a fechassem.
– Parados!
Percebendo que seriam pegos, o carcereiro resolveu entregá-los e se atrapalhou tentando sacar a espada. Thalla tinha um pequeno punhal escondido em sua manga. O carcereiro abriu a boca para gritar que parassem, mas a garota não deixou que ele dissesse nada. A adaga se cravou na sua garganta, com um golpe seco e desajeitado. Sangue espirrou no seu rosto.
– Soem o alarme! Estão fugindo! – alguém gritou.
O carcereiro agarrou seu braço, gargarejando no próprio sangue, e Thalla assistiu à vida desaparecendo dos olhos do homem. Olhou ao redor procurando por Evhin. A ama se aproximava puxando os cavalos. Khirk segurava Krulgar pelo braço. Os guardas estavam a vinte passos de capturá-los. Um magistrado liderava o grupo de homens de Shene. Evhin corria, e Thalla pensou na possibilidade de fugir deixando Krulgar para trás.
– Khirk! – Thalla alcançou um dos cavalos, retirou um arco longo que estava preso a sua cela e o jogou para o *dhäen*.
Khirk prendeu a corda do arco enquanto Thalla montava. Ela entregou a Khirk uma aljava com flechas. O arqueiro segurou uma delas na boca e imediatamente curvou o arco com a outra flecha. Os ombros acostumados com o ofício se estenderam e o arco estalou quando voltou à posição normal. A flecha se cravou no escudo de um dos guardas. Os outros pararam de avançar. Krulgar se agarrou a um dos cavalos, com Thalla e Evhin tentando ajudá-lo a subir. Khirk disparou outra flecha, arrebentando o lampião que um dos guardas trazia. O fogo correu pelo seu braço, em uma explosão de labaredas. A terceira flecha matou um homem.
Thalla olhou o cadáver do carcereiro sobre a poça de sangue que continuava a crescer. Tirou do bolso duas moedas de ouro, que jogou sobre o corpo sem vida.
– Aí está o resto do seu pagamento, seu idiota sovina.
Um sino soou em algum lugar. Em breve o pátio estaria cheio. Khirk amaldiçoou o dia em que tinha recebido a marca *fahin*, enquanto matava mais um homem.
– Khirk!

Krulgar tinha conseguido montar o cavalo que as garotas conduziam caminho abaixo. Khirk não ia conseguir deter todos os homens. Disparou mais uma flecha e correu de volta para dentro do pátio enquanto ouvia Thalla chamando-o de idiota.

– Rápido, seus filhos de uma puta! Peguem aquele *dhäen* desgraçado – o magistrado gritou para os guardas de Bardolph. Eles pareciam confusos com os últimos acontecimentos. Krulgar fugia em sua sela, levado por duas rameiras que deviam lhe dever uma foda. Deviam segui-lo ou prender o *dhäen*?

Khirk aproveitou a confusão e correu até o maquinário dos portões. Tirou a grande faca curva que carregava nas costas e precisou de três golpes para romper a corda grossa que sustentava o portão do palácio. Os guardas já estavam quase sobre ele. Guardou novamente a faca curva e olhou para a grande roda d'água que continuava seu trabalho, agora livre do peso do portão. Agarrou-a, deixando-se erguer. Uma flecha voou na sua direção, quase atingindo-o. Os guardas se aproximavam pelas escadas do muro. Khirk foi mais rápido. Da roda d'água saltou para a beirada do muro e se ergueu no passadiço. Tirou o arco do ombro outra vez e atirou contra a coxa do primeiro homem, que rolou escada abaixo.

Thalla, Evhin e Krulgar já iam adiante na estrada, mas o cavalo de Khirk havia sido deixado para trás. Khirk era ágil como qualquer um da sua tribo. Jogou-se, agarrando-se no vão entre as pedras, com todo o peso do seu corpo concentrado na ponta dos dedos. A pedra estava escorregadia, mas o segredo era não se demorar demais em cada ponto. Com mais dois saltos encontrou a grade do portão externo e desceu por ela até colocar os pés no chão.

Os guardas do castelo tinham finalmente chegado até a amurada, e flechas e lanças caíam do céu sobre ele. Correu o mais rápido que pôde e montou o cavalo, disparando em galope pela estrada. Atrás de si ouvia gritos e maldições explodindo ao badalar dos sinos.

Quando virou a esquina, olhou para trás e reconheceu no topo do muro uma silhueta familiar. Agora sabia que quem estava atrás dele era Lum Orelhas de Morcego, vestindo a roupa roubada de um magistrado.

# Capítulo 7

Ao contrário de seu irmão, o Príncipe Dhommas Arman Vorus tinha orgulho da falta de paciência que havia se tornado marca da família. Isso ficava claro quando atravessava os corredores do palácio de Illioth pisoteando a tapeçaria e gritando com os guardas em seu caminho por causa de um gibão sujo de vinho ou uma armadura sem polimento. Era seguido por dois conselheiros fiéis que lutavam em vão para acompanhar seus passos: Essan, um gordo de pernas curtas e miolo mole; e Aesis, um jovem tutelado de seu pai que não fazia mais do que sorrir e se entregar a vícios. Eram os homens com quem Dhommas caçava jovens donzelas durante as noites e com quem cultuava o Senhor da Guerra, nas arenas do seu templo.

– Você tem absoluta certeza disso? – Parou para questionar Essan, que pareceu ainda mais diminuto diante dos seus olhos, como se prestes a virar um rato e desaparecer por um buraco no piso. Dhommas, do alto dos seus dois metros, parecia ainda maior inclinando-se com a cabeleira cor de palha caindo sobre os olhos azuis, os ombros largos se projetando para frente.

– Absoluta, meu príncipe. Grahan parou na Lagoa de Estrelas; as mensagens chegaram hoje mesmo. A Viúva o recebeu com a costumeira mesquinhez, mas não pronunciou palavra sobre o marido morto no norte. Foi muito gentil, em se tratando da Viúva. Vi a mensagem quando foi passada para Vossa Alteza.

– Filho de uma porca! – Dhommas voltou a caminhar apressadamente. – Alguém deve ter falado. O Imperador sabe. Grahan não traz nenhum recado. O recado é ele. Ninguém manda um magistrado para fazer o trabalho de um diplomata se não quer a força sobre a mesa de negociação. Alguém deve ter falado, Essan!

Essan tentou acalmá-lo, sem qualquer sucesso. As paredes do palácio reverberavam a ira de Dhommas, o que não era bom para um conspirador. Essan, como grande parte das famílias sulistas, admiravam Dhommas por suas ideias revolucionárias. O príncipe herdeiro discursava abertamente sobre um Império do sul que respeitasse as tradições *rentari* e mantivesse ali todo o dinheiro, comida e soldados que eram enviados para o norte. O Rei Thuron, seu pai, ouvia aqueles discursos com um misto de orgulho e medo. Sabia que estavam a um passo de cometer traição, mas era ambicioso demais para não imaginar a Aranha Púrpura devorando o Leão do Sol Poente. Assim, ainda que Dhommas fosse repreendido, jamais era impedido de falar, o que ele fazia a cada dia com mais ardor e sob mais aplausos. Somente Oren ousava se erguer para desafiá-lo.

Todos sabiam que se as leis fossem diferentes Thuron colocaria Oren no trono, e não Dhommas. Oren, o favorito do rei, era tudo o que seu irmão não era. Bonito, educado, tranquilo e ponderado. Havia vivido na Corte do Império, enquanto Dhommas foi enviado para além da fronteira dos ossos, para comer poeira no deserto e ser um dos servos da Rainha Eterna, cujo rosto ninguém jamais via.

Kentara e Karis haviam estado em guerra durante séculos, mas viviam em relativa paz havia muitas gerações; era bastante comum que as casas nobres trocassem jovens garotos para se tornarem pajens. Dhommas havia atravessado o deserto dos ossos e fizera das pirâmides de Kentara um estranho lar, sem nunca superar a ideia de que era desejo de seu pai mandá-lo o mais longe possível, enquanto Oren se deliciava com os prazeres do norte. Dizia-se que em Andernofh Oren havia encontrado e perdido o próprio pau. A história toda era segredo, mas era difícil ignorar a beleza da amante de seu irmão. Thalla era um dos muitos prazeres que Oren parecia receber sem merecimento, enquanto Dhommas tinha que se contentar com prostitutas sujas e *dhäeni* piolhentas para aquecer a sua cama. O que não o impedia de às vezes sonhar com os beijos de Thalla.

Em seus aposentos, Dhommas parou diante de uma pintura de Therik, o Ungido, amarrado a uma árvore, com três flechas enfiadas no coração. Seus executores observavam sua morte: sombras maltrapilhas segurando seus arcos. Quadros como aquele estavam espalhados por todo o palácio. Illioth havia sido construída sobre a lenda de Therik. A árvore onde ele havia morrido era um tronco morto no centro da praça ao lado de uma imagem esculpida em mármore e ouro. Na fronte do herói morto, uma pérola havia sido incrustada para simbolizar sua divindade. Dhommas não pensava muito sobre ele e nunca havia lido o livro de Therik, para o horror de seu tutor. A leitura sempre fora uma preferência de Oren, motivo pelo qual seu pai o havia enviado ao norte. Dhommas se agarrava à espada e às traquinagens de criança. De qualquer forma, como qualquer um nascido dentro daquelas muralhas, conhecia a lenda.

Seu antepassado, diziam, havia sido morto defendendo a pequena aldeia de Illioth, construída pelos homens quando os *eldani* governavam esse lado do mundo, eras antes de os conquistadores de além-mar dominarem o continente. Therik havia assistido à morte de todos aqueles a quem amava e, quando chegou sua vez, e o espírito escapou de seu corpo, não encontrou descanso como os que haviam sido cremados. Vagou em busca de vingança. O Senhor dos Exércitos se apiedou de Therik e lhe devolveu a vida para que pudesse vingar seus mortos, transformando-o em um *dhugeintar*. Therik marchou contra os *eldani* e, depois de derrotá-los, proclamou sua punição. Eles deveriam servir o homem por toda a existência, para curar o mal que haviam causado. Depois disso, Therik escolheu uma esposa e deu origem à dinastia do sul.

Às vezes Dhommas não acreditava que sua família era a descendência de Therik. Metade das famílias nobres dali dizia o mesmo. Na maioria das vezes pensava que Therik era só uma lenda que tentava explicar a criação de Illioth. Todas as cidades tinham suas lendas: Lausarlot tinha o deus do rio, Dárius, a grande biblioteca, Andernofh, os fundadores. Illioth tinha Therik e o Senhor da Guerra. Nada mais lógico do que presentear aquele lugar onde tantas batalhas haviam sido travadas com o Deus da Guerra. Havia tanto sangue no chão de Illioth, que não lhe admiraria uma árvore que brotasse com bebês entre suas folhas. Se Therik existisse, porém, ele tinha certeza de que aprovaria todo o trabalho que vinha fazendo.

— Vamos precisar enviar mensagens a todos. Preciso que vocês preparem os nossos homens e que avisem aos outros. Eu mesmo vou para o norte cuidar do magistrado.

Dhommas pressentia algo ruim no horizonte. Como praticamente todos os membros de famílias reais do sul, tinha um pouco de sangue *allarini*, apesar de se recusar a admití-lo, e embora não parecesse com os grandes videntes do oeste, reconhecia quando algo se movia contra ele. Havia uma sensação de morte iminente no ar e ele não esperaria até que ela o alcançasse.

Dispensou seus cúmplices. Depois de andar de um lado para o outro, parou diante do espelho negro que engolia sua imagem como um poço. Sacudiu a cabeça ao encarar o reflexo dos seus olhos. Podia não ter tanto sangue do oeste, mas tinha sangue de Therik e os deuses não iriam abandoná-lo. Resolveu que faria uma oferenda ao Senhor dos Exércitos em busca de proteção. O pensamento pareceu reconfortá-lo, mas ainda era cedo. Ele queria se livrar de toda a energia acumulada.

Abriu as portas do quarto e mandou um servente trazê-lo a garota. Encostou a porta e encarou o quadro de Therik.

Ouviu uma batida na porta e mandou que entrassem. Não ouviu os passos tímidos que caminharam em sua direção, mas sabia que ela estava lá, em silêncio, tentando respirar com tranquilidade. De costas, ele tirava os braceletes e joias, deixando-os sobre uma mesa próxima da cama. Estalou o pescoço e levantou os olhos para ver como estava sua aparência no espelho. Pensava em cortar o cabelo, mas aquilo o tornaria muito parecido com seu irmão. Pelo reflexo no vidro, viu a meretriz caminhando: um demônio em busca de redenção.

– Você é nova – ele constatou.

Ela encontrou seus olhos pálidos no espelho com um arfar de medo. Alguém a havia vestido como *dhäen*, pintado seus cabelos de um ridículo laranja desbotado, preenchido sua testa e suas mãos com pintas; os olhos haviam sido sombreados para dar uma aparência fantasmagórica ao que era um verde bastante comum. Era pequena, magra, tímida e tão *dhäen* quanto Dhommas. Era meio frustrante, mas serviria.

– Fui treinada para agradá-lo.

– Ainda assim, você é nova. – Dhommas virou-se para olhar a garota nos olhos enquanto ela começava a desabotoar sua camisa, com as mãos trêmulas.

Não foi uma pergunta e ela não respondeu. Dhommas virou o pescoço da meretriz para olhar o desenho das pintas que desciam pelo decote. Vestia uma túnica simples de algodão rústico, que mal cobria seus pequenos seios. Um leve odor de baunilha escapava de sua pele. Ainda assim ela não era uma *dhäen*.

O príncipe rasgou a túnica da garota enquanto ela estremecia de medo. Sem que ela pudesse protestar, ele a agarrou pelos cabelos e a levou até a cama.

– Meu senhor, eu...

O tapa que veio a seguir foi tão violento que Dhommas pensou que ela iria desfalecer. A garota o encarou com o lábio inferior cortado e os olhos se enchendo de lágrimas.

— É *mo'shäen*, sua putinha de merda! Se você borrar essa bosta de maquiagem eu vou entregar você para as almas do calabouço. Diga que entendeu.

— Sim, meu... Sim, *mo'shäen!*

Dhommas sorriu e sentiu-se enrijecer. *Uma puta bonita*. Ele a virou sobre a cama e a viu rastejar para longe dele enquanto ele desafivelava o cinto.

— Agora, *me'dhäen*, quero ouvir você cantar...

E, pelas portas do palácio, ela cantou.

•••

Krulgar tossia e engasgava com o líquido rançoso que empurravam pela sua garganta. Tinha gosto de beterraba, gengibre e hortelã. Era como se estivesse engolindo um pedaço da própria terra, mas ele sentia a febre ceder a cada novo gole.

— O que diabos você fez, seu *dhäen* de merda? — Ele conseguia reconhecer a silhueta de Khirk contra o céu pálido: seus cabelos azuis amarrados em um rabo de cavalo malfeito atrás da nuca. — Você devia estar cruzando o mar, seu imbecil.

Ele se esforçou para colocar-se de pé. Ainda estava fraco. Tinha sido embrulhado em um ninho de peles e cobertores, sob o arco de uma ruína. Uma fogueira tinha sido acesa perto dele. Precisava continuar bebendo a cuia doce de Khirk até que se sentisse novamente forte.

Estava nu sob as peles. Seus ferimentos tinham sido tratados com o unguento mal cheiroso que Khirk preparava socando ervas, frutas e sabe-se lá que tipos de excremento. Todos aqueles ingredientes eram difíceis de encontrar e custavam uma fortuna. Dinheiro que eles não tinham.

— Marg já deve estar sabendo que o dinheiro sumiu. Ele vai soltar os farejadores a qualquer instante. Você devia ir embora, eu só vou te atrasar. Não podemos ficar aqui.

— Enviei uma carta a Marg dois dias atrás.

Krulgar tomou um susto ao ouvir outra voz. Achava que estavam sozinhos, embora suas lembranças incluíssem o espírito crescido de Liliah. Não; só podia ser uma alucinação provocada pela febre.

— Disse que o dinheiro havia sido apreendido em Shene e que

outra remessa seria enviada. Mandei os juros em adiantamento como prova de nossa boa vontade e pedi para ele entrar em contato com Bardolph para confirmar a história.

Os olhos de Krulgar ainda estavam embaçados. A silhueta da garota parecia familiar. A luz refletia em seus cabelos dourados e ele se sentou, sem nem mesmo perceber que havia feito aquilo.

– Liliah?! – Sua voz soou fina e ele ajeitou os cabelos selvagens, como se houvesse alguma chance de colocá-los em ordem. – Liliah? Não pode ser. Eu vi você...

– Não sou ela, Krulgar. Meu nome é Thalla e fui eu quem o tirou do calabouço de Shene.

– Mas você é igual...

Ele queria dizer que ela era a cópia exata da garota que ele tinha visto em seus sonhos, mas não tinha como dizer aquilo sem parecer um idiota romântico. Thalla era a projeção que havia atormentando seus sonhos. Exatamente como ele imaginava que Liliah seria. Sentiu lágrimas em seus olhos, mas se recusou a chorar.

– Quem é você?

– Agora sou a sua melhor amiga. A única coisa que existe entre você e os farejadores de Marg. Se eu for embora, eles estarão atrás de você em algumas semanas. Mas, se confiar em mim, a dívida de Marg vai ser paga e você estará livre.

A garota diante dele era um fantasma dos seus sonhos. Talvez fosse a resposta. Talvez ele continuasse sonhando. Lutou contra os cobertores e ignorou a dor que se espalhava pelo corpo, tentando levantar.

– Eu sou livre! – Os unguentos de Khirk tinham começado a fazer efeito, embora ele ainda se sentisse muito fraco. Quantos dias haviam se passado? O tempo era um mistério que ele tinha medo de resolver. – Onde estão minhas roupas?

Thalla observou enquanto ele se levantava, nu. A garota não desviou o olhar. Já tinha visto homens nus e podia dizer que Krulgar não tinha nada do que se envergonhar. Khirk se levantou apenas para impedir que Krulgar caísse. Não tinha intenção de tirá-lo dali. Krulgar olhou ao redor; reconhecia a região. Estavam a pelo menos um dia de cavalgada de Shene. Dois, se já tivessem parado para descansar antes. Precisavam ir o mais longe possível.

– Ir aonde, Jhomm? Um magistrado está atrás de você com duas dezenas de homens de Shene. Pelos ancestrais, homem. Você matou um nobre. Gras não era o mais querido dos Bardolph, mas eles não vão deixar você escapar impune. E se conseguir escapar, até onde vai com Marg atrás de você? Não é fácil se livrar de um farejador.

— Saia da minha frente, garota! — Krulgar empurrou Thalla e pisou na pedra fria do degrau da ruína. Khirk o segurava pelo braço e o mercenário lutou para se livrar do apoio. Tentou descer outro degrau, perdeu o equilíbrio e caiu de cara no gramado.

— Estou lhe oferecendo uma saída. Passagem segura para o sul. Dívidas quitadas. Dinheiro o suficiente para você começar uma vida nova onde quiser.

Do chão, Krulgar pôde ver o sorriso de Thalla. O mesmo sorriso que o havia atormentado quase todas as noites dos últimos meses. O sorriso que ele dizia pertencer a Liliah e que clamava que ele a vingasse. Estava enloquecendo.

— Quem é você? — Krulgar perguntou mais uma vez. Thalla se sentou nos degraus da ruína e pousou o queixo nas duas mãos. Era estupidamente linda. — O que é você?

— Sou sua única chance de sair desta história com vida, Jhomm. E se você não se importa consigo mesmo, talvez deva começar a se importar com os outros.

Krulgar olhou Khirk no alto da escada. Era impossível saber o que ele estava pensando. O *dhäen* tinha sido contra o envolvimento com Marg e não estava totalmente implicado no assassinato do gordo. Mesmo assim, arriscou-se para tirá-lo da cadeia. Se Marg não recebesse o dinheiro, Khirk também iria morrer.

— O que você quer de mim? — Krulgar se levantou com dificuldade. Sentia a cabeça girando. Estava fraco e sentia sede, mas nada daquilo se comparava ao que tinha passado nos últimos dias. — O que eu preciso fazer para você salvar nossas vidas?

Thalla esticou as longas pernas nos degraus da ruína e virou o rosto para o céu, recebendo o dourado do sol sobre a pele. Parecia deliciada, como se vivesse o ápice de uma grande aventura. Krulgar soube que o que Thalla tinha em mente seria sua ruína.

— Eu quero que você mate mais um dos homens que estuprou Liliah. — Sua voz era calma e ela o encarou como se responder não fosse desmantelar o tecido da realidade. Krulgar ficou boquiaberto, tanto por ela saber que Liliah havia sido estuprada quanto por dizer conhecer um dos seus assassinos. — A Aranha Púrpura.

— Como você sabe...

Thalla não deixou que ele terminasse:

— Sou amiga de Oren, filho de Thuron. Quando éramos pequenos, Oren me contou essa história. Que seu irmão Dhommas e outros seis nobres haviam estuprado e matado uma garotinha em um monastério. Que um garoto maluco havia levado a culpa depois de decapitar o pai dela e de jogar a cabeça na mesa de jantar. Oren dizia que seu irmão e os outros nobres estremeciam só de pensar no garoto. Eles o chamavam de mastim demônio. O mastim demônio é você!

Krulgar nunca tinha imaginado o impacto que pudesse ter causado na vida daqueles garotos. Era só um moleque selvagem, uma criatura coberta de sangue, mas se lembrava do horror no rosto dos monges e nobres quando ele jogou a cabeça do mestre dos cães sobre a mesa. Ele tinha prometido matar todos eles. Agora tinha a chance de cumprir a sua promessa.

— Tudo o que eu quero, Krulgar, é que você entre no palácio de Illioth e arranque a cabeça da Aranha Púrpura. Se fizer isso, eu pago suas dívidas e você está livre para ir aonde quiser. Estou lhe dando a chance de cumprir a sua promessa. — Thalla esperou que as palavras fizessem sentido na cabeça de Krulgar, e acrescentou. — Tem coragem para isso, Krulgar?

— Leve-me até o palácio, senhora. E Illioth terá um príncipe a menos para brigar pelo trono.

Khirk deu um assobio de alerta. Inimigos se aproximavam. Da ruína podiam ver um pedaço distante da estrada, onde uma nuvem de poeira mostrava a chegada dos cavaleiros.

— Onde estão as minhas roupas? — Krulgar se levantou ainda bastante tonto. Agora, porém, tinha um bom motivo para ficar de pé e lutar. Precisava seguir toda a estrada para o sul. Precisava fazer cumprir mais um pedaço da sua promessa. Precisava matar a Aranha Púrpura.

Não estariam mais ali quando chegassem os cavaleiros.

•••

Tham terminou suas canções e limpou o nariz que escorria. A manhã estava fria. Antes do sol nascer ele já estava pronto a recebê-lo com a pequena história da sua vida. Sua fé dizia que um *eldani* devia devolver à Grande Canção tudo aquilo que retirava dela, ou um dia a canção silenciaria e o mundo desapareceria com ela.

Em Whedon, os oradores revezavam dia e noite, enquanto mantinham a Canção girando. Tham sonhava em visitar o reino do príncipe escravo um dia; não agora. Estava sob o comando de *dhun* Marhos Grahan, viajando pela Estrada Imperial até um mundo do qual só havia ouvido falar. Um feito grande para a vida pacata do pequeno cuidador de cavalos. Diziam que os sulistas não apreciavam os *eldani*. Diziam que a abolição tinha sido uma "sugestão" acatada a contragosto. Thamos não tinha saudades da escravidão e era por isso que trabalhava com tanto amor para o Imperador que havia devolvido ao seu povo sua liberdade.

"*O Imperador lhe paga por seu trabalho, não por sua vida*" havia dito *dhun* Marhos. "*Você não é mais um escravo e ninguém aqui vai tratá-lo como um. Sua vida deve ser dada por vontade própria ao Imperador*"

Pensou sobre aquilo nos dias que se seguiram. Ele não era mais escravo. O Imperador lhe pagava um soldo por seu trabalho e Thamos podia fazer o que quisesse. Ainda assim, duvidava que pudesse doar sua vida ao que fosse. "*Quando o último dhäen morrer, morreria com ele a Grande Canção*" dizia seu pai. Os oradores diziam que a Grande Canção era mais velha do que os *eldani* e mais velha do que o mundo. Era a origem de tudo e existiria depois que tudo deixasse de existir, como um lamento sobre o que havia sido.

O cavalariço não era muito bom com charadas. Gostava de coisas simples. De cavalos, de servir ao Imperador, de não ser mais escravo e de sentir que sua vida tinha um propósito.

Gibs tossiu e cuspiu um escarro marrom no chão antes de lhe abrir um grande sorriso. O gigante com a cicatriz sempre lhe causava arrepios. Ainda se lembrava de como tinha sido erguido no ar e da ameaça de ter a cabeça arrancada pelo rabo. Os dias tinham se passado e Gibs se revelava uma alma estranhamente gentil. Em suas canções, Tham acrescentava o seu nome, como retribuição por sua bondade.

– Espero que já tenha acabado a cantoria, merdinha. O dia vai ser longo.

Thamos sabia que ele não queria ofendê-lo quando o chamava de merdinha. O vocabulário de ofensas de Gibs era vasto e ele o direcionava a amigos e inimigos. Somente duas pessoas pareciam imunes ao seu repertório. Vossa Majestade Imperial Arteen Prio Wudmond Garantar II e *dhun* Marhos Grahan. Gibs esticou as costas e testou o ombro no qual a lança tinha se fincado. Tham vinha tratando-o com a mesma canção de cavalos que tinha aprendido de seu pai e que havia usado em *dhun* Marhos. Metade dos homens da companhia já tinham se tratado com ele uma ou outra vez e Thamos nunca teve tanto dinheiro. Quando voltassem, planejava entregá-lo ao seu pai.

O acampamento já havia se levantado. As lamparinas esverdeadas, dedicadas ao *dugheintar* Azhor, eram acendidas e a estrada parecia zumbir a cada chama acesa. A Bota do Gigante só os levava com velocidade pela da Estrada Imperial se estivessem sob a luz esverdeada de uma das chamas de Azhor.

Tinham acabado de deixar a casa da Viúva na Lagoa das Estrelas. A Viúva os tratou com cortesia, embora não tivesse mais do que umas salsichas envelhecidas e umas batatas amargas para oferecer. Lamentou não poder enviar nenhum homem para o sul. Aqueles que não tinham se alistado para lutar na guerra do Imperador haviam ficado para tomar conta dos campos. Mesmo assim, seu povo passava fome. Grahan presenteou-a com um pouco de ouro em nome do Imperador e, tão logo se restabeleceram, seguiram viagem. O caminho ainda era longo.

Gibs apontou a bandeira do Imperador para Tham. O *dhäen* sorriu e enrubesceu. Quando Grahan o havia nomeado intendente, pensou que estivessem brincando. O magistrado devia ter seus motivos e Tham não os questionaria. Estavam indo para o sul representando um novo Império, cujas leis não mais tolerariam abusos contra os *eldani*. Grahan era o símbolo daquela nova ordem e Thamos havia se tornado a mensagem que o magistrado queria mostrar ao mundo.

O resto da caravana aceitou aquilo de formas diferentes. Os homens de Grahan não o questionaram, os soldados do Império o aceitaram mal humorados, os *tássios* cuspiram no chão e tocaram em pernas de águia como se afastassem uma maldição, e os *valísianos* o saudaram como se fosse um presente dos céus.

Nada daquilo interferiu em sua função. *Dhun* Marhos o tinha incumbido de cavalgar levando a bandeira do Leão do Sol Poente e ele fazia aquilo com orgulho enquanto cantava alto a canção que os soldados começaram a chamar de *Loshtar:* o filho do vento.

Gibs parou o cavalo ao seu lado. Talvez fosse apenas a cicatriz em seu rosto que lhe dava a impressão de estar sorrindo.

– Em alguns reinos você seria enforcado só por montar um cavalo.

Thamos encolheu como se estivesse pedindo desculpas.

— É claro que isso seria contra a lei do Imperador e *nós* somos a lei.
— Meu pai sempre me disse que se eu mantivesse a cabeça baixa evitaria pisar na merda.
— Thamos vinha pensando muito em seu pai.
— Orgulho não é um sentimento bom para um *dhäen, mo'shäen*.
— Você está em um cavalo, *Loshtar*. Não precisa se preocupar com merda alguma em seu caminho.

Chegavam às terras da Casa Lomar. Os Lomar haviam vindo para o norte depois que um antepassado ganhou concessões de terra ao se aliar aos *allarini* contra os sulistas na Guerra da Rosa Branca. Toda a região era rica em *élan*, o que a tornava o lugar ideal para uma grande fazenda de *lhon*. Os Lomar trouxeram seus escravos e tornaram-se ricos e gordos vendendo tecido e sidra. Havia uma mina de carvão em suas terras e eles tinham permissão do Imperador para extrair madeira e caçar em toda a extensão dos seus domínios, que incluíam quatro aldeias e duas fortalezas. Os Lomar acumularam uma fortuna.

Depois de vinte anos da libertação dos *dhäeni*, a fortuna tinha deixado de ser tão considerável. Ainda eram rota de passagem na estrada Norte-Sul e tinham um *probo* e uma guarnição de soldados. Brindavam em nome do Imperador mas, segundo alguns, com meio sorriso.

— Senhor Gibs! — Grahan usou sua potente voz para trazer Gibs e Thamos à frente da fileira. — Quantos homens somos até agora?

— Quinhentas e doze almas, senhor, contando Ethron e seu aprendiz.

— Nem de longe uma companhia de dar medo.

Grahan esperava ter o dobro disso àquela altura da viagem. Queria chegar em Illioth com não menos do que dois mil homens. Um contingente pequeno, mas que demonstraria a união dos povos do norte.

— Se forem espertos, sairão da frente do Leão — Gibs respondeu com lealdade.

— Quero que você cavalgue pelas terras de Lomar oferecendo um soldo e duas refeições diárias para qualquer um que deseje seguir para o sul.

O desemprego havia semeado todo tipo de criatura faminta naquelas terras. Nenhum lutador decente, ele sabia. Com sorte, os números impressionariam.

Gibs acenou o entendimento e, puxando as rédeas do cavalo,

seguiu para a aldeia mais próxima. Thamos ficou firme onde estava com a bandeira do Império tremulando sobre sua cabeça.

— Seu pai foi colhedor de *lhon*, não foi?

A pergunta pairou no ar até que Thamos descobrisse que Grahan estava falando com ele.

— A vida inteira, *mo'shäen*.

— Por que diabos um homem não pode fazer o trabalho de um *eldan*?

Thamos sorriu. Depois ficou sério. Um homem não podia fazer o trabalho de um *eldan* porque um homem era um homem e os *eldani* eram os guardiões da Grande Canção. Mas não era daquilo que Grahan estava falando, então procurou a resposta mais simples.

— As aranhas de *lhon*, *mo'shäen*. As aranhas de *lhon* criam grandes casulos para as suas ninhadas e atacam qualquer coisa que se aproxime deles. Mas se você souber a canção certa e tiver cuidado com os ovos...

— As aranhas são venenosas?

— Para um homem? Sim. Uma morte horrível. Para um *dhäen* são alguns dias de febre alta e uma noite no chicote.

— Chicote. — Grahan pesou a relação do chicote com o tratamento. — Claro. Entendi.

— Nada como um chicote para curar a febre de *lhon*. Era o que meu pai ouvia, quando era picado. Acho que era para evitar que os *dhäeni* se deixassem picar de propósito.

Thamos era muito pequeno quando viviam na fazenda, mas ainda tinha suas lembranças. Quando o magistrado imperial declarou que todos os *dhäeni* deviam ser libertos, seu senhor os trancou dentro do celeiro. Depois de três dias passando fome e morrendo de medo do que viria, as chamas lamberam a madeira das paredes. Alguns *dhäeni* conseguiram abrir caminho quebrando um pedaço de uma das paredes e seu pai fugiu arrastando Thamos consigo. O resto da sua família tinha morrido nas chamas. Os braços de seu pai ainda tinham as cicatrizes do fogo. Ele sempre sorria e dizia que combinavam com as cinzeladas do chicote em suas costas.

Estavam livres.

— *Dhun* Lars Lomar não gosta nem um pouco de *dhäeni*. Ele ainda tem uma pequena aldeia ao norte daqui, com alguns trabalhadores, mas está longe de conseguir produzir *lhon* como antigamente. Talvez você veja algumas coisas desagradáveis, Thamos. Preciso que mantenha a calma.

Thamos ficou receoso. Coçou os cabelos verde-musgo, que Gibs havia cortado ao estilo do exército, e pensou nas histórias terríveis que seu pai havia lhe contado.

– Onde está o *coen*? Diga a Ethron que talvez precisemos dele para amenizar os humores por aqui.

Grahan só tinha visto problemas com a vinda do *coen* junto da sua caravana. A grande carruagem de Ethron, porém, não era nem de longe tão lenta quanto ele imaginava e, nas casas nobres, o *coen* fazia um grande sucesso, o que amenizava as conversas. Alguns nobres estavam ansiosos para vê-lo e em todas as apresentações Ethron repetia o mesmo discurso: que a grande apresentação da sua vida seria feita ao rei Thuron em pessoa. Isso atraía alguns nobres para sua companhia. O Imperador já devia ter previsto aquilo.

Um grupo de homens vinha pela estrada no sentido contrário, trazendo o estandarte dos Lomar: sobre um campo verde, um urso marrom levava em uma das mãos um chicote e na outra um machado.

Grahan se adiantou na fileira, com Thamos atrás dele e Riss ao seu lado. Riss era um velho soldado, cujo rosto fora esmagado por uma maça, que o fez cuspir todos os dentes do lado direito. Ele não se importava de rir mostrando a boca desdentada. Seu humor era imprevisível, mas era fiel e um terrível lutador.

Os emissários da casa Lomar pararam a meio galope de distância.

– *Dhun* Marhos! Já faz muito tempo!

Grahan reconheceu Jozz Lomar, o filho mais velho de Lars: os cachos loiros e pelos dourados sob o queixo. Na última vez que estivera ali, Jozz era apenas um menino. Dos sete filhos de Lars, era o mais amistoso. Jozz olhou de soslaio para Thamos; era educado demais para comentar sobre o que um *dhun* fazia montado levando um estandarte.

– *Dhun* Jozz, pedimos sua hospitalidade e a benção de seus ancestrais. – Grahan pronunciou as palavras que mandavam a cortesia.

– Ela é sua, pelo tempo que desejar. – Jozz sorriu. – Trago sidra de Lomar, para limpar o pó de sua garganta.

Jozz tomou um grande gole do cantil e depois se adiantou para entregá-lo a Grahan. O magistrado repetiu o gesto, simbolizando a amizade entre os Lomar e seus hóspedes. A sidra era forte e o sabor cítrico ficou na sua boca. Grahan devolveu o cantil e aceitou o convite para cavalgar ao lado de Jozz.

Falaram sobre o tempo e sobre a produção de madeira. Jozz aproveitou a conversa para falar sobre alguns problemas que estavam tendo com os vizinhos do leste na demarcação do território, o que precisaria ser estudado com consultas aos registros da propriedade no Palácio da Justiça. Havia magistrados especializados naquele tipo de situação. Grahan prometeu que revisaria a questão assim que possível.

O casarão dos Lomar era uma bela construção de pedra, com um pátio cercado a sua frente e uma mureta baixa, defendendo os arredores. As árvores já tinham esquecido o inverno e pássaros cantavam. Grahan viu um lagarto de fogo sobre o muro. O ar era cheio de pequenos insetos luminescentes. Dava para sentir o *élan* arrepiando os pelos.

– Algumas criaturas estranhas têm surgindo ultimamente atrás de *élan*. Até agora nenhum problema. Ou nenhum que não pudesse ser resolvido. Um homem foi linchado em uma aldeia porque alguém o acusou de ser um ladrão de vidas. Um andarilho. Morreu longe da família, uma pena. As pessoas têm medo de viver em lugares assim.

Em algum lugar nas terras dos Lomar havia uma fonte de *élan*. Era um ponto específico no qual o *élan* vazava para o mundo. Podia ser uma pedra, uma árvore, um rio ou qualquer outra coisa. Era impossível saber qual a aparência de uma fonte, mas a região ao seu redor tinha esse ar misterioso, onde tudo podia acontecer. Frequentemente atraía criaturas estranhas para viver nos arredores. No entanto, um ladrão de vidas já era um pouco demais.

– Temos muitas crianças arteiras para assustar. – Jozz sorriu. – As mães contam histórias sobre *trolls* nas florestas e ladrões de vidas nas estradas para manter as crianças em segurança.

Grahan já havia visto um *troll*. Os *dhäeni* os chamavam de *Thora'randoll*, a árvore que anda e come. O magistrado era apenas um noviço quando participou de uma expedição para matar uma daquelas criaturas. Eram atraídos por *élan* e gostavam de fazer seus ninhos em cavernas e arcos de pontes. Mas nada atraía um *troll* como um *dhäen*. Grahan olhou Tham, em silêncio atrás dele e, por sua calma, teve certeza de que o *dhäen* não sabia do que estavam falando.

– É difícil acusar alguém de ser um *troll*, não é? – Riss sorriu, mostrando a boca meio desdentada. – Mas dá pra cortar a garganta de qualquer um acusando-o de ser um ladrão de vidas.

– Ladrões de vida não existem – Grahan acrescentou, mal humorado.

Entrou no casarão com pouco mais de vinte homens, entre nobres, burgueses e uma minoria de soldados, todos com reputação e histórias para contar. A maioria dos homens havia ficado no acampamento, junto com carroças de mantimentos e animais de carga. Grande parte já devia estar bêbada, mas Grahan confiava que pelo menos os seus homens se manteriam sóbrios para controlar as coisas. *Dhun* Lars os recebeu no saguão, com os braços abertos e um sorriso franco. Era magro e muito alto, com braços finos que pareciam demasiado longos, vestindo seda de *lhon* de cima abaixo. A seda não havia sido tingida e mantinha suas cores mutantes, dependendo da posição que se olhasse para ela. Era uma roupa maravilhosa, de um valor incalculável. Ethron enlouqueceria ao ver aquele tecido. *Lhon* era muito procurado por *maghöe* por suas propriedades místicas.

— Já faz bastante tempo que esperamos sua visita, *dhun* Marhos! Espero que traga boas notícias do norte.

— O Imperador está à frente do exército. Não existe motivo para se preocupar.

O senhor da casa Lomar balançou a cabeça, medindo as palavras do magistrado. O sorriso congelado no rosto e a roupa que ia refletindo as cores do ambiente incomodaram o magistrado, que não desviou o olhar.

— Por favor, entrem e sintam-se em casa. Tenho certeza de que temos espaço para todos. Vejo que trouxe a criadagem, *dhun* Marhos. — Lars indicou Thamos. O sorriso pareceu se apagar por um momento. — É bastante difícil encontrar bons servos hoje em dia.

— Riss é um velho soldado. — Grahan fingiu ignorar que o assunto era Tham e indicou o pena preta ao seu lado. — É teimoso, mas tão fiel ao Imperador quanto todos nós, não é?

Lars não respondeu. Foram conduzidos a uma pequena sala, onde havia uma mesa com diversos pratos de comida, jarros de sidra e almofadas jogadas ao chão. Lars se despediu para deixá-los à vontade.

— Eu gostaria de ter uma palavra com o senhor, *dhun* Lars. — Grahan o impediu de partir.

— Tenho certeza de que teremos tempo para isso mais tarde, *dhun* Marhos.

— Não. Quanto antes, melhor.

— Bem, podemos ir ao meu escritório...

— Não é necessário. — Grahan tirou do casaco as ordens do

Imperador e as entregou a *dhun* Lars, que começou a ler em silêncio. – Estamos indo ao sul para investigar uma possível rebelião em andamento. Com o exército empenhado na defesa do Império, ao norte, estamos recrutando todos os homens fiéis a Vossa Majestade Imperial para seguir conosco.

– Rebelião ao sul? Faz seiscentos anos que os sulistas se tornaram leais servidores do...

– E desejamos que continuem assim, não é? Esperamos que o senhor possa nos ajudar com animais, mantimentos, armas e, principalmente, homens. Não estamos indo para a guerra, *dhun* Lars, mas gostaríamos de lembrar nossos vizinhos sulistas a respeito da fidelidade dos nobres do norte.

Lars pareceu contrariado. O sorriso desapareceu completamente do seu rosto. Os demais nobres que acompanhavam Grahan os observavam. Mesmo seu filho parecia interessado na resposta. Ele não queria se envolver em problemas. Tinha parentes de ambos os lados do Império e terras que gostaria de manter. Apesar de cortar o cabelo como um *allarini* e rezar aos ancestrais como os *allarini* faziam, tinha origens no sul.

– Nossos amigos do sul estão apenas incomodados com os gastos da guerra. A perda dos *dhäeni* foi um golpe brutal contra nossos amigos sulistas, mas isso não é motivo para duvidar de sua lealdade.

– Não somos um exército, *dhun* Lars. Estamos levando presentes a Thuron, assim como notícias do norte. Todos os homens nesta sala – Grahan fez um gesto aos que aguardavam o desenlace da discussão – aceitaram a honra de participar desta viagem. Temos filhos, pais e irmãos morrendo no norte pelo nosso Imperador. Nossa viagem é para lembrar o sul dos sacrifícios que estão sendo feitos pela manutenção da paz. E dos sacrifícios que ainda podemos fazer.

Lars devolveu o papel com as ordens de Grahan. A ameaça era bastante clara. Lars trocou o peso do corpo de uma perna para a outra e tomou ar antes de responder:

– Não existe sacrifício algum em ajudar o Imperador. Somente honra. Certamente podemos enviar alguns homens; temos bastante sidra, mas nossa comida quase acabou neste inverno. Eu lhe emprestaria meu filho. – Lars apoiou a mão no ombro de Jozz. – Mas preciso dele aqui.

Grahan viu a decepção no rosto de Jozz e sorriu para o rapaz, agradecido. Ainda existia lealdade na casa Lomar.

— Agora, por favor, comam! Descansem! — Lars reencontrou seu sorriso. — Jozz vai convocar nossos homens e preparar os mantimentos.

Lars desapareceu por uma porta. Os homens de Grahan relaxaram e começaram a comer.

— Eu gostaria de ir, *dhun* Marhos. Mas meu pai anda preocupado com a questão das fronteiras e meus irmãos mais novos continuam sob a tutela do Imperador. Meu pai precisa de mim aqui.

Grahan colocou a mão sobre o ombro de Jozz. Era um rapaz honesto e tinha nos olhos a fome de aventura da juventude. Teriam outras oportunidades de compartilhar a estrada.

— Prometo enviar uma mensagem ao meu *probo* falando do seu problema de terras. Sua ausência será sentida no sul, mas teremos outra chance, um dia. — Grahan viu o sorriso no rosto de Jozz. Se ele não fosse o primogênito de Lomar, Grahan insistiria para que ele fosse tutelado por um magistrado.

— Agradeço a preocupação, *dhun* Marhos.

Grahan viu Riss lutando para mastigar um pedaço de carne com os dentes que lhe sobravam e lembrou que também tinha fome. Resolveu se servir de um pouco de um ensopado apimentado e outro copo de sidra. Só então se deu conta da ausência de Thamos.

— Merda.

•••

O tronco meio queimado e coberto de cogumelos pareceria bastante ordinário a olhos comuns, mas para os *dhäeni* uma nuvem musical escapava dali, emanando em todas as direções como fios de luz. Uma das colhedoras de *lhon* dos Lomar havia levado Thamos até o pequeno bosque onde ficava a fonte de *élan*. Ele pisou na clareira descalço, sentindo a Grande Canção inundar seu coração em uma onda de euforia, antes de ajoelhar-se e beijar a terra.

— Seja bem-vindo, meu filho. Qual é seu nome? — o *eagon* sussurrou na primeira língua, para não interromper a música aos ouvidos de Thamos.

— Thamos, orador.

— Cante comigo, Thamos. — O *eagon* estendeu a mão e eles fecharam os olhos para cantar juntos. A música fluiu de dentro deles: um pedaço da verdade absoluta.

Thamos sentiu a melodia escapar da garganta como uma vibração amorfa cujo conteúdo não fazia sentido. A música fugiu pelo ar, misturando-se com a música que o *eagon* cantava, rodopiando através do *élan* que emanava da fonte, arrastando o universo consigo. Por um instante, um minuto ou uma vida, tudo se tornou claro. Era como se a cortina de mentiras do mundo material desaparecesse para revelar algo que, de toda forma, era indescritível. Thamos sentiu as lágrimas escorrendo. Então, sem qualquer outro aviso, a música parou.

O *eagon* estava olhando para ele. Thamos sentia a Grande Canção do Mundo vibrar pela sua pele.

– A morte o tem acompanhado, Thamos. Ela caminha ao seu lado todos os dias. Ela sorri e o alimenta com pão e água. Não se engane, ela não é sua amiga. Traz consigo silêncio e esquecimento.

– Não sei quem ela é, orador. Como posso vê-la?

– Você a vê, só não a reconhece. A morte tem mil faces e todas sabem o seu nome. Tome cuidado, Thamos. O homem a quem você serve corre perigo e eu prevejo a morte de muitos se ele cair. O povo está em perigo.

O orador pareceu triste; reconhecia o peso que colocava sobre os ombros de Thamos.

– E vamos conseguir, orador? Vamos impedir a guerra?

O orador silenciou. Talvez não tivesse a resposta, ou talvez aquela parte da canção não pudesse ser reescrita. Thamos se sentiu muito pequeno e contou aquele sentimento ao orador.

– Sua parte da canção será grande, Thamos. Muitas pessoas conhecerão o seu nome e sua história será cantada através dos séculos. Sua canção será uma inspiração para quem perdeu a coragem.

Thamos se sentiu orgulhoso. Então percebeu que não era essa a canção que desejava para si. Queria uma vida simples e queria cuidar do seu pai.

– Não quero isso, orador. Tire de mim esse destino.

– Ah, criança. A Grande Canção já havia sido escrita antes que existissem gargantas para cantá-la. Somos apenas instrumentos, Thamos. Sinto muito, meu filho. Seu destino só pertence a você e ninguém será capaz de carregar esse fardo.

Thamos lamentou o que ouvia, mas no fundo sabia que era verdade. Antes da criação do mundo a canção já estava ali, prevendo a sua vinda e seu papel para que a canção pudesse continuar.

– Como se chama o arauto que o direcionou ao seu destino?

– O nome dele é Grahan, orador. E ele é um homem bom.
– Grahan. – O *eagon* pesou o nome em sua língua. – Cantarei por Grahan e cantarei por você também, Thamos. Seus nomes voltarão à Grande Canção. Agora, cante comigo outra vez, por nossos irmãos.

Thamos cantou até que a noite caiu. Continuou cantando quando os outros *dhäeni* chegaram ao fim da noite, somando suas vozes à música que pairava no ar. Logo Thamos havia aceitado seu destino e a canção deixou de ser um lamento para tornar-se um hino de orgulho. Calou-se para preservar em si aquele sentimento. Já era manhã quando se convenceu de que era hora de voltar.

Deixaram a terra dos Lomar dois dias depois, levando vinte homens sob o estandarte do urso e outros quase oitenta recrutados por Gibs em tavernas e rinhas de briga. Um grupo barulhento e beberrão que eles precisariam domesticar para não causar problemas. Ainda estavam longe de ser o contingente que Grahan queria levar para Illioth, mas tinham outras paradas antes de chegarem ao Monte Firian e deixarem para trás as terras *allarini*.

Na estrada, Jozz deu a Grahan uma bela camisa negra, bordada com a pena dos magistrados, feita em seda de *lhon*. Grahan pareceu constrangido pelo presente, e retribuiu com uma pequena adaga *ommoë*. Thamos também ganhou um presente. Jozz aproveitou-se do momento de discrição entre os três.

– Nem todos os Lomar odeiam os *eldani* – Jozz disse. – Um dia eu serei senhor de todas essas terras. Nesse dia, prometo recebê-lo em minha casa como um amigo.

Thamos recebeu das mãos dele uma pulseira de prata com o símbolo dos Lomar. Um presente tão generoso que Thamos precisou ser corajoso para reter as lágrimas. Jozz viu a emoção no rosto do *dhäen*. Aquele povo estava acostumado a lutar por tudo o que tinha. Presentes eram algo raro.

– Cuide bem de *dhun* Marhos. Se ele fracassar, todo o Império virá abaixo. Se o pior acontecer, pode ter certeza de que existe aqui um amigo.

Thamos não tinha nada para dar em troca do presente. Prometeu acrescentar o nome de Jozz Lomar nas suas canções, até o fim dos seus dias. Aquilo bastava.

# Capítulo 8

Enquanto cavalgava, Thalla tentava imaginar que parte do seu plano havia dado errado. Escapar da pequena Shene levando seu prisioneiro deveria ter sido o mais arriscado a fazer. Ouvia o martelar dos cascos atrás deles e se enfurecia com sua falta de sorte. Tinham escapado pelos portões de Shene, deixando para trás apenas um baú de ouro e um mistério mal formulado. Clavier abraçaria a suposta morte do assassino de seu primo e se consolaria com o ouro. Tudo havia acontecido como o planejado, e, mesmo assim, estavam fugindo pelas suas vidas.

Contrariando todas as expectativas, Krulgar ficou mais forte a cada dia. Era alimentado pela bebida asquerosa de Khirk e confortado pelas canções de Evhin, mas Thalla desconfiava de que era o ódio que o mantinha vivo, enquanto o via mergulhar em pesadelos cada vez mais tenebrosos. Krulgar havia sobrevivido. Tinha um objetivo. O desejo de sangue queimava dentro dele enquanto cavalgava atrás de Thalla, com os dentes a mostra como um cachorro na pele de um homem.

Forçavam os cavalos a pôr velocidade nas patas pelo caminho de terra que cortava a floresta, tentando se distanciar dos homens atrás deles. Krulgar havia assumido o comando tão logo teve forças o suficiente para abrir a boca.

– Khirk! – gritou.

O arqueiro virou-se e disparou duas vezes. As flechas erraram o alvo, mas fizeram seus perseguidores diminuir para manter uma distância segura.

A garota enfiou a mão na bolsa atrás da garrafa vermelha que havia roubado de seu pai. Seus dedos tocaram a superfície lisa do vidro, sentindo-a vibrar. Hesitou em tirá-la da sacola. Fosse o que fosse, seria seu último recurso.

A febre não tinha deixado Krulgar por completo e, cobrando seu preço, foi deixando o guerreiro para trás. Seu corpo oscilou no cavalo, lutando para manter-se firme durante a cavalgada, embora a luta parecesse perdida. A distância que se abriu entre ele e seus companheiros foi suficiente para fazer seus perseguidores avançarem, em busca de uma presa fácil. A flecha de uma besta passou acima da cabeça de Krulgar sem que ele fizesse o mínimo movimento para se esquivar. Empolgados pelo assassinato fácil, os cavaleiros gritavam como animais.

O cavaleiro da frente se adiantou novamente. Era um rapaz rápido e esperto, muito ágil na cavalgada. Khirk se virou para abatê-lo antes que alcançasse Krulgar. A posição do guerreiro serviu de escudo para o cavaleiro que se aproximava. Khirk não conseguiu disparar. O homem chegou perto o suficiente para usar a espada, Thalla gritou um aviso.

O guerreiro conseguiu se virar a tempo de agarrar o homem pelo braço. Houve uma breve luta que fez com que os dois ficassem para trás. Thalla não se atreveu a parar para ajudá-lo. Khirk puxou as rédeas do cavalo um pouco mais adiante e levantou seu arco para disparar contra o resto do grupo. Um deles caiu ferido e os outros frearam os cavalos, com medo de atropelar o companheiro. Khirk tentava mirar no rapaz que lutava contra Krulgar, mas eles se moviam rápido demais e ele teve medo de acertar o companheiro. Os outros perseguidores levantaram suas bestas e não tinham tais pudores. Khirk matou um besteiro com um disparo no olho e atingiu outro no ombro, impedindo a morte do amigo. Enquanto isso, Krulgar aproveitou o tempo ganho para agarrar o rapaz pela nuca e acertar-lhe uma cabeçada.

O homem deu um grito e soltou a espada. Krulgar repetiu o golpe com mais força. No instante seguinte, estavam todos correndo novamente. O falso magistrado soltou um grito de ódio atrás deles. Era uma figura corcunda e feia, com grandes orelhas de morcego que pareciam se mover contra a sua vontade.

Thalla o conhecia. Ela o havia envenenado dia após dia com sonhos de riqueza, até que ele traísse os planos de Marg, jogando Krulgar ao relento. Se Thalla não tivesse alimentado a ambição de Lum Morcego em seus sonhos, Krulgar nunca teria encontrado Gras. As peças se encaixavam, mas o castelo de blocos estava prestes a ruir se Lum colocasse as mãos sobre eles.

Krulgar sabia que existia uma chance de se livrar dos homens se ganhassem vantagem antes do rio. Khirk tinha apenas mais algumas flechas e eles ainda eram muitos para serem vencidos.

— Com um milhão de demônios dos infernos! — Krulgar amaldiçoou. Thalla assistiu à sua luta para permanecer no cavalo e soube que ele não aguentaria aquele ritmo por muito tempo. Paciência também não era seu forte e a garota temeu que ele fizesse alguma loucura.
— Khirk, ali em cima!
Thalla viu alguma coisa presa no galho. Não soube dizer o que era. Continuavam a todo galope. Os cavalos estavam a ponto de fraquejar. Thalla percebeu que Krulgar estava rindo. Talvez a febre tivesse voltado; talvez o desespero da morte tivesse tomado conta dele. Thalla sabia que as pessoas tinham as mais estranhas reações diante do fim, mas não o imaginava se entregando sem levar alguém consigo.

Krulgar vivia cercado por demônios em seus sonhos. Era um menino torturado, espancado e violentado por objetos cortantes. Mas nem sempre ele era um garoto. Às vezes era um gigantesco mastim *rentari*, uma criatura hirsuta e demoníaca, que invadia castelos para banquetear-se da carne de nobres. Eram esses sonhos que faziam com que Krulgar acordasse sorrindo. O mesmo sorriso que ele tinha agora e fazia Thalla estremecer.

"*Selvagem.*" Era a única palavra que descrevia Krulgar em todo o seu ser. Selvagem à beira da loucura. Thalla o havia vestido com uma calça de montaria de couro escuro, uma camisa de algodão vermelha e uma jaqueta de couro tingido de negro, tão grossa que poderia substituir uma armadura. Mas nem com roupas novas, cabelo cortado e barba aparada Krulgar deixava de parecer a criatura mais selvagem que Thalla já havia visto. Era aquela criatura que agora gargalhava quase a ponto de cair da sela.

Khirk parou o cavalo para ganhar mais tempo. As flechas do *dhäen* já estavam acabando. Ouvia o barulho do rio a sua frente. Se conseguissem atravessá-lo antes dos perseguidores, teriam chance de despistá-los.

A garota olhou para trás a tempo de ver o *dhäen* disparando. Em vez de apanhar outra flecha, Khirk apenas esperou. Um grande ninho de vespas caiu no chão, explodindo em uma nuvem de insetos. A imensa nuvem negra e escarlate subiu do ninho em pedaços, com intenções vingativas. O resultado foi preciso. As vespas avançaram contra a primeira coisa que encontraram em seu caminho. Os cavaleiros se debateram. Os cavalos se assustaram, derrubando os homens.

Khirk castigou os cavaleiros com suas últimas flechas, sempre com resultados sanguinários, mas logo eles já estavam novamente fora do alcance do seu arco.

Foi Krulgar quem os guiou pelo rio. A força da correnteza lutava contra eles, mas insistiram. Estavam vulneráveis na água e, se os homens os vissem ali, estariam mortos. Em alguns pontos o rio era tão profundo que os cavalos precisaram nadar e, por pouco, a correnteza não os levou rio abaixo. Krulgar os guiou para uma passagem por trás da queda d'água.

Thalla não sabia dizer se era uma caverna natural ou se fora esculpida por alguém, mas os degraus que encontraram num corredor lateral eram certamente artificiais. Precisaram puxar os cavalos pela passagem estreita. Encontraram-se na parte de cima do rio: uma piscina tranquila que se precipitava alguns metros na correnteza contra a qual haviam lutado. Estavam exaustos, mas não ousaram descansar ali. Fizeram um último esforço para se afastar rio acima, até ter certeza de que estavam fora da vista dos seus perseguidores. Então desmontaram e quedaram-se no chão, tremendo sob um sol frio. Estavam, pelo menos por um tempo, a salvo. Respiraram em silêncio por um instante.

Krulgar se aproximou de Thalla. A garota colocou-se de pé. Mesmo doente, o guerreiro havia se provado aferrado à vida. Havia um corte em sua testa, no local em que o osso do seu oponente havia se partido. Thalla estava prestes a cumprimentá-lo quando Krulgar usou toda a sua força para erguê-la pelos ombros.

– O que...

– Por que Lum está atrás de nós? O que ele quer? – A voz de Krulgar era um sussurro rouco e violento.

Thalla não estava acostumada a ser tratada daquele jeito e constatou, para o seu assombro, que aquilo tanto a enfurecia quanto a excitava.

– Eu não... me solte! Me solte agora! – Ela queria retomar o controle da história. – Homens de Shene, magistrados... eu não sei! – gritou. Krulgar a mantinha apertada contra o tronco de uma árvore. Havia enfiado a perna esquerda entre as pernas dela, de forma que ela mal conseguia respirar. Tudo o que ela conseguia ver eram seus olhos. – Ele deve querer o ouro, imbecil! Bardolph deve ter dito que estamos fugindo com o ouro!

Krulgar parecia relutante em acreditar nela. Lum vestia o uniforme dos magistrados. Ruffo estava com ele. Krulgar devia ter matado os dois. Agora haviam encontrado aliados. Como Lum tinha conseguido se passar por magistrado? Se fossem pegos, Lum o torturaria pelo dinheiro e o enforcaria para que Marg nunca soubesse da história. Olhou para Thalla, lembrando-se do beijo doce entre eles, em seus sonhos, quando ele ainda achava que ela era Liliah. Precisou reprimir o desejo de beijá-la novamente.

Krulgar largou Thalla ao sentir-se fraquejar. Suas pernas se curvaram e ele acabou se sentando no chão, apoiando a cabeça na mão. Uma forte tosse o dominou. Thalla respirou aliviada.

– Escuta: você acabou de matar um nobre, em Shene. Não que alguém realmente se importe com aquele gordo escroto, mas algumas pessoas vão querer usá-lo de exemplo. Era para pensarem que você tinha morrido. Mas eles sabem que você fugiu e Bardolph deve ter dito que trouxemos o ouro. Lum não vai descansar enquanto não pegar o dinheiro de volta e você é a única testemunha de que ele tentou enganar o feiticeiro. Nossa melhor chance é chegar a Illioth. Oren vai nos proteger e Lum vai ser desmascarado. É só seguir o plano.

Krulgar continuava desconfiado. Tudo lhe dizia para ir embora, mas sabia que, se o fizesse, continuariam sendo caçados. Lum continuaria atrás dele e, cedo ou tarde, o feiticeiro libertaria os farejadores. Queria acreditar na garota. Queria viajar para o sul, entrar no castelo como um guardião protetor, um capitão da guarda. Queria olhar todos os nobres nos olhos, rir com eles, beber com eles. Depois queria sacar a espada e enfiá-la bem fundo na barriga de um deles.

E queria tudo aquilo não porque fosse o plano de Thalla, mas porque havia prometido fazê-lo a uma garotinha que estava morta. Ele pegaria a estrada do Imperador e cruzaria todo o Império até a distante Illioth para cortar a garganta de um príncipe e impedir uma guerra.

– Você sabe quem eu sou – Krulgar disse. – É melhor não tentar me foder.

Estava cagando para o Império. Devia a Thalla sua vida e não gostava de dever nada a ninguém. Ela tinha dinheiro e recursos para levá-los dali e Krulgar não tinha outro lugar para ir. Se seu rosto estivesse em cartazes de procurados em Shene não havia outra opção além de ir para outro lugar. Quanto mais longe dos farejadores e de Marg, melhor.

Descansaram e puseram-se em marcha. Era uma boa ideia seguir ao leste, fazendo uma grande curva para despistar os homens que os estavam perseguindo.

Krulgar seguiu à frente da fila, deixando as mulheres no centro e Khirk por último. Preferiria os olhos de Khirk adiante, mas algo nele dizia que o perigo maior estava entre eles.

•••

O rei Thuron Arman Vorus comia de cabeça baixa, ruminando seus pensamentos com grunhidos ininteligíveis. Velho, enfiado em milhares de mantas que o faziam ainda mais diminuto, era alimentado com paciência por uma aia de seios fartos. Olhava de um filho ao outro com desconfiança e ruminava pensamentos que nem o mais brilhante *maghoe* saberia decifrar. Ele reconhecia que seu reino estava por um fio. Que bastaria a sua morte para que o caos consumisse as muralhas de Illioth. Por isso, se recusava a morrer.

Estavam sentados à mesa seu irmão mais novo, seus dois filhos, sua filha caçula e sua jovem esposa. Comiam em silêncio. Thuron, porém, dizia muito com o olhar que lançava sobre seus dois filhos. Dhommas, o herdeiro do trono, e Oren, o príncipe do povo. Quando fechava os olhos, era assombrado pelos pesadelos de uma guerra fratricida.

— Um maldito magistrado... — Sua voz era como vidro partido. — Quem diabos ele pensa que é para enviar um maldito magistrado?

— Tenho certeza de que o Imperador não pretendia... — Oren tentou falar, mas foi interrompido por seu irmão.

— Um desrespeito aos nossos homens que lutam nas montanhas do norte. Ele nos trata como ladrões de galinha...

— Quietos. — Thuron silenciou a discussão antes que ela se inflamasse. Conhecia os dois filhos e sabia que, se permitisse, a briga se alongaria até a chegada de Grahan. Estava inclinado a pensar como Dhommas. Enviar um magistrado para tratar com um rei? Parecia uma ofensa velada. Sabia, no entanto, que Arteen tinha grande estima por aquele homem. Até onde sabia o motivo da viagem era justo. O Imperador lhe enviava de volta presentes pilhados no norte, além de um autêntico teatro *coen*, algo que ele jamais havia visto. Os *coeni*, no sul, não eram mais do que vigaristas de rua, e até mesmo o sisudo Thuron gostaria de ver as maravilhas de Ethron. Estava dividido e a indecisão o deixava mal humorado.

– Você sempre foi um garoto barulhento, Dhommas. Não cabe ao príncipe herdeiro de Illioth ficar falando tão abertamente sobre os defeitos do Imperador...

Oren sentiu-se intimamente vitorioso, mas escondeu sua alegria atrás de uma máscara de seriedade. Seu contentamento, porém, não passou despercebido. Thuron o olhou com o dedo envelhecido em riste.

– Nem cabe a um membro da Casa Vorus lamber o saco de um *allarin*, mesmo que ele use a coroa de chamas – disse, pausadamente.

Dhommas foi menos discreto e riu abertamente. O rei enfureceu-se. Havia uma forte ameaça no ar e seus filhos não compreendiam o perigo de cada palavra. Thuron podia sentir o cheiro da morte emanando das pedras ao seu redor.

– O que você acha que aconteceria, Dhommas, se não existisse mais um Império?

Dhommas pareceu surpreso com a pergunta, e refletiu antes de responder. Pegou na mesa sua taça de vinho e tomou um longo gole, imaginando o cenário.

– Cada rei seria livre para governar suas terras como bem entendesse. – Parecia a resposta mais óbvia.

Thuron respirou fundo.

– E quem, demônios, marcharia para o sul quando a Rainha Eterna atravessasse o deserto dos ossos para arrancar nossas cabeças?

Não pretendia gritar, mas havia perdido a paciência com a estupidez do seu filho. Era aquele o seu príncipe herdeiro? Estremeceu ao pensar no futuro do seu reino. Subitamente, todos os olhos do salão estavam presos nele. Estava irritado e tremia. A eminência da morte o enervava. A falta de um herdeiro digno o enfurecia.

Mandou todos embora sob ofensas ainda mais graves.

– Deixem-me sozinhos, seus idiotas. Illioth não sobreviveria um único dia com qualquer um de vocês no governo. Meu cavalo teria mais serventia no trono do que qualquer um dos meus filhos.

Obedeceram prontamente. Conheciam o humor do rei e sabiam que não adiantava tentar agradá-lo naquele momento. Thirus, seu irmão, foi o único a se demorar. Terminou de mastigar alguma coisa e colocou os talheres sobre a mesa, recriminando o rei com um gesto de cabeça. Thuron imaginava o que aconteceria se Thirus fosse rei. Seu irmão era tão briguento quanto Dhommas e tão correto quanto Oren. Não evitaria uma briga se a considerasse justa e aquele não era o trabalho de um rei. Linhagem, terras e poder. Eram esses os compromissos que um rei precisava garantir ao longo da vida.

Thirus parou na porta do salão, como se pretendesse lhe dizer alguma coisa, mas Oren o puxou pelo braço. Ambos saíram, deixando Thuron sozinho. O silêncio tornou clara a voz em sua cabeça. *"Um maldito magistrado!"* Então apanhou a colher de sopa ele mesmo e, tremendo e derrubando comida em sua roupa, tomou sozinho o que restava na vasilha. Estariam batendo em sua porta dentro de algumas semanas. Precisava se decidir, e todas as respostas pareciam erradas.

Sabia que, independente de qualquer decisão que tomasse, os reis do sul tinham suas próprias maquinações. Era capaz de ouvi-los através das paredes, sussurrando seus delírios de revolução. Arteen era um Imperador fraco. Libertar os *dhäeni* foi a coisa mais estúpida que ele podia fazer e o Império pagou um preço absurdo. Nobres estavam morrendo de fome; pequenas disputas por terras, colheitas e ouro se espalhavam por toda parte. Era questão de tempo até a revolta ganhar voz. Se os reis do sul se levantassem em rebelião, o que ele faria? Illioth era a maior cidade ao sul do Mar de Jor e, provavelmente, a mais importante rota comercial de todo o Império. Era fácil enxergá-la como a capital de um Império do sul. E era difícil imaginar uma família de tradição mais nobre para levantar uma coroa do que a casa de Vorus, com um pouco de sangue do oeste, mas firmes tradições *rentari* e fé nos velhos deuses.

A verdade é que estava velho, e não tinha ânimo para novas disputas. A guerra era feita para matar os jovens; os velhos deviam morrer aquecidos em suas camas. Sabia que a decisão sobre a batalha logo não estaria mais em seus ombros e sabia o que Dhommas faria tão logo equilibrasse a coroa sobre a cabeça.

– Chame um *dhäen*, preciso me aliviar. – Thuron disse à sua ama.

Orou aos antigos deuses e aos seus ancestrais para que protegessem seus dois filhos. Tudo o que importava era que sua casa sobrevivesse a uma guerra cada dia mais óbvia.

• • •

Fizeram uma longa volta pelo norte. Embrenharam-se por caminhos pouco conhecidos para o leste, até que finalmente conseguiram encontrar um braço do Rioverde. Trocaram os cavalos por uma passagem em uma barcaça para o sul e desceram as águas tranquilas do rio. Krulgar sentia-se mais forte, embora não aguentasse mais comer as sopas medicinais de Khirk e ouvir Evhin cantar a mesma canção. Desembarcaram em uma pequena vila de pescadores e seguiram para o sul e as vezes para o leste. Paravam apenas em pequenas aldeias, no geral cheias de paz e boas colheitas, onde as pessoas brindavam ao Imperador todas as noites mesmo sem saber seu nome. Alguns nunca haviam ouvido falar da batalha de Lenki e, quando perguntados sobre quem seria o Imperador, ofereciam respostas absurdas como *"Devan, o Coração Negro"*, que havia morrido havia mais de quarenta anos, ou *"um dos seus filhos"*.

Devan não teve filhos, nem existia qualquer registro de que ele se interessasse por mulheres. Havia sido um Imperador assustador e, não por menos, havia ganhado o apelido de Coração Negro. Tinha dedicado toda a vida a Karis, enfiado em batalhas contra dezenas de rebeliões e expandindo o nome do Império quase até as fronteiras *tallemari*. Foi um amante do mar e cogitou mais de uma vez mudar a capital de Karis para uma das cidades litorâneas, o que acabou se transformando em uma imensa crise entre os reinos do norte e do sul, banhados pelo mar.

A maior parte do caminho que seguiam era feita de bosques, colinas e rios desprovidos de uma alma viva. À medida em que iam para o sul passando por essas vilas no meio do nada, Khirk e Evhin mantinham a cabeça baixa e Thalla os apresentava como se fossem seus *dhäeni*. Os quase vinte anos da libertação não significavam nada para aquelas pessoas e uma multidão poderia atacar os dois por qualquer coisa que considerassem uma ofensa, sem medo de estar desrespeitando qualquer lei. Os magistrados só chegavam naqueles cantos de Karis uma vez por ano, junto com os coletores de impostos. Ficavam pouco mais do que alguns dias resolvendo disputas espinhosas e iam embora.

Os dias se tornaram monótonos, e a presença de outros viajantes ficou cada vez mais rara. Um sacerdote augure dividiu a fogueira com eles uma noite, consultando as chamas para falar com seus ancestrais. Thalla riu quando ele disse que ela viveria tanto quanto a sua mãe. O sacerdote se ofendeu, mas não recusou o fogo e, vendo a aljava vazia de Khirk, lhe ofereceu suas próprias flechas por uns templos de cobre. Na manhã seguinte seguiram caminhos diferentes. E, ao se despedir, o augure falou que oraria pela mãe de Thalla. Daquela vez, ela não riu. Partiram.

Ficava claro para Krulgar que Thalla nunca havia conhecido o mundo. Fora criada em palácios e banquetes, com uma aia para esvaziar o seu penico e escolher suas roupas. Era difícil para ela se misturar ao mundo que tinha agora ao seu redor. Krulgar era Krulgar, com roupas rasgadas ou uma coroa na cabeça; Thalla era Thalla, com os pés no chão ou carregada em uma liteira por escravos. Mesmo depois que Thalla e Evhin trocaram os vestidos por confortáveis roupas de montaria, as pessoas pareciam farejar o sangue nobre em suas veias, olhando-a com desconfiança ou jogando-se no chão. Krulgar passava berrando para que se levantassem e seguissem com suas vidas miseráveis, mais furioso com o gesto de servidão do que com o caminho bloqueado.

Haviam conseguido comprar duas mulas de viagem. Carregaram todas as suas coisas em uma delas e revezavam quem montava a outra. Thalla tinha tantas bolhas nos pés quanto qualquer um deles, mas fingia não se importar em dar seu lugar a Evhin, mesmo que a garota ficasse sobre a mula apenas o tempo de julgar as ordens como obedecidas. Khirk não achava prudente um *dhäen* andar em mula enquanto seus "senhores" andassem a pé e preferia seguir caminhando, mesmo nas regiões mais ermas pelas quais passaram. Assim, de um jeito ou de outro, era Thalla quem costumava montar.

Estavam para atravessar uma ponte sobre um raso rio de pedras quando encontraram no meio do caminho uma velha senhora, carregando um gigantesco balde de água em sua cabeça. Ela seguia com lentidão, na mesma direção que eles, e a ponte era estreita demais para que passassem todos ao mesmo tempo. A velha parou olhando para trás com surpresa e medo. Fez um esforço para tirar o balde de sua cabeça, preparando-se para uma reverência.

— Pare, não faça isso! — Thalla balançou a mão.

A intenção de Thalla era dar passagem à mulher, mas a ordem teve um tom tão autoritário que a velha deixou cair o balde. A água escorreu até tocar os pés de Krulgar e a mulher se ajoelhou como se esperasse ser punida.

— Perdão, majestade, eu não quis ofendê-la. Sou apenas uma pobre velha sem forças.

Por mais que Thalla tentasse dizer que não havia sido nada, a mulher continuava encolhida esperando que um dos seus servos a espancassem. A situação era cômica, triste e poderia durar eternamente se Krulgar não tivesse apanhado o balde de água no chão e ido

até o rio enchê-lo novamente. Ele o levou até a senhora, pousou-o no chão e então a agarrou pelo braço, colocando-a de pé.
– Você já implorou demais. Venha, nós vamos levá-la até sua casa.
– Thalla sorriu e lhe deu seu lugar sobre a mula. Seguiu ao seu lado tentando uma conversa. Krulgar levou o balde de água e todos atravessaram a ponte. Foi naquele séquito peculiar que a velha senhora chegou a sua aldeia. Krulgar riu e apelidou a idosa de Pequena Rainha.

Eram cinco ou seis casas, todas agrupadas, nas quais deveriam viver cerca de trinta pessoas. Trabalhavam todos na mesma plantação, viviam da mesma caça, tomavam água do mesmo rio, rezavam no mesmo templo e tinham as pequenas estátuas de argila dos antepassados tão misturadas que não havia mais distinção entre as famílias.

Krulgar pôs o balde de água no chão e ajudou a velha a descer da mula, no mesmo instante em que um grupo de mulheres e crianças se aglomerava sobre eles. As mulheres eram todas tão idosas quanto a Pequena Rainha, algumas ainda mais velhas, e as crianças eram todas muito jovens. Todos olhavam a cena com curiosidade e divertimento.

A velha agradeceu Thalla com uma reverência desajeitada e foi apanhar o balde das mãos de Krulgar.

– Como se chama esse lugar, anciã? – Krulgar perguntou.

Eles não tinham um nome para a aldeia. Era só casa, ou *a aldeia*.

– Qual é a cidade mais próxima?

– A Quina do Rio fica meio dia correnteza abaixo, onde o rio encontra a Estrada do Imperador. Tem um templo de Azhor, duas tavernas e um armazém. É isso o que está procurando, senhor?

Krulgar tentou se lembrar de alguma cidade chamada Quina do Rio. Deviam estar bem mais ao sul do que imaginava, o que era uma coisa boa. Se estavam perto da Estrada Imperial, tinham ido bem para leste, embora parecessem estar do lado errado do Rioverde. Krulgar era incapaz de se localizar.

– Precisamos pegar a Estrada – Thalla insistiu.

Haviam escolhido os caminhos de cabra até ali, mas estavam se deslocando lentamente e Thalla tinha pressa. Se chegassem à Estrada Imperial, podiam viajar na Bota do Gigante. Era a única chance que tinham de chegar em Illioth a tempo.

Krulgar convenceu Thalla de que já estava tarde e deveriam passar a noite ali mesmo. Krulgar pediu à Pequena Rainha para arrumar um lugar onde pudessem dormir.

Foram hospedados em uma casa só para eles. Os verdadeiros moradores a deixaram e se espalharam por outras casas. A pequena cabana tinha o piso de terra prensada; uma mistura de cozinha, sala de jantar e oficina, e um mezanino ao qual se chegava com uma escada de mão, onde as pessoas dormiam. Ficou combinado que Thalla e Evhin se acomodariam em cima, enquanto os rapazes dormiriam no andar de baixo. Ninguém se opôs.

Krulgar tinha o torso desnudo e lavava-se em uma tina com água sobre a mesa da cozinha. As cicatrizes deixadas por seus torturadores não eram mais do que uma linha avermelhada.

– Marg não vai manter essa paciência por toda a vida, Khirk. Os farejadores já podem estar a caminho.

Khirk estava sentado sobre a mesa, com os pés apoiados em um dos bancos, descascando uma maçã. Parecia despreocupado; com o canto dos olhos, viu Thalla espiando do parapeito do mezanino.

– É melhor não confiar em Marg – Thalla disse. – Estamos chegando perto do Firian; logo estaremos no sul e podemos contar com a proteção de Oren.

Krulgar havia enfiado a cabeça dentro da bacia e quando a ergueu sentiu água fria em seu peito. Olhou Thalla com um misto de raiva e incredulidade. A garota tinha trocado as calças de montaria por um vestido simples, amarrado ao pescoço com um complexo laço, que deixava os braços e as costas à mostra. Prendeu o cabelo em um coque no alto da cabeça, do tipo que Evhin costumava fazer em si. Krulgar tentou não encará-la, mas era impossível negar sua beleza. Em seus sonhos, ele ainda a chamava de Liliah e eles deitavam no meio do capim alto para fazer amor. Pelas manhãs, Krulgar evitava olhá-la e resmungava o resto do dia.

– É melhor você estar certa. Ou estaremos mortos antes de resolvermos o seu outro problema.

Krulgar concentrava sua raiva em Dhommas. Lembrava-se da Aranha Púrpura dos seus sonhos. A criatura peçonhenta que segurava Liliah pelos braços enquanto os outros animais se divertiam.

Quando a noite alcançou a aldeia, ouviram leves batidas na porta. Krulgar a abriu.

– Vovó está chamando para o jantar – uma criança disse, e saiu correndo antes mesmo que Krulgar pudesse vê-la diante da porta. Todos concordaram que pareceria rude recusar o convite e seguiram até a grande mesa que havia sido montada do lado de fora, diante do templo. Velas haviam sido acesas nas prateleiras, para que os antepassados pudessem participar das comemorações. A noite era agradável e uma grande fogueira ardia perto deles, espantando insetos e o vento frio.

Krulgar se sentiu constrangido com a hospitalidade. Não costumava ser tratado daquela forma e não sabia como agir. Foi quando percebeu que só havia dois lugares à mesa entre as cadeiras de honra. Khirk apenas sorriu e fez um gesto para que se acalmasse.

– O que foi? – Thalla cochichou para Krulgar, ao ver o seu mau humor.

Krulgar ia apontar Khirk e explicar que o queria sentado à mesa ao seu lado, mas quando se virou percebeu que o *dhäen* não estava mais entre eles. Apenas Evhin tinha permanecido onde estava, de cabeça baixa e sem a menor pretensão de se sentar entre seus senhores.

Com a chegada da noite, os agricultores voltaram à aldeia. Krulgar não ficou surpreso ao constatar que havia apenas alguns poucos homens entre eles, na maioria velhos ou jovens que se tornaram homens enquanto seus irmãos morriam na guerra.

– Um brinde a *Shäen* Thalla – um dos homens mais velhos iniciou o brinde. Não soube mais o que dizer. Não conhecia Thalla e ficou com o braço estendido procurando palavras que não viriam. Krulgar agarrou sua caneca de cerveja e se levantou em auxílio ao ancião.

– Um brinde a *Shäen* Thalla; que seus caminhos sejam cheios de pontes – improvisou, e todos gritaram *saúde*. – E um brinde à Pequena Rainha e a todos seus amigos que nos trouxeram aqui hoje. Saúde!

– Longa vida ao Imperador! – alguém gritou. Todos gritaram *saúde* mais uma vez e finalmente podiam começar a comer.

A comida era simples, mas farta e boa. Era a melhor refeição que tinham em semanas e Krulgar não disfarçou o apetite. Thalla o olhava julgando seus modos à mesa engraçados e nojentos ao mesmo tempo. Uma *dhäen* saiu de uma das casas, trazendo uma cerveja espessa e forte que devia ser feita em algum porão. Thalla se recusou a beber mais do que alguns goles, mas Krulgar entornou canecas inteiras entre uma mordida e outra e, depois de um tempo, estava bêbado.

– Você não devia ter bebido tanto – Thalla repreendeu-o. Já viajavam havia tempo o suficiente para ela conhecer os limites de Krulgar e ele os tinha ultrapassado algumas canecas antes.

— Podemos estar mortos amanhã, então por que não viver hoje? — Sua voz estava embolada, mas ele ainda conseguia emprestar certa dignidade às palavras. — Você nunca sabe quando um nobre vai tomar seu prato de comida, ou o seu copo de cerveja; então é melhor comer e beber sem deixar sobras.

— Não é mais assim... o Império tem leis que...

Krulgar riu.

— Você está vendo o Império aqui? Esse povo se governa há séculos; nenhum deles jamais viu o Imperador. Reis e nobres são tão distantes como deuses aqui. Estão todos no poleiro de cima, cagando nas aves de baixo. Nós somos apenas ratos no chão do pombal, mas um rato tem dentes e, vez ou outra, ainda pode devorar um pombo.

Thalla sentiu um arrepio. Viu o olhar de Krulgar em sua direção, sorrindo com os lábios ainda sujos de carne. Parecia mais um cão louco do que um rato. Tinha mãos grandes e ásperas pelo manuseio da espada e uma barba que teimava em permanecer desfeita. Ele mesmo cortava seu cabelo com uma faca afiada diante de uma poça de água; no geral, eles eram compridos ao estilo *rentari*. Tinha a pele queimada de sol, muito diferente da vermelhidão que havia se espalhado pela pele de Thalla graças à longa jornada. Ria quando tinha vontade e se enfurecia quando bem entendia. Não via sentido algum em segurar um pensamento entre os dentes. Thalla imaginou como ele seria na cama e disfarçou o pensamento com um gole de cerveja.

— Nunca dormi com uma nobre. — Ele nem percebeu quando as palavras saíram. — Já dormi com a filha de um fazendeiro...

— Eu já dormi com um soldado. — Thalla virou a cadeira para o lado de Krulgar e apanhou um pedaço de carne do prato; começou a desfiá-lo e enfiá-lo na boca. — Com mais de um.

Krulgar sentiu-se ligeiramente mais sóbrio com a revelação. Sabia que as mulheres da capital eram bastante liberais, mas não esperava ter uma conversa tão franca a respeito dos apetites de Thalla.

— Acho que já podemos sair sem desrespeitar ninguém. — Krulgar ainda tinha cerveja no seu copo. Thalla tirou o copo de sua mão e tomou um generoso gole. O líquido dourado escorreu pelo seu queixo. Krulgar o limpou com a ponta dos dedos.

— Isso não vai acontecer, Jhomm. A nossa relação é outra. — Thalla balançou a cabeça e engoliu outro gole de cerveja. Sentiu calor; era hora de colocar os pés de volta no chão. Krulgar olhou para ela com uma expressão que foi da confusão à raiva.

— Você está dormindo com o tal Príncipe Oren, não é?
Thalla engasgou com a cerveja e viu Evhin correndo em seu auxílio. Krulgar divertiu-se; a garota estava furiosa.
— Quem eu fodo é problema meu — ela começou a protestar, mas foi detida por Krulgar com um meneio entediado.
— Eu sei que você está dormindo com ele. Ninguém atravessa metade do Império para se meter numa briga se não for ganhar alguma coisa com isso. Se Dhommas morrer, Oren vai ser o sucessor de Thuron. — Ele interrompeu o pensamento para ver a verdade em seus olhos. — Até eu sei somar dois e dois.
— Eu devia mandar alguém cortar a sua cabeça.
Krulgar riu. Se ela tivesse outro homem que pudesse cortar a cabeça de alguém, não o teria contratado para atravessar meio mundo. Thalla precisava de um rosto desconhecido, alguém que não devia lealdade a ninguém. Tomou um longo gole de cerveja e balançou a cabeça, pouco impressionado.
— Vaca estúpida! — ouviu alguém gritar. O silêncio se espalhou pela mesa. — *Dhäen* imbecil!
A *dhäen* estava no chão com a mão no rosto. Era uma criatura magra, vestindo trapos, com os cabelos tão sujos que sua cor ficava indefinida entre um verde folha e um marrom terroso. Acima dela um garoto continuava gritando. Era um dos poucos jovens que não haviam ido embora. Tinha uma pelugem rala no queixo e olhos muito juntos.
Krulgar não sabia dizer como havia saído do seu lugar e se transportado para a frente do garoto.
— Não, Jhomm, não! — Thalla apareceu ao seu lado. — Somos convidados.
— É só uma *dhäen*, senhor! — o garoto gaguejou. Krulgar bufou. A aldeia inteira os rodeava. Evhin olhava tudo de longe, pálida. Thalla colocou a mão gentilmente no seu braço e viu que ele estremecia de raiva.
— Por favor, não a machuque — disse alguém. — Ela e o filhote é tudo o que temos para cuidar das colheitas, depois que o outro morreu. São o nosso ganha pão, senhor.
Era a Pequena Rainha que falava, com um sorriso constrangido. Krulgar pensou que fosse explodir. Ouvia um cão raivoso latindo dentro do seu peito e pensou que uivaria para a lua. Thalla repetiu que eram hóspedes e se convenceu de que tinha que sair dali o mais

rápido possível. Krulgar viu um *dhäen*, pouco mais do que um bebê, correr para a mãe que tentava se erguer do chão e tentou se convencer de que aquilo não era problema dele.

Virou-se e marchou para as sombras, apanhando uma garrafa sobre a mesa. Thalla disse a todos que o deixassem ir e se sentou para terminar a ceia.

Encontrou-o uma hora depois, com uma garrafa de aguardente pela metade, castigando uma árvore com a espada. A lâmina já estava tão cega que ele parecia bater no tronco com uma barra de aço. Estava sem camisa com o corpo coberto de suor. Tinha a pele cheia de cicatrizes, mas a pior delas era uma mancha negra logo abaixo do umbigo. Uma marca que parecia cortá-lo em dois.

— Ele era só um garoto, Krulgar — Thalla arriscou repreendê-lo. Recebeu de volta o barulho dos golpes. Quando Krulgar cansou de golpear com a direita, começou a usar a esquerda com igual destreza e força. — Nesse fim de mundo eles nunca souberam que a escravidão acabou.

Krulgar a olhou como se distante. Lutava contra a vontade de voltar e esganar a aldeia inteira. Duvidava que alguém conseguisse detê-lo antes que tivesse ateado fogo em todas as casas.

— Eu estaria morto se não fosse um *dhäen*. — A espada batia sem remorso no tronco da árvore. — Não foi fácil, mas ele não desistiu. Eu era pouco mais do que um animal, mas ele não desistiu.

Thalla já sabia de tudo aquilo, mas era a primeira vez que ouvia a história de sua boca. Não lhe admirava que estivesse tão irritado com o que tinha visto na aldeia. Krulgar deu outra série de golpes no tronco da árvore, sem olhar Thalla.

— Às vezes é difícil lembrar que não sou mais um animal.

Parou para tomar um longo gole da garrafa de aguardente e então olhou Thalla. Ela passou a mão no seu rosto, ensopado de suor, e soube que estava cometendo um grande erro. Era tarde. Krulgar a beijou como nunca tinha sido beijada até então. Sua barba era áspera e a deixaria marcada. Era diferente dos homens que a tratavam como se fosse uma peça de porcelana prestes a se quebrar. Agarrou-se aos cabelos dele com força e Krulgar largou a espada para desamarrar o nó do vestido atrás do seu pescoço. Meio bêbado, apenas com um dos braços, puxou o corpo de Thalla para perto de si e ela o enlaçou com as pernas. Ele a deitou na relva, entre pedras e lascas de madeira.

— Seja um animal, Jhomm! — Thalla suspirou. — Seja um animal!

# Capítulo 9

Dhommas encontrou os preparativos prontos para sua missão. Seus mercenários estavam a postos como Essan havia prometido. Fez apenas uma mudança de roupas antes de montar seu cavalo e desaparecer, dizendo a todos que seguia para o litoral ao sul. Na verdade, pegava a estrada do Imperador rumo ao norte.

Viajou rápido, trocando as montarias sempre que encontravam um santuário de Azhor ou uma taverna de beira de estrada. Era estranho viajar na Bota do Gigante, mas mantinha-se no caminho e tinha as velas verdes de Azhor sempre acesas em oito lamparinas distribuídas ao longo da sua fileira de homens. Ao viajar na luz verde e bruxuleante havia sempre uma vaga sensação de descontinuidade, como um sonho feito de fragmentos. Azhor era o protetor dos viajantes. Seus templos se estendiam por todas as estradas, e neles era possível fazer doações e comprar as velas que permitiam encurtar uma viagem em um terço do seu tempo. Era motivo suficiente para que as estradas imperiais se tornassem as artérias de Karis.

Vinha à frente de quarenta homens. Eram, em sua maioria, mercenários e bandidos recrutados por Essan para trabalhos sem a aprovação oficial da Aranha Púrpura. Dhommas só os tinha utilizado meia dúzia de vezes; mantinha-os disponíveis e entretidos em uma aldeia nos arredores da cidade, onde se entupiam de prostitutas e vinho barato.

Era um grupo meio imprestável de bandidos e ratos de estrada; assassinos, estupradores, homens que não sabiam nada além de lutar e sangrar o próximo. Diziam-se lobos; não passavam de oportunistas sujos, embora todos tivessem a espada vermelha tatuada no braço. Nenhum deles sabia o verdadeiro nome de Dhommas e a maior parte não se importava.

Dhommas tinha ouvido o discurso do seu pai durante o jantar com um misto de nojo e pena. Havia entendido que Thuron era um covarde à beira da morte que não faria nada para proteger o seu reino. Decidiu que nunca seria como seu pai. Jamais deixaria a diplomacia ser uma desculpa para sua falta de ação. Dhommas queria lutar por Illioth e pela liberdade do seu povo, para pôr fim, de uma vez por todas, ao controle do Império sobre suas terras.

Levava seus homens ao norte com intenção de acabar com a ameaça do Imperador antes mesmo que ela chegasse a Illioth. Grahan vinha com um grupo grande, com carroças e mantimentos, viajando lentamente. O magistrado precisaria parar em todas as grandes casas, para reverenciar seus senhores. No caminho havia prados, campos, montanhas, riachos e toda a maldita Floresta das Almas, onde ficava o tal reino *dhäeni*. Dhommas cuspiu no chão quando pensou em escravos governando terras. Em seus sonhos, punha fogo na floresta e passava os *dhäeni* que restassem nos grilhões que lhes eram devidos.

A última notícia de Grahan dizia que ele tinha acabado de sair da casa da Viúva e seguia rumo ao sul. Deveria estar a pouco menos de vinte dias de Illioth. Naquela altura, mensageiros já deviam estar a caminho de todas as cidades ao sul do Mar de Jor para avisar os demais nobres sobre as intenções de Grahan. Se o Leão do Oeste movesse sua garra rápido o suficiente, podiam ser esmagados. Até que estivessem prontos, os aliados de Dhommas deveriam manter escondidas suas intenções.

Pararam em uma estalagem. Vinham dormindo apenas algumas horas por noite entre peles no meio de pedras às margens da estrada ou jogados no chão dos templos de Azhor, onde mal cabia metade dos seus homens. Esforçavam-se para alcançar Grahan antes que ele entrasse nas terras de Illioth, mas depois que um cavalo exausto quebrou a pata, Dhommas concluiu que não podiam mais seguir naquele ritmo e resolveu que aproveitariam a última estalagem antes que chegassem aos limites das terras de seu pai. A estalagem era pequena para acomodar quarenta mercenários e já estava parcialmente ocupada. Imaginou que seus homens não se importariam de dormir no celeiro, desde que tivessem uma refeição quente e um pouco de cerveja.

Agradeceu ao ver a estalagem cheia. Um estalajadeiro ocupado teria pouco tempo para reparar nele. Dhommas era grande e tinha ombros largos. Usava roupas comuns e nenhum adereço ou joia. Escondia o rosto atrás de uma barretina com orelhas laterais, mantendo a cabeça baixa e gestos ameaçadores. Sentou-se no salão comum com alguns dos seus homens.

Queria comer um leitão inteiro, mas sabia que isso chamaria atenção. Deixou que cada homem pedisse seu prato e se contentou com uma carne de ganso gordurosa, que empurrou para dentro com pão de centeio e um vinho agradável. Queria ouvir as histórias que os viajantes deixavam escapar sob o efeito do vinho. Supunha que um grupo grande como o de Grahan tivesse chamado atenção, mas logo percebeu que o assunto mais comentado era outro.

"*Tem três ou quatro metros de altura, estou dizendo. Talvez até mais*" um deles dizia. Fazia grandes movimentos circulares como se tentasse demonstrar com as mãos o que pensava ser quatro metros de altura, mas tudo o que conseguiu foi derramar o próprio vinho.

"*Não se via nada desse tipo na época de Devan, Coração Negro. Aquele, sim, sabia lidar com essas coisas...*" outro respondeu, batendo com a ponta do dedo na mesa, enquanto as pessoas ao redor balançavam a cabeça em concordância. Um homem havia descido as escadas cambaleando; colocou duas moedas sobre o balcão e recebeu uma caneca de cerveja em troca. Antes de beber, levantou a caneca e gritou tão alto que todos ouviram:

– À saúde de Vossa Majestade Imperial Arteen Garantar!

O salão silenciou. Uma dezena de olhos se voltaram para o homem erguendo o brinde. A taverna era uma mistura de viajantes de todos os lados, na maior parte indo ou voltando de Illioth. Havia dois *khani* sentados em uma mesa; com exceção deles, o silêncio que se espalhou deixou claro que a maioria dos homens ali eram fiéis ao sul e queriam que o Imperador se danasse. O brinde se perdeu no vazio e morreu em uma gargalhada estrondosa que se espalhou pelo salão. O homem tomou outro gole de cerveja e resolveu terminar de beber em seu quarto.

Dhommas voltou a prestar atenção na conversa dos homens que falavam sobre a criatura na estrada. Pela descrição, Dhommas supôs se tratar de um *troll*. Nunca havia visto um; sabia que eram criaturas estúpidas que andavam durante a noite, sentiam-se estranhamente atraídas pelas estradas imperiais e devoravam tudo o que pudessem agarrar.

– ... e a última coisa que eu vi foi o monstro arrancando a cabeça do cavalo, com os dentes! Estou dizendo, se o Imperador não fizer alguma coisa, vamos precisar contratar alguém que o faça. Deveríamos levar o assunto até o rei Thuron...

Dhommas levantou-se, com o cuidado de manter a cabeça baixa.
— Desculpe-me por ter ouvido sua conversa — disse, fingindo-se de bêbado. — Mas estamos indo ao norte na Estrada Imperial. Esse monstro... onde vocês o viram?
— Próximo à Ponte do Véu — o homem mais velho disse. — Estou dizendo. A criatura deve ter feito seu ninho num dos arcos da ponte. Um bicho naquele tamanho? Eu evitaria o Véu se pudesse, senhor...
Dhommas agradeceu. Desviar-se do Véu significaria muitos dias de caminhada por território selvagem. Era provável que houvesse trilhas pelo caminho, mas se havia um *troll* solto na região, poderiam existir coisas piores na mata. De toda forma, não era boa ideia se perder num lugar como aquele. Voltou à mesa e terminou seu vinho com os pensamentos longe dali. Lembrou-se de uma história de seu pai, de um *troll* que assolava a região, atacando fazendas de *lhon* para devorar *dhäeni*. Eles adoravam a carne *dhäeni*. Seu pai ria, dizendo que eram como formigas que farejavam açúcar. Sentado, ponderou o que aquilo podia significar para seus planos.

•••

Krulgar acordou de um sonho ruim com a boca seca e um frio avassalador. Era uma manhã gelada e quieta. Estava sonhando com Liliah. Pensou tê-la ouvido gritando seu nome; a voz de boneca de porcelana se partindo. Olhou para os lados e deparou com Thalla sentada do outro lado das brasas da fogueira, olhando-o com uma expressão congelada.
— O que eles fizeram com você? — ela perguntou. Krulgar sentou-se, esfregando o rosto para espantar o sono. — Há um caldeirão de ferro fundido a sua frente e você quer derramá-lo sobre o mundo, mas para entorná-lo, você vai queimar as próprias mãos.
Aquilo não parecia fazer sentido. Ela olhava para as brasas, e das brasas para ele. Krulgar era capaz de ver o carvão incandescente brilhando em seus olhos dourados. Ouviu um poderoso bater de asas e percebeu quando uma sombra se projetou sobre ele, mas quando olhou para cima viu apenas um dia cinzento.
— Você vai lembrar, Krulgar. Quando beber do sangue da Aranha Púrpura, você vai lembrar — Thalla disse.
O guerreiro sentiu uma friagem alcançando seus ossos e se encolheu, procurando o calor que deveria vir da fogueira gelada. Lutando contra o frio, sentiu o cansaço espalhando-se pela sua

carne. Adormeceu. Quando acordou, ainda estava deitado perto do tronco semidestruído por sua espada, ao lado do qual ele havia se deitado com Thalla. Abaixou a cabeça, confuso pelo que havia visto, tentando entender o que era sonho ou não. Formas fantasmagóricas ainda flutuavam ao seu redor. O mundo estava em silêncio. Não havia sinal da garota.

O esquecimento não o incomodava. O que o incomodava eram as estalagmites de memória que se erguiam pelo caminho e quase permitiam que ele se lembrasse. Antes de Liliah o mundo era só som e cheiros; havia a matilha e mais nada. Depois, eram afagos e sorrisos, e brincadeiras ao sol ou passeios no meio da noite. No fim, era cheiro de sangue e risadas estridentes em meio a latidos insanos.

Quando tentava se lembrar, monstros se erguiam contra Liliah, despindo-a de sua pele enquanto ela sussurrava seu nome. Krulgar sabia que eles não eram monstros, mas não lembrava seus rostos. Haviam sido engolidos pelas máscaras do festival. Depois, esforçava-se para esquecer. Khirk o ajudou a seguir com sua vida. Krulgar teria morrido naquele dia no campo, se o *dhäen* não o tivesse salvo. Ainda se lembrava do metal da imensa lâmina rasgando sua carne, do choro de Castanha, das lambidinhas tristes na ponta dos seus dedos enquanto ela morria.

E se lembrava da dor.

Um cavalo relinchou. Krulgar ainda se sentia meio bêbado, mas fez o que pôde para pôr-se de pé e apanhar sua espada, reparando com tristeza que a lâmina estava destruída pelos golpes contra a árvore. Voltava para a aldeia quando ouviu os gritos das mulheres.

Ficou abaixado próximo a uma árvore observando a confusão que tomava forma diante das casas. A aldeia havia sido invadida por um grupo de pelo menos vinte homens armados. Iam de casa em casa e arrebanhavam todas as pessoas que encontravam escondidas.

Krulgar segurou a espada. Estava tão cheia de chanfros que parecia dentada. Era uma coisa pesada e bruta, nada além de uma barra de aço com a qual ele podia esmigalhar a cabeça de alguém. Tinha uma faca afiada no cinto, mas duvidava que pudesse dar conta de todos eles em campo aberto. Seria cercado e morto. A qualquer instante os soldados encontrariam Thalla, Khirk e Evhin. Precisava pensar em um plano para tirar todos com vida dali.

– Veja o que eu encontrei!

Krulgar sentiu seu coração esquecer uma batida quando ouviu a comemoração de uns soldados saindo de uma das casas. Sentiu-se um pouco mais calmo quando viu quem eles traziam pelo braço. A *dhäen* mirrada de cabelos de folha que havia apanhado na noite anterior era arrastada aos prantos, abraçada ao filho pequeno. Ela lutava, sem poder fazer nada contra a força do homem. Os outros observavam, rindo; o resto da aldeia foi reunido diante do templo. Krulgar não via nenhum de seus companheiros e começou a se mover impaciente.

– Uma *dhäen*! – um dos homens disse aos habitantes da aldeia. Krulgar olhou bem para ele pela primeira vez. Usava as vestes de um magistrado, mas a corcunda esticava o tecido em suas costas. Sua silhueta era inconfundível. Lum Orelhas de Morcego sorria com sua boca de dentes afiados. – De quem é essa escrava?

A pergunta não havia sido feita para ninguém em particular, mas um dos homens mais velhos se levantou para responder. Krulgar pensou que tinha acordado dentro de um pesadelo. Além de Lum e Ruffo, reconheceu um dos carcereiros e pelo menos dois dos guardas que o haviam espancado na noite que tinha sido preso.

– É a *dhäen* da aldeia, senhor. Somos todos donos dela. – Krulgar viu o sorriso no lábio dos homens e sentiu um arrepio. Estava certo de que nada daquilo iria acabar bem. Olhou os habitantes da aldeia da Pequena Rainha reunidos à frente do templo, senhoras de idade e crianças pequenas, homens fracos e jovens que mal haviam se tornado homens.

– Então ela não pertence a ninguém em específico?

– Não, senhor. Não pertence. É de todos nós...

– Até mesmo das crianças?

– Como?

– Até mesmo as crianças são senhoras dessa *dhäen*? – Lum puxou as orelhas, ansioso.

– Sim, senhor. As crianças também... – o homem respondeu, sem saber se tinha entendido a pergunta.

Krulgar era capaz de ver aonde aquilo terminaria. Era só negar, bastava dizer que não, era só deixar a *dhäen* ir embora. Todos podiam sair vivos se ficassem de boca fechada. Lum já tinha feito sua armadilha e agora puxava o laço.

– Podemos dá-la ao senhor, se for do seu agrado. Talvez uma... visita especial?

Krulgar sentiu raiva do homem. Depois sentiu pena. Os soldados estavam apenas brincando com ele, deixando que ele falasse. Lum usava a jaqueta dos magistrados, com a pena bordada no peito. "*Sua consciência deve ser tão leve quanto a pena com a qual registro seus pecados.*"

– Dá-la a mim? Sério? Por uma noite? E a criança?

Lum colocou a mão no ombro do ancião; falava com ele em tom cordial, conduzindo-o alguns passos à frente do grupo. Animado pela súbita mudança de tratamento, o homem sorria, mais relaxado.

– O senhor gosta dos pequenos? – o homem ousou. – Bem, podemos dar um jeito nisso...

Krulgar viu quando o falso magistrado deu sinal para um dos homens de Shene. O aldeão não teve tempo de protestar contra o ataque. A espada se enfiou fundo em seu ventre e saiu vermelha do outro lado. O homem grasnou, tentando gritar enquanto o soldado girava a lâmina para desprendê-la de sua carne. A visão do sangue fez os aldeões gritarem. As mulheres esconderam o rosto dos pequenos. Um garoto se levantou, tentando escapar, mas levou um golpe na cabeça e caiu no chão se contorcendo de dor.

– Já basta, Lum... err... *dhun*! – Ruffo protestou. Não era um homem ruim, só andava com as pessoas erradas.

– Quieto, seu idiota! – Lum se apressou em silenciá-lo. Virou-se para os aldeões ainda em pânico com a visão de sangue. – Possuir um *dhäen* é crime segundo as leis de Vossa Majestade Imperial Arteen II. Comercializar um *dhäen* é crime segundo as leis de Vossa Majestade Imperial Arteen II. Prevaricar contra um magistrado é crime segundo as leis de Vossa Majestade Imperial Arteen II. Preciso continuar?

Ninguém mais estava disposto a falar com o magistrado. O terror havia se espalhado. A morte estava visitando a aldeia e ela vinha sedenta. Qualquer um podia ser o próximo. Os demais homens permaneceram atentos para que ninguém escapasse.

– Tudo o que quero é um homem. Ele foi visto vindo para cá acompanhado de dois *dhäeni* e uma mulher loira. Ele é um fugitivo da justiça de Shene. Se vocês os entregarem, eu posso perdoar um ou outro pecado como retribuição. Onde eles estão? – A oferta de Lum pairou no ar.

Ninguém disse nada. O silêncio não tinha nada a ver com fidelidade aos seus hóspedes: era puro pânico. Ninguém queria falar com Lum, ou qualquer um dos seus soldados. Krulgar apertou o cabo da espada esperando pelo pior. Se fosse agir precisava ser rápido, então procurava por um plano. Sentiu-se impotente. Tudo o que desejava era acabar de uma vez com o Morcego, mas se tentasse morreria antes mesmo de chegar perto do homem. Cuspiu no chão, praguejando contra os deuses que continuavam a brincar com ele.

Lum fez um sinal com gestos magnânimos para o soldado que permanecia de pé, segurando a espada pingando sangue. O homem agarrou a primeira criança que viu por perto. Krulgar ia se levantar, sabendo que se condenava à morte, quando uma mulher levantou o dedo apontando na direção de uma das casas. Dez ou doze homens se movimentaram naquela direção; a ameaça da espada continuou no pescoço da criança. A outra metade do grupo ficou do lado de fora, guardando os prisioneiros.

Ainda eram muitos, mas suas chances haviam melhorado.

Krulgar quase esfaqueou Thalla quando ela colocou a mão em seu ombro. A garota fez sinal para que ele ficasse quieto, ao mesmo tempo em que os soldados saíam da casa sem ter encontrado nada. As mulheres da aldeia choravam. O Morcego olhou todos com impaciência. Por um instante, deve ter pensado que aquelas pessoas não sabiam mesmo de nada. Krulgar esperava que Thalla tivesse algum plano para salvar os aldeões, mas o olhar dela dizia tudo.

– Eles vão matar todo mundo.

Dizer aquilo em voz alta só tornou mais clara a dimensão da catástrofe.

– Você não pode fazer nada por eles. Já estão todos mortos.

O guerreiro viu em seus olhos dourados uma fria determinação. Na noite anterior, Krulgar tinha desejado queimar a aldeia até o chão. Em vez de ignorarem-no, como era costume dos deuses diante dos pedidos mortais, eles sorriram e atenderam seu desejo, obrigando-o a assistir enquanto condenava aquele povo à morte. Os deuses tinham um péssimo senso de humor.

– São só crianças. Nós podemos salvar algumas!

– Nós vamos morrer, idiota. Vamos morrer sem salvar ninguém, e vamos perder a chance de impedir a guerra. Centenas de aldeias vão queimar se nós morrermos. Aldeias vão ser queimadas, mulheres serão estupradas e seus homens decapitados. Não dá para fazer nada! Vai ser pior se os soldados souberem que eles nos ajudaram. Você viu como os aldeões tratavam aquela *dhäen*!

Krulgar estremeceu ao escutar palavras tão duras da mulher que tinha suspirado ao seu ouvido durante a noite. Todas aquelas pessoas estavam condenadas por sua culpa. Se ele se apresentasse aos homens, talvez deixassem os aldeões em paz, mas sabia que se fizesse isso estava morto e encontraria os olhos recriminadores de Liliah do outro lado. Precisava fugir.

As mulheres começaram a gritar e Lum gargalhava. Krulgar devia ter ouvido Khirk quando o *dhäen* quis caçar o Morcego. Ele tinha sido descuidado. Agora pagaria o preço. Ergueu-se, pronto a se entregar.

– Khirk está ferido! Você precisa vir conosco!

Krulgar se encolheu ao sentir o medo esmagando o seu peito.

– Ferido como? O que houve? – Era possível ver o medo e a raiva se misturando dentro dele.

– Um golpe de espada, não sabemos. Nós o levamos para baixo, mas não vamos conseguir arrastá-lo sozinhos. Não temos muito tempo!

Krulgar se lembrou das vezes em que Khirk tinha se sacrificado por ele. Até conhecê-lo, não sabia o que a palavra pai significava. O *dhäen* sempre fora de alguma forma invulnerável ao perigo e Krulgar tremeu ao pensar em perdê-lo. Sem olhar para trás, deixou-se conduzir por Thalla, tentando ignorar os gritos dos soldados que perguntavam onde é que eles estavam.

Envergonhado, deixou-se conduzir para longe da aldeia sem ouvir os homens disputando as crianças que seriam estupradas. Thalla vinha atrás dele, apressando-o a deixar aquele lugar.

A trilha seguiu, afastando-se por um barranco. Deviam estar descendo em direção ao rio. Os gritos foram ficando para trás, mas Krulgar já não os ouvia. Tudo o que tinha em mente era a vida de Khirk. O que teria acontecido com ele? Encontraram Evhin esperando ao lado das mulas. Estavam prontas para partir.

– Onde ele está? – perguntou. Esperou até que uma das garotas respondesse e encontrou uma boa dose de indignação na expressão de Thalla.

– Você pode morrer com eles ou pode ir embora comigo e viver mais um dia! A quem você quer enganar? Estamos em guerra! Crianças morrem todos os dias! Se você morrer hoje, será mais uma morte estúpida!

Krulgar sentiu algo apertando seu peito, mas não soube dizer o que era.

*Crianças morriam todos os dias.*

Cabia a ele vingar apenas uma criança.

– Onde ele está?

Perto dali, o choro das mães era mais alto do que o choro das crianças. Krulgar se virou em direção à aldeia, apertando o punho da espada até seus dedos ficarem dormentes.

– Khirk se foi. Não o encontramos. Ele não voltou para a casa ontem à noite e não estava na aldeia hoje pela manhã. Ele se foi, Krulgar!

Quando Krulgar se virou, Thalla teve certeza de que nunca havia visto tanto ódio no rosto de alguém. Ele procurava palavras, mas tudo o que tinha dentro de si era um uivo de dor. Enquanto mantinha o silêncio, viu uma fumaça preta subir aos céus para anunciar a morte da aldeia.

Thalla abaixou a cabeça e continuou pela trilha, seguida por Evhin que puxava as duas mulas.

Krulgar praguejou contra aquela vida idiota. Tudo nele dizia que aquilo estava errado. Envergonhado, caminhou atrás das mulas, com o cheiro de madeira e carne queimada em suas narinas. Estava preocupado com Khirk. Não havia nada que ele pudesse fazer para tirar o *dhäen* do seu caminho. Olhou para trás uma última vez e constatou sem nenhum assombro que já não se escutavam mais gritos.

Fez o que sabia fazer melhor. Seguiu em frente.

•••

O súbito desaparecimento de Dhommas não passou despercebido por Oren, que pediu ao tio que enviasse homens a sua procura. O melhor que conseguiram descobrir foi que Dhommas não estava na cidade. Fora visto uma última vez cavalgando para o sul com seu assecla, Essan. Ninguém sabia onde podiam estar. Aquilo não o interessaria, não fosse a carta de Thalla; agora, qualquer coisa fora da rotina o incomodava.

Thalla era tudo com que ele havia sonhado. Além de bonita, era inteligente e forte como nenhuma outra mulher que ele conhecia. Soube que seus destinos estavam entrelaçados no momento em que pôs os olhos sobre ela. Era como a personificação dos seus sonhos mais secretos. Antes de conhecer a filha mais nova de Círius era só mais um jovem difícil, andando por aí e causando problemas. Thalla havia lhe dado sonhos pelos quais lutar.

Juntos imaginaram uma Illioth tão majestosa quanto Andernofh, onde as pessoas pudessem gozar da mesma justiça, sem que se diferenciassem homens e *dhäeni*. Thalla havia lhe ensinado que não importava o que houvesse em seu passado, desde que fosse grandioso em seu futuro. Oren se esforçava para que seu futuro fosse majestoso.

Os *allarini* se ajoelhavam aos sacerdotes áugures para falar com seus ancestrais, pedindo seus conselhos e sua intervenção junto aos deuses. Oren lamentava que os sulistas escolhessem espalhar as cinzas dos mortos pelas terras de seus domínios. A casa Vorus só se ajoelhava aos próprios deuses. Thalla lhe dizia que os deuses já não os ouviam mais e, por isso, Oren não se ajoelhava a ninguém além de sua amada.

Mesmo com todos seus defeitos, era seu irmão quem demonstrava fé quando fazia sacrifícios em nome do Senhor dos Exércitos. Ocorreu-lhe procurar notícias de seu irmão no templo de Kuthar. Seu tio o obrigou a levar consigo dois guardas, o que ele fez a contragosto. Antes, Oren não tinha receio de andar pela sua cidade sem escolta, mas desde que os discursos separatistas tinham se intensificado ele passara a não ser muito bem visto entre algumas pessoas.

Desceu a rua transversal escavada no Paredão da Aranha, rumo ao sul. Illioth era uma cidade relativamente plana, construída ao redor de cinco morros sinuosos que se erguiam como imensos paredões na planície cortada por três rios. Cada um deles era um pináculo de rocha sólida, cujos cumes foram guarnecidos por fortalezas. O mais alto deles era o Paredão da Aranha, encabeçado pelo palácio real. Era chamado assim devido à figura de uma aranha de quinze metros esculpida na própria rocha, pintada com o púrpura da família Vorus.

Era uma noite quente em Illioth e as pessoas estavam inquietas demais para dormir. Tavernas continuavam abertas com luzes bruxuleantes projetadas no calçamento. Uma pequena roda de pessoas se reunia ao redor de um *coen* que lhes apresentava a história de um cavaleiro lutando contra um dragão. A projeção não tinha mais do que vinte centímetros de altura, mas encantava crianças e adultos. Um menino viu Oren e os cavaleiros se aproximando e imediatamente correu para o outro lado. O príncipe imaginou que se tratava de um batedor de bolsas. Não estava ali para lidar com ele.

Atravessou a praça do anfiteatro, uma escadaria que formava um fosso largo, terminando em um palco circular no qual arautos e pregadores aproveitavam a acústica para fazer-se ouvir pela multidão. Ele já havia assistido a duas ou três peças encenadas naquele lugar enquanto vagava pela cidade, mas o que acontecia daquela vez era um teatro mais sinistro. Um homem em pé no centro do palco olhava uma pequena multidão de aparência acalorada. Oren deteve-se para ouvir o que era dito e se surpreendeu ao constatar que o homem era um clérigo da Espada Escarlate.

– ... a morte! Seus filhos, seus netos, suas mulheres e seus animais. A terra estremecerá com os seus passos e Kuthar se erguerá acima das nuvens. Toda a terra será seu domínio e ele jogará irmão contra irmão, acabando de uma vez com os jogos dos reis. Só existe um Senhor dos Exércitos. Só existe um guardião destas terras. Enquanto os reis jogam, os soldados morrem. Mas, quando a lâmina vermelha de Kuthar se erguer sobre nós, rei ou soldado, homem ou mulher, rico ou pobre; sua única salvação será se ajoelhar ao Deus da Guerra.

Oren estremeceu. Nunca tinha visto um clérigo da Espada Escarlate pregando. Kuthar era o deus do seu irmão. Um deus de soldados. Os homens o levavam nas batalhas para obter a vitória ou um fim misericordioso. Seus sacerdotes seguiam com os exércitos, vivendo entre os soldados e morrendo entre os soldados, com espada na mão e o rosto encharcado em sangue. Nada daquilo deveria interessar ao homem de paz. Mesmo assim, a multidão que ouvia o clérigo não podia ser ignorada. O príncipe permaneceu ali um segundo mais do que precisava e foi notado.

– Aquele que se ajoelha ao Leão será devorado por ele! – O clérigo olhou em sua direção. – O medo é o único pecado. A palavra de Kuthar é a única lei. Ele não nos colocou nestas terras para sermos vassalos. Kuthar nos deu Illioth para que fôssemos senhores e fizéssemos valer a sua lei. Os *dhäeni* têm uma dívida com os homens. Nem príncipe nem Imperador têm soberania sobre as palavras que vieram do deus.

Oren se sentiu nauseado. Incitou seu cavalo a seguir em frente. Quando virou-se, percebeu que o clérigo o acompanhava com os olhos; ostentava um sorriso vitorioso. A multidão bradava sua vitória.

– Sigam até o templo – Oren disse aos seus guardas. – Perguntem por meu irmão. Descubram se alguém sabe alguma coisa sobre ele.

Os soldados inicialmente se recusaram a deixá-lo sozinho, mas Oren sabia se fazer obedecer quando era necessário e logo foi deixado para trás. Quando teve certeza de que os soldados tinham se afastado, voltou até o teatro e apeou do seu cavalo. As pessoas ao redor olharam em sua direção: alguns com surpresa, outros com pura raiva. Poucos pareciam receosos pela presença do príncipe. Oren trazia um broche com o brasão da Aranha Púrpura prendendo a capa sobre os ombros. Seu rosto era conhecido nas ruas, onde ele fazia doações e ouvia queixas. Mas não havia gratidão nas pessoas que o encaravam. Nunca se sentiu tão odiado dentro dos muros da própria cidade.

Desceu até a plateia em forma de escada e se sentou entre dois homens, praticamente aos pés do clérigo de Kuthar. O sacerdote da espada escarlate esperou que ele se acomodasse. Um murmúrio baixo soou pela multidão, e foi silenciado quando o clérigo voltou a falar.

– A coragem é o único caminho...

•••

Ethron reconheceu que estava mexendo com forças poderosas. Isso não o impediu, porém, de retirar o pedaço de fêmur de uma caixa para moê-lo no seu pequeno pilão de pedra até que virasse pó. O osso era uma coisa envelhecida que havia encontrado em um antigo campo de batalha havia alguns anos. *Se você não cremar os seus mortos, eles nunca abandonarão o mundo. É preciso ser consumido pelas chamas para renascer do outro lado.* Parte do que pretendia envolvia desembaraçar as verdades escondidas nas superstições funerárias ao redor do mundo. Sabia que o espírito daqueles ossos podia estar ao seu lado naquele momento. Ethron não temia espíritos. Havia estudado muitos anos em pergaminhos proibidos a forma certa de lidar com mortos inquietos. Era uma das inúmeras coisas que havia aprendido enquanto se preparava para seu grande feito. Se fosse descoberto, seria preso e queimado por sacrilégio e por violar os mortos. A necromancia eram um tabu em Karis.

Ele não pretendia ser descoberto.

– Por que ele é tão pequeno? – Bahr perguntou. Por um instante, Ethron tinha se esquecido da presença do aprendiz ao seu lado. Entregou a ele a tarefa de moer o pedaço de osso.

– Era provavelmente uma criança. Agora vá acrescentando salitre enquanto mói. O osso tem que ficar fino como um pó ou não vai dar certo.

Bahr sacudiu a cabeça e seguiu pulverizando o pedaço de fêmur. Ethron havia notado uma mudança significativa no aprendiz nas últimas semanas. Estava atento, curioso e permanecia ao seu lado fazendo perguntas. Nem todas eram estúpidas como aquela. Havia aprendido o *pardal e a mariposa* e tinha passado os últimos dias com um macaco empoleirado no ombro, que retirava o chapéu para cumprimentar os soldados de Grahan. Um truque bastante decente para quem levou tanto tempo em lições básicas. Havia esperança para o aprendiz, embora o caminho fosse duro. Ele duvidava que Bahr fosse se tornar um grande *coen*, mas poderia chegar a trabalhar em uma trupe de circo, ou com algum nobre menor, entretendo a corte. Ter sido aprendiz de Ethron certamente iria ajudá-lo.

– Por que não usamos o baú vermelho?

– Não quero desperdiçar a relíquia sem ter certeza de que a magia funciona. Continue misturando e pare de fazer perguntas.

– Sim, mestre. O pó de osso vai funcionar como a areia de Tau numa projeção de ambiente?

Ethron consultava um longo compêndio de ingredientes e ia responder quando se deu conta da genialidade da pergunta.

– Muito bem, Bahr! Parece que você estava mesmo prestando atenção! Vamos substituir a areia de Tau pelo pó de osso, mas o desafio será fazer a mandala de forma que a história se desenrole sobre o pó.

Bahr balançou a cabeça. Ethron duvidava que ele houvesse entendido, mas sorriu. Sentia-se particularmente bem humorado depois da longa viagem. Em breve estariam em Illioth e ele pretendia ter sua apresentação pronta. Olhou o baú vermelho fechado sobre a cabeça de Bahr e imaginou as riquezas que o aguardavam. Derek havia dito que ali estavam os ossos de uma lenda. Ethron sabia que havia vendido sua alma por aquilo, mas pensava que, em breve, tudo valeria a pena. *Conselheiro de Tallemar*. O título era como um mantra que o motivava a seguir em frente.

Na casa Lomar haviam apresentado um pedaço da lenda de Therik, um ensaio bobo que ele improvisara, ideal a um ex-senhor escravagista. As mulheres deram um salto quando os *dhäeni* apontaram seus arcos para o peito de Therik e dispararam. Mesmo alguns homens pareceram sinceramente emocionados quando o sangue verteu do seu coração e ele implorou aos deuses por justiça. Ethron teve de improvisar um epílogo medonho, para contar o que ele ainda não tinha; um remendo monstruoso que servia somente para uma plateia medíocre.

— Quando os homens do oeste chegaram a Karis — começou a explicar, enquanto acrescentava uma série de ingredientes ao pó de osso que Bahr havia moído — já havia reis espalhados por todos os lados. Eram, na sua maioria, antigos *rentari* e alguns *tallemari* que haviam se recusado a voltar a *Tallemar*, preferindo governar entre os bárbaros. — Ethron riu. — Naquela época, os *rentari* e *tallemari* já queimavam seus mortos. Os *rentari* costumavam espalhar as cinzas ao vento para que fossem levadas ao outro lado, enquanto os *tallemari* misturavam as cinzas ao pão, para que todos que conheciam o morto pudessem levar consigo uma parte dele. — Ethron viu Bahr fazer uma careta de nojo — Os *allarini*, do oeste, porém, têm um conceito interessante. Eles apanham as cinzas dos mortos e as dividem entre seus herdeiros. As cinzas são misturadas com argila e uma pequena estátua do falecido é esculpida. Sempre que um *allarin* sente saudade dos seus mortos, ele apanha a estátua e conversa com ela.

— E os mortos respondem, mestre? — Bahr, que havia acompanhado cada um dos seus movimentos com atenção, se distraiu um instante para fazer a pergunta. Ethron achava que os mortos respondiam tanto quanto os deuses. Mas os *allarini* acreditavam que seus mortos eram os únicos que tinham contato com os deuses e que eram eles quem deviam barganhar suas súplicas. *"Peça por saúde à Tia Almara, ela sempre me ajudou contra o chiado no peito."* Era como ter um panteão divino dentro da própria casa.

— O que nos importa é que todas as culturas acreditam na ligação entre os ossos e o espírito que se foi. Os ossos têm memória. Os ossos nunca esquecem. Você pode desaparecer deste mundo, mas seus ossos serão o entalhe na terra que reza por sua existência. Aquele que não é cremado vai permanecer pelo mundo até seus ossos virarem pó, para só então renascer do outro lado.

— É por isso que estamos usando um osso?

Ethron sorriu. Sentiu vontade de espirrar quando um pouco de pó subiu do pilão até o seu nariz, mas conteve-se antes que espalhasse seus ingredientes por todos os lados.

— Não são mais ossos, Bahr. São as memórias de um homem morto.

A carruagem parou com um tranco. Ethron abriu a janela lateral da sua casa sobre rodas. Tomou um susto ao deparar com a imensa fileira de homens que agora os seguia. Grahan havia parado em todas as cidades no caminho ao sul. Cada uma havia agregado alguns homens ao seu comando e, embora poucos nobres tivessem se dignado a seguir o magistrado, ele tinha consigo uma legião mista, que trazia as cores de seus senhores e erguiam o estandarte do Leão do Sol Poente.

Bem adiante, na cabeceira da fila, estava Grahan, Gibs e os outros comandantes. Ethron podia avistar também o jovem Thamos, o cavalariço que seguia Grahan para todos os lados e que havia se tornado uma espécie de escudeiro. Era uma criatura tão magra que mal podia ajudá-lo com a armadura e tão tímida que não conseguia anunciá-lo em nenhuma reunião. Ethron sabia que havia uma mensagem na presença de Thamos e mesmo os mais preconceituosos senhores haviam aprendido a segurar a língua antes de falar mal dos *eldani* diante do representante do Imperador.

Estavam chegando aos pés do monte Firian, o começo da longa descida até Illioth. O monte Firian havia sido palco de muitas batalhas pelo controle da rota norte-sul, e dispunha de um grande número de fortalezas abandonadas, que só eram ocupadas em momentos de guerra. Embora uma delas houvesse sido convertida em templo de Azhor, quase sempre eram ruínas, usadas como curral para cabras-montesas.

A visão do Monte Firian no horizonte era impressionante. Atravessando aquelas montanhas chegariam às terras do sul do Mar de Jor, que os conquistadores do oeste mal haviam tocado. Segundo alguns, o refúgio final dos deuses.

Ethron viu *dhun* Marhos Grahan dar ordens para seus capitães e logo a fileira estava em movimento outra vez. Esperava que montassem um último acampamento antes de entrar pela boca do Firian.

Grahan havia parado no meio da estrada, assistindo à longa fileira seguir lentamente. Gibs estava do seu lado direito e Thamos do seu lado esquerdo. Os três estavam montados e faziam uma bela imagem, que Ethron tentava memorizar para referência futura. Não sabia quando poderia ser convidado a contar a história de Grahan. Sorriu pensando em improvisar uma pequena apresentação se tivesse oportunidade.

– Algum problema, senhor? – Grahan perguntou, tão logo avistou a cabeça de Ethron para fora da janela.

Contrariando suas previsões, havia se afeiçoado ao *coen*; ele não se importava em sair de sua imensa carruagem e andar entre os homens, fazendo pequenos truques e falando sobre seus anos de estrada. Parecia sempre disposto a ouvir as histórias dos soldados, as heroicas e sangrentas ou as sujas e cheias de luxúria. Também não se importava em contar suas próprias histórias, às quais acrescentava um pequeno show pirotécnico, que sempre terminava por elevar o ânimo dos homens ao seu redor. Isso Grahan considerava ridículo, mas era o que soldados gostavam de ver. Ao contrário de sua impressão inicial, Ethron era um verdadeiro sábio e havia se revelado útil em algumas situações pouco agradáveis, como quando um surto de diarreia fez com que quase todos se abaixassem no mato, ou quando o velho Jhan quebrou a perna ao cair do cavalo. Era útil ter o *coen* por perto e Grahan gostava de coisas úteis.

– Estava imaginando quando faríamos a próxima parada, Mestre Grahan.

– Faremos uma parada no vale que chamam de Estômago, tão logo atravessemos a Garganta do Firian. É o único lugar onde é possível armar acampamento para todos. Também há uma bica de água fresca vinda da montanha. Está bem assim, Mestre Ethron?

Ethron pensou que teria tempo suficiente para fazer todos os preparativos da apresentação até lá e, se tudo desse certo, poderia abrir o baú vermelho e estar pronto antes de chegarem a Illioth. Queria testar sua teoria antes de se apresentar ao rei. Tudo ia de acordo com o plano. Era hora de encontrar sua primeira vítima.

•••

Khirk era um dos poucos que podia dizer que Lum Morcego não era um magistrado em defesa das leis do Império. Ainda assim, ninguém pareceu estranhar quando Lum colocou a *dhäen* de cabelo cor de folha sobre seu cavalo e, esfregando-se vigorosamente no seu quadril magro, anunciou que pretendia vendê-la na fazenda de *lhon* de um conhecido. Para os outros, talvez ele fosse apenas o pior tipo de magistrado.

Os cadáveres da aldeia estavam espalhados diante das chamas. Khirk viu Thalla arrastando Krulgar para longe dali e respirou aliviado, mas sabia que em breve os homens de Lum tomariam o mesmo caminho. Se não fizesse algo, seus companheiros se juntariam aos aldeões mortos. Havia vinte e três homens a cavalo. Khirk tinha apenas onze flechas. Faria valer cada uma.

Esticou o arco com firmeza. Houve um tempo em que ele julgaria como errado o que estava fazendo. Isso havia sido eras atrás, quando tinha um nome e uma voz para não se perder da Canção do Mundo. Agora, tudo o que lhe restava era silêncio.

Ouviu o gemido da corda implorando para fazer voar a flecha. Era como uma súplica sedenta de sangue. Um apelo pela alma do outro. *É o canto da corda, não a ponta da flecha, que mata o alvo,* dizia o ditado. Khirk abriu os dedos e deixou a corda cantar.

A flecha voou com precisão, perfurando o coração da sua vítima. Ruffo, o Bardo, caiu morto no chão sem perceber que havia sido atingido. Khirk se lembrava de ouvi-lo tocar nas noites de estrada. Sentia uma pontada de inveja, mas não o odiava por aquilo. Precisava ficar acima do ódio para que o demônio *fahin* não despertasse dentro dele. Os homens frearam seus cavalos em pânico, olhando ao redor em busca do inimigo e fazendo com que o som das espadas, ao sair das bainhas, se juntasse à música do arco que disparava suas flechas.

– É ele! – Lum gritou ao ver o corpo de Ruffo no chão. – Encontrem o *dhäen*, rápido! Quero as mãos dele!

Khirk permaneceu imóvel. A fumaça da aldeia ainda enchia o ar e ele não era mais do que uma sombra perdida a muitos passos dali. Ergueu o arco mais uma vez e disparou outra flecha. Eram duas a mais do que ele precisava, mas os corpos dos aldeões imploravam por compensação. Daquela vez mirou na garganta de um dos homens de Shene, deixando-o engasgar no próprio sangue, para o desespero dos seus companheiros. Khirk buscou pela terceira flecha e a posicionou no arco, bem na hora em que um vento forte soprou a fumaça diante de si.

Os soldados se debatiam frustrados, como se lutassem contra fantasmas. Os cavalos sentiam o cheiro de sangue e o cheiro do medo, tornando-se difíceis de se controlar. Khirk teve muito tempo para disparar sua terceira flecha. Calmo, pôs-se a se mover através da fumaça para dificultar que o encontrassem. Seu coração batia devagar. Suas mãos eram firmes e conheciam bem o ofício sangrento que haviam recebido.

– Ali! – um homem gritou. Seus companheiros não tiveram tempo de ver para onde apontava. Uma flecha o acertou no olho, derrubando-o da montaria.

Dois homens incitaram os cavalos e correram para longe. Um grupo pequeno desceu das montarias com as espadas na mão. Khirk esperava que Lum não fugisse. Tinha uma flecha esperando por ele, mas ainda precisava acabar com seus homens.

Escondeu-se atrás de uma árvore e deixou o arco junto ao tronco. Ouviu dois dos soldados se aproximando, engasgados com a fumaça preta de uma casa em chamas. Tirou das costas sua longa faca curva. Caminhavam inclinando-se para a frente, à espera de qualquer ameaça; Khirk era parte da paisagem, uma sombra com olhos perolados e desejos assassinos. Moveu-se para trás deles e puxou a testa do primeiro homem para junto do próprio peito, passando a faca em sua garganta antes que ele gritasse. O segundo soldado se virou, e Khirk arremessou a faca, que atingiu o desgraçado no meio da cara. O soldado não morreu: caiu no chão gritando e se contorcendo de dor. Khirk arrancou a faca encravada no rosto do homem. Tinha arrancado seu nariz, um olho e alguns dentes.

Homens a cavalo se aproximaram ao ouvir os gritos, mas encontraram apenas dois homens mortos e ninguém por perto. Eram quatro. Khirk ainda tinha oito flechas.

O coração de Lum batia acelerado. Segurava a espada com dificuldade devido ao ferimento que o *dhäen* havia lhe causado em seu último encontro, e esperava que a qualquer momento Krulgar rompesse em fúria para partir seu crânio ao meio. A *dhäen* sentada na sela a sua frente tentava acalmar o bebê, que chorava assustado. Lum mal os notava. Viu Ruffo estirado no chão, tentando descobrir o que sentia. O *dhäen* havia escolhido matar o bardo primeiro. Aquilo tinha sido seu erro. Lum o mataria por isso.

– Vamos embora, senhor! Vamos embora agora! – Um dos homens da casa Bardolph parecia prestes a borrar as calças.

Lum tinha chegado a Shene e pedido para ver o prisioneiro com toda a autoridade que o uniforme roubado lhe emprestava. Ninguém pensou em questionar o magistrado. Se o fizessem, ele tinha os documentos para provar sua missão. Clavier tinha gaguejado e contado uma estranha história sobre o prisioneiro ter fugido levando o ouro. Lum duvidou. Pediu para ver o calabouço e falar com o carcereiro; encontraram Krulgar escapando pela porta da fortaleza. Lum só precisava matá-lo para ficar com o ouro de Marg.

– Cale a boca, homem! Seu senhor é o culpado de toda esta merda! – Lum gritou ao soldado. Adorava a autoridade de ser um magistrado.

Um vento forte soprou a fumaça para longe e Lum avistou um grupo de soldados mortos próximo a uma árvore. Fez as contas de quantos homens tinha perdido e começou a cogitar a própria fuga.

Puxou a *dhäen* de cabelos de folha para junto de si. Era uma criatura esquelética e feia, que se agarrava à criança, implorando a todo instante por piedade.

Viu quando mais um homem fugiu. Tinha oferecido uma recompensa em ouro para quem ajudasse na captura dos fugitivos e atraído um punhado de bêbados inúteis. Eram desocupados que acordavam todos os dias sem ter certeza de onde estavam. Conheciam a região, mas seriam os primeiros a morrer ou fugir ao menor sinal de problemas.

– Ali em cima! – Lum gritou.

A fumaça revelou a figura do *dhäen*, em pé, sobre o telhado do templo de pedra. Lum procurou por alguém que tivesse um arco ou uma besta para derrubá-lo, mas todos pareciam ter espadas na mão.

– Tirem ele dali!

O *dhäen* tinha o terreno alto e um arco. Os homens não eram tão estúpidos. *Escondam-se!* Era a única coisa que passava pelas suas cabeças. *Escondam-se antes que ele recomece a matança!*

O pensamento não tinha alcançado Lum quando as flechas voltaram a voar. O Morcego viu a velocidade com que o *dhäen* disparava, impressionado. Quatro flechas já estavam no ar quando os cavalos ainda tentavam se virar para correr.

Quatro soldados caíram mortos, atrapalhando a cavalgada dos homens que tentavam fugir. Um cavalo tropeçou e jogou seu cavaleiro para a frente, fazendo-o partir o pescoço. Quando olhou novamente ao redor, Lum estava sozinho. O resto dos seus homens tinha desaparecido pela estrada. O *dhäen* já não estava no telhado. Era hora de fugir. Colou seu corpo à *dhäen*, agarrando-a pelo pescoço. Não tinha como ser atingido sem que a garota fosse morta. Ele se deu conta do choro da criança quando, enfim, o silêncio engoliu tudo.

– Você venceu, *dhäen*! Deixe-me ir! Você venceu! É só me deixar ir e eu solto esta maldita para ela continuar cantando. Você pode ficar com ela! Hein? Vocês podem ter uma bela cria juntos!

Khirk surgiu em pé, quase em frente a ele. Tinha o arco na mão esquerda e brincava com uma flecha na mão direita, como se desafiasse Lum a tentar alguma coisa. Lum tentava conduzir seu cavalo para trás, mas o animal vacilava com tantos corpos pelo chão.

– Você pode ficar com a merda do ouro se quiser. Eu só quero ir embora!

Lum cuspia ao falar. Sentia as orelhas queimando de raiva. O *dhäen* não o deixaria ir e aquilo o encheu de ódio. Seria morto por sua flecha. A criança *dhäen* não parava de chorar e Lum não conseguia pensar.

— Para o inferno! Com mil diabos, para o inferno! — Puxou a espada pelo pescoço da *dhäen* e lhe arrancou um filete de sangue.

Khirk viu a *dhäen* de cabelos de folha tão abraçada ao filho que pareciam uma coisa só. A *dhäen* o mirou com olhos tristes. Eram olhos que Khirk conhecia bem, desprovidos de toda liberdade, de toda alegria, incapazes de ver as cores do mundo. A Grande Canção já a havia abandonado, deixando para trás uma casca seca e quase sem vida. A *dhäen* viu a flecha virada em sua direção e apontou com o indicador para Khirk, sussurrando para seu filho que ficariam bem. Voltariam em breve à roda da vida. Estariam de volta, como o pai, que havia muito partira.

A *dhäen* sorriu, suspirando e agradecendo pelo que Khirk estava prestes a fazer. Ele sentiu os olhos arderem, mas acreditou que era culpa da fumaça. Inspirou. Lum estava prestes a rasgar a garganta da garota e faria o mesmo com o filho dela. Viu o coração de mãe e filho sobrepostos, batendo no mesmo tom desesperado. Ouviu a *dhäen* cantando baixinho; nada além de uma breve nota de sua canção.

Soltou o ar.

Largou a flecha.

Lum sentiu o golpe da flecha atravessar o corpo dos dois *dhäeni* e empurrá-lo para trás. Os corpos sem vida caíram no chão. Não podia acreditar no que aquele maldito havia feito. O *dhäen* era um demônio do inferno. Um *maladochi* das profundezas do calabouço. Olhou Khirk, que tinha o arco erguido e nenhuma flecha nos dedos. Morreria, agora.

Deu-se conta de que a flecha *dhäen* não o havia atingido. A morte não o abraçava. Khirk tinha usado a última flecha para dar um fim misericordioso aos *dhäeni* que Lum pensava em matar.

Sorriu e avançou com o cavalo, tentando atropelar o *dhäen*. Khirk já esperava por aquilo. Com um movimento suave ele se pôs ao lado esquerdo do Morcego, longe do alcance de sua espada. Quando o cavalo passou por ele, esticou seu arco e enlaçou a cabeça de Lum Orelhas de Morcego com a corda de cânhamo. O cavalo já seguia a todo galope e os pés de Lum continuaram presos no estribo. O peso de Khirk foi o suficiente para fazer o trabalho. Lum gargarejou no próprio sangue quando a corda de cânhamo se enfiou na cartilagem macia da sua garganta. O *dhäen* ainda foi arrastado uns metros agarrado ao arco, lutando contra a força do cavalo, até que o animal parasse de se mover.

A espada de Lum caiu, fincando-se no chão fofo da aldeia, inerte. O corpo sem vida a seguiu.

Khirk ficou onde estava, respirando com dificuldade. A fumaça e a matança finalmente cobravam seu preço. Sentiu suas forças desaparecendo e caiu de joelhos no chão. Se tivesse voz, teria gritado. Era um *fahir*: apenas lamentou enquanto ouvia o demônio gargalhando em sua alma, embriagado com o sangue dos mortos.

## Capítulo 10

Oren aguentou o discurso inflamado do clérigo vermelho com paciência. O homem vociferou sem piedade contra o Império, o Imperador e as leis, e não pôde deixar de fora o rei e seus filhos, a quem chamou de cordeiros submissos, desafiando Oren com o olhar. O príncipe de Illioth ouviu com um sacudir de cabeça entediado, embora sentisse algo ebulir dentro de si. A multidão se avolumou ao redor deles, esperando pela desgraça iminente, e Oren não sabia mais como sair da situação. Se fosse embora sem fazer nada, seria chamado de covarde. Se atacasse o clérigo, seria chamado de tirano e indiretamente lhe daria razão. Enquanto ouvia, pensava em como escapar com a honra ilesa. Seu silêncio, porém, dava coragem ao clérigo, que falava cada vez mais alto, incitado pela multidão.

– O Senhor dos Exércitos derramou seu sangue sobre a terra e as pedras se ergueram para lutar ao seu lado! Ele nos deu campos férteis, afastando a desolação para além da fronteira dos ossos, de forma que pudéssemos viver como reis de espada em punho, e não de joelhos como escravos de um senhor que governa com tinta e pena! Somos seus filhos! Somos seus herdeiros! Somos senhores! Somos soldados!

A multidão se levantou e aplaudiu. O clamor da plateia surpreendeu Oren e ele soube que havia fracassado em aplacar os ânimos do povo com sua presença. Respirou fundo, lembrando que havia enviado seus homens para procurar por seu irmão e estava sozinho. Se o clérigo da Espada Escarlate incitasse, ou mesmo sugerisse, sua morte, ele não sairia daquele teatro com vida.

O clérigo fez um sinal e dois homens trouxeram uma pequena *dhäen* pelos braços. Era uma criança. Tinha cabelos brancos e grandes olhos de cor cinzenta. Vestia uma camisa comprida de linho vermelha que funcionava como um vestido curto. Oren sentiu como se um fantasma lhe enfiasse o braço pela garganta para agarrar seu coração. Os dois homens arrastaram a *dhäen* para o meio do teatro, onde o clérigo encarava a multidão com os braços abertos e um sacudir de cabeça.

— Por favor, *mo'shäen*! Por favor!

A *dhäen* não tinha forças para lidar com os homens que a mantinham presa. Um murmúrio correu pela plateia. Oren viu os pés descalços da *dhäen* lutando contra o chão.

— A coragem é o único caminho. O medo é o único pecado. — O clérigo sorriu, e de sua manga tirou uma faca curta e recurva como um dente de serpente. A *dhäen* viu a lâmina em sua mão e urinou na camisa vermelha, fazendo formar uma poça onde os pés brancos começaram a escorregar. Ela ainda implorava.

Aquilo era contra todas as leis do Império. Oren apertou os dentes com tanta força que ameaçava trincá-los. Quis gritar um protesto, mas bastaria uma simples imposição para dar à multidão um motivo para linchá-lo. Viu que a *dhäen* seria morta. Mais uma baixa entre tantas outras que se seguiriam se o Império não impusesse sua lei. O clérigo se aproximou da *dhäen*, apreciando tanto o seu medo quanto a impotência de Oren.

Talvez a multidão não tivesse coragem de atacá-lo. Talvez seus soldados estivessem voltando. Talvez ele pudesse enfrentar a turba enfurecida e sair dali abrindo caminho com a espada. Talvez...

Oren gargalhou. A gargalhada foi tão súbita e tão alta que não demorou mais do que alguns segundos para que o silêncio contaminasse todos ao redor. O anfiteatro congelou e ele lutava contra o próprio fôlego. O clérigo da espada escarlate olhou para ele, enfurecido. Tinha o rosto tão rubro quanto as vestimentas.

— Seu maldito ímpio! Como você tem coragem de... — ele começou, mas foi interrompido quando Oren se pôs de pé, com a mão na espada.

— A coragem é o único caminho. O medo o único pecado. — Sorriu para o Clérigo. — Agora, que tal nos dizer qual é a coragem necessária para apontar uma faca para uma pequena *dhäen* que se mija de medo, clérigo?

— Kuthar nos deu comando de vida e morte sobre aqueles que...

— E mesmo ele deu aos *dhäeni* uma chance de defender a própria vida. Ele não arrastou ninguém diante do seu exército e cortou sua garganta.

O clérigo sorriu. Havia sido surpreendido pela intromissão do príncipe, mas agora já via aonde aquilo ia chegar. Olhou os homens que seguravam a *dhäen* e balançou a cabeça para que se acalmassem.

– Deem uma espada a ela...

A *dhäen* ouviu a ordem com ainda mais medo. Não teria forças para erguer nem mesmo uma faca, e mesmo se pudesse levantar a espada, não teria coragem para utilizá-la.

– Não, senhor. – Oren levantou a mão para interrompê-los. – É melhor o senhor mesmo ficar com a espada.

Com bastante calma, para que todos pudessem ver o que estava fazendo, Oren tirou a espada de sua bainha e pousou sua ponta no chão de pedra, com as duas mãos em seu cabo. A multidão começou a estender um murmúrio confuso. O clérigo estava bastante surpreso.

– A coragem é o único caminho – Oren repetiu, tão logo a multidão ficou em silêncio. – Eu ainda não fiz meu sacrifício a Kuthar. Acho que esta é uma boa hora para corrigir isso.

O clérigo olhou ao redor sem saber o que fazer. A multidão o interrogava com os olhos, tensa. Oren havia transformado sua pregação em uma piada.

– Pelo sangue de Kuthar.

Pisou firmemente em direção ao clérigo, ouvindo a multidão despertar em um grito cheio de raiva. Não sentiu medo. Sabia que a raiva não tinha direção. Era só um estado bestial, uma volúpia por sangue. Apertou o punho da espada e seguiu adiante. Era um príncipe de uma casa guerreira e tinha em si o esplendor de uma família dedicada ao massacre.

A confusão do clérigo durou um segundo. Oren não sabia o que esperar. Talvez que o sacerdote se afastasse pedindo desculpas, talvez que tentasse novamente inflamar a multidão contra ele. Na pior das hipóteses, que aceitasse o desafio e apanhasse a espada. Mas os clérigos são escolhidos pelos deuses, e existe um pouco de loucura em quem é tocado pela fé.

Sem aviso, o clérigo correu contra ele. Movia-se rapidamente, fazendo a cabeleira morena voar atrás de si. A toga não diminuiu em nada sua agilidade e ele já estava em cima de Oren antes que ele pudesse reagir. A mão do clérigo moveu-se em parábola na altura de sua cintura e ele ouviu um leve tilintar quando a faca curva encontrou a cota de malha que ele usava por baixo da camisa. Olhou para baixo, surpreso por não ver as tripas caídas sobre seus pés, ao mesmo tempo em que a faca correu pelas suas costas, igualmente sem resultado.

– Que bom que veio protegido, meu Príncipe. Será sua armadura contra o escudo do Senhor da Guerra. *Sohas* Kuthar!

Oren virou a espada com toda força, mas o movimento foi lento e o clérigo apenas se inclinou para trás, vendo-a passar diante dos seus olhos. A multidão continuava a gritar. No templo de Kuthar, guerreiros se enfrentavam como sacrifício ao Senhor dos Exércitos, respingando a areia com sangue. Bastava um simples corte para que o sacrifício se desse por encerrado e pelejas mortais eram proibidas. Os clérigos cuidavam para que a luta fosse interrompida se alguns dos devotos se exaltassem. Claro que acidentes aconteciam, mas eram raros. Oren duvidava que alguém fosse interrompê-los ali. Então continuou rodando e atacando, fazendo o clérigo recuar a cada passo.

Tinha a vantagem do alcance, embora devesse confessar sua falta de destreza com a espada. O clérigo dançava a sua frente como um bêbado em transe: um passo após o outro e então girando ao seu redor em uma finta, como se possuído pelos deuses. Oren se arrepiou, subitamente em dúvida se queria enfrentar alguém tocado pelo Senhor da Guerra. Era tarde.

O clérigo esperou ele tentar uma estocada e deu um passo ao lado, vendo Oren desequilibrar com o peso do golpe. Ergueu a pequena faca em direção ao seu rosto. A lâmina curva vinha com intenções mortais, mas Oren conseguiu se desviar a tempo, abaixando-se. Sentiu o braço do clérigo passar bem acima da sua cabeça, e jogou todo o seu peso num golpe com o ombro. O clérigo desequilibrou-se para trás, levando Oren consigo. A espada do príncipe deslizou solta pelo chão.

A multidão avançou para dentro do anfiteatro, abandonando as arquibancadas. Oren chegou a ouvir os pés batendo em sua direção. Segurava o braço do clérigo para impedir que ele usasse a faca curta; sentia seu hálito de cerveja. Estava tão perto que podia ver os piolhos correndo por sua barba. Precisava vencer. Bastava um único corte para que o clérigo se declarasse sob vontade divina. Bastava uma gota de sangue para que a multidão avançasse e mutilasse a ele e a garota. Oren lutou contra a força extraordinária do clérigo para manter a faca longe de si. Ouvia as pessoas gritando pela sua morte. Não era mais Oren, o Príncipe do Povo. Era Oren, a puta do

Imperador. O clérigo arquejou e Oren pôde ver o sangue em seus olhos injetados; fez um pouco mais de força.

O clérigo era forte, mas Oren havia treinado muitos anos com o arco e tinha braços firmes e costas largas. A mão do clérigo recuou e Oren soube que tinha vencido. Seu adversário começou a lutar com as pernas e a gritar, pedindo por mais força, mas Kuthar não o atendeu. Oren empurrou a lâmina até que ela estivesse colada contra a pele da garganta do clérigo vermelho. O homem pensou que ia morrer; tinha nos olhos um misto de desafio e assombro. O príncipe manteve a faca ali, e a multidão silenciou ao seu redor.

– Desiste, meu senhor? – perguntou, mantendo a lâmina firme onde estava. – Você foi um adversário digno e Kuthar te receberá em seu palácio, montado em um touro preto.

Aquelas eram as palavras de fé, ditas entre soldados nos campos de batalha, quando anunciavam ao inimigo que ele estava vencido, mas podia receber uma morte piedosa se assim desejasse. O clérigo o encarou com espanto. O príncipe estava disposto a cortar sua garganta, diante de todos, mas aquela não era a sua hora. Ainda tinha muito a fazer em nome do seu deus. Fechou os olhos e balançou a cabeça negativamente, deixando de lutar. Oren sorriu. Com a faca curta fez um pequeno corte na garganta do clérigo, apenas o suficiente para sangrar. Sujou os dedos com o sangue e ergueu a mão para que todos vissem sua vitória. A multidão não gritava mais. Não murmurava mais. Apenas observava o Príncipe se colocar de pé, pegar a espada no chão, puxar a *dhäen* pelo braço e se afastar, ainda incerto sobre sua sorte.

Quando ele havia subido dois degraus pela arquibancada, ouviu a voz rouca do clérigo:

– Meu Príncipe! – Oren viu o clérigo se erguendo no meio da multidão. Não era muito alto e precisou abrir espaço para olhá--lo. – Kuthar recebeu seu sacrifício e mandou avisar que em breve receberá o seu sangue.

Os cabelos da nuca de Oren se arrepiaram e o clérigo pôde ver o medo em seus olhos. O príncipe não tinha ancestrais para os quais rezar e não acreditava nos deuses. Naquele instante, porém, precisou se conter antes de tocar o coração para se proteger do mal. O clérigo gargalhou ao perceber sua dúvida e Oren foi embora rápido demais para preservar sua dignidade.

•••

Khirk os alcançou pouco antes de eles chegarem ao rio, com a expressão ainda mais sombria do que de costume. Olhou Krulgar com um desafio secreto nos olhos e viu o guerreiro balançar a cabeça em um entendimento que só cabia aos dois. A raiva transparecia pelos poros de Krulgar, mas ele não se dignou a dizer nada.

Havia duas balsas encostadas na margem do rio. Krulgar conduziu Thalla e Evhin em uma delas, e Khirk levou as mulas na outra.

Ao longe viam no céu azul a fumaça preta das casas incendiadas. Desceram a correnteza por horas até avistarem a Quina do Rio, uma aldeia de paredes brancas às margens das águas. Tinha um muro de pedras lisas protegendo o lado do rio e uma doca para embarcações de pequeno porte. Optaram por deixar a balsa um pouco antes da primeira casa e seguir por um caminho marginal até a vila. A Pequena Rainha havia chamado aquele lugar de cidade, mas estava longe das altas torres prateadas de Andernofh, ou dos extensos muros de Illioth. Tinha, talvez, cem habitantes, além dos visitantes temporários. Teria sido um lugar agradável para parar, se tivessem tempo, mas Krulgar havia revelado uma impaciência brutal para que aquela viagem acabasse de uma vez.

Thalla tentou se aproximar duas vezes, mas sentiu algo como um rosnado silencioso brotando do mercenário e preferiu a distância.

Trocaram as mulas por comida e Thalla gastou uma pequena fortuna para comprar cavalos de verdade. Depois de uma longa discussão, resolveram também ficar com uma carruagem, que não era muito melhor do que uma carroça coberta, e que serviria de abrigo pelo resto do caminho. Khirk comprou mais flechas e Krulgar fez um fio novo na espada.

Estariam saindo da cidade algumas horas depois, abandonando de uma vez o rio e os caminhos de cabra para pegar a Estrada Imperial rumo ao sul.

Khirk encontrou Krulgar sentado no muro da cidade, mastigando uma maçã de aparência ruim e observando os barcos que desciam com velocidade a correnteza. Havia esperado para ver se alguém os seguia. Não viu ninguém suspeito. Não havia ninguém.

— Pessoas morrem todos os dias. Por que desta vez seria diferente?

A pergunta poderia ter sido feita ao rio ou ao muro, a Khirk ou ao céu. Ninguém se atreveu a responder. Krulgar deu outra mordida na maçã. Trinta vidas haviam se perdido ao norte dali. Podiam ter sido duzentas, e o rio continuaria seu caminho.

– Velhos morrem. Crianças morrem. Mulheres morrem e homens morrem. Por que um príncipe também não deve morrer?

Khirk apoiou a mão no ombro do companheiro. A morte havia seguido Krulgar desde que ele era apenas uma criança selvagem. Khirk nunca soube por que havia salvado sua vida. Talvez estivesse se sentindo solitário depois de tanto tempo na floresta. Os *dhäeni* eram criaturas gregárias e odiavam a solidão. Gostava de pensar que estava se redimindo de seus pecados salvando uma criança, mas às vezes Khirk pensava quantas mortes teria evitado se tivesse deixado Krulgar onde estava. Os *dhäeni* acreditavam que o destino de todos estava escrito na Grande Canção do Mundo, e talvez a morte de Krulgar também estivesse escrita naquele dia. Nesse caso, ele havia obrigado a canção a se recompor em seu curso, como um rio cujas águas seguem inexoravelmente ao mar. Talvez até mesmo uma nota dissonante, como ele, tivesse a sua razão de existir.

Krulgar jogou o resto da maçã nas águas do rio e se levantou limpando as mãos nas calças. Olhou Khirk da mesma forma desafiadora que o olhava quando ainda era um menino.

– A Grande Canção do Mundo é uma ária fúnebre – disse, solenemente. Perguntou se alguém viria atrás deles. Khirk negou com a cabeça e baixou os olhos. – Alguém sobreviveu?

O *dhäen* o encarou por um longo tempo. Algumas vezes agradecia por não poder falar, mantendo seus demônios para si. Krulgar soltou um palavrão e deu as costas para ele.

– A merda de uma ária fúnebre.

Thalla e Evhin estavam no mais completo silêncio quando foram encontradas. Krulgar supôs que Evhin teria passado o dia longe, cantando pela alma dos mortos da aldeia. Thalla havia sido deixada dormindo e havia acordado tão mal humorada quanto de costume. Tanto melhor; o humor de Krulgar também andava violento e ele preferia evitar falar com ela. Apressou-as para que partissem logo.

Na beira da estrada havia um pequeno templo de Azhor. Era alto o suficiente para que Krulgar entrasse sem abaixar a cabeça, e tão largo quanto seus braços abertos, todo feito de pedras verdes octogonais iguais às pedras da estrada imperial. Dentro do pequeno templo havia um altar elevado, no qual ardia uma pira e uma centena de velas, todas emitindo uma luz verde que parecia brotar da própria pedra.

Krulgar não sabia muito sobre os deuses. Havia escolhido não saber. Dos que reconhecia, Azhor não era tão mal. Seus templos estavam por todas as estradas e serviam de abrigo para os viajantes. Dizia-se que o próprio Azhor andava por elas, vestido de mendicante para testar a generosidade das pessoas. Os viajantes que caíssem em desgraça com o deus eram condenados a vagar eternamente, transformados em cães sem dono. *No fim, você sempre é obrigado a aceitar uma regra ou outra, ou os deuses te fodem,* Krulgar pensou. Talvez os homens do oeste tivessem razão em evitá-los.

Cada um deles deu uma moeda ao sacerdote sentado na frente do templo e observaram enquanto ele acendia uma vela na grande pira com um pedido de proteção. O sacerdote entregou a eles a chama acesa e algumas velas reservas, como sinal de que estavam sob a guarda de Azhor. Sem aquilo chafurdariam na Estrada Imperial como se presos no lodo. Já haviam comprado pequenos lampiões para levar as chamas e depois de decidirem que Evhin conduziria a carruagem, com Thalla descansando atrás, deixaram para trás o rio e pegaram carona na Bota do Gigante.

A Estrada Imperial era movimentada e eles preferiram manter distância das pessoas. Ouviram rumores de que havia ladrões por perto e ficaram tensos por alguns dias, mas nada fora de ordem apareceu e seguiram tranquilos. Durante uma noite atravessaram uma floresta na qual milhares de olhos amarelos brilhavam; andaram com a espada na mão esperando que algo os atacasse. Fossem o que fossem, permaneceram nas sombras, bem longe da luz de suas lamparinas. A estrada seguiu praticamente reta, atravessando ruínas desertas devoradas pelas florestas e pequenas aldeias que floresciam comerciando com os viajantes.

Uma chuva grossa começou a cair ao seu redor, ocultando o mundo em uma cortina cinzenta. A chuva e o silêncio pareciam um presente aos seus pensamentos conturbados. Ele havia matado todas aquelas pessoas. Por mais que lutasse contra aquele sentimento, ele apenas crescia para atormentá-lo. Quando virou suas costas para a aldeia, tinha se tornado responsável pela morte de velhos e crianças.

Algo surgiu pela estrada. Através da chuva, uma silhueta cinza se aproximava como um espectro frio em busca do mundo. Vinha do outro lado da cortina da realidade, daquele lugar onde Deuses nasciam e morriam e que era proibida para a carne. Atrás dele surgiu um outro e mais um. Krulgar estava diante de um grupo de silhuetas que vagueavam pela Estrada Imperial em sua direção. Khirk ficou ao seu lado a espera de uma ameaça. Mantinha a cabeça baixa e coberta pelo capuz de sua capa, protegida tanto da chuva, quanto dos olhares curiosos.

A primeira figura a atravessar a chuva era uma mulher de expressão desafiadora, apesar da aparência rota. Empurrava a sua frente um carrinho de mão com todos os cacarecos de sua vida destruída. Uma boneca de pano, um jarro partido, um saco de trigo úmido, o cabo de uma enxada. Objetos queimados e puídos, que constituíam toda a sua riqueza. Não parou ao avistar Krulgar, passou por eles com apenas um olhar desconfiado para Khirk e desapareceu sem pressa.

Atrás dela vinham outros. Crianças abatidas e velhos cansados, homens feridos e mulheres valentes, todos com a mesma figura desolada, o mesmo silêncio, as mesmas lágrimas e, atrás deles, um grupo ainda mais miserável. Não traziam nada, não pareciam feridos, mas não tinham coragem de se adiantar ao grupo maior. Eram homens jovens e fortes, mas marchavam sob o peso da culpa e o selo da vergonha.

Krulgar esperou que todos passassem enquanto guardava a carruagem e, quando o último retirante desapareceu, eles seguiram viagem pelo véu cinzento da vida. Depois de um tempo a chuva passou. O céu se abriu, límpido, para revelar a figura do Monte Fírian se avolumando no horizonte. A estrada era alta e dava vista para um grande vale entre as montanhas, onde fumegava a chaga negra de uma aldeia devastada.

A chuva tinha apagado os sinais de luta e lavado do chão as cinzas da grande pira onde os mortos tinham sido queimados. Na beira da estrada a sua frente, uma árvore com nove frutos pendurados, ostentava os motivos da violência. Se aproximaram com cuidado, mas não havia qualquer ameaça em seus membros inertes, ou nas línguas que colocavam para fora, em busca de ar. Os nove homens enforcados na árvore sacudiam à brisa tranquila, alheios a sua presença, com nada além de uma placa a lhes apresentar, dizendo: "Eis aqui os senhores de escravos".

Krulgar examinou os corpos em silêncio. Tinham sido julgados e condenados pelos seus crimes, mas vê-los pendurados não lhe dava a satisfação que ele imaginava. Eram de alguma forma uma extensão das memórias de Lum atacando a aldeia. Ele precisava seguir em frente. Foi o que fez, tocando o cavalo adiante. Podiam ver onde a estrada tocava o pé do Fírian. Estavam nos limites das terras *allarini* e aquela longa estrada chegava ao fim.

Seguiu bem a frente cavalgando em um mau humor diabólico. Dias depois estavam chegando ao Monte Firian.

Khirk deu um assobio e apontou para a estrada atrás deles. Um grupo grande de cavaleiros se aproximava e mesmo àquela distância eles podiam ver o carmesim e o dourado da flâmula do Império. Krulgar achou melhor evitá-los, depois do que havia visto ali. Fez um sinal para Khirk seguir em frente e fez seu cavalo se adiantar, ouvindo o barulho das rodas da carruagem de Thalla atrás de si.

Thalla não podia acreditar que estavam ali. Depois de tanto tempo na estrada, começava a pensar que não chegariam nunca.

Tinha passado boa parte da viagem dormindo, testando os limites do seu poder. Ia o mais longe que seus sonhos lhe permitiam, pulando de uma consciência à outra. Esbarrou no sonho de um camponês apaixonado e de um rei enlouquecido e continuou vasculhando, sempre buscando alguém conhecido, mas sempre limitada pelo fio de alma que a prendia ao seu corpo.

Thalla sabia o motivo do silêncio de Krulgar nos últimos dias. Ele simplesmente não se importava com os homens e certamente não choraria por escravagistas. Porém a extrema pobreza das famílias e o sofrimento das crianças tornavam a conta complexa demais para se distinguir com facilidade entre o certo e o errado. Thalla começava a desconfiar que Krulgar era menos selvagem do que gostava de aparentar e temeu que a chacina na aldeia da Pequena Rainha o tivesse amolecido para o trabalho que tinha pela frente.

Depois de fazer um sinal para que Khirk parasse a carruagem, ela desceu e montou um cavalo. Na última semana Thalla havia preferido cavalgar algumas horas do dia em vez de ficar confinada em uma caixa sobre rodas. Evhin seguia dormindo na parte de trás, exausta. Thalla estava exigindo demais da sua aia de companhia; as habilidades de Evhin eram extremamente úteis e a *dhäen* havia se recusado a deixá-la seguir sozinha.

Quando terminou de se ajeitar, adiantou o cavalo para se juntar a Krulgar, pensando que já era hora de acabarem com aquele incômodo. Ele, porém, não queria companhia.

— Não posso protegê-la, senhora, se ficar exposta a cada bandoleiro que existir nessa estrada.

– Estamos muito pertos de Illioth. Depois daquele monte vamos seguir por uma estrada nas montanhas que vai terminar em uma ponte. Quando a atravessarmos já estaremos nas terras de Thuron, e logo avistaremos a cidade. Já esteve em Illioth?

Krulgar sacudiu a cabeça, contrariado. Ele e Khirk evitavam as grandes cidades sempre que possível. Não eram feitas para pessoas como eles.

Ou talvez fossem justamente feitas para pessoas como eles.

Já haviam passado ao largo de Illioth uma vez, mas não chegaram nem perto de suas muralhas.

– É uma cidade linda. Uma das mais antigas do Império. Estava aqui muito antes dos Imperadores do oeste chegarem. Suas muralhas são tão antigas que ninguém sabe ao certo quem as construiu; toda a cidade tem água limpa e esgoto. Os edifícios são como uma mistura de todas as nações do mundo. Altas torres *allarini*, sólidas casas *kentarias*. As ruas lembram um pouco Andernofh, cruzando por todos os lados por pontes e túneis, com lampiões iluminando todas as casas, e estão sempre cheias de pessoas de todos os cantos do mundo.

– Parece conhecê-la bem... – Krulgar sentiu-se triste. Os únicos lugares que podia descrever assim eram aqueles que não existiam mais ou aos quais ele não gostaria de voltar.

– Eu nasci em Illioth. Viajávamos muito, mas passei os primeiros anos na cidade. Só depois que minha mãe faleceu nos mudamos para Andernofh. – Fez uma pausa e olhou Krulgar. Então mudou de assunto. – Você a amava muito?

Krulgar pareceu surpreso com a pergunta fora de contexto. Tentou disfarçar e ficou rubro de raiva. Claro que sabia de quem ela estava falando, mas aquilo não lhe dizia respeito. Não dizia respeito a ninguém. *"Promete. Promete para mim."* Liliah era uma coisa pequenina e frágil. Os cães a farejavam e ganiam. Ela sempre havia tido jeito com cachorros, como ele. Os dois faziam o trabalho duro enquanto o pai de Liliah bebia e jogava o dia inteiro. Balançou a cabeça com violência para se livrar dos pensamentos.

– Você ama qualquer coisa com tetas naquela idade.

Depois de semanas viajando, Thalla já havia aprendido que Krulgar era estúpido para se proteger de verdades incômodas. Parecia abatido. Quando saíram de Shene estava doente, magro e debilitado, mas a viagem o fortalecera fisicamente. Mesmo assim parecia cansado. Dormia com dificuldade e só depois que Khirk lhe dava algo para se acalmar.

— Isso não devia acontecer com ninguém. — Thalla pensava que Krulgar estava fraquejando. Ambos encaravam o Grande Firian adiante, avolumando-se como se quisesse cobrir o mundo, mas nenhum deles realmente o via. — Se Arteen soubesse o que eles fizeram...

Krulgar fez o cavalo parar. A montaria se assustou e sapateou de um lado para o outro, tentando se acalmar. O guerreiro encarou Thalla com tamanha fúria que ela temeu pela própria vida. Sabia que tipo de homem Krulgar era, sabia que estava tateando em terreno perigoso e temeu que tivesse escorregado em alguma pedra coberta de limo.

— Faria o quê? — Krulgar finalmente disse. Quando sua boca se abriu, Thalla esperou que ele berrasse, mas estava quase sussurrando. — Ele enforcaria sete nobres por causa de uma garotinha estúpida? Hein?

Krulgar fez o cavalo se aproximar de Thalla e ela estremeceu. Seu coração tinha disparado, e ela manteve a postura mais corajosa que pôde. Da carruagem, percebeu que os dois *dhäeni* os observavam.

— Eu já vi o que seu Imperador pode fazer. — Krulgar apontou para a estrada atrás de si. — Já vi o que *você* pode fazer!

— Jhomm, aquelas pessoas tinham dois *dhäeni* escravizados. Você se lembra de como o homem os ofereceu para serem estuprados? Uma criança? Se Dhommas se tornar rei e a guerra acontecer, vai ser assim em todas as aldeias que você encontrar.

Krulgar estava cansado de ouvir aquilo..

— Esqueça. Vou te levar até o seu amante. Fique longe dos meus pensamentos ou vou arrancar a sua cabeça! — Cavalgou para longe.

A mata ao pé do Monte Firian era densa e fria. A estrada do Imperador seguia através dela sem se desviar por nenhum obstáculo. Thalla viu as rochas começarem a se dividir ao meio, como se a estrada as tivesse cortado com uma espada. Já estavam na sombra do Firian e faziam uma leve curva para o oeste. Algo brilhou no alto da montanha e depois de um tempo uma fogueira fumacenta foi acesa. Thalla sabia que espécie de homens viviam naquela montanha e torceu para não encontrá-los. Queria avisar Krulgar, mas ele seguia à frente, de cabeça erguida, embora ela não soubesse dizer se estava prestando atenção no caminho. Então a boca do Firian se abriu diante deles. Um grande túnel, largo o suficiente para duas carroças passarem lado a lado. Thalla gritou por Krulgar, pedindo que ele os esperasse, mas se o mercenário a ouviu, ignorou. Em seguida desapareceu, engolido pelo monte.

•••

Dhommas viu a a fumaça que sinalizava a chegada do seu inimigo pelo outro lado do túnel. Os homens de Grahan sairiam por ali cegos pela súbita luz e se esparramariam pelo pequeno vale antes de seguir estrada abaixo. O vale funcionava como uma pequena fortaleza cortada pela estrada. No seu lado norte, de onde deveria vir Grahan, era uma parede rochosa, mas na face leste, onde Dhommas havia escondido seus homens, tinha uma centena de grandes rochas soltas e uma fissura que havia sido aberta por algum tremor, dando acesso a um caminho de mulas por onde planejavam escapar.

Seus homens estavam armados com arcos e bestas e tinham uma só tarefa: Matar Grahan. Silenciar a voz do imperador e dar a rebelião separatista tempo de concluir seus planos, enquanto escapavam pelas sombras.

Dhommas teve o cuidado de não trazer nenhum nobre. Se o pior acontecesse, esperava que fossem confundidos com bandoleiros comuns. Estava usando o elmo com o qual participava dos sacrifícios no templo de Kuthar. Era fechado e o manteria anônimo para a fuga. Tinha posto vigias na estrada. Sabia que os homens do Imperador estavam perto e sentiu a agitação enquanto esperava sua chance. Tranquilizou-se com o pensamento de que, se não conseguisse deter Grahan ali, teria outra chance na Ponte do Véu.

– Estão chegando! – ouviu alguém dizer. O sinal de fumaça subia como um filete branco no céu sem vento. Um burburinho percorreu seus homens, mas ele o silenciou o mais rápido que pôde. As bestas estavam engatilhadas, os olhos estavam voltados para a caverna; ninguém deveria atirar antes que ele desse o sinal. Que os deuses pudessem fazer justiça naquele lugar.

O silêncio que se seguiu foi avassalador. Por um instante Dhommas achou que ninguém estava respirando. Sentia o suor escorrendo pela testa dentro do elmo abafado. Como qualquer nobre nascido em Illioth, recusava-se a lançar uma flecha. Tinha nas mãos uma espada, embora imaginasse que não teria chance de usá-la. Suas armas eram a surpresa e o terreno alto.

No silêncio que se seguiu ouviu algo no túnel. Demorou um tempo para ter certeza, mas se deu conta de que se tratava de um cavaleiro sozinho. *Provavelmente um batedor.* Dhommas não esperava que Grahan fosse tão precavido, mas podia lidar com aquilo. O cavalo se aproximava lentamente e Dhommas pensou que teria sido mais inteligente se Grahan tivesse mandado mais de um homem. Fez sinal para que um dos seus besteiros ficasse a postos. A espera pareceu eterna.

Os passos do cavalo ecoavam pela caverna, a cada instante mais altos, como trovões que antecedem uma tempestade imediata. Se o cavaleiro demorasse mais, Dhommas pensou que poderia morrer de ansiedade. Ouvia o barulho das luvas de couro se estreitando contra a madeira das bestas e teve que dar ordens para que ficassem em silêncio.

Talvez estivesse um pouco paranoico.

O ar estava frio e úmido ao seu redor. Sentia cheiro de musgo e de alguma flor que ele não reconhecia. Teve que segurar um berro de frustração quando ouviu o cavalo parar dentro do túnel. Será que o homem tinha ouvido algo? Será que tinha voltado? O cavalo voltou a caminhar e Dhommas percebeu que os ecos ficavam mais fracos à medida que se aproximavam da saída do túnel. Seus homens também perceberam e ficaram mais ansiosos. Estavam a ponto de começar uma guerra. Dali a alguns anos seriam lembrados como heróis. Um pequeno grupo de rebeldes contra a poderosa máquina do Império. Sorriu ao ver a silhueta de um homem na boca da caverna.

•••

O túnel havia sido escavado na rocha, por meios que ele desconhecia. As paredes subiam levemente arqueadas até se tocarem no teto, com aberturas ovais do lado esquerdo por onde entrava uma luz fria. Era como atravessar os corredores de um templo, iluminado pela luz esverdeada da vela de Azhor.

Pensar em deuses ou nobres tinha o mesmo sentido para Krulgar. Um camponês tinha tanta chance de ver um rei quanto de ver um deus. Krulgar não acreditava em nenhum deles. Quando sentia necessidade, conversava com Liliah.

Pensar nela era um vale de lanças. Bastava um pensamento errado e terminava ferido. Liliah fora a primeira voz a falar com ele. A primeira mão a lhe alimentar. O primeiro sorriso, quando dentes à mostra só significavam raiva. Liliah o havia feito um pouco menos animal, um pouco mais homem. E Liliah estava morta. Culpa sua. Lembrou-se da pergunta de Thalla. Será que a amava?

Podia ouvir o cavalo de Thalla atrás de si. Krulgar tentava entendê-la, sem sucesso. Precisava dela para pagar sua dívida, mas tudo o que sabia era que Thalla queria ser rainha, e que seu beijo tinha gosto de licor de cravo e mel. Por ela, Krulgar iria até Illioth e enfiaria uma faca na barriga gorda da Aranha Púrpura, mas antes faria um príncipe implorar por perdão pela morte de uma garota insignificante.

A longa curva que havia começado antes do túnel continuava pelo corredor. Adiante podia perceber a luz do dia no outro lado da montanha. Logo estariam em Illioth. Logo mataria mais um homem. Não conseguia pensar em seu rosto. Sua memória era confusa e misturada com pesadelos sombrios. Via Liliah cercada por monstros, via seu corpo sem vida, a boca aberta e os olhos parados. Uma voz que já não nascia nos lábios, que surgia da garganta, vinda do próprio estômago, culpando-o por tudo. Krulgar sentiu um arrepio gelado. Era essa uma das lanças afiadas em que ele não queria ter encostado.

O túnel acabava adiante e ele esboçou um sorriso ao ver a luz do dia. Baixou os olhos, guiando-se pelas pedras no chão. A cegueira durou menos de um segundo. O mundo do lado de fora pareceu emergir de águas profundas, cheio de som e cores. Krulgar encheu o pulmão com o ar frio da montanha.

Levantou a cabeça para olhar ao redor a tempo de ver alguém se escondendo atrás de uma pedra. Puxou as rédeas do cavalo, pronto a voltar ao túnel, mas foi lento demais. Alguém gritou uma ordem e em um segundo seu cavalo empinou e desabou, atingido por duas flechas. Conseguiu soltar seu pé e rolar para o lado. O cavalo relinchava de dor. O guerreiro ainda estava aturdido quando percebeu uma seta curta batendo contra o chão perto dele. *"Merda!"* pensou, procurando o cabo da espada. *"Merda!"* Rolou para trás de uma pedra e finalmente sacou a arma. *"Merda!"*

Viu Thalla saindo pela boca do túnel tão cega quanto ele estivera.

Krulgar viu a garota paralisada, com os olhos arregalados. Flechas começaram a voar em sua direção, batendo contra a pedra sem que ele pudesse se mexer. As setas eram pequenas, usadas em bestas, e caíam como granizo, denunciando um grupo de atiradores. Os atacantes pareciam concentrados nele, e quando Thalla saiu do túnel o esqueceram para mirar a garota. Thalla desapareceu de volta para o túnel.

Krulgar era grande, era forte e era rápido. Mas não era estúpido. Se colocasse a cabeça para fora da pedra acabaria morto com uma dúzia de flechas no peito. Se ficasse ali tempo o suficiente alguém viria saber se ele estava vivo e assim poderia fazer alguma coisa. Manteve-se calmo, com a espada perto de si. Pensou em Liliah.

Foi quando ouviu a carruagem. Krulgar olhou a entrada do túnel e viu os cavalos de Thalla correndo para fora descontrolados. Os besteiros iniciaram uma saraivada de flechas contra a carruagem. Um dos cavalos caiu, puxando os outros para o lado e a carruagem tombou no meio da estrada. A distração deu a Krulgar o tempo de se levantar e correr como louco na direção das pedras de onde vinham as flechas. Sentia raiva. Era uma raiva que crescia a cada dia, desde que assistira impassível ao massacre da aldeia.

Pôs a raiva em seus músculos. Era um caminho inclinado, que subia a encosta da montanha no pequeno vale que se formava após o túnel. Dava passadas largas, tentando chegar até os besteiros, mas era impossível ser tão rápido. Viu três se levantarem com as setas voltadas para ele e rosnou como um cachorro pronto a apanhar sua presa. A longa curva parecia interminável e Krulgar acabava de ver o tamanho dos seus inimigos. Eram vinte ou trinta homens, todos armados com setas. Não estavam ali para ameaçar ninguém. Estavam ali para matar.

Quando todos os olhos já estavam voltados em sua direção, ouviu o barulho da porta da carruagem se abrindo e flechas começaram a voar. Khirk era mortal. Imaginou-o de pé sobre os destroços da carruagem com os ombros estendidos, disparando uma flecha atrás da outra. Duas flechas já tinham feito seu estrago quando os besteiros finalmente se deram conta e começaram a revidar os disparos. Krulgar pulou por cima de uma flecha sem querer, enquanto continuava sua corrida ensandecida até sua presa. Sentiu-se livre. O coração bombeava sangue com uma força animalesca.

Um besteiro à sua frente havia erguido sua arma para Krulgar, mas se apavorou ao vê-lo correndo, rosnando. Krulgar berrou em sua cara quando levantou a espada acima da cabeça e baixou-a como um machado, cravando-a no ombro do homem. Chutou o corpo já sem vida para trás, tentando desprender sua arma, e percebeu um homem de elmo aproximando-se com uma espada na mão.

Os besteiros haviam aprendido a duras penas a ficar abaixados enquanto o arqueiro preparava seu disparo. Atiravam escondidos, de qualquer maneira, sem eficiência. Bastava um olho exposto para que Khirk enviasse a alma do descuidado para o Outro Mundo. O homem de elmo parecia zombar de tudo aquilo e caminhava como se nada pudesse vencê-lo.

Krulgar o viu preparando o golpe com folga; sua espada continuava presa no besteiro morto e só conseguiu libertá-la pouco antes do inimigo desferir o golpe. Defendeu-se desajeitadamente, desequilibrou-se um pouco e outro golpe já vinha em sua direção antes que pudesse reagir. Aparou a espada mais uma vez, jogando-a para o lado, e devolveu a lâmina com tudo, pronto a arrancar a cabeça do homem. Mas ele não estava mais lá: fintou com habilidade, obrigando Krulgar a frear a força do golpe. Em vez de se afastar, Krulgar forçou um golpe com a base da espada, curto e seco, que ecoou no elmo de ferro, sem qualquer outro efeito exceto desequilibrar seu oponente. Aproveitou o espaço que se abriu entre eles para fazer uma grande parábola com a espada, pronto a cravá-la no seu ombro. O homem de elmo, porém, tinha visto a violência daquele golpe contra a primeira vítima de Krulgar e se afastou o mais rápido que pôde, vendo o guerreiro parar a meio golpe e encará-lo, bufando de raiva.

Krulgar berrou e investiu com a ponta da espada baixa, pronta para se cravar na barriga do inimigo. A única coisa que ocorreu ao homem de elmo foi tentar aparar a ponta da lâmina; mas fez o movimento errado, de baixo para cima e sem força o suficiente. A espada de Krulgar errou sua barriga. O guerreiro aproveitou o movimento e conseguiu baixar a espada, veloz, cravando-a no elmo.

O homem cambaleou para trás e caiu, ainda vivo. Krulgar sabia que havia acertado alguma coisa. Não teve, porém, tempo de comemorar. Sentiu o golpe da flecha no ombro sem saber quem havia atirado. Foi jogado para trás como se tivesse levado um murro e caiu no chão de pedra, rolando alguns metros pelo caminho.

Tentou se erguer, mas um pé o manteve no chão enquanto um besteiro mantinha a arma apontada no meio dos seus olhos. O homem do elmo veio em sua direção, balançando a cabeça e tocando no sangue que lhe escorria pelo pescoço. *"Tire o elmo, seu filho da puta, eu quero ver o seu rosto!"* Krulgar pensava.

– Solte o arco, seu *dhäen* de merda! Agora! – ele gritou para Khirk. A voz soou abafada dentro do aço, mas perfeitamente audível. O *dhäen* vacilou. Manteve o arco erguido, sem coragem para se mover. Dhommas sabia que havia vencido.

# Capítulo 11

— Assaltantes! – a garota gritava. – Rápido, eles vão matá-lo!
Grahan não entendeu de onde ela veio. Demorou para entender a história, mas logo destacou um grupo de homens e avançou pelo túnel na maior velocidade em que se atreveu. Gibs estava ao seu lado com duas dúzias de soldados, e os outros viriam assim que soubessem o que estava acontecendo. Saiu meio cego de dentro do Firian, quase batendo contra uma carruagem virada no meio da estrada, com um *dhäen* de cabelos azuis em pé sobre ela, disparando uma flecha depois da outra contra a montanha.

Homens armados entre as pedras retribuíam as flechas, aparentemente incapazes de acertá-lo. Uma flecha levantou seus cabelos, outra resvalou seu braço, mas nenhuma delas o impedia de continuar disparando.

– Merda dos demônios! – Grahan ouviu Gibs gritar.

Mantiveram os escudos junto ao corpo e os elmos baixos ao avançar. Sentiram as flechas batendo contra a proteção de metal e carvalho dos escudos tão logo puseram os pés para fora. Estavam na metade do caminho quando Grahan percebeu que o caos tinha se instalado entre seus inimigos. Um dos assaltantes, de elmo, parecia observá-los, incrédulo, de pé sobre um prisioneiro rendido.

Grahan deu ordens para que os soldados descessem dos cavalos e subissem o caminho para acabar com os bandidos. Os reforços já estavam chegando e teria o controle da situação. A pressão de um contingente maior surgindo pelo túnel pareceu o suficiente para minar a coragem dos bandidos. Antes que pudessem avançar mais, os bandoleiros recuaram pelo caminho de pedra, fugindo por uma trilha da montanha. O homem de elmo gritava ordens com a espada na mão. Enfurecido pela causa perdida, ergueu a espada, decidido a acabar com o prisioneiro, vingando-se da interferência do magistrado, mas o *dhäen* estivera esperando uma oportunidade e disparou outra flecha. Um dos cavalos da carruagem tombada se ergueu, roubando-lhe o equilíbrio. O tiro que planejava matar o homem de elmo acertou-o na coxa.

Dhommas urrou enquanto o sangue jorrava da sua perna. Gibs já liderava seus homens pelo caminho estreito para alcançá-lo. Tinha sido vergonhosamente derrotado. Seus homens batiam em retirada e ele não via outra saída além de fazer o mesmo. A rebelião acabaria se ele fosse pego. Correu para cima mancando até ser ajudado por um dos seus homens. Um punhado de besteiros ainda lhe davam cobertura, tentando deter os soldados de Grahan com disparos, mas era só uma questão de tempo até que eles o alcançassem. Grahan dava ordens, vendo a situação como resolvida.

Dhommas pôs a mão sobre o ombro de um dos besteiros e deu a ele sua última ordem.

– Mate-o! Mate-o e será mais rico do que seus sonhos. O bandido concordou armando sua besta enquanto Dhommas desaparecia pela trilha de cabras.

Gibs viu suas intenções e gritou, mas era tarde. Os outros besteiros continuaram impedindo seu avanço. A flecha do assassino voou livre, sem que ele pudesse fazer mais nada. Gibs engoliu em seco, completamente esquecido da sua própria segurança. Grahan se virou para trás gritando ordens e a morte o sobrevoou com suas asas piedosas, medindo-o para a outra vida.

Thamos saltou no caminho da flecha surgindo de lugar algum. O golpe o jogou para trás e ele caiu, imóvel, com penas nascendo do seu peito como uma flor sinistra. Grahan viu o *dhäen* aos seus pés sem saber o que tinha acabado de acontecer. Viu sangue saindo pela sua boca e os últimos bandidos desaparecendo pela fresta da montanha.

– Gibs! Eu quero aqueles homens! Thamos?!

Grahan havia ordenado que ficasse em segurança. "*Idiota!*" Viu a flecha que brotava em seu peito. O *dhäen* no chão o olhou com uma expressão confusa, e pôs-se a tossir sangue. Grahan o virou de lado para que não engasgasse e viu o pequeno *dhäen* lutar pela vida.

Mais homens chegavam pelo túnel. Grahan observou o pequeno campo de batalha a sua frente, avaliando o lugar da emboscada: um verdadeiro abatedouro. Precisava ter aquilo em mente na próxima vez que viesse pela estrada. Se não fossem aquelas pessoas, seus homens teriam lotado o pequeno vale, sem espaço para manobrar enquanto os assaltantes fariam chover flechas sobre eles, protegidos pelo terreno alto e o caminho estreito.

Destacou um grupo de soldados para seguir pela estrada para ver se havia algo com que se preocupar. Ainda dava ordens quando viu seus soldados arrastando para baixo um homem ferido no ombro. Tinha a aparência selvagem e pouco amistosa. Os soldados em seu caminho apertavam automaticamente o cabo da espada ao vê-lo passar. Estava vestido de couro e Grahan ficou feliz ao ver que nem todos os assaltantes haviam fugido. Pretendia interrogá-lo para saber onde encontrar os outros. Deu ordens para que o *dhäen* também fosse desarmado e mantido sob vigilância. Só baixou a guarda quando Gibs voltou dizendo que o resto do bando havia escapado e que a estrada à frente estava vazia.

– Eles tinham cavalos, senhor. Nós os perdemos.

– Maldição. – O tom de voz de Grahan escondia sua raiva. Ele queria ter marcado o nome daqueles homens no seu livro negro.

Voltou a se concentrar em Thamos. Havia um médico entre seus homens e ele foi praticamente arrastado por Riss até o *dhäen*. O homem olhou a flecha que havia perfurado um dos seus pulmões e pareceu aturdido.

– Se esse garoto morrer, eu vou enfiar o seu saco no seu cu, seu desgraçado! Faz alguma coisa! – Riss estava transtornado. Outras pessoas começaram a rodear o pequeno *dhäen*, que engasgava no próprio sangue.

– Ele se enfiou na frente da flecha pelo senhor – Gibs explicou a Grahan. Demorou para o magistrado compreender o que o segundo estava dizendo. Então olhou novamente o *dhäen*. "*Maldito imbecil!*" ele quis dizer, mas guardou para si o comentário.

– E então?

Pressionar o médico, porém, não teve efeito. Ele se limitou a examinar a entrada da flecha e fazer um sinal para que dois homens ajudassem a levar Thamos para sua carroça. Gibs se ofereceu para ajudar. Gostava do garoto. Grahan continuou onde estava, observando o caos em que tudo aquilo havia se transformado. Thamos não fora o único ferido, mas certamente era o mais grave. Alguém pagaria.

– Maldição! – reclamou, e ordenou para um dos seus homens procurar Ethron. Talvez o *coen* pudesse ser útil. No mesmo instante a garota vinha saindo do túnel, olhando-o com uma expressão furiosa.

– Por que diabos você prendeu os meus homens? – berrava para o magistrado – Quero que os solte imediatamente.

Grahan trincou os dentes e olhou ao redor procurando pelos homens a quem ela se referia. Não havia ninguém. Os soldados de Grahan estavam trazendo os corpos de seis mortos. O magistrado abriu a boca para perguntar onde eles estavam, mas Thalla já havia passado por ele e parado diante de Riss, de guarda em frente aos prisioneiros.

– Estes são meus guardas, seus imbecis! – ela gritava para os soldados. Riss rosnou para ela, mostrando a boca meio desdentada.

Grahan pensou em responder à altura, mas só de olhar Thalla já sabia que seria perda de tempo. Fez sinal para que Riss soltasse Krulgar e o *dhäen* e entregassem a eles suas armas. Era uma confusão dos diabos.

– Não foi nada – respondeu Grahan, mal humorado. – E aos cuidados de quem eu devo entregar esses dois homens? Qual é o seu nome?

– Ela é Thalla, filha de Lorde Círius. – Grahan ouviu alguém responder. Saindo pelo túnel, com um sorriso jovial, vinha Ethron. Tinha os braços abertos, como se esperasse um abraço que não viria. – É muito bom revê-la, senhora.

Thalla congelou. Olhou Ethron e depois Grahan. Então se recompôs e sorriu, fazendo uma leve reverência ao *coen*.

– É um prazer vê-lo também, meu senhor – disse.

Reconheceu então a última peça do seu quebra-cabeças: a morte conduzindo uma parelha de búfalos idênticos.

•••

Thalla não era desconhecida no Império. Seu pai era aliado do Imperador e um dos principais apoiadores da guerra do norte. Grahan ouviu as explicações da garota sobre sua viagem ao sul com bastante atenção e depois a tirou da sua lista de preocupações.

Um grupo grande de bandoleiros os havia atacado e ele estava mais interessado na segurança dos seus homens do que com uma garotinha mimada fugindo do pai rico para se encontrar com seu suposto amante. Gastou um tempo posicionando barracas e organizando turnos de vigia.

Também estava preocupado com a saúde de Thamos, embora não gostasse de deixá-lo transparecer. Encontrou-o deitado na carroça de feridos, com o médico trabalhando na extração da flecha enquanto a aia de Thalla cantava para acalmá-lo com a mão sobre sua testa. Grahan sentiu que a música da garota de olhos lilases também tinha efeito sobre ele; não queria acalmar-se. Ethron havia passado pela tenda e deixado algumas poções de efeito curativo. Depois pôs-se a conversar com Thalla sobre as últimas aquisições de seu pai. O *coen* não conhecia pessoalmente a garota, mas Círius era quem havia intermediado sua viagem ao sul. De grãos a tapetes mágicos, tudo podia ser comprado por meio do mercador.

– Seu pai forneceu boa parte dos ingredientes que eu uso no meu teatro – ouviu o *coen* dizer. – Ainda estou esperando algumas encomendas.

Em algum lugar, ouviu Gibs gargalhando com o homem chamado Krulgar, que acabava de contar uma piada suja. Os dois agiam como velhos amigos. Gibs era um homem fácil de se gostar, ao contrário de Grahan.

Grahan percebeu que não queria falar com nenhum de seus companheiros e se afastou em direção à bica de água cristalina que descia a montanha para formar uma pequena fonte dentro do vale. Enfiou a mão dentro da água gelada e jogou-a em seu pescoço. Apanhou um pouco com a palma da mão e deu dois goles. Percebeu que não estava sozinho.

O *dhäen* parecia ter saído das sombras. Grahan viu os olhos perolados antes que pudesse distinguir uma silhueta e, mesmo quando seu corpo estava visível, era como se as trevas ainda permanecessem sobre ele, concentrando-se em seu olho direito.

Sentiu um arrepio e preferiu acreditar que era efeito da água fria da montanha. O *dhäen* sorria.

– Khirk, não é? Como o pássaro? – O *dhäen* sacudiu a cabeça. Nada mais irônico do que dar o nome de um pássaro sem voz a um *dhäen*. Supunha que isso fazia sentido no caso de um *fahin*. – Você pode beber água se quiser.

Khirk se aproximou com uma reverência e se inclinou para alcançar um pouco da água gelada do Firian. Grahan teve tempo para examiná-lo. Era alto e tinha ombros largos, o que não era de se admirar vendo a forma como usava o arco. Os arqueiros humanos começavam a treinar aos sete anos e quando tinham dezessete já eram uma máquina de matar. Os poucos arqueiros *dhäeni* que Grahan havia conhecido haviam treinado por quatro vezes esse tempo. Por isso eram tão temidos. Felizmente, a religião *dhäeni* era pacífica e os proibia de matar.

— Eu enforquei um *fahin* uma vez. — Grahan tirou seu cantil do cinto e mergulhou-o na fonte. — Ele não soltou um pio. Mesmo ao colocar a língua de fora. Foi horrível.

Grahan se lembrava da cara do *fahin*. Do olhar resoluto dele. Uma multidão havia se reunido para ver sua morte, mas quando seu corpo começou a sacudir na ponta da corda, foi como se o silêncio tivesse contaminado a todos. Ele havia sido acusado de matar uma garota, embora em seu íntimo Grahan tivesse suas dúvidas. O *fahin* nunca se defendeu e acabou dançando na ponta da corda.

Khirk encarou-o sem interesse e limpou a boca na manga da camisa. Grahan esperou para ver se a história o amedrontava. Se aquele *fahin* fosse culpado de algo, não parecia temer a justiça.

— Imagino que você não vá me dizer por que te marcaram dessa forma, não é? — Khirk não deu qualquer sinal de ter ouvido a pergunta; ficou onde estava, esperando. — Seria mais fácil se o seu povo nos entregasse seus culpados. As minas sempre precisam de mão de obra. Para os outros casos, existe a forca ou o machado.

Khirk já ouvira falar sobre as minas. O Império usava seus condenados em todo tipo de trabalhos forçados. Somente os assassinos e traidores eram mortos. O resto pagava por seus crimes usando os músculos quase até a morte. Entre esse destino e o machado, Khirk não saberia o que escolher. Seu povo não confiava na justiça do Imperador e preferia resolver seus problemas entre si.

O arqueiro passou a mão na tatuagem em seu rosto em um gesto involuntário, pensando no que teria sido pior.

— Arteen realmente gosta do seu povo — o magistrado confessou, com um abanar de cabeça. — Em Andernofh existe um bairro inteiro para os *eldani* — disse, sem saber muito bem por quê. — Não um gueto, como no sul. Altas torres foram trançadas com pontes pênseis. Árvores frutíferas e jardins suspensos foram plantados. Arteen supervisionou cada tijolo. Primeiro ele quis quebrar o chão de todo o bairro, trazer árvores e fazer casas sobre elas, mas entendeu que isso demoraria muito. Então mandou construir as torres, com a ajuda dos próprios *eldani*. O chão de todo o bairro foi gramado, e as crianças de Andernofh costumam ir até lá brincar. Homens e *eldani*, correndo sem distinção entre eles.

Grahan falava de Andernofh como se fosse sua casa, mas havia muito tempo que não vivia na Cidade da Névoa. Embora tivesse uma casa na cidade, passava lá somente algumas poucas noites por ano, quando muito.

– Quando tudo isso acabar, vou voltar para Andernofh. Estou cansado da estrada.

Ficou surpreso com o pensamento e mais ainda por dizê-lo em voz alta para alguém que ele não conhecia. Olhou o estranho *dhäen* ao seu lado e viu-o enfiando uma folha na boca, desinteressado.

– Um *dhäen* sem voz... – falou alto. Khirk o observou pulando uma mastigada, contrariado. – Isso deve ser um problema.

Khirk sorriu e deu de ombros. Foi o sorriso mais triste que Grahan já havia visto e também o mais conformado. De onde estavam podiam ver a agitação do acampamento. Krulgar e Gibs conversavam animadamente sobre alguma batalha passada. Dava para entender o assunto pelas demonstrações de golpes que simulavam um para o outro. Krulgar movia o braço direito com dificuldade. Uma flecha o havia atingido de raspão, deixando um corte horroroso em seu ombro e limitando seus movimentos. Gibs jamais se acostumaria a Andernofh, o que significava que aquela provavelmente seria a última missão que teriam juntos.

Khirk cuspiu a folha mastigada em uma vasilha e acrescentou à mistura algumas frutas de cor alaranjada e o que poderia ser uma batata cozida, amassando tudo com um pequeno pilão. Quando a mistura ficou razoavelmente homogênea, acrescentou água e guardou tudo em uma pequena garrafa. Grahan ficou imaginando se o *dhäen* ia comer aquilo, mas antes que pudesse perguntar Khirk se afastou de volta a uma pequena fogueira, sobre a qual uma panela estava fervendo.

Grahan procurou por Gibs e cruzou os olhos com Krulgar. O guerreiro cuspiu no chão e voltou a rir de alguma piada.

Krulgar tinha um olhar assassino. Homens como ele perambulavam por toda parte, trabalhando em todo tipo de coisa. Vendiam a espada a quem pudesse pagar e quando não encontravam ninguém disposto a isso, saqueavam ruínas e assaltavam viajantes. Não eram dignos de confiança, o que não diminuía sua eficiência.

Grahan tinha um péssimo pressentimento e não sabia a quem dirigir o súbito receio de que tudo ia dar errado. Guardou para si a sensação de desgraça iminente. Devia manter um olho no mercenário.

•••

Era melhor não mover Thamos antes de saber se ele ficaria bem. Permaneceram no vale por dois dias, sob o olhar mal humorado de uma comitiva recortada de partes diferentes do Império. O cavalariço lutava entre a vida e a morte. O médico de Grahan era experiente em ferimentos de batalha e havia feito o melhor possível, mas ao final entregou tudo à sorte e ao canto lamurioso de Evhin; a música tinha função de conforto, e não de cura. Não havia expectativa de que o *dhäen* sobrevivesse. Apenas aguardavam sua morte.

Ethron passou para vê-lo uma vez. Lamentava a falta de melhores conhecimentos médicos e contava sempre a mesma história sobre como tinha sido reprovado nas disciplinas de vida na Academia Arcana de Tallemar. Evhin o ouvia sem prestar atenção. Os *eldani* eram grandes mestres da cura. Para eles, qualquer enfermidade era apenas um distúrbio na Grande Canção, uma dissonância que podia ser tratada por meio das poções certas e canções exatas, de forma a restituir ao corpo e ao espírito o equilíbrio com a Canção.

Algumas canções *dhäeni* não eram ensinadas a qualquer um. A maioria podia afastar insetos, enviar mensagens, afastar espíritos ou melhorar as colheitas. Canções de conforto eram as preferidas pelas mães e curavam o cansaço, espantavam a dor e ajudavam a dormir. Já as canções de cura física eram ensinadas apenas ao *eagon*, o líder espiritual do clã.

Um *dhäen* que podia salvar uma vida também podia sacrificá-la se assim dissesse a Grande Canção e a maioria deles não queria esse conhecimento. Embora Evhin não conhecesse de verdade o cavalariço, cantava por Thamos com empenho, tentando confortá-lo, sabendo que eram membros daquele estranho e antigo povo que um dia não existiria mais sobre o mundo.

Febril, o cavalariço chamava por sua mãe. Khirk parou na porta da tenda e mirou as sombras, sem ver movimento. Evhin dormia, apoiada nos próprios braços, e Thamos cuspia o sangue que inundava seus pulmões. Khirk entrou abaixando a cabeça. O frio da montanha preenchia a tenda como a mão branca da morte. Em silêncio o *dhäen* foi até o braseiro próximo e avivou-o com um atiçador. Uma luz vermelha e espectral tomou conta do espaço.

Ele olhou Thamos, ainda incerto sobre o que estava fazendo. Os cabelos do *dhäen* pareciam negros sob a luz escarlate, mas ele sabia que tinham um tom escuro de verde, como o musgo que crescia na montanha. Lembrou-se da outra *dhäen* de cabelos de folha, que ele tinha devolvido à roda da vida junto com seu filho. Khirk sabia que tinha uma dívida com a Grande Canção e embora fosse condenado ao silêncio, algo dentro de si o obrigava a pagar pelo sofrimento que tinha causado. Talvez por isso estivesse ali. Para devolver ao mundo uma das vidas que ele tinha tomado.

Tirou do cinto um cantil e olhou ao redor, procurando uma cuia. A bebida precisava ser aquecida antes de fazer efeito, como seu pai havia lhe ensinado. Encontrou uma tigela limpa e entornou a beberagem, deixando-a aquecer sobre o braseiro. Um cheiro de menta, beterraba e gengibre tomou conta da tenda, embora aqueles não fossem ingrediente de sua poção. O cheiro era pungente e ele viu Evhin se revirando.

Khrik foi até ela e afastou uma mecha do seu cabelo, prendendo-a atrás da orelha. A *dhäen* se encolheu, como se percebesse o toque do *fahin*. A Canção odiava o silêncio. Entre eles não seria diferente.

Quando a poção atingiu a temperatura certa, mudou de cor. Khirk a tirou do fogo e a mexeu com uma colher para que esfriasse.

Era o que restava dos ingredientes que Thalla havia comprado. Ele tinha guardado aquele pouco para usar em Krulgar ou nele mesmo, se o pior acontecesse, mas pensou que devia gastá-lo fazendo alguma coisa boa. Ele e Krulgar já tinham tido a sua chance e macularam tudo o que tocaram desde então. Talvez com Thamos fosse diferente.

Levantou a cabeça do *dhäen* e entornou a sopa grossa pela sua boca. Primeiro apenas o caldo, no intervalo entre um acesso de tosse e outro. Thamos se recusou a comer; entregava-se à morte. Então algo nele despertou. O *dhäen* permanecia em transe febril, mas depois de engolir o caldo, já tinha forças para comer os pequenos pedaços de raízes e frutos. Antes do fim, Khirk sabia que tinha dado certo. Imaginou se seu pai se sentiria orgulhoso ou horrorizado.

Evhin acordou assustada. Havia adormecido por exaustão e sentia como se houvesse tido um pesadelo do qual não se lembrava. Teve a impressão que uma sombra havia passado pelo quarto e temeu que a morte tivesse vindo buscar Thamos.

Debruçou-se para saber se ele estava bem e surpreendeu-se ao encontrá-lo no mais tranquilo dos sonos, com a respiração regular e profunda e uma cor rosada nas bochechas. Percebeu um cheiro de menta no ar, misturado com algo terroso, como uma manhã de chuva. Farejou a cabana em busca da origem do odor e por um instante pensou que ele vinha de Thamos. Lembrou-se então da sombra e teve certeza de que alguém havia estado ali. Levantou-se e foi até a entrada da barraca.

Não viu ninguém. O acampamento parecia um templo deserto, exceto pelos sentinelas próximos de grandes fogueiras, aparentemente incapazes de vencer o frio da montanha.

Evhin já estava certa de que tinha imaginado tudo e ia voltar quando viu movimento entre duas barracas. Resolveu ver o que era e usou a furtividade de sua raça para não chamar atenção. Permaneceu afastada ao ver o grupo se distanciar das fogueiras entre cochichos e risadas. Eram quatro, e alguns deles estavam bastante bêbados. Ela duvidou que eles tivessem passado para visitar Thamos, mas a curiosidade fez com que permanecesse atenta.

Seguiram até a grande carruagem do *coen*. Os búfalos brancos esparramavam-se tranquilamente ao lado dela, roncando. O *dhäen* cego dormia com as costas apoiadas em um dos animais. Evhin já havia visto casas menores nas quais viviam famílias inteiras. Um dos homens se adiantou e bateu na porta da carruagem, fazendo um barulho desnecessário, e foi repreendido pelos outros entre cochichos e risadas. Alguns segundos depois Evhin ouviu o barulho do ferrolho destravando a porta e o rangido característico da madeira recuando. Uma mão ergueu um lampião para fora da carruagem e Evhin pôde ver o *coen* sorrindo.

– Queremos ver um truque. Um truque com mulheres... – O bêbado quase não terminou a frase; explodiu em uma nuvem de gargalhadas e precisou ser contido pelos seus companheiros. – ... Mulheres nuas!

Evhin viu o *coen* mexendo os lábios e sacudindo a cabeça bastante sério, mas não era capaz de ouvir o que ele dizia. Viu os soldados ficando impacientes.

– Por acaso não somos bons o suficiente para o Magnífico Ethron? Temos prata e estamos entediados!

– E bêbados! – concluiu um segundo, para o delírio do grupo que explodiu em novas risadas. Ethron os olhou com uma expressão derrotada. Parecia um pouco ansioso para voltar para dentro, mas depois de alguns instantes balançou os ombros, dando-se por vencido, e pediu com um gesto que os quatro esperassem ali.

Um dos bêbados arrancou mais risadas fazendo gestos indecentes diante da porta e em seguida Evhin viu o *coen* sair, seguido de perto pelo seu ajudante e trazendo consigo uma série de apetrechos. Em silêncio, afastaram-se na direção do paredão do vale, onde havia bastante espaço livre. Evhin os seguiu mais uma vez.

Não havia onde se esconder perto de onde se reuniram. Mesmo afastada, ela era capaz de ver o que estavam fazendo. O *coen*, com a ajuda do seu aprendiz, pôs um espelho no chão e sobre ele derramou ingredientes na forma de pós coloridos. Os homens pareciam impacientes, riam e perguntavam sobre as mulheres nuas. O *coen* respondia sempre com educação, mas Evhin não ouvia o que ele estava dizendo. A preparação parecia laboriosa e o *coen* instruiu seu ajudante a distrair os homens com alguns truques enquanto ele terminava.

Os soldados gargalharam quando um macaco de chapéu correu por entre as pernas deles, e chegaram a sacar as espadas para dar fim na criatura. Toda vez que partiam o macaco ao meio, porém, as metades se transformavam em um novo macaco e assim permaneceram lutando contra um grupo de símios que não parava de crescer, até que perderam a paciência e agarraram o aprendiz pelo pescoço. Nessa hora Evhin ouviu Ethron gritar que estava pronto e os homens se aproximaram da grande apresentação.

– Finalmente! Estou quase sóbrio. Malditos macacos! – um deles disse – Espero que essas mulheres sejam bonitas, *coen*. Com peitos maiores do que a sua cabeça.

O *coen* disse algo em resposta. Evhin ficou tentada a se aproximar um pouco mais para ouvir, mas temeu ser vista e não queria ficar presa entre um grupo de homens bêbados desesperados para ver a ilusão de uma mulher nua. O máximo a que se permitia em termos de coragem era aquela distância, mas viu que estavam desapontados e que reclamaram até por fim se sentarem no chão em silêncio.

O *coen* sorriu, pela primeira vez satisfeito, e sentou-se de pernas dobradas diante do espelho. Os homens o olharam meio pasmos e então o imitaram por puro deboche. O *coen* respirou profundamente. No começo Evhin não percebia nada de diferente em sua respiração, mas logo sentiu uma sutil mudança a cada vez que Ethron enchia os pulmões de ar. Depois ela descreveria aquilo como se ele estivesse sugando toda a luz do mundo. A realidade oscilava a cada nova inspiração, primeiro imperceptivelmente, mas ao final de forma tão clara que mesmo os soldados pareceram temer o que estava por vir.

Evhin viu o momento em que o *coen* enfiou a mão dentro de um saco para retirar um punhado de pó, que deixou cair sobre o espelho a sua frente enquanto entoava um cântico. Não se parecia com nada que Evhin já tivesse ouvido. Era profundo e gutural, cadenciado em sílabas que podiam não significar nada, e a embalavam pelo ritmo. Foi a primeira vez que Evhin ouvia a voz do *coen* naquela noite e era como se vibrasse dentro da sua caixa torácica.

Uma fumaça gorda e colorida se levantou do espelho, espalhando-se pelo chão como uma criatura cheia de tentáculos, viva e reluzente, entranhando-se pelo meio dos já desesperados soldados. Evhin estava assustada demais para rir dos palavrões e das caretas de medo dos homens. Assistiu à nuvem espessa e gordurosa envolver todos eles; clarões multicoloridos explodiam dentro dela, revelando formas. Viu a silhueta de um homem a cavalo, viu um porta-estandarte, viu cavalos de guerra e algo que podia ser um homem com quatro braços.

A fumaça correu pelo chão de pedra e Evhin pensou em fugir dali. A três passos de alcançá-la, a névoa parou de avançar e começou a subir para engolir o que havia sobre dela. A medida em que se dispersava, ganhava uma aparência mais homogênea e rarefeita. Evhin estremeceu. Ainda achava que via coisas dentro da neblina, mas podia estar apenas imaginando. O mundo inteiro se cobriu de um silêncio amedrontador e a *dhäen* se arrependeu de não ter fugido antes. Agora estava paralisada de terror.

As explosões de luz pareciam ter diminuído depois que a névoa formou o paredão que a deixava de fora. Era como assistir aos raios que explodem por trás das nuvens sem que o trovão chegasse aos seus ouvidos. Evhin pensou ter escutado tambores de guerra, mas talvez estivesse procurando por sons que completassem o teatro silencioso diante dos seus olhos. O medo foi se esvaziando de suas veias e ela ficou presa entre a ideia de chamar alguém ou entrar para ver o que estava acontecendo.

Deu um passo adiante.

Atrás de si viu o acampamento em sua paz, alheio ao que acontecia naquele canto. Tentou calcular que horas seriam. Ouviu o barulho de espadas se chocando. Tão logo as percebeu, o barulho desapareceu.

Deu mais um passo.

Sentia cheiro de chuva, folhas e estrume de cavalo. Espectros corriam de um lado a outro como se estivessem fugindo de algo ainda mais pavoroso e ela tentava imaginar o que poderia atemorizar as sombras que viviam dentro da neblina.

Lembrou-se da sombra que havia visto na sua tenda, da aparente melhora de Thamos. Ficou preocupada com o estado do rapaz. Não havia ninguém cuidando dele.

Deu o terceiro passo.

A névoa balançava diante do seu nariz. Sentiu a garganta seca. Percebeu que seu coração batia apressadamente, e sua respiração era rápida e superficial. Tentou se acalmar. Juntou o cabelo lilás em um coque com um nó e olhou fixamente a neblina *coen*. Não tinha ouvido falar de nada parecido. Respirou fundo uma vez.

*É preciso coragem para abandonar o mundo ao mergulhar em sonhos desconhecidos,* Thalla havia lhe dito certa vez. Evhin prendeu a respiração como se planejasse um mergulho em águas geladas. Levantou o pé com muita paciência para dar o último passo.

Algo gritou. Um grito tão assustador que não parecia daquele mundo. Uma voz de uma mulher, ou talvez de uma criança. Evhin tampou os ouvidos com as mãos e correu para longe dele.

O acampamento explodiu em movimentação. O grito havia arrancado os homens armados de suas camas. Evhin não queria ser vista ali e correu no meio das tendas fazendo o possível para evitar qualquer um que tentasse pará-la. Tão logo chegou à tenda de Thamos, jogou-se para dentro, surpresa por continuar viva.

Os homens gritavam lá fora. As montanhas ainda ecoavam o grito ao longe, e Evhin se enfiou debaixo das cobertas, estremecendo. Lembrou-se de Thamos. Levantou-se e foi até ele; o cavalariço parecia no mais tranquilo dos sonos. Sem saber por que, então, Evhin começou a chorar. Chorou até adormecer.

•••

Ethron sentiu seu estômago revirando. Ouvia a confusão dos homens do lado de fora da carruagem e esperava a hora em que algum deles entrasse pela porta e exigisse sua cabeça. Os homens de Grahan estavam mortos. Teve certeza disso assim que o sonho dos ossos chegou ao fim e a névoa desapareceu ao seu redor, revelando a expressão indecifrável de Bahr. Os corpos estavam caídos, estranhamente alinhados, como se alguém já os tivesse preparado para o futuro funeral. Naquele exato instante, ele soube que a magia tinha cobrado seu preço. Era um assassino.

O sonho dos ossos havia funcionado quase exatamente como o imaginava. Ethron conseguiu transportá-los às últimas memórias de uma garota *allarini*, morta em batalha quase duzentos anos antes, esmagada pela cavalaria inimiga. Por um instante todos tinham se tornado aquela garota, vivendo como ela seus últimos momentos e exalando com ela seu último suspiro. Somente Ethron escapou com vida. A morte só não o tinha tocado devido ao distanciamento que um *coen* construía entre si e sua apresentação. Os anos de treinamento tinham salvo a sua vida.

A multidão do lado de fora se agitava e ele podia ouvir a potente voz de Gibs gritando para que seus homens pegassem em armas e olhassem todo o perímetro à procura do inimigo.

— Está tudo bem — Ethron dizia a Bahr. O garoto parecia calmo, sentado em um canto com os olhos perdidos em algum lugar sobre a bancada de trabalho. — Não podemos contar nada disso a ninguém, ou seremos enforcados.

Bahr virou os olhos para ele, lentamente, e então negou com a cabeça. Não queria ser enforcado.

Alguém esmurrou a porta. Ethron pediu para que seu aprendiz ficasse em silêncio na esperança de que desistissem, mas as batidas se repetiram e Gibs chamou por ele. Ethron desarrumou os cabelos e respirou fundo, tentando manter a calma. A porta da frente estremecia com as batidas.

— Só um instante! — Sua voz estava rouca e trêmula.

Assim que retirou o trinco da porta, dois soldados a escancararam, empurrando o *coen* contra uma estante e fazendo os frascos tilintarem. Viram o comprido corredor da carruagem na sua costumeira desordem e Bahr sentado em um banco.

— Perdoe-nos, *dhun* Ethron. — A voz grossa de Gibs soou logo atrás dos soldados que abriram a porta. — Quatro soldados foram mortos. Estamos olhando todas as tendas. Você viu alguém estranho pelo acampamento hoje?

Ethron balançou a cabeça, ainda incerto sobre o que devia dizer. Não, certamente não tinha visto ninguém estranho no acampamento.

— O que houve com eles? — Lembrou-se de parecer curioso. — Houve batalha? Não ouvimos nada.

Gibs o observou com as grossas sobrancelhas franzidas, como se pudesse ver sua culpa. Ethron esperou que o segundo sacasse a arma e ordenasse a sua prisão e reprimiu a vontade de levar a mão até o colar em seu pescoço para invocar o feitiço escondido nele e desaparecer. A boca de Gibs parecia imóvel por conta do gigantesco bigode quando ele falou:

— Ainda não sabemos. Vocês não ouviram nada? Nem um grito de mulher?

O grito havia ecoado pelas montanhas, como se viesse de todos os lugares ao mesmo tempo. Curiosamente, nenhuma mulher havia sido encontrada. Talvez fosse uma testemunha, se pudessem encontrá-la.

– Tive um sonho com algo assim. – Ethron não estava mentindo.

Gibs olhou mais uma vez para dentro da carruagem do *coen* e deparou com Bahr sentado no banco baixo, respirando com dificuldade e encarando-o de forma engraçada. O olhar do garoto parecia turvo, como se não estivesse ali. Talvez fosse a morte misteriosa dos quatro soldados, talvez o grito agourento que o havia arrancado da cama; um arrepio frio percorreu as costas de Gibs.

– Está tudo bem – disse a Bahr, embora naquele momento ele mesmo tivesse dificuldade de acreditar naquilo. – Vocês estão seguros aqui.

Ethron só respirou aliviado quando o segundo pediu para trancar a porta depois que saíssem. Não esperou para ver Gibs se afastando e o obedeceu. O falatório dos homens de Grahan do lado de fora continuou por toda a noite e o medo se espalhou quando ninguém foi capaz de encontrar um único ferimento que explicasse a morte dos homens. Começaram a sussurrar sobre ladrões de vida; histórias para crianças sobre criaturas que vagavam pela noite para roubar a alma das pessoas.

Ethron sorriu, aliviado. Nunca descobririam o que havia acontecido de verdade.

Ainda tinha uma chance de realizar seus objetivos. Não podia ser pego, não tão perto. Prometeu a si mesmo ser mais cuidadoso. Teria o resto da viagem para preparar a apresentação a Thuron e tudo precisava estar perfeito quando chegassem a Illioth. O rei em breve estaria mergulhado no sonho dos ossos. Era hora de abrir o baú vermelho de Círius.

# Capítulo 12

O caminho era uma serpente pela encosta da cordilheira, atravessando vales e gargantas nos quais ninguém além de *khäni* e homens da montanha eram vistos. O Firian se estendia em uma cadeia rochosa de leste a oeste, tornando-se vasta antes de afundar no mar de Jor. A Cordilheira da Espinha do Dragão, ao norte, protegia o Império dos homens de gelo, e o Firian havia servido de fronteira sul do Império por séculos, desde que os *allarini* vieram do oeste pelo Grande Lot até que o sul *rentari* finalmente fosse anexado às terras de Karis.

Amouth Firian havia sido o primeiro homem a desafiar as cordilheiras levando tropas para atacar as terras do sul. Fez isso atravessando vales, precipícios e cavernas ao custo de muitas vidas e por isso seu nome havia sido dado ao monte mais alto, onde mais tarde fora construído o primeiro dos sete túneis que perfuravam a montanha no sentido sul. Eram construções majestosas que mesmo os deuses teriam dificuldade em demolir e que os homens atravessavam com um silêncio respeitoso, como se andassem pela nave de um templo.

Krulgar cavalgava em silêncio e cabisbaixo com pensamentos de assassinato e vingança. Um vento frio fazia doer o ferimento no seu ombro. Toda vez que emergiam dos túneis pelo outro lado do caminho de trevas, ele pensava que havia chegado a hora de ir embora.

Não era o único a pensar assim.

Na mesma manhã em que quatro soldados haviam aparecido mortos, Thamos havia acordado melhor. Depois de lutar por dois dias contra a morte, sua febre havia finalmente baixado e ele havia parado de tossir sangue.

Todo o acampamento tinha ouvido o grito agourento que levou a alma dos quatro homens. Krulgar levantou-se agarrando o cabo da espada, imaginando que os bandoleiros pudessem ter voltado. No entanto, algo mais sinistro tinha passado pelo acampamento.

Krulgar encontrou a multidão aglomerada ao redor dos mortos e usou sua força e tamanho para afastar as pessoas e ver o que tinha diante de si. Ninguém teve coragem de tocá-los. Os corpos estavam caídos lado a lado como os mortos resgatados após uma batalha. Duros como se a vida tivesse lhes escapado havia dias, os olhos abertos em uma expressão aterrorizada. As mãos tinham se congelado erguidas diante do rosto, protegendo-os contra o que deveria ter sido o golpe mortal. Todos mantinham a mesma sinistra posição.

O guerreiro assistiu a Gibs revirar um dos corpos em busca de ferimentos ou algo que explicasse sua morte, e frustrar-se quando nada aparente revelava o que tinha acontecido.

– É como se suas almas tivessem sido arrancadas do corpo – Riss comentou ao seu lado.

Coisas estranhas andavam pela noite e aquelas montanhas nunca haviam gostado muito do norte. Os homens olharam ao redor tocando o coração e a boca para afastar o mal, cochichando sobre lendas de demônios que surgiam para roubar o rosto dos homens. Todos os mortos, porém, conservavam seus rostos.

Grahan ficou no acampamento dois dias, procurando por respostas, enquanto Thamos ia ganhando força. Seu médico examinou os corpos sem encontrar indício conhecido de envenenamento. Gibs contou os homens para saber se alguém mais havia desaparecido. Ninguém tinha visto nada. Alguns haviam até sugerido que Thamos devia ter matado os quatro homens e vendido suas almas para algum demônio *dhäeni* em troca da própria vida. O boato fora motivo de risada entre os homens de Grahan, que consideravam Thamos um herói, mas ainda circulava à boca pequena entre os outros soldados da comitiva.

Grahan viu a falta de respostas amedrontar mais os homens do que a presença de um assassino, e depois de conversar com o médico da comitiva, declarou que os quatro tinham morrido de frio. Mandou que os soldados desmontassem o acampamento para partir. A declaração foi recebida com desprezo pelos membros da comitiva e um mau humor se infiltrou sob a pele dos homens.

Krulgar havia esperado que metade dos soldados se voltassem para o norte e partissem imediatamente, mas os únicos que realmente pediram para ir embora foram os tassios. Seu líder havia tido uma conversa franca com Grahan e embora os ânimos tivessem se exaltado um pouco, o magistrado acabou cedendo, dando aos doze guerreiros permissão para ir embora desde que levassem consigo os mortos, para que beijassem o fogo. O líder tassio precisou ser ameaçado para fazer cumprir as ordens de Grahan. Por fim, aceitou a responsabilidade pela alma dos mortos, embalou-os em linho e os levou em uma carroça. Os tassios eram famosos por ter água doce no lugar do sangue.

O resto da caravana seguiu ao sul. Os homens estavam irritados e cheios de temores. Soldados eram supersticiosos. Sempre tinham à mão amuletos da sorte e mandingas para enganar o azar. A inexplicável morte fez com que os homens pendurassem patas de águia no pescoço e segurassem com força suas moedas de ferro. Era um costume entre os soldados carregar um saco de moedas feitas com pedaços da espada de cada homem que havia matado. Quando se sentavam diante da fogueira, tiravam as moedas do saco e contavam histórias sobre cada uma das mortes. Supunha-se que, ao matar alguém, a sorte havia favorecido o sobrevivente e as moedas eram usadas como amuleto de proteção. Krulgar sabia que todo soldado era um falador, então preferia não se preocupar em carregar um saco de mentiras a tiracolo.

A única moeda que lhe interessava era de ouro e embora as promessas de sua empregadora estivessem cheias dele, já não tinha certeza se elas seriam cumpridas. Lembrou-se do corpo dourado de Thalla sobre ele e do seu beijo com sabor de especiarias. A memória era doce, o que só tornava mais amarga a sensação de que estava sendo manipulado. No dia seguinte, o assassinato, a fuga, a covardia. Se o medo fosse o único pecado, como diziam os sacerdotes de Kuthar, Krulgar era mais um pecador. Sentia raiva de si por não ter ficado e lutado; sobretudo, sentia raiva da filha de Círius, que o tinha arrastado para longe, mentindo sobre Khirk.

À sua frente, Thalla permanecia imersa em um silêncio tão profundo que faria Khirk parecer um grupo de lavadeiras à beira do rio. Krulgar não esperava que ela discutisse a morte de um príncipe ao alcance dos ouvidos de um magistrado, mas a garota parecia absorta em pensamentos desde que haviam se encontrado com a comitiva. Depois de abandonar sua carruagem arruinada, Thalla cavalgava ao lado de Evhin, mantendo Khirk e Krulgar em sua sombra.

Evhin também estava em silêncio. Parecia mais magra e abatida desde a morte dos quatro e, exceto a sua senhora, era somente a

Thamos que dedicava alguma atenção. Thamos ainda respirava com dificuldade, mas era capaz de montar e cantar baixinho, o que por si já era um milagre. Krulgar desconfiava que ele havia se apaixonado por Evhin. Talvez só tivesse por ela alguma espécie de gratidão.

Gibs emparelhou o cavalo ao seu lado e apontou o céu.

– Olhe!

Krulgar tentou seguir a direção do seu dedo, mas só encontrou nuvens que dançavam ocultando um céu sem cor.

– Não, imbecil, olhe de novo!

Havia algo entre as nuvens. Krulgar não sabia dizer o que era, mas não pensou que fosse um pássaro conhecido. Tentou entender o que estava vendo: a coisa entrava e saía das nuvens, em movimentos lentos e aleatórios.

– *Isen-Jor* – Gibs proclamou com ar entendido. Estava satisfeito e beijou a pata de águia que levava no pescoço. – É um ótimo presságio!

Krulgar olhou novamente o ponto distante, sem acreditar que fosse uma *Isen-Jor*. Estavam muito a oeste do Mar de Jor para que uma delas pudesse ser vista, e mesmo que fosse, àquela distância, ele jamais teria certeza. Outros soldados apontavam o mesmo ponto e agradeciam pela visão. Um grupo que ia a pé chegou a fazer uma dança de comemoração e de um minuto para o outro era como se um peso imenso houvesse deixado as mochilas da comitiva. Krulgar torceu a boca.

– Tartarugas não voam – disse a Gibs, emburrado.

– E cavalos não falam – foi a resposta bem humorada de Gibs. – Mas meu pai me contava a história de um cavalo que havia denunciado o assassino do seu dono. O homem foi preso e levado a julgamento. Quando foram ouvir o testemunho do cavalo, o magistrado se recusou a registrá-lo no livro, porque cavalos não falam. Como ninguém podia provar que o homem tinha mesmo matado o outro, ele foi posto em liberdade. Dias depois, o assassino apareceu morto, com uma marca de ferradura no meio do peito. O magistrado então chamou o cavalo e perguntou o que ele sabia, mas o animal se limitou a relinchar. *"Não seja idiota, é melhor confessar tudo, nós sabemos que foi você!"* O cavalo continuava em silêncio. *"Pela última vez, ou você confessa ou vai ser entregue ao açougueiro!"* O magistrado disse, no tom mais autoritário que conhecia. Então o cavalo o olhou e disse: *"O problema não é o cavalo falar, é o jumento ouvir"*.

Krulgar riu. Era mais fácil acreditar no cavalo falante de Gibs do que em uma tartaruga-dragão. Havia um festival em Charon, no qual *Isen-Jor* era adorada. Uma tartaruga gigante era enfeitada para o desfile, levando oito garotas virgens em seu casco para voar ao redor da cidade. Para Krulgar, acreditar em oito garotas virgens era ainda mais difícil.

Fosse o que fosse, o presságio de Gibs foi suficiente para melhorar o ânimo dos homens. Estavam quase chegando a Illioth; era o fim de uma jornada longa e o início de um serviço sujo. Krulgar girou o braço da espada sentindo onde o ferimento fisgava. Percebeu-se mais lento e esperou ter velocidade para um assassinato. Seu coração batia forte quando pensava na morte do príncipe. A Serpente e a Lança e o Javali Negro haviam sido obra do acaso. Matar aqueles homens havia sido a única oração em todos aqueles anos e, contrariando às possibilidades, Krulgar havia sido atendido em duas das sete vezes.

Tinha decorado feições monstruosas que só então ele começava a relacionar com os brasões de suas famílias. Depois daquela morte, seria diferente. Thalla havia lhe dado um alvo e prometido entregar a Krulgar os últimos nomes para equilibrar de vez a balança.

Dali a alguns dias ele entraria sorrateiramente no quarto da Aranha Púrpura para cortar a garganta do príncipe herdeiro. Se isso fosse evitar uma guerra ou ajudar a liberdade de um povo, tanto melhor. Tudo o que ele queria era acabar de uma vez com os putos que mataram Liliah.

•••

Estavam prestes a atravessar a Ponte do Véu. Thalla estava exausta. Tinha passado os últimos dias divagando entre sonhos, costurando as últimas peças do plano separatista. Tentando penetrar nos sonhos do assassino que Dhommas havia contratado para matar o próprio pai. Por mais que tentasse, era incapaz de encontrar os sonhos de Ethron na Umbra. Os sonhos de seu aprendiz eram confusos, e os de seu *dhäen* não diziam nada. Mas ela não tinha dúvidas sobre as suas intenções. Sabia que o assassino estava a caminho do sul para matar o rei Thuron, bem como alguns membros da sua corte, e que o assassinato seria usado como pretexto para iniciar uma guerra contra o Império, mas até poucos dias não sabia como o Imperador seria incriminado pela morte de Thuron.

Então tudo fazia sentido. O *coen* viajava ao sul sob a chancela do Imperador, acompanhado por seus homens. Mais incriminador do que isso somente se a faca fosse encontrada na mão de Arteen. Ethron era a morte puxada por búfalos gêmeos, como ela havia visto nos sonhos do assistente de seu pai.

Thalla sentia que havia fracassado por não ter conseguido chegar antes ao palácio. Se Dhommas estivesse morto quando o magistrado chegasse à cidade, o assassinato de Thuron não teria nenhum significado. Oren seria rei. Ela seria rainha. O Império estaria a salvo. Na corrida até Illioth o empate não lhe interessava e ela pensava no que mudar em seus planos.

O *coen* esteve trancado em sua carruagem desde que haviam descoberto os homens mortos. Quando Evhin contou a Thalla o que Ethron fez, ela foi até os corpos para ver seu trabalho. Já havia visto uma apresentação *coen* antes e não sabia de nada parecido ao que Evhin tinha presenciado. As ilusões eram formas sem corpo projetando sons. Thalla nunca havia estudado o assunto a fundo, mas desconfiava que era mais um estado da mente do que um efeito físico.

Mesmo assim, quatro homens estavam mortos.

Thalla invadiu a tenda de Grahan pronta a denunciar o *coen*. Não conhecia o magistrado, mas sabia que ele era um homem justo e amigo pessoal do Imperador. Sua cabana, porém, estava vazia. Thalla observou onde estava, olhando os mapas sobre a mesa, o relicário augure com os pequenos ídolos de sua família. O livro negro dos magistrados onde os pecados do mundo vinham sendo escritos deste a fundação da Ordem pela imperatriz Belani. Nunca houve um império mais justo naquele mundo, um bom motivo pelo qual lutar.

Virou-se para a porta da tenda quando ouviu vozes. Grahan foi avisado de sua presença e entrou com sobrancelhas flexionadas, esperando por respostas.

— Como posso ajudá-la, senhora?

Thalla abriu a boca para responder, mas vacilou ao ver quem o acompanhava. Ethron passou pela porta e sorriu para ela.

— Senhora Thalla? Está tudo bem?

Ethron parecia bastante à vontade. Pegou água em um jarro no canto e ofereceu a ela um copo, mas Thalla o recusou.

— Eu gostaria de agradecê-lo, *dhun* Marhos, pela ajuda que nos prestou antes. E pedir, se não for incomodá-lo, que seguíssemos viagem juntos, já que vamos para o mesmo lugar.

— Mas é claro, senhora. Eu não imaginaria outra coisa. — O magistrado concordou. — Ofereço-lhe minha proteção, até que cheguemos a Illioth.

— Thalla agradeceu com um último olhar para Ethron ao se dirigir para a porta. Grahan a chamou novamente de volta.

— Tem certeza de que está tudo bem?

— Sim, dhun Marhos. Ainda um pouco abalada com os homens que morreram. Só isso.

— Não se preocupe, senhora. Foi um acidente infeliz, mas não há nada a temer. — Ethron foi rápido em interrompê-la. Thalla deu a ele um sorriso frio e agradeceu antes de sair. Ouviu Ethron gracejar sobre os nervos das mulheres enquanto Grahan sorria.

Nos dias seguintes, reparou que ele parecia bastante à vontade com Ethron. Depois de todo trabalho para chegar até ali, sentia que tinha caído em uma armadilha.

Ethron se virou para encará-la, como se pudesse ouvir seus pensamentos. Pela primeira vez em dias, tinha abandonado sua gigantesca carruagem, que vinha atrás, junto com os veículos mais lentos e o com o grosso do exército de Grahan e cavalgava a meio caminho entre ela e a cabeça da fileira: Grahan, Gibs, Thamos e dois outros nobres. Olheiras fundas marcavam o rosto do *coen* e ele não tinha mais o sorriso debochado de antes. Estava envelhecido e cansado. Evitava a companhia de outras pessoas, e quando muito trocava duas ou três palavras com seu aprendiz. O que quer que estivesse fazendo em sua carruagem, Thalla teve certeza de que não tinha fechado os olhos nos últimos dias.

Suas suspeitas a devoravam por dentro; não podia estar errada. Aquele homem era a faca que Dhommas havia contratado por meio de Círius para iniciar a guerra.

Aproximavam-se do último túnel das cordilheiras. Thalla se virou para trás e fez sinal para que Khirk e Krulgar ficassem perto dela. Depois esporeou o cavalo, abrindo caminho na fileira estreita na direção de Ethron. Ouviu o cavalo dos dois mercenários atrás de si, mas tinha o olhar fixo no *coen*. Pelo canto dos olhos ele via sua aproximação.

O último Túnel do Firian era o mais fantasmagórico. Além das altas colunas que se envergavam para formar o teto, havia aberturas pelas quais feixes de luz entravam, iluminando grandes estátuas de guerreiros, separados entre si por três passos de distância. A comitiva foi silenciando diante das estátuas. Ninguém sabia quem eram, ou o que faziam ali. Algumas estátuas haviam perdido membros, outras eram pura ruína. Permaneciam teimosamente no mesmo lugar através dos anos. Thalla sentia-se atravessando uma galeria de sonhos, julgada pelos olhos que pousavam sobre ela.

Khirk, Krulgar e Evhin vinham logo atrás e Thalla ganhou coragem para emparelhar com Ethron.

– Boa tarde, *shäen* Thalla. – Ele mostrou à filha de Círius um sorriso amarelo e desinteressado. A garota prendeu a respiração. Não sabia bem por que havia cavalgado até ali, e agora que o olhava de perto sentia um desprezo desmedido pelo *coen*.

– Como você fez? – Era a pergunta que ela não parava de repetir e que a surpreendeu quando surgiu em voz alta. O *coen* franziu as sobrancelhas. Thalla limpou a garganta e refez a pergunta: – Como você matou aqueles homens?

A pergunta direta tinha pego o *coen* desprevenido; a verdade surgiu em seu rosto, o suficiente para que Thalla soubesse que estava certa.

– Minha senhora, eu sou apenas um *coen*. A senhora não pensa que...

Thalla não permitiu que ele fosse muito longe:

– Foi meu pai quem o contratou. Claro que ele só intermediou o contrato, mas foi com ele ou com alguém da parte dele com quem você lidou. – Não era uma pergunta. Thalla tomou cuidado de demonstrar a Ethron que sabia do que estava falando. Ele não tinha como saber até onde iam seus conhecimentos. Ethron olhou de Thalla a Krulgar e do rosto do guerreiro a sua espada. Thalla mirou o pequeno grupo de Grahan que cavalgava mais à frente, alheio à conversa. Ainda não queria que aquilo se tornasse público.

O *coen* sorriu, sacudindo a cabeça, e Thalla pensou que ele fosse negar novamente. Viu o sorriso desaparecer junto com o sangue do seu rosto. Seus olhos se moviam de um lado para o outro. Para a surpresa de Thalla, ele não negou.

– A senhora não entende... – Ethron começou a dizer, com a voz baixa e quase inexpressiva.

– Não entendo muitas coisas, *coen*, mas vou entender tudo quando você disser quem mais sabe do atentado contra o rei Thuron. – Thalla sabia que tinha a voz austera de seu pai ao pronunciar aquelas palavras; pensar que tinha semelhança com o homem a deixava enojada. Não havia ninguém que ela odiasse mais. Viu que Krulgar e Khirk estavam em estado de alerta máximo. Seus cães de guarda. Desejou que o *coen* desse motivo para soltá-los da coleira, mas sabia que precisava dele vivo.

O *coen* sentiu-se prestes a cair do cavalo. Havia um saco de gemas *élantar* em sua carruagem como pagamento pelos seus serviços e anotações em seu grimório sobre o que tinha feito nas montanhas. Isso sem falar na relíquia escondida no baú vermelho. No sul, aquilo era suficiente para que ele fosse enviado à fogueira.

Viu que a dianteira da fileira já havia começado a sair do túnel. Um rugido de água ecoava pelas pedras. Do outro lado, no fim da fila, vinham os homens que acompanhavam as carroças e mulas de carga. Era lá que estavam suas coisas. Sua vida estava naquela carruagem. Ethron viu seu aprendiz e seu *dhäen* conduzindo os búfalos brancos com cuidado pela galeria fantasma e sentiu um aperto no coração.

Havia pago caro para que guardassem o feitiço na joia que levava no pescoço, pensando em situações como aquela.

Tocou levemente o medalhão com uma das mãos e disse a palavra chave. A gema *élantar* no centro do ouro brilhou, tilintou e rachou. A vida ao redor pareceu piscar por um instante, assustando tanto os homens quanto os cavalos. Quando voltaram a enxergar, Ethron estava cavalgando como um louco em direção à sua carruagem, e as pessoas tentavam sair do seu caminho.

– Como ele passou por nós? – Krulgar e Khirk se viraram de um lado a outro. Havia outro *coen* cavalgando ainda mais atrás no túnel e outros dois correndo em direção à saída. Thalla deu ordens para que esperassem. Esfregou os olhos, surpresa. Não devia esperar nada menos de um *coen*. Qual dos quatro era o verdadeiro? Seus instintos diziam que Ethron não voltaria à carruagem agora que tinha sido descoberto. Esporeou o cavalo em direção à saída, e ouviu Krulgar soltar uma praga ao virar seu cavalo mais uma vez para tentar segui-la.

– Saiam da frente! Saiam! – ela gritava para os homens, que se empurravam contra as paredes. Ninguém tentou detê-la. Ninguém tentou deter Ethron. Ela forçou a montaria, que obedecia assustada. Sentia-se possuída por uma raiva sem igual. O plano de seu pai era brilhante, mas o *coen* havia sido descuidado matando aqueles homens. Ele provavelmente não contava que Thalla soubesse da conspiração para matar o rei.

Do lado de fora do túnel ficou impossível ouvir qualquer coisa.

O rugido da cachoeira do Véu era tão alto que só se podia falar gritando. Thalla cavalgou, inalando as gotículas geladas que flutuavam pelo ar. Seu cavalo sacudiu a cabeça, um pouco irritado pela água que ameaçava cobrir tudo. Thalla esporeou o animal para que ele não se atrevesse a parar de correr. A saída do túnel havia sido esculpida no formato de um telhado alto, com colunas laterais apoiadas nos ombros de gigantes que se agarravam à ponte. A água do Véu batia contra a pedra, dando a impressão de que a ponte emergia da própria cachoeira, afastada pelas mãos das estátuas.

O imenso volume de água que dava nome ao Véu despencava de uma queda de meio quilômetro até tocar a ponte. O vento e a velocidade transformavam a água em uma nuvem de gotas que ameaçava não chegar ao chão. Por fim empoçava em um pequeno vale, escorrendo para o sul. A ponte do Véu seguia o curso do rio por uns quinhentos metros até que o fluxo fazia uma curva para o leste. A ponte, então, seguia por terra uns cinquenta metros até alcançar a estrada do outro lado, apoiada em vinte e quatro pilares de pedra verde, coberta de musgo, nos quais a ação do tempo estava trabalhando a incontáveis gerações.

Thalla viu quando o cavalo de Ethron escorregou e bateu contra um homem a pé, lançando-o da ponte. Seu grito foi sufocado sob o barulho da cachoeira. Teve certeza de que estava seguindo o verdadeiro *coen*.

– Khirk! É ele! – gritou. O barulho da cachoeira afogava suas palavras. Apontou Ethron; sem se atrever a tirar os olhos da ponte ou dele.

O caminho estava escorregadio e cheio de limo. Bastava um soluço e o ilusionista poderia desaparecer. Ethron tinha passado pela dianteira da fila e Thalla pôde intuir o olhar de perplexidade de Grahan. Ela trataria dele depois.

Grahan gritou para que o *coen* parasse e instintivamente o magistrado olhou para trás, procurando por problemas.

Thalla viu o *dhäen* enfermiço junto de Grahan. Durante dois dias havia desejado que aquele garoto morresse logo para que pudessem seguir em frente, mas agora pensava que só havia descoberto o plano de Ethron por causa dele. O destino era indecifrável.

A aia de Thalla tentou alcançá-los, mas o restante da comitiva parecia parado na porta do túnel, sem entender o que estava acontecendo. Grahan pôs Mensageira no caminho de Evhin e a égua da *dhäen* empinou, jogando-a para trás. Os cavalos se assustaram. Uma pequena confusão estava formada.

Nada disso chegou ao conhecimento de Thalla. Ouviu um relincho, mas não olhou para trás. Tudo o que desejava era pôr as mãos no *coen* e acabar de uma vez com os planos de seu pai. Na captura de Ethron estava sua última chance de se tornar rainha.

– Saiam! Saiam da frente, seus idiotas! – gritava aos poucos viajantes que vinham no sentido contrário. A passagem de Ethron havia deixado o caminho praticamente livre. Esperava que Khirk ainda estivesse atrás. – Khirk! Derrube-o, agora!

Khirk encurvou o arco e colocou a flecha para voar. Thalla assistiu a seta subindo aos céus, aparentemente inofensiva, e descrevendo uma curva em parábola ganhando de volta sua velocidade. Pensou que o *dhäen* havia calculado mal, mas um sopro de ar virou a ponta mortal na direção de Ethron. Congelou, temendo que o *coen* acabasse morto, a flecha pareceu atingi-lo no ombro com força para jogá-lo do cavalo.

Thalla desmontou e correu até ele. Havia muito sangue em seu rosto e em suas mãos. Thalla viu uma poça de sangue no limo que se acumulava na ponte. O *coen* não podia morrer. Grahan dava ordens para Gibs, que cavalgava em sua direção de espada desembainhada, enquanto ele e Thamos cuidavam de Evhin. Thalla tinha apenas alguns minutos para arrancar a verdade de Ethron.

– Agora você vai falar, Ethron.

– Por favor, senhora! Estou machucado... preciso de um médico...

Pela quantidade de sangue na ponte, ele devia mesmo precisar de um médico. Mas Thalla não podia arriscar ser enganada. Ethron precisava confessar.

– Krulgar, se ele não estiver respondendo antes do magistrado chegar, quero que você o jogue da ponte e o ensine a voar.

Krulgar guardou a espada e se aproximou para agarrar o *coen* pela camisa. Thalla ouvia os outros cavalos se aproximando. O piso estava úmido e as pessoas cavalgavam com cuidado. Moscas zumbiam ao redor em um enxame barulhento. O *coen* estremecia nas poderosas mãos de Krulgar.

– Por favor, não!

Krulgar o levantou, empurrando suas costas contra a amurada da ponte. O *coen* tentou se livrar, mas estava fraco devido à flecha que atravessava seu ombro. Gibs se aproximava com outros homens. Todos tinham espadas nas mãos.

– Estão chegando, Krulgar. Acabe com ele!
Krulgar colocou Ethron sentado na amurada e o inclinou para trás. O *coen* ergueu as pernas, buscando equilíbrio, e quase caiu. Krulgar escorregou um instante, quase indo junto com ele. O guerreiro riu, o *coen* se apavorou.
– A senhora não entende! Eu não queria! Não queria mesmo!
Foi interrompido por Bahr. O garoto veio correndo e escorregando em sua direção, sujo de sangue e com os olhos cheios de lágrimas.
– Por favor, senhor! Por favor! Não faça mal ao meu mestre!
Thalla olhou o sangue em suas mãos e roupas e olhou novamente o sangue nas roupas de Ethron. Viu que o musgo da pedra da ponte estava completamente encharcado em sangue. Não conseguia entender.
– Cale a boca! – ela disse, quase sem vontade. Sua mente queria lembrar-se de algo, mas ela não sabia bem o quê. *Sangue no musgo.* Ethron lutava contra as mãos de Krulgar, sem forças.
– Quem te contratou? – ela perguntou, séria.
– Um homem de cabelos vermelhos – Ethron respondeu de imediato. Então balançou a cabeça. – Mas você não entende...
*Só pode ser Derek.* Thalla sorriu e se aproximou de Ethron.
– Quem mais sabe sobre o assassinato? Responda e eu te deixo viver. – Ethron cogitou mentir. Podia dizer qualquer coisa e desaparecer na sequência, mas seria caçado para sempre por *Shäen* Círius.
– O que vocês estão fazendo? – Gibs gritou. Grahan vinha mais atrás, ao lado de Thamos, que dividia a sela com Evhin. Estavam ficando sem tempo. Thalla viu um brilho malicioso nos olhos de Grahan e imaginou quanto ouro valia a lealdade de um magistrado.
– Soltem esse homem e afastem-se!
– *"Sua consciência deve ser tão leve quanto a pena com a qual registro seus pecados."* – Thalla citou o lema dos magistrados e sorriu para Ethron.
– Eles sabem?
Era a pergunta decisiva. Se eles não soubessem, ela poderia usar o magistrado a seu favor. Se estivessem com Ethron, Thalla temia ter colocado sua vida em risco. Estariam todos mortos.
O *coen* estremeceu nas mãos de Krulgar. *Não.* Era Thalla quem estremecia. *Não.* Ela não entendia. Thalla enfiou a mão na bolsa, tocando o objeto esférico que ficava no fundo. Se o magistrado os atacasse, ela ainda tinha uma saída. Viu pessoas correndo em sua direção e entendeu que era a própria ponte que estremecia. As pessoas

atrás empurravam as que estavam paradas na frente. Thalla olhou novamente o *coen*, temendo que aquilo fosse algum tipo de truque. *Sangue no musgo.* Algo se acendeu em sua mente. Então Thalla o viu. Era uma mão com dedos demais, tão grande quanto uma árvore. Mandou o *coen* parar com aquilo, pensando se tratar de outra ilusão.

– Não sou eu! – ele gritou, branco de medo. As pessoas começaram a passar por eles correndo. Grahan tinha se virado para entender o motivo do pânico e viu o que devia ser uma cabeça se erguendo acima da ponte.

– Minha mãe! – Thalla orou. Finalmente entendeu o sangue no musgo. Olhou Evhin, Khirk e o escudeiro de Grahan ao seu lado. O que ela achava que estava vendo era um troll. E não havia nada de que um troll gostasse mais do que a carne fresca de um *dhäen*.

Grahan gritava ordens para que as pessoas continuassem em frente, afastando-se da criatura. O troll havia cortado a fileira em dois ao escalar um dos pilares da ponte. Os homens que haviam ficado para trás lutavam contra o medo dos cavalos para fazer as carruagens recuar. Não havia espaço para manobras. O monstro passou a perna sobre a amurada. Homens em pânico gritavam e mulheres corriam. Thalla assistiu o magistrado tentar recrutar arqueiros, mas parecia impossível manter-se no comando. Gibs sacou a espada e gritou algo, indicando o outro lado da ponte.

Thalla caçou com os olhos o que havia chamado a atenção de Gibs e viu uma parede de escudos se formando para obstruir a passagem das pessoas. Vinte ou trinta homens, com lanças e espadas, em fileiras apertadas dentro da amurada da ponte.

Haviam caído em uma armadilha. Seria uma carnificina.

•••

Krulgar não sabia o que era aquilo. Era grande como um carvalho antigo e tinha a pele cascuda e cheia de bulbos, como uma árvore. Os braços eram compridos, com dedos demais em cada uma das mãos; tão grandes que podiam agarrar um homem pela cintura como se fosse uma boneca de pano. A cabeça parecia enfiada nos ombros, metida em um pescoço curto esticado para frente. O rosto era uma massa disforme, coberta de limo, que se misturava com longos fios espetados de cabelo. Havia uma cratera no lugar em que antes devia existir um olho, e do outro lado uma fresta pequena e curiosa que espreitava o mundo. Chifres brotavam da testa da criatura, apontando em todas as direções, como galhos enegrecidos e lascados. Tinha apenas duas cavidades no lugar do nariz e uma bocarra imensa e cheia de dentes que parecia vermelha de sangue.

O guerreiro sentiu o sangue gelar. A cem metros dele, no centro da ponte, viu quando o monstro levantou um homem do chão para cheirá-lo e depois explodir sua cabeça entre os dentes como se fosse um ovo. A multidão se espremia para longe e caía da amurada da ponte sem saber para onde correr.

O contingente de Grahan se partiu em dois. A maior parte ficou presa no princípio da ponte, tentando recuar de volta ao túnel. Grahan estava do outro lado, reunindo um grupo de soldados do Império que tinham conseguido passar pelo monstro. Alguns pareciam jovens demais, outros eram matadores experientes sob a chancela do Imperador. Esqueceram-se completamente de Ethron, que continuava preso entre os dedos de Krulgar, pressionado contra o muro da ponte, com tanto medo quanto qualquer outro.

Grahan tinha passado por eles tentando guiar seus homens contra a parede de escudos e abrir uma passagem por onde todos pudessem fugir, mas as pessoas apavoradas ficaram em seu caminho, impedindo-o de chegar até seus inimigos. Desesperados para escapar, sem entender o perigo que os aguardava na fileira de soldados que bloqueava a passagem, as pessoas se jogaram contra seus escudos, recebendo o fio da espada como resposta por suas súplicas. Foi um banho de sangue. A pilha de corpos presa entre os homens de Grahan que avançavam e os homens que bloqueavam a ponte só aumentava, enquanto lanças e espadas se entregavam ao seu ofício sangrento.

Thalla estava desconcertada. Mesmo o *coen* havia desistido de se debater, entregando-se ao mais completo pânico. Foi Khirk quem tirou a todos do transe: assobiou, chamando a atenção de Krulgar, e jogou para ele uma corda, apontando a amurada da ponte. Krulgar se inclinou e calculou que deviam estar a quase vinte metros de altura. Abaixo deles havia uma pequena ilha de areia que circundava a coluna de um dos arcos da ponte. Retirando da mochila sua própria corda, o guerreiro atou-as e começou a procurar uma forma de prender a ponta.

Khirk caminhou na direção do monstro com uma flecha presa na corda. Evhin e Thamos estavam recuando de costas para longe do monstro, observando seus movimentos. O *coen*, caído no chão, tinha uma expressão de dor no rosto; Bahr tentava cuidar de seus ferimentos com bastante zelo.

Krulgar não encontrava nenhuma reentrância, nenhum buraco por onde pudessem passar a corda. Tentava evitar olhar a criatura, mas não conseguiu ignorar quando ela largou o corpo sem cabeça no chão, entediada, e farejou o ar, sem sentir a flecha de Khirk presa na casca grossa do seu pescoço.

Ethron tentou se arrastar para perto de Grahan, que ainda se esforçava para atravessar a multidão e alcançar a parede de escudos. Quando Thalla viu seus movimentos, saltou sobre ele, agarrando-o pelos cabelos. O *coen* quis se desvencilhar, mas Thalla era mais feroz do que aparentava. Já não havia aglomeração no centro da ponte. Apenas o monstro farejando o ar à procura da próxima refeição.

Os cavalos do carro forte, que tinham ficado antes do monstro, se apavoraram e tentaram passar pela criatura, atropelando quem havia ficado no caminho. O troll estendeu os braços para agarrá-los e os cavalos empinaram. A carroça pesada oscilou e bateu contra a amurada. O aço do cofre destruiu a pedra em uma chuva de cascalho; a carroça atravessou o muro e arrastou os cavalos consigo, levando para o fundo do rio o que restava dos presentes do Imperador.

– *Thora'randoll!* – Evhin repedia em voz baixa, coberta do mais puro medo. Krulgar não conhecia o nome. Pensava que *thorae* significava árvore, o que fazia bastante sentido olhando a criatura parada no meio da ponte. Khirk estava a meio caminho entre eles e o monstro e parecia hesitar.

Um homem de armadura correu até *thora'randoll* com um machado de guerra grande o suficiente para partir um elmo. A criatura se virou com uma curiosidade infantil e não fez nada quando o machado bateu com força contra a sua perna. A machadada acertou abaixo do joelho e soou como metal contra pedra, mas não passou despercebida pelo monstro. Um sangue escuro e pegajoso escorreu do ferimento e a criatura revidou com um forte golpe com uma das mãos. O soldado foi jogado contra a amurada da ponte e a armadura tilintou como se golpeada por uma marreta. O monstro deu outro passo em sua direção; o homem esforçou-se para pôr-se de pé. *Thora'randoll* foi mais rápido e pisou em suas costas, amassando a armadura contra o chão em uma poça de sangue. Krulgar engoliu em seco, sentindo o terror percorrer sua espinha.

– Você vai descer agora! – gritou para Thalla. A garota não queria ir sem levar Ethron, o que significava que alguém precisaria descer com ela. – Khirk! Você vai primeiro.

Khirk se recusou. Krulgar não via outra escolha: não podia deixar Thalla e Ethron sozinhos. Se tudo o que Thalla tinha dito era verdade, então aquele era um homem perigoso.

– Ainda bem que você não fala, seu *dhäen* idiota! – gritou. – Alguém precisa segurar a corda e eu sou o mais forte.

Khirk concordou em descer pela corda e deixar Thalla em segurança antes de voltar para ajudá-lo. Krulgar jogou a corda pela amurada, apoiando um pé contra o muro baixo e enrolando a corda nos braços. Khirk o olhou uma última vez e desapareceu corda abaixo.

– É sua vez, *coen* – Krulgar disse. Não havia ninguém mais feliz em sair daquela ponte. Thalla se preparou para ir depois de Ethron. Aproximou-se de Krulgar com uma expressão estranha nos olhos.

– Ele está vindo! – Thamos gritou.

A criatura havia farejado algo no ar e caminhava a passos largos em sua direção. Era como assistir à morte a galope atrás de sua alma.

– Não temos tempo, senhora – Krulgar apressou Thalla. Pensou que ela fosse chorar. O que ela fez foi rir. Então lhe deu um leve beijo nos lábios.

– Se você sobreviver a isso, vamos ter que rever o seu pagamento.

– Se eu sobreviver, vou gastar o dinheiro em putas. Agora você tem que descer.

Thalla concordou. Depois se lembrou de algo. Tirou dos ombros a pequena bolsa que vinha trazendo a tiracolo e a entregou a Krulgar.

– Use o frasco que está aí dentro. Jogue no bicho, e não fique por perto. Corra, entendeu? Corra!

– O que...?

Thalla já havia desaparecido corda abaixo. O monstro ia alcançá-los e ele ainda precisava fazer descer Evhin e o aprendiz de Ethron. Fez com que Bahr se apressasse.

– Eu devia te largar para ser devorado, garoto! – Ele pareceu pesado demais quando se pendurou na corda. O suor lhe escorria pelo rosto, suas mãos escorregavam e *thora'randoll* estava apenas a alguns metros de distância.

– Vou ganhar tempo! – ouviu Thamos gritar, deixando Evhin descer do cavalo. Cavalgou contra o monstro, levando a lança com o estandarte do Império atrás de si. Evhin estava surpresa; a morte o havia esquecido e agora Thamos a desafiava novamente.

– Vamos, rápido! – Krulgar gritou, tirando Evhin do seu estado de transe.

Grahan havia conseguido organizar um pouco suas forças, mas a parede de escudos era sólida. Aquela era a maneira de os exércitos se enfrentarem. Cada homem levava seu escudo firmemente apoiado no escudo do homem ao lado, e golpeavam com lança e espada a maré inimiga que se chocava contra eles. Bastava apenas um dos escudos fraquejar para que os inimigos invadissem a parede e vencessem a batalha.

Krulgar não havia conhecido nenhum grupo de bandidos capazes de se organizar em uma parede de escudos, mas ali estavam eles. Reconheceu o elmo do homem que tinha tentado matá-lo na entrada do Firian. Ele tinha a marca de sua espada na altura da orelha. Era para lá que Krulgar correria, tão logo todos estivessem a salvo.

Sentiu a corda ficar frouxa de repente. Inclinou-se e viu Bahr caído com parte da corda no meio da ilha. Seu nó não tinha aguentado. *Diabos!* Khirk o encarava, culpando-o, e Krulgar não tentou se explicar. Mandou Evhin correr para perto dos soldados. A *dhäen* estremeceu.

— Ele vai me encontrar! Vai me devorar! — Estava em prantos. Krulgar a sacudiu pelo braço até que ela prestasse atenção.

— Não entre na luta contra os escudos. Fique atrás dos homens de Grahan. Se ele perder, estamos mortos. Entendeu? Se isso acontecer, é melhor você pular da ponte.

Evhin olhou as águas rápidas que corriam em direção ao horizonte e entendeu. Era hora de voltar à Grande Canção. Krulgar viu Evhin se afastar correndo e largou a metade da corda no chão. Enfiou a mão na bolsa de Thalla e encontrou facilmente o recipiente que ela havia mencionado. Era uma esfera quase perfeita de vidro vermelho. Dentro dela um líquido pegajoso movia-se devagar e, imerso dentro do líquido, uma outra esfera pareceu oscilar com um brilho fraco, como se fosse uma pequena descarga elétrica.

Thamos enfrentava o monstro com coragem, sacudindo a bandeira do Imperador diante dele para confundi-lo e golpeando-o com a ponta da lança. O resultado era mais irritante do que fatal e o monstro urrava com a boca cheia de baba ao tentar agarrar o garoto.

Krulgar ainda podia fugir para perto de Evhin, mas não queria abandonar Thamos. Olhou a esfera em sua mão. Não sabia o que ela fazia e temeu que fosse um artefato incendiário que pudesse matar o *dhäen*.

Não teve, porém, tempo de pensar em outro plano. A criatura não sabia distinguir cavalo e cavaleiro e praticamente arrancou a cabeça da montaria do *dhäen* com um murro, surpreendendo-o. Thamos, com a agilidade do seu povo, saltou para longe, aterrissando em pé. A carcaça do seu cavalo batia as patas em espasmos de sofrimento. A criatura avançou e tentou agarrá-lo, mas ele fintou para o lado. Houve uma brecha e Thamos a aproveitou, mirando a lança contra o único olho do monstro. Sangue escuro escorreu do ferimento aberto. Krulgar ouviu o grito de comemoração do *dhäen* escondido sob o urro de ódio do monstro e também sorriu. O cavalariço tinha mais coragem do que todos os homens do Imperador.

Krulgar deu um passo, reunindo coragem para ajudá-lo. O monstro agarrou o estandarte do leão e puxou-o, tirando a lança das mãos de Thamos. O cavalariço encarou o monstro com surpresa e medo. *Thora'randoll* podia ser traduzido por "a árvore que come"; farejando o ar, o monstro encontrou seu próximo banquete. As mãos cheias de dedos agarraram Thamos antes que ele pudesse reagir e, levantando-o do chão, o monstro quebrou seu pescoço, tal qual um fazendeiro faria com uma galinha. Então o troll se sentou no chão, e mostrou a Krulgar o motivo pelo qual tinha aquele nome.

# Capítulo 13

Por trás da parede de escudos, Dhommas viu o troll escalar a ponte, atraído pelo sangue *dhäeni* que eles haviam espalhado na pedra. O musgo havia absorvido parte do sangue, escondendo-o de Grahan.

A história de seu pai devia ser verdadeira. Quando um troll atacou uma das fazendas de *lhon*, na juventude de Thuron, sacrificaram um *dhäen* e espalharam seu sangue pelo caminho até uma armadilha; então prenderam o monstro e o mataram.

Dhommas não queria o troll morto. Ele o queria livre para devorar seus inimigos.

O troll havia dividido a força dos soldados do Império em duas, jogando homens e cavalos de cima da ponte e transformando guerreiros em criaturas apavoradas. A parte de trás da comitiva, bem como as carroças mais lentas, tentaram recuar, atravancando o túnel. O monstro avançou contra eles, virando carroças e abatendo cavalos. A parte da frente tentou correr para a segurança do fim da ponte, e encontrou a parede de escudos de Dhommas, onde se tornaram carne para o açougueiro.

– Arteen! – Grahan gritava para seus homens. – Arteen!

A parede de Grahan havia chegado bastante fora de ordem até os escudos adversários, mas o magistrado os havia organizado como se o escudo de Kuthar estivesse entre eles, e as lendas diziam que o escudo de Kuthar tornava qualquer parede imbatível.

O príncipe ria. Sabia que estava possuído pela loucura da batalha. Era filho da Espada Escarlate e tinha nas veias o sangue abençoado de Therik; era um senhor de espada em punho e se o Deus da Guerra desejava possuir seu corpo, ele só podia ser grato pela insanidade que o mandava seguir em frente e continuar matando. Queria gritar desafios a Grahan, chamá-lo de covarde, de puta do Imperador. Continha-se por medo de ser reconhecido. As ofensas engolidas em meio aos golpes só faziam com que seu ódio aumentasse.

Seus homens estavam bem posicionados e haviam treinado bem. Os homens de Grahan estavam em maior número, o que não importava se estivessem afunilados pela ponte.

— Avançar um passo! — ele gritou. Seus homens empurraram os homens de Grahan para trás, deixando um rastro de mortos e feridos que eram engolidos pelas fileiras de Dhommas. Os homens de trás acabavam com a miséria de alguns deles; o saque era proibido enquanto ainda existisse batalha.

A primeira onda de homens que havia batido contra a parede de escudos eram criaturas apavoradas, mercadores que tentavam fugir do monstro e haviam ficado presos entre o escudo de Dhommas e a espada do magistrado. Os homens que vieram em seguida, liderados por Grahan, eram mais coesos e lutavam para empurrar Dhommas para o terreno aberto atrás dele, onde poderiam ser contornados e mortos. Seus mercenários mantinham o ímpeto da batalha, enquanto os homens de Grahan temiam que o monstro os atacasse pela retaguarda.

O magistrado gritava e mandava que se concentrassem adiante, mas ele próprio não resistia a ver o que estava acontecendo atrás de si. O troll era uma máquina cruel de matança, atacando as forças de Grahan como se passeasse por um pomar de maçãs. Todos que tentavam enfrentá-lo eram mortos. Existiam poucas loucuras maiores do que correr com uma espada contra uma máquina de triturar ossos com pernas da espessura de árvores e dentes afiados como adagas.

O príncipe avistou algumas pessoas descendo pela amurada da ponte por uma corda e abrigando-se em uma ilhota onde uma das colunas tinha sido fixada. A correnteza ao redor era forte e eles estavam encurralados naquela pequena porção de terra. Dhommas já imaginava como os mataria depois que se livrasse de Grahan. Ainda tinha as bestas e seus homens precisavam praticar tiro ao alvo. Sua mente se ocupava com aqueles pequenos planos, e a parede de escudos continuava seu tedioso trabalho de empurrar, estocar, empurrar e dar outro passo, saltando sobre os mortos que ficavam pelo caminho.

Tinha pensamentos de luxúria: havia mulheres no grupo de Grahan e ele começava a ficar ansioso em poder se dedicar a um passatempo ainda mais apetitoso. Enquanto pensava, Dhommas viu alguém erguendo o estandarte do Império.

O Leão do Sol Poente voou pela ponte, em dourado e escarlate, para enfrentar a grotesca criatura. O sol da tarde batia no bordado dourado, fazendo o leão cintilar contra o olho do monstro. Quem levava a grande lança era o *dhäen* de Grahan. O Príncipe de Illioth viu o escudeiro do magistrado lutando contra o troll com uma ferocidade não condizente com sua habilidade. A criatura pareceu confusa com o estandarte que dançava diante do seu rosto, e que o perfurou com a ponta da lança. Os golpes faziam pouco mais do que irritar o monstro. O *dhäen* não era mais do que um inseto chato, até que a criatura conseguiu arrancar o estandarte de suas mãos, deixando-o sem ferrão.

Dhommas riu. Viu o monstro agarrar o *dhäen* com uma das mãos: rosnou e babou enquanto o pequeno *dhäen* gritava. O troll usou a outra mão para apertá-lo e quebrá-lo como um graveto seco. Os homens na fileira de escudos gritaram, animados pela cena brutal. Grahan estava olhando para trás no momento em que o monstro agarrava seu homem e ficou petrificado com a brutalidade.

– Mais um passo! – Dhommas gritou. A desesperança era o maior inimigo de Grahan. – Empurrem os malditos para a boca do monstro! Mais um passo!

•••

Krulgar observou atônito enquanto o troll arrancava os membros de Thamos para devorar sua carne. O mundo havia mergulhado em um profundo silêncio; havia somente o som dos ossos de Thamos sendo quebrados e devorados. Sangue escorria pela boca do *thora'randoll*, deixando seu pescoço, peito e barriga lustrosos com a vida do *dhäen*. Não havia mais movimento ao redor, apenas o olhar horrorizado dos sobreviventes.

O guerreiro não soube dizer por quanto tempo ficou ali assistindo à cena. Sentia-se lento e impotente, mergulhado em um pântano que impedia qualquer movimento brusco. *Ele vai me devorar!* Uma voz gritava em sua mente. *Sagrados deuses, ele vai me devorar!* Lutava contra o pânico. Percebeu que algumas pessoas haviam começado a pular da ponte em direção ao violento rio. Estava quase convencido a fazer o mesmo quando se lembrou da bolsa de Thalla. Tinha a bolsa em sua mão. Havia algo ali dentro de que ele precisava muito e não conseguia lembrar o que era. Ouviu a criatura quebrando um fêmur com os dentes para sugar o tutano do osso de Thamos.

Enfiou a mão dentro da bolsa tentando lembrar o que precisava fazer. Tirou de lá a esfera de vidro vermelho. *"Jogue no bicho e corra!"* Ouviu a voz de Thalla em sua mente, junto a outra que dizia para ele fugir. *Fuja! Fuja! Jogue-se contra a amurada. Fuja! Não seja devorado!* Quase obedeceu a essa outra voz; em vez disso, agarrou a esfera vermelha entre os dedos e correu na direção do monstro.

A criatura não chegou a vê-lo se aproximar. Chegou tão perto quanto sua coragem permitiu e olhou uma vez mais o frasco, sem saber o que ia acontecer. Esperava que a criatura queimasse. Seu ombro direito ainda doía, mas tudo o que fez foi trocar o frasco de mão e arremessá-lo usando toda sua força. A esfera estava em pleno ar quando Krulgar virou-se e voltou correndo pela ponte.

Algo o atingiu por trás com a força de um aríete, jogando-o para frente e fazendo seus ouvidos zunir. Achou que o monstro o tinha alcançado e tentou se erguer quando uma chuva torrencial caiu sobre ele, vinda sabe-se lá de onde. Um vento úmido soprava para arrancar sua pele. O monstro urrava de dor e o chão ao redor tremia. Krulgar arrastou-se pelo chão de pedra e tentou se virar para ver através da chuva.

O monstro lutava contra a cortina de água, cego e furioso. Era como estar dentro de uma nuvem de tempestade que oscilava com a ação dos raios. Depois do brilho relampejante, vieram os trovões. Krulgar tampou os ouvidos quando os raios caíram do céu lascando a pedra verde da ponte. Quis correr, mas ficou paralisado. A criatura era golpeada pela descarga elétrica e urrava. A ponte estremecia. O monstro cambaleava, urrando como uma criança chamando por sua mãe e Krulgar apiedou-se dele. O vento soprava fragmentos de pedra e areia contra o seu rosto. Outro raio caiu e a ponte rachou com o golpe. Um grande pedaço de amurada despencou, levando parte do chão consigo. O monstro gritou de dor; pareceu farejar em sua direção, estendendo a mão. Krulgar se encolheu, pensando que a criatura ia agarrá-lo. Então outra vez o som do trovão, e Krulgar não viu mais nada.

•••

Um grande pedaço da ponte caiu sobre o rio, espalhando ondas pelas águas turbulentas. Fragmentos menores eram lançados em todas as direções e experimentavam a profundidade das águas. Thalla protegia os olhos com as mãos e tentava ver o que acontecia, mas não estava na melhor posição para observar a batalha.

Krulgar havia usado a esfera; o efeito havia sido devastador. O que ela não sabia era se a criatura havia sido atingida, ou mesmo se Krulgar e Thamos haviam sobrevivido ao golpe.

Sentia o coração vibrar. Lembrava-se do rosto sorridente do mercador *kentario* quando pedia a ela para não deixar a esfera cair, sem saber o que podia acontecer. Agora sabia. Era toda a fúria de uma tempestade elétrica contida em um só frasco. Como se o Senhor das Tempestades houvesse derramado neles sua vingança.

Uma pedra da ponte veio rodando e Thalla se abaixou. Khirk procurava uma forma de escalar pela coluna da ponte para voltar e ajudar Krulgar. Não havia para onde fugir e tudo parecia prestes a desabar. O terror havia se ancorado nos olhos de Ethron.

Era tudo culpa dele. Thalla lutou contra o barulho do vento para gritar suas perguntas.

– Quem mais sabe? Grahan? Dhommas? – Thalla estava quase certa de que Dhommas estava por trás do atentado, mas queria a confirmação do *coen*. Talvez pudesse levar o príncipe à justiça. Talvez sua confissão fosse o suficiente para que Thuron entregasse a coroa a Oren. Thalla precisava ter a verdade.

Ethron estava apavorado. Balançou a cabeça sem saber o que dizer. Thalla queria arrancar seu coração ali mesmo. Se saíssem dali com vida, Ethron podia ser o menor dos seus problemas. Ela precisava de nomes.

– Você matou os quatro soldados! – Thalla acusou. Não esperava que Ethron o negasse. O *coen* assistiu a um pedaço longo da ponte cair no rio, formando ondas. Talvez houvesse realmente enlouquecido. Talvez estivesse preso dentro de um teatro *coen* de loucura e ira.

– Foi um acidente! – ele finalmente disse. – Não era para ter acontecido!

Ele pareceu sincero. Acreditava nele?

Podia ter estado enganada?

Não. Ela se lembrava bem dos sonhos do seu pai, a morte guiando uma carroça com quatro búfalos brancos; não podia ser coincidência. Tinha que ser ele.

– Você foi contratado para matar Thuron – Thalla acusou novamente, e dessa vez Ethron negou com um gesto de cabeça. Ouviram um baque vindo de cima ao mesmo tempo em que a criatura parava de urrar; o barulho do vento ainda era forte e os trovões continuavam a bater em seus tímpanos. – Você foi contratado por Círius para matar Thuron!

Então Ethron entendeu. Era uma armadilha. A apresentação, os gemas *élantar*, os ossos, o baú vermelho. Havia caído em uma armadilha. Queriam que ele matasse alguém. Mas como podiam saber que sua magia ia dar errado? Encarou Thalla, incrédulo. Não fazia sentido.

Seus olhos deslizaram para a figura sinistra que o encarava por cima dos ombros da garota. Por um breve instante o mundo pareceu congelar enquanto ele tentava reconhecer quem ele era. A sensação não durou mais do que um bater do coração, mas foi o suficiente para Ethron reconhecer o perigo que corria.

Agarrou o medalhão em seu pescoço, para conjurar um feitiço de proteção, quase ao mesmo tempo em que um raio correu o ar, acertando-o no peito. O *coen* caiu diante de Thalla e estremeceu na parte rasa do rio, atordoado, mas ainda vivo. Thalla virou para trás e viu o jovem Bahr, com um sorriso no rosto. A mão esquerda estava erguida, como se agarrasse a tempestade entre os dedos, e a direita fumegava na direção de Thalla. O vento soprava a chuva em seus olhos. Fez um pequeno gesto com os ombros, como se relevasse a própria culpa. O assassino não era Ethron. O assassino era Bahr.

— Você? — Thalla não disfarçou a confusão.

— Círius nunca confiaria em um idiota como Ethron algo tão importante. — Bahr sorriu e seu rosto se contorceu de uma maneira nada natural. — Tudo o que precisávamos era que ele terminasse o sonho dos ossos.

— Não! — Ethron se levantou, pulando sobre Bahr, agarrando-o pelo pescoço com uma agilidade incrível. — Não vou permitir!

O *coen* era muito maior do que o seu aprendiz e seria capaz de subjugá-lo apenas com a força bruta. O sorriso de Bahr crescia, e Bahr crescia com ele, perdendo a forma de garoto e se transformando em algo que Thalla não saberia como descrever.

— Que péssima hora para se tornar um herói, *coen*. Você já me deu tudo o que eu precisava: o poder sobre milhares de vidas. Milhares de almas.

— Não! Não!

Ethron se deu conta de quem estava enfrentando. Bahr não era o garoto idiota que ele havia aceitado como aprendiz. Era uma criatura de pesadelos, uma lenda que havia sido expulsa para as trevas havia centenas de anos. Procurou alguma magia que pudesse usar para detê-lo, mas era tarde. O ladrão de vidas agarrou-o pelo pescoço e puxou seu rosto até que estivessem colados um ao outro. O *coen* se contorceu em vão quando sua alma foi arrancada de seu corpo, devorada pelos olhos e pela boca. Os braços sem vida de Ethron caíram ao lado do corpo, e o ladrão de vidas jogou ao chão a carcaça vazia.

– Seu pai me prometeu todas as vidas que eu pudesse devorar. A próxima será a sua.

•••

Dhommas sentiu a vitória escapando por seus dedos. Os soldados do Império gritaram contra os escudos de seus homens. "Kimpus! *Sohas* Kimpus!" A coragem havia invadido seus corações e o Príncipe entendia por quê. Quando a vitória parecia certa, o punho do Senhor dos Céus havia batido contra a ponte uma dezena de vezes na forma de raios. "*Sohas* Kimpus!" Nem mesmo os nortistas podiam negar aquela intervenção dos deuses.

Os homens de Grahan empurravam, enfiando espadas curtas por baixo dos escudos inimigos, buscando pelas vísceras que deviam cair sobre seus pés. "Kimpus!" Ouviu o nome do pai de Kuthar, o Senhor de Todos os Deuses; os trovões retrucavam os gritos de louvor, e uma chuva fraca caía sobre seu rosto. Era a morte e o fracasso vindo para enfrentá-lo mais uma vez.

O magistrado e seus homens tinham pouco a fazer para sobrepujar a estratégia de Dhommas, mas ainda podiam pressioná-lo com uma massa de metal, carne e fúria que se entregava para a morte na certeza de que seriam abençoados. Kimpus estava entre eles. O Senhor dos Justos tinha vindo julgá-los e, diante de sua presença, os Domínios se abririam para receber os mortos, como seus novos príncipes. Os soldados pressionaram, sacrificando suas vidas e os mercenários de Dhommas vacilaram diante de sua coragem. Nenhuma parede de escudos é mais forte do que seu soldado mais fraco. Bastava um homem fraquejar, para tudo vir a baixo.

Dhommas estremeceu, subitamente cheio de dúvidas. A loucura de Kuthar o abandonou; sentiu-se tomado pelo temor de que estivesse desafiando os próprios deuses. Ficou surpreso ao ver os imperialistas invocando o nome de um *dhungein*; parecia mesmo que o deus estava ali entre eles, soprando a tempestade contra a criatura de Dhommas e impulsionando o magistrado e seus homens para a glória.

O príncipe herdeiro viu seus homens recuarem um passo e entendeu que não resistiriam. Os homens de Grahan também haviam percebido e agora sorriam, prontos para a vitória. Alguns deles tinham lágrimas nos olhos depois de testemunhar o que podia mesmo ter sido um milagre. Avançavam por cada passo de terreno usando seus mortos e feridos como barreira para empurrar os homens de Dhommas.

Grahan dividia o destino dos seus soldados, ombro a ombro, prensado na parede de escudos. Um dos homens de Dhommas tentou estocar o magistrado por baixo do escudo, mas Grahan espetou seu olho com uma espada curta, para o júbilo dos homens ao seu lado. Nornalmente, os nortistas não tinham respeito algum pelos deuses, mas ali estavam eles, gritando o nome do Senhor dos Justos.

– Recuar! – alguém gritou. Dhommas levantou a voz para lutar contra a ordem; o som dos trovões e o elmo fechado a abafaram. Gritou para que seus homens ficassem nos seus lugares e morressem, mas os mercenários ruíram. Quando a fresta na parede de escudos se abriu, a morte invadiu suas fileiras em uma onda de espadas loucas por sangue. Dhommas gritou de ódio e avançou, procurando a garganta de Grahan. Seus homens se espalharam para fugir entre as árvores da mata do Véu, caçados pelos homens do Imperador. Um dos seus mercenários viu sua indecisão e tentou puxá-lo para longe.

– Aqui só restou a morte, senhor! – gritou. Para todo lado que olhava, via que o mercenário estava certo. Haviam perdido uma batalha que estivera ganha dois minutos antes. – Precisamos sair daqui! – o homem insistiu.

A raiva consumia Dhommas por dentro. Ia fugir, mas viu Grahan olhando-o. Pensou que se tratava de um desafio enviado por Kuthar para tentar sua coragem, e não hesitou em brandir sua espada. Grahan não parecia grande coisa como oponente. O magistrado era mais baixo do que o príncipe e tinha uma constituição pouco impressionante. Vestia cota de escamas e tinha na mão uma espada simples. O escudo atado ao seu braço era uma vergonhosa tabua de carvalho. Dhommas bateu sua própria espada contra o escudo de metal, impaciente para provar de seu sangue.

Grahan não queria sorrir. Mesmo assim, um sorriso maníaco se abria para o mundo como um rosnado de felicidade. A morte o havia medido e recusado. Dhommas devolveu o sorriso; seria só a morte de mais um burocrata. Correu para acabar de vez com o maldito. Grahan, porém, se moveu com velocidade e, antes que Dhommas pudesse alcançá-lo, adiantou-se um passo, atacando com uma força desproporcional ao seu tamanho. O príncipe aparou o golpe com o escudo e assustou-se com a violência do ataque.

Os homens de Grahan já haviam estabelecido fluxo constante pela ponte. Os mercenários de Dhommas haviam se espalhado para fugir entre as árvores. Estavam sendo caçados como cães. Ninguém ao redor parecia se importar com sua luta contra o magistrado. Ele voltou a golpear seu escudo e Dhommas colocou seu peso na perna machucada, sentindo a dor como uma nova punhalada. Não perdeu o equilíbrio; avançou, brandindo a espada em dois golpes seguidos, obrigando Grahan a recuar.

Dhommas podia ser rápido quando queria e havia percebido que não venceria o magistrado pela força.

Os dois oponentes se examinaram, procurando uma brecha por onde atacar. O rosto de Dhommas estava coberto de suor e seus olhos coçavam, mas ele já estava acostumado com aquele tipo de incômodo. Grahan avançou contra ele outra vez, pondo toda força em um golpe forte o suficiente para arrancar um braço. O príncipe escolheu recuar, deixando o golpe se perder no ar, para em seguida passar a espada em uma parábola diante do rosto do inimigo.

O contra-ataque não tinha intenção de atingi-lo, e sim de assustá-lo. Funcionou. Dhommas avançou, empurrando Grahan com o seu escudo. O Príncipe era muito mais pesado do que Grahan e o jogou ao chão. Com Grahan caído, ainda meio atordoado, Dhommas levantou sua espada e golpeou-o com toda força.

Grahan se protegeu com o escudo de carvalho: a espada encontrou o escudo, rachando-o, e Dhommas a ergueu novamente para golpear outra vez. Tinha em seus músculos toda a fúria do fracasso e queria descontá-la em alguém. O golpe foi devastador, partindo o escudo e o braço de Grahan, que soltou um urro incontido de dor. Dhommas ergueu sua espada uma terceira vez. Suor e saliva escorriam pelo seu queixo.

– Marhos! – um gigante com uma cicatriz feia e um bigode ridículo gritou ao vê-lo sobre Grahan e correu em sua direção com outros quatro homens.

Dhommas olhou o covarde, pensando que talvez valesse a pena enfrentá-lo; de nada adiantaria matar Grahan se também acabasse morrendo. Queria cuspir na cara do magistrado, mas para isso precisaria tirar o elmo. Resolveu mandar tudo ao inferno e baixou a espada para acabar com a vida de seu inimigo.

Grahan aproveitou a distração de Dhommas para acertar um forte golpe na sua virilha. O príncipe gritou de dor. A proteção amorteceu a maior parte do impacto, mas o metal se afundou em sua carne. Estava impressionado com a sorte de Grahan. Afastou-se. Olhou fundo nos olhos do magistrado para que ele entendesse: só estava vivo porque Dhommas havia resolvido partir. Depois desapareceu por entre as árvores, junto com o que restava de seus homens.

Gibs constatou que seu líder parecia bem. Ele segurava o braço ferido, mas não havia sinal de nada mais grave.

– Pegue o desgraçado! – Grahan gritou.

Gibs fez um aceno com a cabeça e ordenou que seus homens o seguissem. Corpos se espalhavam por todos os lados; nem todos eram dos bandidos da ponte. Alguns dos seus homens haviam começado a revirá-los.

Grahan não se preocupou em evitar os saques. Estava pensando em Thamos. Estava pensando em como vingá-lo.

•••

Thalla viu o corpo ainda fumegante de Ethron sem saber se acreditava ou não em seus olhos. A ponte ruía ao seu redor e ela lutava para não ignorar a presença ameaçadora da criatura que havia sido Bahr. O monstro sorria com sua expressão vagamente humana. A tempestade de raios ecoava ao seu redor, como se ele próprio estivesse se alimentando da eletricidade. Os olhos haviam engolido certa crueldade e a postura do corpo estava coberta de tensão. Sua pele era lustrosa e fina como a pele de uma salamandra, e pôs-se a pulsar enquanto ele sacudia os ombros, em uma demonstração clara de êxtase.

A criatura se contorceu. Tinha abandonado a aparência mirrada de Bahr para adotar uma forma grande e flácida, e parecia encolher depois de ter se alimentado da alma de Ethron. Seu cabelo voltava a crescer, uma barbicha escura rompia a carne do seu queixo e ele se debatia e babava em um misto de dor e gozo.

Thalla recuou um pouco e seu pé tocou a água do rio.

– Você é o assassino contratado por meu pai!

Thalla esperava que Bahr, ou a criatura que um dia tinha sido Bahr, tivesse medo de ferir a filha do seu empregador.

Ele não estava interessado em conversar sobre seus planos.

A garota viu que a morte havia vindo buscar sua alma e procurou sua bolsa de apetrechos. Lembrou que seu último recurso estava chicoteando e estalando em cima da ponte, que ameaçava se despedaçar a qualquer instante. O que teria acontecido com Krulgar?

Não havia mais nada a fazer. Quando Bahr se virou novamente já não usava a face deformada do ladrão de vidas, nem o rosto idiota do aprendiz do *coen*. Era a cópia perfeita do teatral rosto de Ethron. Sorrindo.

Bahr ouviu um assobio e se virou no exato instante em que Khirk disparava uma flecha. Àquela distancia o *dhäen* não tinha como errar, mas foi como se a criatura não estivesse ali: a flecha passou por ele sem causar mal. Bahr se aproximou de Thalla e a garota recuou para dentro d'água, tropeçando em pedras escorregadias e caindo na parte rasa do rio. Bahr esticou a mão para agarrá-la.

Khirk pulou sobre as suas costas e agarrou seu pescoço com um dos braços. Tirou a faca comprida das suas costas e lutou contra a força da criatura que tentava se libertar. Thalla os olhava, assustada. O mundo trovejava. Khirk imaginou que um raio ia atingi-lo a qualquer instante. O ladrão de vidas dobrou os braços de forma impossível e agarrou-o pelos cabelos, e Khirk enterrou a faca comprida entre as costelas da criatura, sentindo sua carne ceder como argila molhada. O monstro o lançou para frente. O *dhäen* bateu com as costas nas pedras e ficou imóvel.

– O que é você? – Thalla perguntou, vendo-o tirar a faca do meio das próprias costelas sem derramar uma gota de sangue.

O ladrão de vidas sorriu.

– Já tivemos muito nomes. Somos os filhos dos Antigos. As trevas que governavam o mundo antes da chegada dos deuses. Somos *zuu'balar*, a morte sem rosto.

Khirk tentou se levantar, mas o ladrão de vidas foi mais rápido e o agarrou pelo pescoço. Os dedos se cravaram em sua garganta e ele o trouxe para perto de si. Os olhos de Ethron se tornaram escuros como um poço no qual estava prestes a se afogar. Thalla gritou de terror; algo estalou e se partiu. Khirk olhou para o alto e viu quando metade da ponte desabava sobre eles em uma nuvem de pedras e pó. Tudo ficou escuro.

•••

Grahan tinha o braço imóvel em uma tipoia improvisada e observou mal humorado o cenário de devastação. Uma chuva fina e morna caía sobre eles, misturando-se com o suor da luta e deixando-o fedido e grudento. O corpo do troll estava caído na ilhota, meio soterrado pelas pedras. Ele havia visto o monstro quebrar o pescoço de Thamos, e se recusou a assistir à refeição macabra. Assim como seus homens, havia aprendido a gostar do *dhäen* e se perguntava que tipo de funeral ele poderia fazer para um corpo semidevorado.

Toda a estrutura de um dos arcos desabou. A tempestade rodeou o troll por apenas alguns minutos, castigando seu corpo com raios infindáveis, sem perdoar a pedra. Lutando contra o inimigo invisível, o troll havia esmurrado em todas as direções. Na luta entre ele e a tempestade, a ponte foi a mais fraca, desprendendo-se em um pedaço enorme, que arrastou consigo o seu adversário. A maior parte das pedras se empilharam sobre uma ilhota onde antes havia estado um dos seus pilares. O restante dela terminou no fundo do rio.

O magistrado deu ordens para alguns de seus homens arrastarem os mortos e reunirem os feridos no pequeno descampado antes da mata pela qual os bandidos haviam fugido. As forças que havia reunido ao norte estavam dizimadas. Metade do seu contingente estava presa do outro lado da ponte, assim como carroças, mantimentos e presentes do Imperador. Ele procurava por rostos conhecidos entre mortos e vivos e sacudia a cabeça sempre que encontrava um amigo entre os caídos. *Idiota. Maldito idiota.* Havia sido uma batalha suja e ele estava enfurecido. Esperava que Gibs voltasse com o elmo do maldito canalha na ponta de uma lança.

Pisando com firmeza na pedra verde, Grahan verificou o tamanho do estrago. Uns oito metros de ponte estavam faltando, exceto por uma das amuradas que se esticava fragilmente de um lado ao outro, esperando que algum idiota pisasse sobre ela para desabar também. Do outro lado, um dos seus homens se aproximou.

— Quantos mortos, senhor? — o homem gritou. Grahan ainda não sabia dizer. Pelo menos cinquenta, talvez mais. O mesmo numero de feridos. Alguns em estado bastante grave. Os homens da retaguarda, que ficaram com as carroças, haviam se ferido menos, mas muitos tinham desaparecido. — Senhor, perdemos os presentes do Imperador.

O monstro tinha levado para o fundo das águas um tesouro em ouro e joias, além de uma ou duas relíquias. Chegariam a Illioth de mãos abanando, como pedintes. Grahan se lembrou do pequeno baú que tinha escondido entre suas coisas, e que continha o pagamento dos seus homens e as despesas de viagem, além do relicário que o Imperador havia ordenado que entregasse pessoalmente a Thuron. Era um tesouro pobre para comprar a lealdade de um rei.

— Quero que enviem batedores pelo caminho de volta e encontrem uma maneira de contornar a ponte. Não me importa se vocês tiverem que escavar um buraco na pedra. Procurem madeira e corda que possamos usar para atravessar. Vamos ficar aqui um tempo.

— Senhor? E *shäen* Thalla? — o homem perguntou. Grahan se lembrou do rosto bonito da filha de Círius. Claro. O que havia de errado? — Está lá embaixo. Desceu por uma corda quando o monstro apareceu. A ponte inteira ruiu sobre ela.

— Maldição!

Tudo o que lhe faltava era o corpo de uma garota nobre enrolado em linho para completar a cena miserável que fariam aos pés de Thuron. Grahan se inclinou sobre o abismo aos seus pés e olhou os destroços da ponte. A carcaça do troll parecia fumegante debaixo da pedra verde. Viu o corpo de uma garota perto da margem, aparentemente intocada pelos destroços. Seria possível que Thalla estivesse viva?

— Tragam uma corda! Vamos descer para olhar.

Escolheram um rapazote magricela e o ajudaram a descer amarrado. Ele correu para a garota deitada na margem da ilha e a examinou. Ela se moveu, arfando ligeiramente, quando o rapaz tentou movê-la. Precisariam tirá-la de lá.

— Tem mais um! — o rapazote gritou, e Grahan procurou com os olhos o que ele estava vendo. Perto do cadáver do troll, uma mão pálida se projetava no meio das pedras.

Grahan mandou mais dois homens descerem para ajudar o magricela. Fez com que erguessem a garota amarrada na corda. Thalla estava bastante machucada. Sangue escorria do seu braço e ela respirava com dificuldade. Os homens se amontoaram perto dele para ver a beldade ferida em seus braços. Suas roupas estavam úmidas e rasgadas e não deixavam segredos para as mentes maliciosas dos homens. *Demônios!*

Perto dela encontraram o *dhäen*.

— Este está praticamente morto! — Riss cuspiu no chão ao ver Khirk. — Melhor não perdermos tempo.

A coisa toda não fazia sentido. Havia outros feridos. Raios haviam atingido alguns deles, mas a maioria tinha escoriações causadas por pedras ou ferimentos de queda. O rio havia sepultado um grande número de homens naquele dia.

Do lado de lá da ponte a maior parte das baixas havia sido causada pelo troll. Do lado da ponte em que Grahan estava, o grande matador havia sido a parede de escudos. Grahan nunca tinha visto um grupo de bandidos formar uma parede de escudos. Era certo que haviam sido os mesmos atacantes da montanha. Era a segunda emboscada em poucos dias e Grahan desconfiou que alguém não queria que eles chegassem a Illioth.

Horas mais tarde, Gibs voltou com seus homens. Haviam perseguido os bandidos pelas florestas, mas os homens logo desapareceram escondidos na mata. Gibs pensou que podia estar correndo para outra armadilha e fez seus homens andarem sempre em grupo. Acabaram encontrado uma fazenda de *lhon*, com um fazendeiro mal humorado que se divertia fingindo ser incapaz de falar a língua do norte, e que aprendeu rapidamente a pronúncia correta de alguns palavrões quando Gibs mandou seus homens sacarem as espadas. Tinham trazido consigo duas carroças, que os homens do Império estavam enchendo com os feridos.

– Vamos seguir com eles para Illioth, o mais rápido possível, e vocês encontram um jeito de atravessar a ponte – Grahan disse. – Quero ter uma conversa com Thuron antes que algo mais aconteça.

Gibs olhou *dhun* Marhos Grahan com um misto de cansaço e admiração. O magistrado se recusava a dar-se por derrotado e escolhia o trabalho duro como forma de compensar os feitos do destino.

– Aqueles não eram bandidos de estrada, senhor – Gibs arriscou-se a dizer. Grahan concordou com a cabeça.

– Também acho. Bandidos não fazem paredes de escudos. Eles apontam arcos, pulam sobre as carroças para roubar as coisas e fogem em seguida. Não esperam para ver você revidar.

– Nenhum deles foi capturado com vida. Não encontramos nada em comum entre eles, exceto a tatuagem.

Grahan esperou que Gibs terminasse de se explicar. Não gostava de pausas dramáticas e reviravoltas mirabolantes. Quando tentava contar alguma história, por mais emocionante que ela fosse, parecia um relato previsível do Livro Negro antes da execução de um condenado. Gibs se apressou.

– Todos eles têm no braço a espada vermelha de Kuthar. Eram soldados, com certeza. Como os homens da primeira emboscada.

– Você acha que Thuron mandou esses homens?

Grahan tinha um péssimo pressentimento. Teriam sido emboscados pelos homens do rei? Ficou pensando no homem de elmo. Era o único cujo rosto eles não chegaram a ver. Lembrou-se do aceno de cabeça quando o homem viu Gibs se aproximar. Passou a mão no braço quebrado e sentiu de novo a dor de quando a espada arrebentou seu escudo. Uma espada fraca se despedaçaria contra os cravos de metal.

– O que você está pensando, senhor?

– O homem de elmo era um nobre. Ele escondeu o rosto porque poderíamos vê-lo em breve. Suas roupas eram comuns, mas a espada era muito melhor do que a dos outros homens.

Gibs pareceu concordar. Até ali a viagem havia sido um entediado desfile pelas terras do Império, mas o sul estava deixando claro que a presença deles não era bem-vinda.

Resolveram que podiam reparar a ponte com algumas árvores da mata. Seria mais rápido do que contornar todo o Véu. Amarram uma corda em uma das carroças e ajudaram alguns homens a atravessar para o seu lado com ferramentas. Grahan não pretendia esperar; queria marchar ao sul o mais rápido possível. A pessoa responsável pelos dois ataques poderia estar preparando um terceiro.

Levaria consigo alguns dos feridos mais graves e deixaria para trás os demais. Grahan se lembrou de Thalla. A bela figura da filha de Círius o perturbava, mas era melhor não abandoná-la.

– Vou levá-la. E o *dhäen*. Havia também uma garota *dhäen* e um guerreiro moreno. Alguém os viu?

– Krulgar, senhor. Ele é um dos feridos que ficou do outro lado da ponte – um dos seus homens respondeu.

– Vivo? – perguntou, e o homem afirmou com a cabeça.

A história dos quatro não fazia sentido. Pareciam sempre um passo a sua frente de todos os seus problemas. A garota andava em má companhia e talvez algum deles soubesse de algo.

– Se ele acordar, acorrente-o. Vamos separá-los e ouvir suas histórias. Quero ter uma conversa com ele assim que possível.

– Lá embaixo! – um homem apontou, gritando. Gibs e Grahan se viraram na mesma hora. – Vejam, tem um homem na água!

Alguém no rio acenava para a ponte. Estava agarrado a uma pedra rio abaixo, lutando contra a terrível correnteza do Véu. Gibs deu ordens para que os homens na ilhota abaixo dele amarrassem algumas cordas e tentassem puxá-lo de volta. O trabalho pareceu durar uma eternidade e quase afogou o sobrevivente.

Grahan viu quando ele foi puxado de volta à terra, tossindo e tremendo, e sentiu-se feliz por vê-lo vivo. Trouxeram-no para cima com rapidez e foram atrás de um cobertor, que jogaram sobre seus ombros. O homem não parava em pé e pediu desculpas por não conseguir se levantar quando Grahan se aproximou.

– O que diabos aconteceu aqui? – perguntou a Grahan.

O magistrado não tinha uma resposta. Um atentado. Os detalhes eram tão confusos que ele não sabia dizer como estavam vivos. Os homens sussurravam sobre um milagre de Kimpus. O magistrado não tinha tanta certeza.

– Vamos ter muito tempo para conversar sobre isso, tenha calma. – Grahan tentou confortá-lo. Sabia que ele havia estado no epicentro do ataque e não estava pensando racionalmente. – Você está ferido?

– Estou bem. Só estou com frio. – Tinha os lábios azuis e as mãos tremiam. Grahan deu ordens para que fosse levado até uma fogueira e para que algo lhe fosse dado para beber.

– Então se aqueça. Vamos ter muito para conversar no caminho. Você vai comigo até Thuron. Gibs, você assume por aqui.

O homem olhou Grahan, esboçando um sorriso, e se esforçou para pôr-se de pé para mostrar-se grato.

– Há algumas coisas na minha carruagem que eu gostaria de levar.

– Faça uma lista, Ethron, mas seja rápido. Já perdemos muito tempo.

O *coen* sorriu. Já era hora do seu espetáculo final. Balançou a cabeça e se apressou para ficar próximo à fogueira. Nada daquilo fazia parte de seus planos, mas ele era muito bom com improviso.

Logo chegariam a Illioth. Logo, ele mataria Thuron.

Finalmente a guerra ia começar.

# Capítulo 14

Krulgar esteve sonhando com cães. Em seus sonhos, ele não era mais um homem, nem um menino, apenas um cachorro correndo junto de sua matilha. Farejaram sua presa e atravessaram pelas árvores tentando encontrá-la. Ele não sabia o que estavam caçando. O odor flutuava adiante como uma fita invisível que os arrastava por um mar de folhas. Krulgar sentia o sol quente em seus pelos e a vida era simples e boa.

Então chegou o frio. Gotas grossas de chuvas começaram a atravessar as copas das árvores e o vento soprava, levando o odor para longe. Os seus companheiros ganiam com os primeiros trovões e a corrida deixou de ser pela presa para se tornar uma fuga.

Krulgar acelerava o passo, saltando por entre árvores, correndo pela grama alta. Os cães da matilha tentavam permanecer juntos, mas a chuva confundia seus sentidos. Os trovões os ensurdeciam, a água apagava o odor do mundo em uma cortina cinza. Estava assustado. Em algum momento tinha deixado de ser o caçador e se tornado caça. Algo derrubava as árvores atrás dele. Algo com braços grossos como troncos e dedos demais. Krulgar sabia que não conseguiria fugir. Colocava força nas patas, mas era como se estivesse preso em um lamaçal. A matilha desaparecia à sua frente, deixando para trás o cão mais lento.

O troll o agarrou com uma das imensas mãos e viu quando a criatura o enfiava na boca. Sentiu dentes destruindo seus ossos e, consciente, desceu pela garganta do monstro.

Antes de chegar ao estômago ele acordou.

Tinha sido arrastado para baixo de uma árvore, junto com outros feridos. Do outro lado, os mortos foram embrulhados em linho e colocados em uma fileira fantasmagórica. Havia corpos demais. Ninguém lhe deu muita importância. Todos pareciam preocupados em carregar carroças, preparando-as para partir.

— Você deu muita sorte — ouviu alguém dizer. — Seus ancestrais devem se sentar à mesa com Kimpus.

Krulgar deu de cara com Gibs. Tentou se mover, mas sentiu muita dor nas costas. Tocou o peito e descobriu que alguém o tinha enfaixado.

– Vocês deviam ter morrido. Não sei como escaparam. Mas você não vai sair daqui antes de me contar.

– Nós? Quem mais? – Krulgar se lembrava de Khirk descendo a corda para se esconder debaixo da ponte. Os três deviam ter ficado seguros.

Lembrou-se de tentar fugir e da garganta do monstro que o engolia. Não, foi um sonho.

O que havia acontecido de verdade?

– Sua senhora e o *dhäen* estavam muito feridos e foram levados a Illioth. A garota *dhäen* foi encontrada boiando, agarrada a um pedaço de madeira rio abaixo. Ela tem ajudado com os feridos.

– Preciso ir a Illioth. – Suas costas pegavam fogo, mas ele podia se mover. Apoiou-se no tronco da árvore. Já estivera em situações piores. Olhou ao redor procurando por sua espada, sentindo-se de repente nu.

– Você não vai a lugar algum sem me explicar o que está acontecendo aqui. Grahan acha que vocês sabiam sobre a emboscada. Nós vimos vocês correndo um pouco antes de a ponte virar um inferno.

Krulgar não entendeu o que Gibs estava dizendo. Desencostou-se da árvore e viu que podia andar. Gibs colocou a mão em seu peito para que parasse.

– Perdemos 67 pessoas desta vez. Alguns deles eram meus amigos. Você vai me contar tudo o que sabe. Não se engane. Eu posso enfiar o braço no seu rabo e arrancar a verdade por ele mesmo tendo te chamado de amigo.

Krulgar não duvidava de Gibs. Estava ficando cansado de não chegar a lugar algum, mas a ameaça reascendeu dentro dele parte do seu instinto animal. Na matilha, o cão acuado é o mais perigoso. Com o canto dos olhos, buscou uma maneira de escapar dali. Gibs não era bobo. Havia deixado homens ao seu redor, distantes o suficiente para não causar má impressão. Ele era o centro de uma pequena plateia e ninguém parecia vê-lo com bons olhos.

Krulgar tocou a cintura. Gibs deu um passo à frente, parando a um dedo de distância do seu nariz. A cicatriz no rosto do segundo repuxava sua boca, de forma que o lado esquerdo parecia estar sempre sorrindo, embora o direito estivesse prestes a explodir em fúria.

Krulgar não imaginava que pudesse nocauteá-lo com as mãos, mas não via outra alternativa exceto tentar.

— Senhor? — alguém chamou atrás dele. Gibs não desviou o olhar de Krulgar. — O senhor precisa ver algo!

— O que é, porra? — Gibs explodiu, assustando o soldado que o estava chamando. Krulgar se moveu para trás, com gotas de cuspe no rosto. Tinha os dentes trincados em pura tensão.

— Encontramos Ethron, senhor — o soldado tentou explicar.

— O quê?

— Ethron. O *coen*! Nós o encontramos esmagado sob o corpo do troll.

— Ethron foi a Illioth com o magistrado, soldado. Do que demônios você está falando?

— Senhor, acabamos de encontrar o *coen*. Ele foi esmagado por uma pilha de pedras. É ele. As roupas, as joias, tudo. É o *coen*, senhor. Ele está morto!

Gibs viu Krulgar estreitar os olhos, como se o acusasse.

— Se ele está morto — Gibs soltou uma risada involuntária — Quem você acha que foi embora com *dhun* Marhos, imbecil?

Isso Krulgar também gostaria de saber.

•••

Quando Grahan avistou as grandiosas muralhas de Illioth não pôde evitar que um agradecimento aos seus ancestrais escapasse seus lábios. Deixaram a linha de árvores à medida em que a Estrada Imperial cruzava um rio e invadia o largo campo que terminava nos portões de Illioth.

A cidade era extensa; um gigante disforme construído em outra era. Alguns diziam que aqueles muros eram mais antigos do que os próprios homens, embora seus habitantes creditassem sua fundação a Therik *dhungeintar*. Os sulistas chamavam de *dhungeintar* aqueles que haviam sido abençoados pelos deuses. Homens santos se espalhavam por toda Karis, com lendas sobre suas bênçãos divinas.

Illioth tinha figuras gigantes decorando as paredes. Homens e mulheres guerreiras, sacerdotisas e andarilhos feitos em pedra e bronze, reluzindo ao sol da tarde. Somente umas poucas torres eram vistas por acima do muro, e Grahan tentava adivinhar quantos andares elas esconderiam para se elevar tanto assim.

Pensava em muros e portões, em escadas, torres de ataque, cordas, aríetes e catapultas, e concluía que Illioth seria inexpugnável quando os portões estivessem fechados. Seu coração fraquejou. Já havia estado em Illioth antes, e nunca a havia avaliado daquela forma.

Thuron era um fiel membro do Império, mas tudo que mantinha Illioth como aliada era seu juramento e uma tênue linha consanguínea com os homens do oeste. Coisas fáceis de se esquecer em dias de guerra.

Havia uma multidão convergindo para o grande portão. As pessoas começavam a aparecer pela estrada que ligava Illioth às aldeias e fortalezas que a rodeavam. A maior parte vinha do extremo sul do Império, das cidades litorâneas que comercializavam com o resto do mundo.

A multidão ia abrindo espaço para o estandarte do Império. Grahan seguia à frente, com roupas manchadas de sangue e um olhar maldoso. Estava impaciente.

Avistou um grupo de homens vindo em sua direção. Cavalgavam sob o estandarte da Aranha Púrpura. Grahan tinha consigo trinta homens, alguns dos quais feridos demais para uma batalha, e o grupo que se aproximava tinha pelo menos cem guerreiros de armaduras reluzentes, na melhor forma que Illioth podia apresentar.

Seus homens se agitaram. Todos tinham na memória a parede de escudos que havia massacrado seus companheiros e a figura sombria do troll despedaçando quem encontrasse pela frente. No restante do caminho as acusações contra Thuron eram frequentes, e muitos falavam em vingar a honra do Império. Grahan se esforçava para não deixar os comentários ganharem força, embora concordasse com muito do que era dito. Sabia que não era esse o trabalho incumbido pelo Imperador. O que os homens não podiam dizer abertamente falavam em voz baixa, e o rancor continuava a queimar em seus olhares.

Os soldados de Illioth se aproximaram. Alguns chegaram a tocar o cabo da espada, outros fizeram tilintar o saco de moedas de ferro em um desafio óbvio à batalha. Grahan deu ordens para que todos ficassem quietos. Sabia que aqueles podiam ser seus carrascos, cavalgando para buscar suas vidas. Illioth era a maior cidade do sul, tão grande e forte que não existiria guerra enquanto ela se mantivesse leal.

Grahan não sabia se havia chegado tarde demais.

Parou os cavalos e esperou que os soldados se aproximassem. As pessoas ao redor se apressaram, temendo o encontro de dois grupos armados. Os homens do rei reduziram a velocidade, guiados por um homem de cabelos grisalhos que voavam soltos sobre seus ombros. O homem o encarava com uma seriedade incômoda aos instintos de Grahan. Era o representante de Vossa Majestade Imperial e não tinha intenção de demonstrar medo.

— *Dhun* Marhos Grahan? — o velho disse.

— Sim, sou eu. — Grahan espremeu os olhos para reconhecer o homem. Não tinha nenhum contato com a corte de Illioth, mas havia procurado saber quem a frequentava.

— Meu nome é Thirus Arman Vorus. Vim escoltá-los até o rei.

Ficou surpreso. Thirus era o irmão mais novo de Thuron e já devia ter mais de sessenta anos, embora não aparentasse. O magistrado estendeu a mão e cumprimentou o capitão da guarda.

— É um prazer conhecê-lo, *dhun* Thirus. Imagino que eu esteja falando com o mesmo *dhun* Thirus Arman Vorus que liderou o ataque contra Anchua. O irmão de rei Thuron?

— Histórias de um garoto idiota. — Thirus deu um sorriso tímido. — Se meu oponente não fosse ainda mais idiota, teria vencido a batalha. Quem é que quer perder para um garoto com os lábios ainda sujos de leite, não é? Seja bem-vindo *dhun* Marhos. O rei foi avisado da sua chegada.

Thirus tirou do cinto um cantil de vinho e deu um longo gole antes de passá-lo a Grahan. Era um gesto para afirmar que o magistrado era seu convidado, e que estava seguro se respeitasse as leis da hospitalidade. Grahan também tomou um gole do vinho dourado, limpando a poeira da estrada de sua garganta. Seu braço do escudo doía; talvez tivesse dado um gole grande demais.

— Problemas na estrada? — Thirus apontou para o braço de Grahan. Atrás deles vinha uma carroça cheia de feridos. A pergunta era pura retórica, mas Thirus mostrou-se seriamente preocupado.

— Fomos atacados na ponte do Véu, meu senhor. Muitos morreram. Meu segundo continua lá, cuidando dos que ficaram. Ele precisa de ajuda.

*Dhun* Thirus chamou um dos seus homens, dando a eles instruções para que fossem até a ponte e fizessem o possível para ajudar. Deviam procurar por Gibs.

— É melhor cuidarmos desse braço. O rei vai querer ouvir sua história. Há vários dias que venho alertando-o sobre a necessidade de colocarmos nossos homens para patrulhar as estradas agora que a guarnição está no norte.

Grahan olhou *dhun* Thirus e sentiu algo ferver dentro de si.

– Eu ficarei feliz em falar o mais rápido possível com o rei, meu senhor.

Se Thirus percebeu a raiva em sua voz, não demonstrou.

Os portões de Illioth estavam abertos para receber uma multidão que se aproximava com homens a pé, a cavalo ou em carroças. Em sua maioria mercadores cujo destino era a cidade, ou que ficariam ali apenas até recuperar forças antes de seguir viagem.

Thirus cavalgava à frente, fazendo seus homens abrirem caminho para a passagem do estandarte do Imperador. Grahan continuava irritado. A ideia de que Thuron pudesse ter ordenado o ataque da ponte envenenava seus pensamentos. Atravessou o túnel de pedra que formava o espesso muro da cidade lembrando-se do ataque que tinham sofrido nas montanhas. Surpreendeu-se quando do outro lado uma vasta cidade se abriu diante dos seus olhos.

Illioth se esparramava como um vale. Longas nuvens atravessavam o céu azul, projetando suas sombras sobre o telhado das casas. Árvores tinham sido plantadas em alamedas e praças, crescendo acima de alguns dos telhados coloridos. A multidão era constituída principalmente de *rentari*, com uns poucos *allarini* e *ommoë*. *Dhäeni* de cabelos coloridos e *khani* de barbas compridas circulavam de cabeça baixa, tentando não chamar muita atenção. Os grandes e cinzentos *orogi* pareciam perdidos em pensamentos enquanto olhavam o movimento das nuvens.

A multidão se espremia entre os prédios para assistir ao magistrado passar, encarando-o com uma expressão pouco amistosa. Em vez das ovações em nome do Imperador, os *illiothtari* ficavam em silêncio ao avistar o estandarte do leão. Seus homens estavam tensos. Olhavam de um lado ao outro, desconfiados, esperando que uma parede de escudos se formasse a qualquer instante para cortar o caminho. Grahan torcia para que chegassem logo ao palácio. Estaria mais seguro com muros protegendo suas costas. Queria que aquela missão terminasse logo e que pudesse voltar ao norte e para os seus.

Um sacerdote escarlate encarava-o da multidão. As vestes de um vermelho escuro condiziam com os olhos injetados. O clérigo da guerra sorria, como se antecipasse o sangue que em breve seria dedicado ao seu deus. Grahan se distraiu por um instante naquele pensamento, e um ovo o atingiu no meio do rosto.

O cheiro de podridão invadiu seu nariz e sua boca e ele ouviu as gargalhadas da multidão enquanto tentava se limpar. Espadas foram desembainhadas. Grahan olhou para trás e viu seus homens com espadas e lanças, prontos a atacar a população. O magistrado os deteve com um gesto. Somente uns poucos homens de Thirus ficaram ali para conter o povo. Grahan observou as pessoas, que continuavam rindo, ou encaravam-no, esperando. Seu sexto sentido antevia problemas. Mandou seus homens se apressarem.

– Volta para casa, seu merda – um homem gritou.

Desta vez Grahan estava atento e se desviou antes de ser atingido. Viu a pedra se arrebentar contra uma parede ao seu lado. A multidão ecoou de volta em concordância. Outra pedra voou. Grahan gritou para que os nortistas não parassem por nada. A turba tentava tomar conta das ruas enquanto os homens de Thirus se esforçavam para manter o controle. Estavam a cem passos do palácio. Thirus deu ordens para que outros guardas ajudassem a proteger Grahan.

– Tenham calma! – Não revidem, sigam em frente – Grahan disse aos seus homens. A carroça com os feridos foi cercada. Olhou para trás e viu um homem subindo para assumir o controle dos cavalos.
– Thirus! – gritou.

Tinham sido isolados. Thirus tentava se aproximar novamente. Grahan viu um *orogi* com uma pequena borboleta na ponta do dedo, completamente alheio ao que acontecia, e o clérigo vermelho rindo como se tudo não passasse de uma grande piada. Seus homens tinham feito um círculo ao seu redor, com as espadas nas mãos, e Grahan os mandou protegerem a carroça. Os homens da guarda da cidade lutavam para manter aberto um círculo que se estreitava mais e mais. O condutor da carroça foi puxado para o chão e um dos guardas de Illioth correu para ajudá-lo. Um grito de dor soou até ser sobrepujado pelo rugido da indignação. O guarda se afastou de volta para o círculo com a lança suja de sangue. Era tarde. A turba avançou e o engoliu em um só instante. Grahan esporeou Mensageira até eles para salvar a vida do guarda.

O magistrado golpeava a multidão com a parte chata da espada. Sabia que seria cobrado pelos mortos que deixassem para trás. Um dos seus homens pulou para cima da carroça e esmurrou o homem que tentava conduzi-la para fora dali. Grahan suspirou aliviado quando os guardas de Thirus conseguiram abrir caminho para que fugissem. Deu ordens para que seus homens seguissem em frente

– Para o palácio, desgraçados! – e olhou para se certificar de que ninguém tinha sido esquecido. Foi quando viu um homem na parte de trás da carroça, com Thalla nos braços.

O homem ria como se tivesse encontrado um presente. Thalla foi empurrada para as mãos de outros homens enquanto a carroça continuava em movimento. Grahan gritou, mas ninguém o ouviu. Conduzia Mensageira apenas com as pernas e forçou-a a se aproximar da carroça.

– Ela está perdida, senhor! – um dos seus homens gritou. Grahan se recusou a acreditar. Mensageira avançou contra a multidão, escoiceando e mordendo para passar. Em pânico, Grahan ajudava com golpes de espada. Mesmo usando a parte sem corte da lâmina ouviu o barulho de braços e crânios se partindo em sua passagem. A morte se tornava cada vez mais inevitável.

Outros homens vieram atrás dele. Thirus tentava manter o trajeto ao palácio aberto, lutando contra o grosso da multidão. Vozes se ergueram para chamá-lo de traidor. Grahan chegou até os três homens que carregavam Thalla, ainda inconsciente. Não tinha disposição para diplomacia. Sua espada acertou um dos homens na têmpora e abriu um talho até o meio do cérebro. A lâmina se soltou quando o corpo caiu ao chão. Os outros dois viram o companheiro morto e soltaram Thalla. Mensageira empinou e escoiceou um deles no nariz, jogando-o contra a multidão. Abriu espaço. Os outros soldados com a pena preta dos magistrados vieram protegê-lo. Grahan desceu de Mensageira para colocar Thalla na cela. A garota era alta, mas não pesava quase nada, e Grahan a jogou de barriga sobre o cavalo, como um saco de trigo. Mensageira bateu os cascos no chão, arrancando faíscas da ferradura contra a pedra. Grahan não teve tempo de montar novamente. A multidão percebeu que eles iam escapar e avançaram para impedi-los, chamando-o de assassino.

Grahan bateu na anca de mensageira e deixou que ela o arrastasse para longe dali, agarrado à sela. Um dos seus homens não pôde segui-lo. Os soldados de Thirus já se resumiam a um pequeno círculo que lutava para manter o portão do palácio aberto; fizeram espaço para Grahan e o outro soldado passar e fecharam as portas atrás dele.

Do lado de fora Illioth se incendiava em gritos de ódio. Thirus passou a trava no portão, tão logo Grahan ficou em segurança. Pela janela de vigia ele viu os homens que tinham ficado para trás serem chacinados pela multidão.

•••

Grahan largou da sela de seu cavalo e deixou-se cair assim que atravessou o primeiro portão do palácio. Sentado no chão, tomou ar e ouviu a multidão contra os muros do lado de fora. Thirus desceu do cavalo.

– É melhor entrarmos, senhor. Mandei alguns homens pelo portão norte para dispersar a turba, mas vamos ficar mais seguros dentro do palácio.

Grahan deu a Thirus um olhar mal humorado. Tinha perdido mais dois homens naquelas ruas. Mais duas mortes que podiam ter sido evitadas se Illioth mantivesse seu povo sob controle.

– No passado, cidades foram queimadas até suas fundações por atacarem um representante do Imperador. – Grahan encarou Thirus com ódio.

– Illioth já sobreviveu a incêndios antes. Vamos sobreviver a mais esse.

Thirus estendeu a mão para ajudá-lo a se levantar. Grahan a ignorou e pôs-se de pé sozinho. Haviam perdido uma das carroças e dois soldados, mas por um milagre tinham salvado Thalla. Tirou a garota do cavalo e entregou-a aos braços de um dos seus homens, para que fosse levada para cima.

Montado outra vez, subiu a encosta da colina na qual o Palácio de Illioth tinha sido construído. Havia outro portão no alto, que se abriu para um pátio onde os recém-chegados apeavam.

Grahan desmontou e passou a mão no focinho da Mensageira do Oeste. A égua tinha salvado sua vida novamente. Um *dhäen* mirrado se aproximou para cuidar dela e Grahan entregou a ele suas rédeas.

– Enxugue-a antes de escová-la, Thamos – deu as ordens.

Mas o garoto não era Thamos.

A lembrança do *dhäen* o entristeceu.

– Nós podíamos ter morrido! – Ethron parecia em pânico. – A multidão podia ter nos matado! Eu nunca corri tanto em toda a minha vida...

– Agora não, Ethron!

Grahan esperou que os outros homens chegassem e pegou Thalla de volta em seus braços. Sentiu o braço esquerdo pulsar de dor apesar do pouco peso da garota. Ela continuava inconsciente.

– Temos um médico. Vamos levá-la até ele – Thirus ofereceu.

Grahan a puxou contra o próprio corpo, como se quisesse protegê-la.

– Quero ver o rei agora!

Voltavam as imagens da turba enlouquecida, do corpo de Thalla erguido como um troféu, do troll e da parede de escudos, do homem de elmo batendo com força contra seu escudo até arrebentar seu braço. A mente de Grahan fervilhava em ódio a ponto de ele desconfiar que havia sido Thirus quem preparou uma armadilha após a outra.

– Vou comunicar ao rei que o senhor deseja vê-lo, mas devíamos cuidar dos seus feridos. – Thirus entendeu a raiva do magistrado. Estava preocupado que Thuron não tivesse a mesma paciência.

Grahan fez um sinal para seus homens, que se colocaram ao seu lado. Os homens da guarda se aproximaram em defesa de Thirus.

– Deixem suas armas aqui, senhores. Não se leva espada sob o teto de um rei – Grahan ordenou, e os homens imediatamente soltaram a fivela dos cintos, deixando as lâminas no chão. – Sigam-me. Vamos falar com Thuron.

– *Dhun* Marhos! Por favor! – Thirus gritou às suas costas. Grahan apressou o passo, entrando pelo palácio. Os empregados de Thuron saíram do seu caminho enquanto os guardas tentavam detê-lo.

– Você quer mesmo ficar na frente de um magistrado, homem? – seus homens aconselharam aos guardas. A confusão parecia pronta se instalar. Grahan seguia em frente, como se possuído por um demônio, balançando o corpo de Thalla quando seu braço começava a doer. A garota respirava com dificuldade e gemia a cada tranco. Um grupo de guardas apontou lanças para seu peito e ele soube que estava na direção certa.

– *Dhun* Marhos! – Thirus colocou a mão sobre o seu ombro. – Vamos anunciá-lo ao rei o quanto antes.

– Se ele tentar entrar, mate-o! – uma voz falou do fundo do corredor. Grahan levantou a cabeça e viu um homem se aproximar. Parecia um pouco com Thirus, mas era mais alto, com ombros mais largos e um sorriso debochado. O nariz parecia ter sido quebrado mais de uma vez e os cabelos ainda eram loiros, sem nenhuma sombra de cinza.

– Eu sou o magistrado do Imperador! – Grahan disse, em voz baixa carregada de ódio.

– Você é a merda de um invasor e se der mais um passo, os guardas de meu pai vão espetá-lo como um churrasco.

– Dhommas, isso não é hora de...

– Silêncio, tio! Esse cão vai demonstrar respeito! – Dhommas não desviou o olhar do magistrado.

Grahan sentiu o sangue queimando em seu rosto.

– A pena por ferir um magistrado é o açoitamento em praça pública. Em caso de morte, a forca. – Grahan deixou a ameaça pairando para ser ouvida por quem estivesse por perto.

– Eu sou o herdeiro de Illioth. Suas ameaças não me dizem nada, *dhun* Marhos.

– Talvez. Mas você não vai conseguir salvar os seus homens. – Grahan esperou ter incutido nos guardas ao menos um pouco de medo. Eles não se moveram.

– Guardas, baixem as armas – Thirus ordenou aos guardas. – É uma ordem.

Os guardas do palácio pareceram em dúvida. Não sabiam a quem obedecer. Dhommas sorria em desafio e Grahan o examinou com curiosidade. Aquele era o homem que incitava o povo contra eles. O cabelo de Dhommas cobria a orelha e Grahan ficou pensando se não escondia também um ferimento de espada. Ele tinha a altura certa e os mesmos ombros largos do homem que tinha liderado os ataques.

– Saiam da minha frente, seus idiotas! – Grahan quis passar pelos guardas, levando Thalla no seu colo. Eles resistiram. Os homens com a pena preta eram maioria no corredor e avançaram para abrir caminho para seu líder. Grahan tentou acalmá-los, mas seus homens não obedeceram; já tinham aguentado os maus tratos por muito tempo. O empurra-empurra se tornou uma troca de ofensas. Grahan foi empurrado para trás e caiu com Thalla no colo. Thirus se aproximou para ajudá-lo. Dhommas riu ao ouvir os gritos de ódio ecoando pelo corredor.

Grahan estava decidido a dar fim àquela história.

•••

O Príncipe Oren aguardava na antessala do salão de Thuron, incapaz de disfarçar a ansiedade. Havia muito em jogo. As próximas horas poderiam definir o futuro do reino e seu lugar nos anais da história.

Não tinha dormido nada nos últimos dias. O encontro com o clérigo da guerra o havia perturbado a ponto de ele ter constantes pesadelos. As palavras do clérigo ecoavam em seus sonhos, e ele assistia a uma figura gigantesca se erguer acima das nuvens para destruir a cidade. Tudo o que restava de Illioth era o carvalho de Therik, a árvore na qual o *dhungeintar* havia morrido e voltado à vida. A árvore que sua família cultuava como sua gênesis.

Sentia falta de Thalla. Ela saberia dizer o que esperar daqueles sonhos e como detê-los. Sua última carta ainda o perturbava. Sabia que a garota estava do seu lado. Thalla sonhava em ser rainha, em deixar de vez a sombra do seu pai e destruí-lo.

O que Thalla dizia sobre Círius o transformava em um monstro de proporções assustadoras, e Oren não sabia se era tudo verdade. Não podia ser. Oren balançou a cabeça e olhou pela janela que dava aos jardins da entrada principal. Pássaros cantavam nas árvores frutíferas e insetos voavam pelo ar abafado. A noite logo chegaria, quente e inquieta. Talvez não houvesse manhã para as suas esperanças.

Lembrou-se da pequena *dhäen* estremecendo em seus braços tão logo deixaram o anfiteatro. A ira que o consumiu instantes antes ainda lutava para abandonar seu corpo. A garota chorava, agarrada aos próprios braços, fedendo a mijo e medo. Oren a olhou como se tivesse esquecido tudo o que havia acontecido minutos antes. Ele era Oren, o Bonito, e naquele momento se sentia mais como o garoto tímido que havia sido muito tempo atrás, sem nenhum tato com as mulheres. Balançou a cabeça, tentando se livrar da sensação. Um garoto havia ido para o norte, mas um homem havia voltado a Illioth.

O príncipe ouviu passos pelo corredor e um servo surgiu para avisar que o rei o estava chamando. Oren olhou mais uma vez pela janela. Não havia qualquer sinal de visitantes no portão. Conseguia ver alguma confusão nas ruas da cidade e lamentou que as revoltas estivessem se tornando cada vez mais violentas. Então caminhou para encontrar seu pai.

O rei havia sido colocado no trono. Fora vestido em todo o esplendor do soberano de Illioth, mas nem todo ouro ou todas as joias do mundo poderiam disfarçar o fato de que estava morrendo. Thuron sabia disso e se ressentia contra tudo que demonstrasse mais vida do que ele. O salão do trono estava preparado para receber nobres de Illioth e das cidades próximas e eles começavam a chegar ao palácio. Embora nenhum rei houvesse se deslocado para ouvir as palavras de um magistrado, emissários haviam sido enviados para presenciar as decisões de Thuron e aguardavam em uma sala ao lado do salão do rei.

Oren encarou o pai com um misto de idolatria e pena. O rei se virou para o filho, saindo de pensamentos distantes, encarando-o como se tentasse reconhecê-lo. Sorriu. Thuron viveu para conhecer três imperadores e marchou ao lado de Devan Coração Negro na última vez em que a fronteira dos ossos havia sido ameaçada. Nessa guerra tinha sido chamado de Thuron Martelo de Carne, e também Thuron Demônio de Areia.

Já não tinha forças para erguer nem a própria taça.

— Eu sei o que você está pensando — A voz do rei surgiu de porões havia muito tempo trancados em sua alma. — Sim, sou velho e vivo em uma era passada. Vivemos todos no passado. Estamos mergulhando cada dia mais fundo em suas águas. O futuro vai se encurtando à frente, enquanto o passado se avoluma acima de nós com a opressão de muitos mares. Nadamos na tentativa de encontrar o presente, o instante absoluto, o único ponto mergulhado nas eras, aquele leito rochoso do qual não podemos mais escapar. Chamamos a ele morte. A morte é o único e irremediável presente. Dura um instante e, ao mesmo tempo, é eterno.

— Seu *presente* ainda está distante, meu rei. E seus ombros são largos o suficiente para sustentar o peso de muitos mares.

Um sorriso vazio passou pelos lábios do rei. Oren retribuiu o gesto, um pouco sem graça pelo momento de intimidade. Teriam sido lágrimas em seus velhos olhos? Não. Isso não era digno da casa de Vorus. Thuron pareceu avaliá-lo. Talvez sondasse quem o filho havia se tornado. Seu pai não o aprovava sempre, mas de alguma forma Oren tinha sua admiração.

— Os emissários do Imperador estão aqui. Seu tio foi recebê-los. Cuide deles. Não quero começar nenhuma guerra hoje. Escolha com cuidado cada palavra. Estaremos diante de todos os reinos do sul do Mar de Jor. Se demonstrarmos fraqueza, será nosso fim. Somos fieis ao Império, mas precisamos do respeito de nossos vizinhos.

Oren entendia o dilema de seu pai. Havia pressão de vários lugares para que a rebelião separatista começasse. Manter-se fiel ao Império parecia às vezes impossível. Oren não acreditava que uma rebelião pudesse acontecer sem o apoio de Illioth, mas se estivesse errado Illioth seria a primeira cidade a sofrer as consequências. Thuron tentava um caminho que contornasse a guerra. Esse caminho passava agora pelos pés de Oren.

— Você viu seu irmão? — o velho rei perguntou. — Ele acaba de voltar das arenas, onde se ofereceu a Kuthar.

— Não vejo Dhommas há muitos dias, meu pai. Ninguém soube me dizer onde ele estava e meu tio disse que ele não estava na cidade.

Thuron estava preocupado. Não tanto pela segurança de Dhommas, mas pelo que ele podia fazer em um impulso.

– Meu pai... – Oren começou. – Todos dizem que o senhor lamenta que Dhommas tenha nascido antes de mim...

Thuron olhou duramente seu filho mais novo. Não era uma frase digna de um príncipe. Sob a reprimenda silenciosa de seu pai, Oren envergonhou-se. Os passos dos servos no salão ao lado eram o único som que permanecia entre os dois.

– Um dia seu irmão será rei e irá precisar de conselhos. Tive dois filhos. Os deuses deram a um a força para reger seu povo e ao outro o carisma para ser seguido por ele. Quando minha hora chegar, não deixe a rixa entre vocês destruir o legado de nossa família. Illioth deve sobreviver. Illioth esteve aqui antes dos primeiros conquistadores de além-mar e vai continuar aqui depois que o Leão voltar ao oeste. Se Dhommas é a força que vai manter as espadas afiadas, você deve ser a pena que manterá os tratados sobre a mesa.

Em outras palavras, Oren seria o escrivão para as loucuras de seu irmão. Tentando não trair a própria decepção, o príncipe se vergou diante do rei e pediu licença para sair.

– Você precisa se casar, Oren. – A voz de Thuron foi um grito aos seus ouvidos, muito mais alta do que ela havia soado nos últimos anos. – Anunciaremos o seu casamento com Noire na recepção de nossos convidados.

Oren se virou, querendo retrucar. A Casa de Vorus e a Casa de Noire eram antigas aliadas e Oren conhecia o filho mais velho de Noire, Osyn, com quem havia estudado no norte. Não conhecia suas irmãs. A casa de Noire odiava o Império e Oren entendeu que seu pai estava reforçando sua aliança com o sul. Não adiantaria dizer que ele havia prometido seu coração a Thalla.

– As vontades de um príncipe são insignificantes diante das necessidades do seu reino – respondeu ao pai.

Thuron balançou debilmente a cabeça, fazendo a coroa de Illioth entortar em seu crânio esguio. Oren pediu mais uma vez permissão para ir embora e afastou-se pelo salão. Não tinha nem chegado à porta quando ouviu a voz exaltadas de homens trocando ofensas e o som de coisas sendo quebradas. Parecia haver luta do lado de fora.

– Guardas!

A guarda pessoal do seu pai se aproximou e Oren deu ordens para que não deixassem o rei sozinho.

— O que está acontecendo, Oren? — A voz de Thuron era um sussurro do outro lado do salão e Oren pôde identificar o medo contido nela.
— Ainda não sei, meu pai, mas vou descobrir. Aguarde minha volta.
— Filho?
Oren já tinha partido pela porta do salão. Os guardas fecharam a porta nas suas costas e Thuron ficou mais uma vez sozinho.

A antessala onde os convidados do rei aguardavam estava aflita. Oren reconheceu alguns dos emissários das casas ao seu redor, bem como alguns senhores importantes do sul. Quando se voltaram a ele atrás de respostas, Oren mandou que ficassem longe da porta e esperassem por ele, garantindo que tudo estava bem.

Tirou dois guardas do seu posto para acompanhá-lo e saiu pela outra porta com a espada em punho. Só a guarda real e os membros da família real podiam portar armas no palácio, e embora Oren se sentisse mais à vontade com um arco, achou por bem usar daquele benefício.

Homens passavam às pressas pelo corredor do lado de fora. Oren parou um para saber o que estava acontecendo e ele apenas sacudiu a cabeça.

Oren ordenou que avançassem todos juntos. O barulho de luta parecia mais forte no corredor que dava para o pátio de serviço e foi para lá que o príncipe comandou seus homens. Imaginou que os rebeldes separatistas tinham invadido os muros para matá-los, ou que o povo tivesse se erguido em levante para tomar o palácio, mas os atacantes vestiam negro e estavam desarmados, e os defensores relutavam em usar as armas para detê-los. Thirus gritava para que parassem e Oren viu Dhommas lutando contra os próprios guardas pela chance de esmurrar um magistrado. O príncipe correu para o meio dos dois.

— O que está acontecendo... — antes de terminar a pergunta, tropeçou em um corpo caído. Não acreditou em seus olhos. Sob a bota dos soldados, Thalla esparramava seus cabelos dourados, em um sono de morte. Sangue escorria de sua testa. — Thalla?!

Talvez fosse um sorriso no rosto de seu irmão; Oren não chegou a ter certeza. Abriu caminho, afastando as pernas e botas que ameaçavam esmagar Thalla. Pousou a mão em sua testa para sentir seu calor.

— Isso já foi longe demais, *dhun* Marhos! — Ouviu Thirus em sua voz mais irritada. — Isso não é forma de um convidado se comportar!

O magistrado continuava com os olhos presos em Dhommas. Estava claro que havia algo de errado com o príncipe. Ethron empurrou os soldados para o lado para chegar até eles e farejou a tensão no ar, em silêncio.

— Desculpe pelos meus modos. Como seu convidado e enviado especial do Imperador, não esperava ser apedrejado pelo povo, ou barrado na porta como um mendicante.

— Então talvez você devesse voltar ao norte, magistrado! — Dhommas não poupou sua animosidade.

— Silêncio, irmão! Você está envergonhando nosso pai. Por favor, *dhun* Marhos, perdoe-o.

— Não sou eu quem está envergonhando nossa família, Oren. Você fica bem de joelhos. — Dhommas apunhalou-o com aquelas palavras e Oren sentiu seu sangue ferver. Ergueu Thalla do chão em seus braços e olhou Grahan, envergonhado e triste.

— O rei irá recebê-los em breve, magistrado. Enquanto isso, tomarei conta dos seus feridos.

— Tenho um *dhäen* na carroça que também não está bem.

— Deixe-o morrer! Nós te daremos outro, se ele fizer falta. — Dhommas já não sorria mais. Deu as costas para a confusão e caminhou de volta pelo corredor.

— Esqueça Dhommas. — O príncipe parecia triste e cansado. — Faremos o possível para salvar o seu *dhäen*.

— Agradeço a gentileza, *dhun* Oren, mas ele não é meu. Preferia que ele fosse mantido isolado até que eu possa conversar com ele a sós. — Grahan ainda tinha suas dúvidas sobre a participação de Thalla e Khirk no incidente da ponte.

— Como quiser. Se me der licença, vou cuidar de *shäen* Thalla.

Oren se despediu e se arrastou pelo corredor, levando a garota nos braços. Estava claro o quanto o príncipe se importava com a filha de Círius. *Dhun* Thirus o olhou com uma expressão desolada.

— Sinto muito pelo que aconteceu lá fora, *dhun* Marhos. Vou levá-lo até o rei imediatamente. — Thirus deu ordens para que os guardas abrissem o caminho e para que o médico fosse chamado. Então indicou o caminho a Grahan.

•••

Thuron vestia seda de *lhon* púrpura, com filigranas em ouro, e equilibrava com dificuldade a coroa de ouro sobre o crânio esquelético. O sol entrava pelo vitral às suas costas, desenhando a Aranha Púrpura da Casa Vorus no chão do salão. Uma bacia tinha sido oferecida a Grahan para que ele se lavasse. O magistrado preferiu não esconder o modo como Illioth o havia tratado. Ficou em pé diante do rei, com cascas de ovos sobre a jaqueta preta e sangue escorrendo da testa.

Thuron ouviu o relato de Grahan enquanto ruminava o próprio mau humor. A nobreza do sul tinha se reunido para recepcionar o enviado do Imperador, mas o homem que se apresentava diante deles era tão rude e trazia uma história tão fantástica e cheia de reviravoltas que podia muito bem se tratar do *coen* que havia sido prometido por carta.

— Desde que o Imperador levou suas tropas ao norte temos tido problemas para patrulhar as estradas. Infelizmente, bandoleiros têm se tornado comuns. — Thuron tentou se ajeitar no seu trono. A posição não era confortável.

— Não fomos atacados por bandidos, majestade. Alguém não queria que chegássemos a Illioth e por pouco não conseguiu. — Grahan percorreu os olhos pelos nobres no salão, esperando que alguém se entregasse; todos pareciam surpresos com o que ele estava dizendo. — Bandidos normalmente evitam confrontar homens armados e, certamente, não fazem paredes de escudo.

Thuron meditou sobre aquilo. Ficou imaginando por onde Dhommas tinha estado todo aquele tempo. Seu filho havia voltado a Illioth pouco antes do magistrado, com ferimentos que dizia ter conseguido nas arenas de Kuthar. A história o tinha convencido até ali. Agora sua suspeita era outra.

— Não seja ridículo. Illioth é fiel ao Imperador, assim como todos os reinos do sul — Thuron protestou. Tinha a voz embaraçada pelo pigarro em sua garganta e os olhos presos em cada movimento de Grahan.

— Fico feliz em sabê-lo, majestade. — A expressão de Grahan era indecifrável. — Mas talvez exista alguém aqui que não compartilhe da mesma fidelidade.

Thuron julgou melhor não questioná-lo. Se Grahan tivesse provas contra alguém, não queria que ela fosse apresentada na frente dos convidados.

— *Dhun* Marhos, o senhor me contou uma história fantástica sobre um *dhäen* que se levantou dos mortos para salvá-lo em uma ponte. Um *dhäen* que invocou os próprios céus contra o monstro. – Thuron ajeitou a coroa sobre a cabeça e sorriu. – Logo vai estar falando sobre gigantes e ladrões de vida.

– Só contei o que vi, Majestade, e o que será registrado no livro negro. Thamos sobreviveu à flecha por um milagre. A morte o pesou uma vez e o recusou, e mesmo assim ele se sacrificou para nos salvar. Sua morte contrariou a vontade dos próprios deuses e nossos inimigos foram punidos. – Grahan tomou fôlego e ergueu a sua voz. – Ninguém se levanta contra o Leão sem ser julgado por seus atos.

A mensagem era clara. O magistrado esperou a resposta de Thuron. As pessoas se voltaram para ele. O que Grahan estava pedindo era que ele declarasse sua fidelidade ao Império e punisse aqueles que havia chamado de rebeldes. Thuron não pretendia fazer isso daquela forma. Esperava ser bajulado com presentes, terras, soldados e poder.

No fim, tudo se resumia a poder.

– Os deuses destruíram a rota mais rápida ao norte para salvar um *dhäen*. – A voz de Dhommas se destacou na multidão, cheia de sarcasmo. Ele abriu caminho até Grahan. – O nosso povo vai adorar ouvir essa história. Fico feliz em saber que ao menos o senhor chegou até nós a salvo.

Grahan se virou para ver Dhommas se aproximar. Ninguém fez o menor esforço para detê-lo e ele ficou ao lado do magistrado com uma breve inclinação do corpo para saudar o rei.

– Levante-se, Dhommas. *Dhun* Marhos, este é *dhun* Dhommas, o Príncipe Herdeiro – Thuron fez a cortesia de apresentá-lo.

Dhommas mirou Grahan com fogo no olhar. A posição do príncipe em relação ao Império era conhecida, mas nem mesmo o magistrado esperava que a fosse declarar de forma tão explícita.

– Já tive o prazer, majestade. O Imperador envia lembranças.

– Apenas lembranças? – Dhommas riu. – Que bela visita nos faz este emissário. O Imperador se esqueceu da cortesia?

– Dhommas! – o rei repreendeu o filho. No fundo pensava o mesmo. Não era polido cobrar por presentes que deviam ter sido enviados de bom grado.

– Infelizmente a carroça em que estavam os presentes enviados pelo Imperador se perdeu nas águas quando a ponte ruiu.

Grahan não pôde disfarçar a decepção que causava a perda das maravilhas enviadas pelo Imperador. Tudo o que havia lhe restado era o baú de pagamento dos soldados e o pequeno relicário que Arteen tinha entregado pessoalmente. Constrangido, Grahan fez um sinal para que os presentes fossem levados adiante. Pareciam pobres a um rei. O ouro pouco interessou a Thuron, que deu toda atenção ao pequeno relicário.

Ali estava uma ponta de flecha, polida a ponto de refletir o rosto do rei. Um trabalho bonito e bem acabado, próprio das flechas feitas pelos *dhäeni*. Flechas interessavam pouco à Casa de Vorus e o rei olhou Grahan com impaciência.

– O senhor segura em suas mãos uma das flechas de Athis – Grahan disse, bastante tímido.

Thuron pareceu duvidar; então segurou a relíquia entre os dedos. Era leve e afiada, com runas antigas entalhadas em sua base. Havia sido perfurada de forma que pudesse ser posta em uma corrente e incrustada com pequenas filigranas em ouro. Thuron estremeceu em pensar que estava segurando na mão a flecha que havia matado um deus.

– Uma ponta de flecha e um baú de ouro. É isso? É esse o valor que o Imperador dá à maior cidade do sul do Império? – Dhommas falava às pessoas ao redor, destruindo em segundos a empatia que Grahan havia criado com os sulistas. O magistrado precisou disfarçar seu embaraço.

– O imperador gostaria que aceitasse este tesouro. A última coisa a tocar o coração de um deus. Uma lembrança humilde de nossa insignificância diante da morte. Tenho certeza de que quando souber o que houve na ponte, o Imperador enviará presentes adequados. – Era uma promessa justa, embora pouco satisfatória.

– Para que sejam mais uma vez roubados pelos seus emissários! – A acusação foi um simples sussurro nos lábios do príncipe herdeiro, mas retumbou pelas paredes com a força de um urro.

Dhommas ouviu os protestos que se seguiram com um sorriso radiante. Homens do Império gritaram ofensas, enquanto os sulistas se movimentaram em apoio ao príncipe. A confusão parecia recomeçar. O magistrado fazia o possível para controlar seus homens, mas a acusação era uma ofensa terrível.

– O que dizem é verdade, majestade! – Uma voz sobressaiu-se aos gritos da multidão, enquanto um homem se adiantava em silêncio. Thuron assistiu Ethron se aproximar de cabeça baixa, jogando-se ao chão em uma reverência espalhafatosa. Desconfiado, o rei deu ordens para que ele se levantasse. O *coen* parecia mais sério do que era do seu feitio, mas a ocasião também não permitia brincadeiras. – Meu nome é Ethron, meu rei. Fui contratado por Vossa Majestade Imperial para entretê-lo durante minha estadia, como prova de sua estima pela magnânima casa de Vorus.

– Ah, então você é o *coen* de quem tanto falam? – Thuron sorriu. Mesmo ele tinha estado curioso para ver as maravilhas do teatro *coen*. – Fico feliz por *dhun* Marhos não tê-lo perdido também.

– Eu também fico feliz, Majestade. O estômago de um troll não é o melhor lugar para uma apresentação *coen*; nem o fundo de um rio, por mais belas que sejam as suas praias. Graças a *dhun* Marhos e seus homens eu poderei cumprir a tarefa que me foi incumbida. É uma pena que *dhun* Marhos tenha precisado escolher entre a vida dos seus homens e os tesouros do norte, mas outro é facilmente substituído, majestade. Não podemos dizer o mesmo sobre a vida e foi este o verdadeiro tesouro sepultado em seu rio. Valentes soldados. Queridos amigos. Pais, filhos, irmãos e irmãs. Todo um sacrifício em nome da lei do Império.

Thuron ouviu a tudo como que em transe. A voz do *coen* tinha o timbre certo dos contadores de história e ele não pode evitar de pensar em seus próprios queridos presos naquela situação, lutando por suas vidas.

– Um *coen* defendendo um magistrado. Aí está algo que não se vê todos os dias. – Thuron sorriu; sua voz parecia distante. Ainda brincava com a ponta da flecha em seus dedos e já estava farto. – Eu não tenho como condenar ou agradecer por aquilo que não me foi dado. Se houve roubo, é problema do Imperador.

A resposta foi rude, mas honesta. Grahan se deu por satisfeito por se livrar daquela dolorosa tarefa. A pequena relíquia parecia ter cativado a imaginação do rei e Grahan pensou no poder que os presentes do Imperador teriam tido aos seus olhos. Thuron foi acometido por uma crise de tosse e lutou para recuperar o ar. Quando finalmente conseguiu, olhou ao redor e viu o salão aguardando.

– Estou cansado, senhores. O rei já não é tão jovem quanto gostaria. Esta não é a recepção que desejei ter lhe dado, *dhun* Marhos. Mas, em muitos aspectos, você também não é um convidado comum. – Grahan não podia estar mais de acordo. – Espero que possamos conversar mais durante o jantar de amanhã. Dhommas, Thirus, façam com que nossos convidados se sintam em casa.

Era a deixa que todos tinham para abandonar o salão. Grahan se demorou um instante até encontrar o olhar de Thuron. Sacudiu a cabeça para ele, agradecido. Algo dizia que o rei tinha seus próprios conflitos a resolver, mas que ainda mantinha alguma fidelidade ao Império. Na saída do salão, Thirus foi falar com Grahan.

— Eu avisei, *dhun* Marhos. O rei está travando sua própria batalha no palácio. Todos os olhos do sul estão voltados para ele.

Grahan estava prestando atenção em Dhommas, o príncipe rebelde. Já sabia que Dhommas era um ferrenho defensor separatista, mas não esperava uma oposição tão aberta. Avaliava-o como inimigo declarado e, ao observá-lo, surpreendeu-se ao vê-lo conversando com Ethron. Conversavam em voz baixa e afastados dos demais. Ethron sorriu, confidente. Disse algo e Dhommas afirmou com a cabeça, aparentando preocupação. Apenas uma breve troca de palavras e cada um seguiu seu caminho.

Grahan estava feliz pela ajuda que Ethron havia lhe dado a pouco, mas o seu súbito interesse por Dhommas pareceu estranho. O magistrado se lembrou dos últimos acontecimentos da ponte. Ethron havia estado com Thalla pouco antes do ataque do troll acontecer. Krulgar estava pressionando o *coen* contra a amurada da ponte e Grahan havia pensado que Ethron parecia ferido. Não teve certeza. Agora ele parecia incólume. Ethron havia insistido que tudo tinha sido um mal entendido por causa de uma dívida de jogo. O magistrado de repente desconfiou que pudesse ter se enganado ao julgar o *coen*. Esperava que Gibs chegasse logo com os seus homens. Começava a se sentir estranhamente desprotegido no palácio do rei.

— *Dhun* Thirus, eu gostaria de falar com o Príncipe Oren o quanto antes, por favor. — Grahan se lembrou do zelo que Oren tinha demonstrado em cuidar dele e dos seus feridos. Talvez pudesse usar Oren para interceder ao seu favor junto ao rei. Thirus se aproximou e falou em voz baixa:

— O príncipe está ansioso por essa conversa também, senhor. O levaremos até ele assim que tiver cuidado de *shäen* Thalla.

Toda a esperança de paz parecia estar sobre os ombros de Oren. Esperava que o príncipe fosse forte.

# Capítulo 15

De joelhos no templo, Dhommas procurava conselho com os deuses. A capela do palácio era uma das poucas no mundo que tinha a imagem de Kuthar para adoração. Além dos oito deuses maiores, o filho de Thedeon também era reverenciado por seu envolvimento com sua família. A Casa Vorus era descendente de Therik, o Ungido, que havia voltado dos mortos pela benevolência de Kuthar. Ao ver o sofrimento dos homens diante dos *dhäeni*, Kuthar veio ao mundo para libertar o seu povo. Therik lutou ao lado de Kuthar contra os *dhäeni* e presenciou sua morte para a seta demoníaca de Athis. Depois que a luta acabou, Therik sepultou o Deus da Guerra e se tornou o primeiro rei de Illioth, muitos anos antes dos conquistadores *tallemari* chegarem ao continente. Illioth havia resistido aos reis magos e, depois deles, aos homens do oeste; foi única cidade livre do Império por séculos. Tudo graças à benção de Kuthar e ao sangue de Therik espalhado por suas terras.

Ou assim diziam.

As ligações de sangue eram de fato tão antigas e mescladas que existiam não menos do que doze famílias dizendo-se descendentes de Therik e outras tantas que podiam dizer a mesma coisa mas preferiam fazer votos a outros deuses. Illioth sempre havia pertencido ao Deus da Guerra.

Era para ele que Dhommas concentrava suas orações quando alguém entrou pela porta da frente e caminhou sem discrição para sentar-se ao seu lado.

Houve um silêncio incômodo enquanto o visitante vasculhava o templo. Cada face do octógono pertencia a um dos Grandes deuses: Thedeon, Elleigon, Morangandhor, Maemor, Shantar, Valaman, Kharian e Mithis. Suas imagens eram esculpidas em placas de bronze que ficavam presas à parede, como se atravessando a muralha para o mundo real. Kuthar era o único que permanecia no nível dos fiéis, grande e violento, encarando aqueles que se colocavam a sua frente em orações. O visitante se ajoelhou ao seu lado.

— Ao norte, os deuses já não têm morada. Os templos são raros, embora existam capelas onde os antepassados são honrados. Dizem que os deuses se foram.

— Eles estão no meio de nós — foi a resposta seca de Dhommas. A grande imagem de Kuthar permanecia observando, com a espada apontada para baixo, como se rendesse um inimigo. Havia sido vestido com uma armadura de ouro vermelho que refletia as milhares de velas.

— Eu sonhei com um velho cão que teve dois filhotes. Um era pequeno e mirrado, o outro grande e forte. Eu não tinha dinheiro para alimentar os dois animais...

— Mate o cão mais fraco e dê sua carne ao mais forte.

— O cão mais velho já está bem fraco... — o homem disse. Dhommas vacilou. Seu coração batia forte e depois de uns minutos em silêncio firmou seus olhos no rosto determinado da estátua do Deus da Guerra.

— Kuthar diz para sermos tão piedosos com o amigo quanto seríamos com o inimigo tombado. — Dhommas olhou a lâmina cruel nas mãos do Deus da Guerra, na qual era possível ler a palavra "Piedade". Aquilo era um humor de guerreiros, uma piada cruel. Não era hora para sorrir.

— A garota sabe. Thalla. Ela e o *dhäen*. Eles não podem falar.

Dhommas lentamente se virou para encarar a figura sombria de Ethron. Não era o assassino que ele esperava. Era uma figura conhecida por todo o Império; suas apresentações haviam se tornado lendárias. A morte assumia estranhas formas.

— Círius sabe disso? Não quero problemas com o mercador.

— Eu me entendo com Círius, mas é importante que ela não fale nada.

— Eles não vão acordar. — Dhommas finalmente disse. — Se você falhar, estaremos todos mortos.

Ethron tocou o coração e a boca para afastar o mal; depois sorriu para Dhommas.

— Não sabia que você viria com Grahan. Foi burrice não me avisar.

— Você queria um assassino, Círius te enviou um. Você não manda um *coen* matar um rei. Você manda alguém que pode chegar bem perto e enfiar uma faca no coração, sem escrever um poema sobre isso. — Ethron se inclinou, fazendo uma meia mesura, e sussurrou. — Burrice é tentar fugir do plano, majestade.

"Majestade": a palavra ecoou pelas paredes do templo, muito mais alto do que havia sido pronunciada. Dhommas foi esmagado pelo peso do tratamento sobre seus ombros. Em alguns dias seria rei. Em alguns dias convocaria o sul para vingar a morte de seu pai.

– Quando vai acontecer?

– Amanhã à noite. Durante a apresentação. Todo o sul vai ver a traição do Leão e você terá metade do Império em suas mãos.

Ethron não o olhava. Encarava a imagem dos deuses com uma assombrosa curiosidade e algo que poderia ser desprezo. Um dedo gélido de medo passou pela coluna de Dhommas e ele encarou a imagem de Kuthar em busca de proteção. Círius havia lhe enviado uma sombra de um passado tão remoto que mesmo os deuses teriam dificuldade em se lembrar dele. Com que tipo de criaturas o mercador estava negociando?

– Não sei o que Círius prometeu a você, *maladoch*. Mas meu pagamento ao mercador já foi feito.

– *Maladoch?* – Ethron se virou para ele com calma. Algo sombrio passou pelos seus olhos, engolindo a luz de sua alma. Sua boca estreitou-se e ele lambeu o lábio superior, quase como uma serpente. – Talvez não tenhamos os mesmos deuses, Majestade, mas não sou nenhum *maldito*.

Dhommas desviou o olhar, sentindo que se o encarasse por muito mais tempo se perderia para além de qualquer salvação.

– Não se preocupe com o pagamento. – Ethron fez esforço para se levantar. – Quando a apresentação terminar, vou ter tudo o que mais quero. Que seus deuses lhe deem sorte, majestade.

Ethron inclinou a cabeça e sorriu uma última vez antes de virar as costas e sair da capela. Dhommas ficou sozinho com seus pensamentos e com seus deuses. Percebeu que não confiava em Círius, mas não precisaria mais dele quando tudo aquilo terminasse. Pediu a Kuthar que lhe desse coragem para seguir adiante. *"Que o escudo de Kuthar me proteja, que sua espada me dê força. Que o elmo de Kuthar me traga sabedoria e nada penetre sua armadura. Em mim vive o coração do Deus da Guerra. Sohas Kuthar! Sagrado Kuthar!"*

Permaneceu no templo até que o medo desaparecesse do seu coração. Então se levantou e, quando o fez, já não tinha dúvidas sobre o que precisava ser feito. Em breve mataria um rei.

Antes disso, precisava matar Thalla e seu *dhäen*.

•••

Khirk encolheu-se no chão úmido do que parecia ser uma caverna coberta de escuridão. Sua carne estava fria e seus ossos petrificados. Ouvia um pingar incessante ao seu redor e um barulho surdo, de algo como um coração, pulsando nas paredes elásticas. Era como estar preso dentro de um estômago. No estômago as coisas morrem; o estômago é o oposto do útero. Às vezes um relâmpago cortava o ar, revelando formas que se perdiam no meio das sombras, e Khirk estremecia, sentindo a eletricidade atravessando seu corpo. Estava morto e a morte não o queria. Ele era uma nota silenciosa na canção do mundo e o universo odiava o vazio.

*Khirk*. Uma voz zuniu no espaço sombrio ao seu redor. Levou uma vida para o *dhäen* perceber a pequena luz que lutava contra as sombras, tão pálida quanto uma estrela distante. Os olhos perolados se viraram naquela direção, piscando, como um cego que não entende sua condição. Khirk se pôs de pé. As mãos diante do corpo tatearam o espaço vazio na esperança de encontrar uma saída. Um raio explodiu em algum lugar, cegando-o novamente. A eletricidade percorreu seu corpo como o dedo gélido da morte. *Eles estão vindo atrás de você.*

As trevas se remexeram sobre sua pele e Khirk procurou por uma saída. Seu pai chamava as trevas de silêncio da luz e aquela era a luta diária que o *dhäen* travava desde que havia recebido a marca *fahin*. Tornara-se maldito e inútil, embora ainda se recusasse a admitir isso. Talvez por isso ele tivesse tentado salvar a vida de Thamos, como se de alguma forma aquilo pudesse contrariar o seu destino. Era uma estupidez da qual se arrependia. Não havia fuga de sua maldição.

Os soldados o chamavam de Tham e tinham um apreço verdadeiro pelo pequeno *dhäen*, algo que havia muito tempo Khirk não conhecia. Krulgar era o seu único amigo e, de muitas formas, a única pessoa com quem ele realmente havia falado. Thamos, por outro lado, conseguia rir com os que não eram de sua raça e conseguia cantar pelos que não ouviam a Grande Canção. Thamos tinha coragem. Thamos estava morto. Havia morrido por sua culpa. Khirk matava a tudo que tocava.

A maldição da marca *fahin* o afastava da Grande Canção. Seus pecados eram grandes demais para que a contaminasse. Perder a canção foi como perder um sentido: enlouquecedor e triste. Sem ela, um *dhäen* perdia a sua relação com o mundo. Khirk deveria saber que seria incapaz de trapacear o destino.

Curar Thamos havia sido um erro. Khirk viu-o de pé depois de ter um pulmão perfurado. Seu pai teria feito o cavalariço se levantar com nada além de canções e cuspe. A mistura de ervas e raízes que Khirk usou era um pouco mais mundana, embora não fosse nada simples. Ainda não sabia por que havia gasto algo tão precioso com um *dhäen* que ele mal conhecia.

Ou melhor, sabia.

Ainda podia sentir o cheiro da fumaça da aldeia em suas narinas. Podia ver o sorriso conformado da mulher segurando no colo sua criança enquanto abraçava a ideia da morte. Sua flecha cruzou o ar, silenciosa e redentora, pronta a causar o mais odioso crime que um *dhäen* podia cometer. Ele não era mais um *dhäen* nem um *eldan*. Era um *fahin*. Seu destino era o esquecimento; o que ele fazia já não importava.

Mesmo assim ele tentava compensar o próprio caos que criava em sua passagem. Duas vidas haviam sido arrancadas da Grande Canção e Khirk pensou que poderia devolver pelo menos uma salvando Thamos.

A pequena vitória de Khirk se tornou amarga e rarefeita, desfazendo-se quando a morte voltou para terminar o que havia começado. Thamos estava morto. Khirk não viu o *dhäen* morrer, mas a morte ecoou dentro de seu estômago: era o demônio que urrava em suas entranhas. Sacudiu a cabeça. As trevas ao seu redor se reviraram. Talvez tivesse sido ele quem tinha acabado devorado, não Thamos.

O chão havia se transformado em um pântano pegajoso que se agarrava às suas pernas. Ele continuava avançando. O barulho das goteiras crescia. O coração oco das sombras pulsava algo viscoso por veias intumescidas. Khirk não estava sozinho.

A pequena estrela cresceu. Khirk lutava para chegar mais perto. Tinha uma cor dourada e oscilava como a chama de uma vela. A voz era conhecida e continuava insistindo para que o *dhäen* se apressasse, ainda que suas forças já estivessem no fim. As trevas continuavam a se agarrar a suas pernas. Cada passo se tornava uma luta infernal para se libertar e seguir adiante. O lamaçal que antes se agarrava a seus calcanhares já chegava ao seus joelhos. Caiu. Tentáculos de sombra se agarraram aos seus braços, puxando-o a cada instante mais para o fundo. Não havia razão para lutar. Sua vida não merecia tanto esforço. Deixou-se levar pelo silêncio da morte. *Eles nos matarão. Depois matarão Krulgar. Matarão os eldani. A grande canção irá silenciar. Tudo porquê você foi fraco.*

*Não!* Khirk sentiu sua garganta se encher do silêncio negro. *Não!* As sombras se infiltravam pelos seus poros, queimando sob sua pele. *Não!* O demônio *fahin* gargalhava em seus ossos e devorava o que ainda restava de sua alma.

– *Não!* – ele gritou, quase sem entender que aquela voz era sua.

Uma mão se estendeu para agarrá-lo e ajudá-lo a se erguer. Khirk lutava contra as trevas, ouvindo-a esticar-se e arrebentar ao seu redor, vísceras pegajosas desejando sua carne. Em um instante, estava livre. A morte ficou para trás; a luz ofuscava seus olhos. *Não*, ele ainda repetia, agora tocando os próprios lábios, sentindo o calor das palavras. Teria chorado. Teria sorrido. Teria cantado. Mas antes que pudesse fazer qualquer coisa, estreitou os olhos para enxergar o que a luz ofuscava.

– Você não tem muito tempo. Vão nos matar. – A luz era Thalla. A garota oscilava em uma miríade de fragmentos de sonhos. – Você precisa acordar, Khirk. Precisa encontrar Krulgar.

– Eu não quero acordar. – Sua voz soava exatamente como ele se lembrava, e Khirk se arrepiou de pavor. – Eu tenho uma voz. Não quero acordar.

– Você precisa se levantar. Eles vão nos matar. Vão matar a todos.

Khirk não queria acreditar nela. Queria permanecer ali, queria cantar sua história, queria celebrar as cinco canções da vida de um *dhäen*. Queria dizer a alguém o seu verdadeiro nome.

– Como você fez isso?

– Eu não sei.

Era verdade, não sabia.

Khirk olhou ao redor como se pudesse ver nas trevas o demônio *fahin* cheio de ódio. Ele podia ser vencido. Khirk podia quebrar o silêncio. Havia um caminho. Balançou a cabeça, cerrando os punhos, como se pudesse barrar as lágrimas que escorriam. Olhou novamente a figura quimérica de Thalla e sorriu.

– É melhor viver para descobrir.

Sentiu um formigamento no meio das costas irradiando lentamente para as extremidades. Tudo se tornou dor. Das sombras da dor, um demônio gargalhou. E das sombras do mundo, uma faca brilhou, desejando sua vida.

•••

Grahan passou o dia recebendo nobres menores e guerreiros que não fizeram cerimônia em jurar lealdade ao Leão. Enviou dois despachos ao Imperador contando o que tinha acontecido e atualizou o livro negro. No fim do dia, escapou das infindáveis perguntas dos nobres sulistas sobre a guerra com a desculpa de que precisava se preparar para o jantar daquela noite. Em vez de ir ao quarto, resolveu descer até os estábulos.

Perguntou por Ethron na saída do salão. Tudo que sabiam sobre o *coen* é que ele tinha se retirado ao seu quarto para os últimos preparativos da noite. Grahan já estava saturado das matronas ricas cheirando a perfumes caros, vestindo seda de *lhon* e ostentando o que havia de mais extravagante em joias. Estava cansado das conversas sobre rotas comerciais, assaltos, das queixas sobre a manutenção da estrada do Império, o valor dos impostos ou "aquele príncipe escravo", como os sulistas gostavam de se referir ao novo senhor de Whedon.

Havia acabado de chegar e já estava farto de Illioth. Depois de ver as ruas comerciais nas quais tudo estava à venda, a miscelânea do povo e da arquitetura, as maravilhas de engenharia, mecânica e magia que haviam sido compradas com o suor e o sangue de escravos e miseráveis, tudo o que Grahan queria é que Thuron refizesse seus votos de paz e entregasse um dos seus filhos sob a proteção do Imperador, como todos os outros nobres haviam feito no caminho até ali. Mas tudo tinha o seu tempo, e o tempo de pressionar parecia a cada dia mais longe.

Sentindo-se frustrado e sujo, Grahan inventou uma desculpa e escapou do grande salão. Pediu a um servo do palácio que o guiasse pelo intricado labirinto de corredores e o dispensou às portas do estábulo, onde encontrou o mestre cavalariço e seu ajudante. Grahan olhou o *dhäen* e se lembrou de Thamos. O cavalariço do palácio de Thuron parecia mais novo, embora seu mestre insistisse que o garoto era mais velho do que Grahan. Era impossível ter certeza.

— Antes um *dhäen* podia viver até umas doze vezes mais do que um homem. Viam o nascimento e a morte de um reino. A escravidão roubou seus anos. Alguns dizem que é porque vivem afastados dos seus costumes antigos. Humpf! Costumes antigos... o que falta é esses *dhäeni* fecharem as malditas pernas.

Grahan sorriu, mais por educação do que interesse. Dormir com *dhäeni* era um costume entre os velhos, que lhes queriam roubar alguns anos. Para o magistrado não passava de superstição, como tocar o ferro ou carregar patas de águia no pescoço para espantar a má sorte.

– Eu cheguei aqui no ano da morte do Coração Negro, mais de quarenta anos atrás. O pai do menino era um *dhäen* chamado Munk. Um idiota em todos os sentidos, mas excelente com os cavalos. Quando alguém disse a Munk que o novo Imperador havia libertado os *dhäeni*, ele foi falar com o administrador. Eram tempos diferentes, aqueles. Acho que o administrador nem ouviu o que ele tinha a dizer. Foi chicoteado até a morte bem ali no pátio. Foi o primeiro *dhäen* a falar sobre liberdade no palácio. Também foi o último.
– O velho bagunçou os cabelos do pequeno *dhäen* com os dedos e o viu dar um sorriso triste. Depois mandou que ele fosse pegar as escovas dos cavalos.
– Mas hoje eles são livres, não são? – Grahan não deixava de pensar nas leis que podiam estar sendo infringidas sob seu nariz. Como membro da Ordem dos magistrados, havia jurado proteger a lei do Império sobre todas as coisas; pensar nisso fez com que se arrependesse de ter perguntado, já que por enquanto não havia nada que pudesse fazer.
– Perdão, *mo'shäen*. Não sei se eles entendem esse tipo de coisa. Acho que nenhum deles foi de verdade livre ao sul de Jor. Mesmo antes de Klavus revogar o pacto, ele não dizia muito por esses lados. Nenhum Imperador se importou de verdade com isso antes do Ferreiro... – O Velho pareceu preocupado por ter usado o apelido informal de Arteen, mas o magistrado não o censurou. – Vossa Majestade Imperial. Antes de vender *lhon* para o mundo, Illioth embarcava *dhäeni* para todos os reinos. Eles são especialmente desejados em Kentara. Hoje, isso é ilegal.
Isso não impedia mercadores de escravos de caçar e arrastar *dhäeni* para a Rainha Eterna e outras terras. Grahan sabia tudo aquilo, mas nunca tinha se preocupado com o problema até então. Intimamente desejou que um dia o Imperador lhe desse autoridade para lidar com aquilo.
– Aqui está ela, *mo'shäen*. – O mestre dos cavalariços lhe indicou a baia em que haviam deixado a Mensageira do Oeste. A égua de pernas compridas farejou Grahan e relinchou. – Alguém está feliz em vê-lo...
Grahan retirou uma maçã vermelha do bolso da jaqueta para dar à égua. Pensava que Mensageira sentia falta de Thamos; no princípio a relação entre eles lhe causou ciúmes. Thamos percebia seu olhar irritado e tentava disfarçar sempre que Grahan estava por perto.

Empurrava o focinho da égua para longe e xingava em voz baixa quando ela voltava a focinhá-lo.

– Você conhece "O filho do vento"? – Grahan perguntou. – "*Loshtar*"? A canção?

– Filho do vento? – o velho perguntou.

Grahan se virou para o cavalariço *dhäen*.

– Claro, *mo'shäen*, todo cavalariço conhece. – O garoto se encolheu, como Thamos teria feito antes de partirem do norte. Era um *dhäen* tímido e amedrontado. Grahan sorriu e disse que estava tudo bem.

– É a favorita dela. Se você puder cantar esta noite, te darei um templo de cobre, certo?

– É claro que ele vai cantar, Senhor – respondeu o velho, cobiçoso. Grahan teve certeza de que o *dhäen* não ficaria com o dinheiro e aquilo o desanimou. *Que sejam dois templos, então, seu velho sovina.*

– Se o magistrado quer uma canção – a voz soava fraca, vinda da porta do estábulo –, ele não precisa pagar por isso. Não sob meu teto.

À contraluz se desenhava uma silhueta pequena que se arrastava para dentro do estábulo. Havia dois homens de armas junto dele. Criaturas imensas, que só o tornavam ainda mais diminuto. Grahan tentava acostumar os olhos para confirmar suas suspeitas, mas julgou impossível que pudesse ser Thuron. A confirmação veio dos empregados dos estábulos, que se jogaram no chão, ajoelhando na merda e abaixando a cabeça.

Grahan repetiu o movimento, e logo recebeu ordens para que ficasse de pé. Thuron caminhou até onde a luz de uma lâmpada iluminasse seu rosto. Era estranho vê-lo sobre seus próprios pés. Andava lentamente, arrastando a palha no caminho, sem se importar com a sujeira que manchava o gibão comprido.

– Não queria interrompê-lo, *dhun* Marhos. Mas há muito tempo ouço falar da Mensageira do Oeste. Queria vê-la com meus próprios olhos.

– É a sua casa, majestade. Estamos sob sua graça.

– De fato. – Um brilho malicioso passou pelo rosto de Thuron. Grahan resolveu ignorá-lo. Pareceu levar uma vida até que o rei finalmente chegasse até eles, acompanhado de perto pelos dois soldados da guarda real. Eram homens grandes que provavelmente pertenciam a alguma família nobre de Illioth.

Grahan não os conhecia. Usavam placas de aço sob um gibão de *lhon* e capas púrpuras de aparência leve, feitas do mesmo tecido.

– Aqui está ela, majestade. – Grahan indicou Mensageira, que relinchou ao perceber o odor estranho. Era uma imagem preciosa, bastante alta, e com intrincados desenhos geométricos desenhados com navalha na sua pelagem castanha, ao estilo *rentari*. Os olhos escuros encaravam o rei com inteligência.

– É um lindo animal – o rei por fim disse. – Imagino que seja impossível convencê-lo a se desfazer dela, não é?

– A Mensageira do Oeste está sob ordens do Imperador, Majestade. Seu destino cabe a ele.

Thuron balançou a cabeça com um meio sorriso no rosto murcho. Havia parado diante de Grahan, com os pés tão enfiados na merda quanto ele. A baia pareceu pequena.

– Talvez eu deva apenas enviar uma mensagem ao Imperador dizendo que aceitei a Mensageira no lugar dos presentes que foram perdidos. – O sorriso no rosto do rei se alargou quando ele percebeu o medo de Grahan. O magistrado não ousava desafiá-lo, mas instintivamente esticou a mão até o focinho da égua. – *Dhun* Marhos, por que Illioth deveria se colocar ao lado do Imperador?

Grahan estava surpreso com a pergunta. Sabia que chegaria o momento em que se sentariam em uma mesa para discutir as alianças futuras, mas não esperava que isso pudesse acontecer num estábulo, com os pés enfiados em bosta.

– O Imperador espera que os antigos votos de fidelidade e que os laços de sangue...

– Chega de merda. – A voz de Thuron soou alta o suficiente para fazer o mestre dos estábulos estremecer e se enfiar mais fundo no estrume. O rei tomou ciência deles pela primeira vez e os dispensou com um rosnar de dentes. O *dhäen* escorregou em algo antes de correr e por pouco não se agarrou no rei, mas encontrou seu equilíbrio e desapareceu. Thuron não desviou o olhar de Grahan enquanto esperava ficar sozinho. – Não existe um rei em toda Karis que não tenha algum tipo de laço de sangue com a família Imperial ou algum nobre do oeste. Votos? Votos quebrados só são importantes se você perde a guerra. Você acha que o sul perderia uma guerra, *dhun* Marhos?

Grahan olhou o rei com evidente impaciência. Sua tarefa ali era diplomática. Não haviam enviado um magistrado para bajular e se encolher a cada ameaça. Arteen conhecia Marhos bem o suficiente para saber até onde ia sua paciência.

– Acho que vocês vão invadir algumas cidades. Vão ganhar algumas batalhas. Mas quando o Leão chegar a Illioth, vão tremer e se esconder atrás dessas muralhas. O Imperador vai trazer seu Pavilhão Voador até aqui, com Mil Cavaleiros do Céu. Illioth vai arder como um forno de pão. Ou talvez o Imperador envie a Ordem das Chaves... toda porta vai se abrir para um assassino com uma faca. Você acha mesmo que pode vencer o Império? Karis vai estar aqui quando as ruínas de Illioth virarem cinzas e seus ossos, bem como os ossos dos seus filhos, vão ficar ao sol, eternamente. Vamos jogá-los ao deserto para serem roídos pelos abutres. Você acha que votos não valem nada? Você acha que seus muros são fortes? Lembre-se de Lenki. Lembre-se de que o Príncipe Escravo está ansioso para lhe enviar lembranças.

Quando terminou, Grahan já estava gritando. Os guardas do rei ameaçaram sacar suas espadas, mas o rei os deteve enquanto ouvia o que Grahan tinha a dizer. O silêncio que se seguiu foi avassalador e o magistrado estava disposto a perpetuá-lo para sempre. Foi Thuron quem pigarreou para rompê-lo.

– Você acha que não pensaram em tudo isso? – O rei sorriu. – Você não sabe nada sobre seus inimigos, *dhun* Marhos. Ignora, inclusive, que eles possam estar mais perto do que você imagina. Eu não sou um deles. Illioth não é um deles.

Novamente Thuron o surpreendeu. Parecia cansado. Fraco como nunca. Mas tão determinado que não deixava de ser comovente.

– O Imperador deve anunciar o casamento entre Dhommas e Pria em breve. Como parte do dote, o Imperador vai ceder as terras de Eliz, Iamar, Cohr e todos os seus rendimentos.

Grahan quase não ouviu o que Thuron disse. Depois, não acreditou no que pensou ter ouvido. Por fim, pensou que o rei estava dando uma terrível amostra de bom humor. Quando caiu em si, estava rindo. Os guardas sacaram suas espadas até a metade da bainha, e Thuron os deteve novamente enquanto Grahan retomava o controle.

– Pria Garantar? A filha mais nova do Imperador? Você deve estar louco. – Grahan enxugou as lágrimas que haviam se acumulado no canto dos seus olhos e acrescentou, respeitoso: – Majestade.

– Você quer a paz? É esse o preço.

– É um preço alto para poupar nosso trabalho de cortar a garganta de alguns sulistas. – O magistrado parou ao lado de Mensageira e

deu um tapinha em seu pescoço. Tirou do bolso uma cenoura e viu o nervosismo dos guardas do rei, sorriu e entregou-a para a égua.
— Tenho certeza de que o Imperador pode abrir mão de alguma tia viúva e algum pântano ao leste, se é isso o que você quer.
Thuron permaneceu em silêncio enquanto Grahan ria.
— Iamar tem senhor. E o Imperador nunca abriria mão das minas de ouro de Cohr.
— Ah. Ele vai abrir mão de tudo isso. Pelo nome de todos os conspiradores envolvidos. Ele vai abrir mão. E o Senhor de Iamar não vai poder fazer nada, porque Iamar é um deles.
Mensageira mordiscou os dedos de Grahan. Iamar ficava bem ao norte do Firian. Nem de longe podia ser considerada sulista. Thuron devia estar blefando.
—Você acha que só o sul fala no fim do Império, não é? Você acha que eles são os únicos? Cada rei de Karis tem suas próprias ideias de como governar seu povo. A única diferença é que os sulistas falam sobre isso abertamente. O Império já está em chamas, magistrado, e vocês perdem tempo tentando adivinhar a cor da fumaça.
Grahan encarou Mensageira como se a resposta estivesse nos olhos da égua. Thuron sorriu, quase triste, ao ver a expressão no rosto do magistrado. Tirou do pescoço a corrente com a pequena ponta de flecha que o Imperador havia lhe enviado e estendeu-a para Grahan.
— Diga a Arteen que ele não entendeu ainda que deve tomar cuidado quando enverga o arco. Talvez a flecha esteja apontada para o lado errado.
A ponta da flecha pousou sobre a palma da mão de Grahan e ele lamentou, pois tinha fracassado em sua missão.

•••

A primeira coisa que Thalla viu quando abriu os olhos foi o rosto sorridente de Oren. O príncipe havia ficado a noite toda a seu lado, com homens de Grahan guardando a porta do seu quarto. Ele ainda não confiava plenamente no magistrado, e por isso evitou contar o que sabia. Precisou convencê-lo com apenas um pedaço de toda a história.
Oren confirmou que seu irmão estava falando com grupos separatistas e que existia uma boa chance de Dhommas ter tido algo a ver com a emboscada que eles sofreram. Thalla vinha para Illioth

trazendo informações sobre os rebeldes. Grahan não acreditou de início. *Que tipo de informação uma garota do norte poderia ter sobre o movimento de homens ao sul do mar de Jor?* Oren o lembrou quem era o pai da garota; Thalla havia nascido e se criado em Illioth. O magistrado pareceu desconfiado. Se existisse chance de evitar a guerra, no entanto, Oren era seu melhor aliado no sul. Bufando, insatisfeito, Grahan resolveu deixá-la sob guarda e saiu para falar sobre a guerra do norte com alguns dos nobres que precisavam ser tranquilizados.

Oren tentou dormir, mas o nervosismo o fez andar de um lado para o outro, assustando-se a cada passo do outro lado da porta, temendo pela vida de sua amante e pelos conhecimentos que ela guardava em seu sono. Thalla sabia quem eram os conspiradores. Oren precisava saber quando Dhommas pretendia agir, e o que fazer para impedi-lo.

Illioth, como quase todos os grandes castelos, tinha curandeiros e médicos, e Thalla recebeu o melhor tratamento possível. Mesmo com todo tipo de remédios e feitiços, parecia resoluta a permanecer adormecida. Talvez estivesse sondando os sonhos que ela não podia ver do distante norte.

Quando acordou, Thalla viu Oren ao seu lado e sorriu.

— Você devia ter dormido, meu príncipe. Eu te esperei em seus sonhos. — Thalla tinha um fio de lágrimas escorrendo dos olhos. A voz estava rouca, mas era como se nem tivesse adormecido. Oren havia pedido para que duas mulheres cuidassem dela; a garota fora banhada e seus cabelos escovados até se tornarem um reflexo do próprio sol. — Nem acredito que finalmente estou aqui.

— Você se arriscou demais, meu amor. Pensei que a perderia desta vez. — Oren segurou sua mão entre as suas e beijou o nó dos seus dedos. Ela tinha a pele fria, e ele tentou aquecê-las, esfregando-as desajeitadamente.

— Eu não sabia em quem confiar. Estou bem. — A garota tossiu.

Ainda estava febril e fraca, e pediu ajuda para se sentar. Oren arrumou os travesseiros para que ela não saísse da cama. Thalla reclamou de fome e Oren ordenou que lhe fosse trazido um ensopado.

Thalla esperou pela sopa em silêncio e devorou-a com pão e generosos pedaços de queijo. Somente depois de servir um segundo prato olhou Oren pronta a falar. Estavam sozinhos.

— O que eu perdi? — ela quis saber. Oren contou como Grahan havia entrado no castelo, trazendo-a nos braços e exibindo-a como um animal abatido. Depois falou sobre a discussão entre eles, sobre a postura de Thuron e sobre a visita surpresa que Dhommas fez ao quarto onde Thalla devia estar.

– O *dhäen*. Aquele com a marca no rosto. Ele sumiu. Encontraram apenas um pouco de sangue onde ele havia estado, mas nenhum sinal do corpo. Os guardas dizem que ele deve ter fugido, mas ninguém viu nada.

Thalla parou um instante olhando o chão de um lado a outro e passando o dedo comprido nos lábios pálidos.

– Grahan desconfiava que você sabia algo sobre as emboscadas. Eu precisei contar alguma coisa! – o príncipe se justificou. – Disse que você tem informações sobre os planos separatistas. Ele provavelmente vai querer falar com você. Agora está muito ocupado falando com os nobres. O que ele disse sobre o *dhäen* é verdade? Thamos?

– Quem? – Thalla não sabia do que ele estava falando. Então se lembrou do cavalariço de Grahan. Havia visto o que tinha acontecido pelos sonhos de Grahan, e não conseguia separar o que era ou não verdade. – Não. Quer dizer... sim. Uma parte sim.

– Ele foi mesmo tocado?

Oren se sentou na cama ao lado de Thalla. Tinha esperado o dia todo para saber se era verdade que os deuses estavam do seu lado. Thalla negou com impaciência.

– Acho que foi a arma do meu pai. Eu... – A garota respirou fundo e fechou os olhos, tentando construir a narrativa de forma coerente em sua cabeça. – ... Meu pai está negociando com outro mercador, um *kentario*... pensei que a esfera fosse algum tipo de bomba, mas havia uma tempestade dentro dela. O *dhäen* não teve nada a ver com aquilo. Nem os deuses. Escute, onde está Krulgar?

– Quem é Krulgar? – Oren preocupou-se com a saúde de Thalla. A conversa sobre uma tempestade dentro de uma esfera não fazia sentido. – Talvez seja melhor chamar novamente o médico.

– Estou bem. Krulgar é o homem que contratei para resolver nosso problema. Precisamos saber se ainda está vivo...

Oren suspirou e se levantou da cama, esfregando as mãos nas calças e balançando a cabeça.

– Ainda não sei se concordo com isso. Dhommas pode ser um idiota, mas ele ainda é o meu irmão. Isso pode ser o nosso fim, Thalla.

A filha de Círius interrompeu uma mordida que daria em um

pedaço de queijo. Havia viajado milhas sem conta e enfrentado perigos inimagináveis para chegar até ali. Era aquela a resposta de Oren? Largou o pedaço de queijo na bandeja, subitamente sem fome.

— É por isso que precisamos de Krulgar. Por que diabos você pensa que eu tive todo esse trabalho? Krulgar tem seus próprios motivos para matar Dhommas. Motivos que não têm nenhuma relação com a coroa, a guerra ou os separatistas.

Oren não conhecia o plano e tinha muitos temores. Thalla passou a mão pelos cabelos e sorriu, trazendo o príncipe para perto de si. Sentiu as ataduras arderem e queimarem onde o príncipe pousou a cabeça. Precisava de algo para aliviar a dor. Oren relaxou. Para ele, Thalla era a mulher mais linda de todo o Império, e existiam poucos homens com força de vontade o suficiente para resistir àquele sorriso. Oren se sentou ao seu lado e baixou a cabeça enquanto ela acariciava seus cabelos loiros.

— Você ainda mantém os cabelos curtos, igual a quando nos conhecemos. Você se lembra? Os garotos da corte se divertiam jogando as garotas dentro de uma fonte e você pensou que seria uma boa ideia que a filha de Círius fosse a próxima...

— Mas você acabou me jogando na fonte primeiro. Fui motivo de piada durante dias.

Thalla riu. A partir daquele dia, tornaram-se inimigos jurados e, depois, amigos inseparáveis. Tornarem-se amantes foi o passo mais natural que podia ser dado e ninguém se surpreendeu.

— Seu irmão contratou meu pai para conseguir um assassino. Ele pretendia te matar e matar seu pai de uma vez. Dhommas é bem mais do que um idiota, Oren. Ele é um traidor. Meu pai também. Círius vem negociando com os separatistas às escondidas. Dhommas tem comprado todo tipo de armas. Mas existem outros. Oren, se formos espertos, podemos pegá-los de surpresa. Agora que o assassino está morto...

Oren esfregou a testa tentando acompanhar o que Thalla estava lhe contando, mas ela estava indo muito rápido.

— O assassino está morto? Como?

— Foi pura sorte! Ele estava vindo para cá com Grahan. Eu o encontrei por acaso. O plano era fazê-lo entrar no castelo com Grahan, e assim o magistrado também levaria a culpa. Pensei que era Ethron. Eu tinha razão para pensar que era ele. Diabos, como eu ia saber que era o aprendiz dele? — Thalla se lembrava do sorriso diabólico de Bahr enquanto o mundo explodia em fúria ao seu redor. – Foi o aprendiz de Ethron que o matou. Eu teria morrido também, mas então tudo desabou, e não lembro de mais nada.

– Ethron é o assassino? – Oren se lembrou da figura alegre do *coen* conversando com os membros da corte. Seu pai tinha se encantado com a ilusão de um pequeno macaco de chapéu que corria e se multiplicava toda vez que esbarrava em alguém. Ele não parecia um assassino.

– Não. Ethron só ia levar a culpa. O assassino era Bahr. Bahr matou Ethron quando eu descobri tudo. Ele... não era humano. Era outra coisa...

Oren não sabia se estava entendendo. Se Ethron estava morto e seu aprendiz era o assassino, quem era o homem que tinha passado o dia se apresentando aos nobres como Ethron?

– Thalla. – Ele mal sabia como começar. – Ethron está vivo. Ele vai se apresentar hoje à noite.

Thalla balançou a cabeça, pronta a dizer que aquilo era impossível. Ela havia visto Ethron cair no chão depois que aquela coisa devorou sua alma. O *coen* não teve a menor chance contra Bahr e ela quase teve o mesmo fim. Ethron não podia ter fingido, podia? Algo estava faltando. Lembrou-se de Ethron agarrando Khirk pelo pescoço.

Não, não havia sido Ethron.

– Impossível. Eu o vi morrer, Oren. Pensei que tinha visto. – Thalla levantou os olhos que haviam estado perdidos no chão e encarou o príncipe. O movimento súbito fez seu ferimento doer e ela fez uma careta. – Não é ele! É Bahr! É o aprendiz dele!

Oren balançou a cabeça. Era a primeira vez que ouvia que Ethron tinha um aprendiz. O homem que estava se apresentando nos salões do castelo andava sozinho.

– Calma; não estou entendendo nada.

O que Thalla dizia não fazia sentido. Ninguém poderia simplesmente assumir o lugar de Ethron. Haviam outros nortistas que provavelmente o conheciam, alguém o teria reconhecido. Seriam todos membros de uma mesma conspiração? Não era possível. Grahan nunca se voltaria contra o Imperador. Thalla tinha que estar enganada.

– Ouça, Oren! Ethron é o assassino! – Thalla queria explicar o que se lembrava, mas Oren não acreditaria nela. – Dhommas continua com o plano. Precisamos encontrar Krulgar.

Falava alto e fez menção de sair da cama. Oren a segurou gentilmente entre os braços. Tentou acalmá-la. Não havia ouvido falar de um Krulgar. A única pessoa que havia entrado no palácio além dos homens de Grahan havia sido o *dhäen*, que àquela hora provavelmente estava morto.

— Por que tanto trabalho para trazer um assassino? Por que eu não posso simplesmente enfrentar meu irmão e acabar de uma vez com isso?

Thalla se impressionava com a falta de imaginação de Oren.

— E como você vai enfrentar seu irmão antes que ele mate o seu pai? Quem vai acreditar? Depois que seu pai estiver morto, se você sobreviver, vai ser só um príncipe frustrado tentando roubar o trono.

— Eu posso matá-lo quando estiver dormindo.

As palavras eram como cinzas em sua boca e ao ouvi-las Thalla balançou a cabeça. *Não. Não pode. É claro que não pode.* Oren era uma das almas mais gentis que ela já havia conhecido. A ideia de um assassinato era loucura vinda da boca dele. Quando eram adolescentes, Oren se ajoelhava diante de todas as estátuas de Kimpus que encontrava pelo caminho e pedia perdão por bobagens. Era um garoto atormentado pela culpa, que se esforçava para ser bom. Thalla julgou aquilo tão suspeito que passou a vasculhar seus sonhos. Foi quando descobriu o que Dhommas havia feito. Dhommas se vangloriava de cada detalhe do estupro da garota. Dizia que Oren precisava aprender o que era ser homem. Tudo o que Oren desejava era não ser como o seu irmão.

— Se você o matar, será para sempre suspeito de trair o sul em nome do Império. Krulgar é o culpado perfeito. Vai ser dramático, sangrento e vai se transformar em história de taverna no dia seguinte.

Thalla se lembrou dos sonhos de Krulgar. A garota magra caída no chão e os monstros ao seu redor. A Aranha Púrpura, que vez por outra também era um garoto loiro de olhar assustado. Oren parecia descrente. Cruzou os braços; balançava a cabeça a cada palavra. Ela não tinha certeza de que ele a entendia.

— Os magistrados estão à procura dele. — A voz de Thalla começou a sumir à medida que ficava mais e mais difícil manter os olhos abertos. — Foi ele quem matou Ormwor e Bardolph. Noire vai conhecê-lo. Noire vai se lembrar...

– Ormwor? Compton Ormwor? – Oren franziu o cenho. – Ele matou Compton? E Gras? O gordo?

Thalla quis dizer que sim, mas apenas balançou a cabeça. Estava letárgica. Não imaginava que Oren conhecesse as vítimas de Krulgar. Eram amigos do seu irmão. Esperava que aquilo não o fizesse desistir do plano. Krulgar era perfeito.

– Compton, Gras, Noire, seu irmão e outros... os assassinos de Liliah. Os monstros de Krulgar. O cãozinho jurou se vingar. – Thalla engoliu a saliva e ficou em silêncio, para o horror de Oren. – Krulgar não é separatista ou imperialista. Ele é a mão imprevisível do caos. Você tem de encontrá-lo.

Oren pareceu chocado. Ela falava sobre assassinato como se fosse algo corriqueiro. Era por aquela mulher que estava apaixonado. Por ela, Oren havia decidido matar seu irmão. Falando tão tranquilamente sobre a morte, Oren se deu conta de que só havia um jeito de ficarem juntos. Thuron desejava casá-lo com outra mulher. Para poder finalmente ficar com Thalla, Oren precisaria se livrar de seu pai.

Thalla viu o sofrimento no rosto de Oren e resolveu não dizer mais nada. O príncipe se levantou, pedindo desculpas da forma mais elegante que pôde e correu até o canto, ajoelhando-se para retirar um penico de debaixo da cama. Então, Thalla o ouviu vomitar sem parar. A cena a irritou. Não esperava que Oren fosse tão fraco.

Talvez fosse melhor. Era hora de Illioth conhecer uma rainha forte.

Ela podia ser essa rainha.

Se pudesse encontrar Krulgar.

•••

Continuava escuro e suas costas doíam. Khirk se movia com dificuldade, tateando o próprio peito para descobri se estava realmente ali. Estava vivo. Tentou falar, mas não tinha voz. A marca *fahin* continuava entranhada em seu espírito, calando-o em sua prisão.

Mas existia uma saída.

Havia algo vivo nas sombras; algo que em nada se parecia com o seu sonho.

Foi o reflexo da faca que o alertou quando o homem saltou para esfaqueá-lo. O ferimento limitava seus movimentos e ainda estava meio grogue de sono. O assassino estava praticamente sobre ele quando o *dhäen* conseguiu rolar para o chão, colocando a cama entre ele e seu atacante. O homem o amaldiçoou em voz baixa e chutou o leito. Khirk ainda tentava recuperar o equilíbrio quando o móvel bateu em suas costas. Procurou por algo que pudesse usar como arma.

O homem correu para alcançá-lo. A cama continuava entre eles. Sentiu um cheiro azedo de suor e cerveja enquanto o assassino lutava para se livrar do obstáculo. Não havia tempo para pensar. Do chão, o *dhäen* desferiu um forte chute contra a rótula do homem. Ouviu-o gritar de dor e cair de joelhos, rosnando e empunhando a faca de forma ameaçadora. Khirk tentou outro chute, e o homem passou a lâmina em sua perna. O *dhäen* ofegou. Coisas caíram sobre sua cabeça. Pedaços de pão e vasilhas de madeira. Sementes de centeio se espalharam pelo chão. Encolheu-se feito um animal acuado e o assassino viu nele uma presa fácil.

Seus dedos escorregaram em algo viscoso e fedorento, e Khirk encontrou a alça de um balde. O homem já se adiantava quando o *dhäen* usou toda sua força para levantar o balde de merda, girando-o contra a cabeça do seu assassino. Fragmentos de madeira e bosta voaram pelo quarto. Era um golpe forte o suficiente para jogar o assassino contra uma parede. Khirk pôs-se de pé, escorregando nos dejetos que se espalhavam pelo quarto.

O homem manteve-se consciente, embora parecesse perdido. O *dhäen* pegou a faca no chão e foi até ele. Um *dhäen* não devia matar. Um *dhäen* deveria saber que cada ser é uma nota importante na grande canção. Tudo que um *dhäen* fazia naquela vida retornaria contra ele nas vidas que se seguissem.

Khirk já não era um *dhäen*.

Ele era um *fahin*. Um maldito. Um renegado.

– Por favor, não! – o assassino implorou.

Não houve demonstração de perdão. A faca cortou de um só golpe a garganta do homem, e o sangue escorreu pelo chão do quarto.

Khirk ficou de pé, vendo a vida do assassino se esvaindo, enquanto ele mesmo lutava para encher os pulmões de ar. Sentiu ânsia de vômito; não havia nada em seu estômago para pôr para fora. Quando o assassino parou de respirar, Khirk se abaixou e tateou o corpo em busca de algo que pudesse ajudá-lo. Encontrou um molho de chaves em um bolso e um saco com moedas pequenas e quase sem valor. Em um dos braços o homem tinha a espada escarlate dos adoradores de Kuthar. Khirk fungou e cuspiu.

Limpou a faca na camisa do morto e olhou ao redor. Suas roupas tinham desaparecido. Encontrou em um canto roupas simples de servente que não eram bem do seu tamanho. Vestiu a calça por baixo do camisão, amarrando-o com uma corda na qual prendeu a faca. Procurou por sapatos ou sandálias, mas acabou saindo descalço.

Parecia estar em uma fortaleza, ou um castelo. Não via ninguém por perto. Sua cabeça ainda girava. Precisava saber como encontrar Krulgar e Thalla, mas, por ora, só queria encontrar um lugar seguro. Abriu uma porta e encontrou uma escada que ia para baixo. Resolveu não arriscar e andou mais um pouco. O corredor terminou em uma curva de onde vinha luz. Não estava pronto para sair. Abriu outra porta e deu em uma sala estreita, com barris empilhados de ambos os lados.

Espremeu-se entre eles até encontrar um espaço vazio. Encostou-se na parede, imundo e cansado. Adormeceu quase imediatamente.

# Capítulo 16

Thalla havia sido levada à ala real. Não seria tão fácil enviar um assassino ali como havia sido para Dhommas enviar um assassino até a cova dos servos, onde o *dhäen* tinha sido guardado. O tempo era curto. As paredes tinham ouvidos e ele estava prestes a matar a filha de Círius. Guardas circulavam em todos os corredores, mas nenhum ergueu a mão para impedir o príncipe herdeiro. Dhommas esperava encontrar a garota e sufocá-la durante o sono.

Thalla estava em um quarto próximo ao do seu irmão. O caso entre os dois era notório e havia sido útil para Dhommas. A proximidade de sua família com a de Thalla fez com que ele conhecesse Círius e tudo podia ser encontrado nas mãos do mercador. Metade dos seus planos teria fracassado sem Círius, mas em breve aquela parceria teria fim.

O corredor tinha janelas do lado esquerdo e grandes portas do lado direito. Dois guardas andavam sem pressa de um lado a outro, tentando espantar o sono. Assustaram-se com o aparecimento de Dhommas, e abriram caminho para a sua passagem. O príncipe não bateu na porta. Empurrou a madeira com firmeza, descobrindo um quarto na penumbra, em absoluto silêncio. Uma corrente de ar atravessou as cortinas coloridas da janela, passando por ele e trazendo mosquitos. Não havia ninguém à vista e Dhommas se apressou até a cama, tomando cuidado para não fazer barulho.

O único que sabia o que ele estava fazendo ali era Ethron, e Dhommas não precisaria dele depois que cumprisse seu propósito. Se fosse esperto, Círius não precisava nem mesmo saber o que realmente havia acontecido. Podia dizer que Thalla havia morrido depois de ser emboscada por assaltantes e que os médicos haviam feito tudo para salvá-la. Aproximou-se da cama coberta pelos mosquiteiros. Não precisou dar mais nenhum passo para saber que Thalla não estava ali.

— Seu irmão a levou para o quarto — uma voz soou atrás dele. O coração de Dhommas veio à boca, mas ele teve sangue frio para não se virar antes de recuperar a própria calma. — Parece que ele tem grande apreço pela filha de Círius. Eu não quis perguntar para não soar indelicado.

Grahan estava parado na porta. O magistrado tinha se encostado no batente, com o braço bom sobre o que havia sido quebrado. Havia trocado a roupa surrada da viagem por outras limpas. Vestia calças de um azul muito escuro e uma camisa preta, com bordados dourados na gola. Por cima, usava a mesma jaqueta da ordem dos magistrados, agora limpa e engraxada. Havia tomado banho e feito a barba. Os pequenos cortes em seu rosto foram tratados com um cataplasma de ervas e mel. Dhommas o olhou com um misto de raiva e admiração pela sua calma, esquecendo-se que o magistrado não sabia estar diante do homem que quase o havia matado. Duas vezes.

— Sim, ele tem. — A voz de Dhommas soou mais áspera do que esperava. O magistrado o encarava com um sorriso incomum. O príncipe revistou-o com o olhar, atrás de pistas de o que o magistrado sabia. — Eu gostaria de saber se ela passa bem.

Grahan balançou a cabeça levemente. Dhommas prolongou o silêncio o quanto pôde, e ficou óbvio que o magistrado não iria rompê-lo.

— Eu não devia ter lhe ofendido diante da corte, *dhun* Marhos. Quero pedir aqui as minhas desculpas.

Grahan deu de ombros. Dhommas ficava nervoso com a aparente calma do magistrado.

— Ambos dissemos coisas que não devíamos, meu príncipe. Com o conhecimento vem o arrependimento, não é? Perder os presentes foi uma derrota terrível, mas o Imperador é generoso a quem lhe é fiel e não vai se prender a isso.

— O Imperador é generoso com quem lhe é obediente. — Dhommas não resistiu a provocação. — O sul sofreu por sua obediência. Famílias nobres estão à beira da miséria, vendendo suas terras e seus títulos enquanto os *dhäeni* se banqueteiam às custas do Imperador.

Grahan se desencostou do batente e descruzou os braços, desamassando a jaqueta com as mãos. Olhou Dhommas com as sobrancelhas cerradas.

— O Império devia aos *dhäeni* sua liberdade. Arteen devolveu o que o Imperador Klavus havia tomado.

— Klavus havia devolvido aos *rentari* o que o Império havia tomado. Grahan reconheceu em Dhommas um adversário admirável. O príncipe estava tão certo de suas escolhas que moveria castelos para garantir as necessidades de seus nobres. O magistrado não acreditava que fosse tudo por conta dos *dhäeni*. Talvez os sulistas estivessem com os joelhos esfolados demais.

— Não faça isso, meu príncipe — ele por fim rompeu o silêncio. — Se o Imperador virar sua lança em sua direção, vocês vão morrer de fome atrás destas paredes antes que suas legiões se esgotem. O melhor para todos é a paz.

Foi a vez de Dhommas sorrir para o magistrado. Grahan não era um embaixador e ele não era um diplomata. Eram guerreiros, homens de espada, com mãos sujas de sangue e merda e línguas ferinas treinadas na troca de insultos.

— Quem aqui está dizendo o contrario, meu senhor?

Dhommas passou por Grahan e desapareceu pelos corredores do palácio. Grahan viu suas costas largas se afastando e soube que, se existia esperança de paz para o Império, ela não resistiria mais do que a vida de Thuron.

Com a morte do rei, viria a guerra.

•••

O homem que chamavam de Ethron não era um *coen*, ou mesmo um homem. Era um mímico, um imitador, um impostor, um ladrão de vidas em todos os sentidos. Sua raça havia andado pelo mundo muito antes dos deuses adorados pelos homens criarem o sol e as estrelas. Foram forçados a se esconder, caçados e mortos até desaparecerem. Mas não todos. Tinham muitos nomes e não possuíam nenhum. Viviam entre os homens, escondidos com mil faces diferentes.

Ele permanecia em silêncio, consultando o grosso diário escrito pelo verdadeiro dono daquele nome e preparando os ingredientes para a apresentação da noite. Não estava preocupado com a execução do sonho dos ossos. Era parte de suas habilidades mimetizar qualquer mágica que presenciasse. Aquela habilidade singular o havia transformado no maior ladrão de segredos do Império.

Alguns arcanos dedicavam a vida a estudos e pesquisa, como Ethron. Mas existia um caminho mais rápido: roubando os segredos que os estudiosos haviam escritos com sangue, suor e merda em grimórios que guardavam às vezes com a própria vida.

Nenhuma outra magia no grimório de Ethron era tão especial quanto o *sonho dos ossos*. Com aquela magia, o ladrão de vidas teria acesso a todas as almas que pudesse devorar.

"*O sonho dos ossos é o mais próximo da realidade que alguém poderá chegar em todos os cinco sentidos. Cores, formas, texturas até mesmo em sensações não tão facilmente mensuráveis como a espessura do ar, a temperatura de uma parede ou o zumbido de um inseto a metros dali; não existe diferença factual entre o que se experimenta enquanto mergulhado no* sonho dos ossos *e a realidade* – ele leu nas páginas de Ethron. – *Em todos os sentidos o alvo da magia se sentirá como o autor original das memórias, com tamanha certeza de as estar vivenciando que sentirá fome se os ossos trouxerem fome, sentirá gozo se eles sentirem gozo e sentirá a morte se eles sentirem a morte.*"

Ele havia presenciado a morte dos quatro homens presos no sonho dos ossos; eles acreditavam ser a garota, pisoteada pelos cavalos de batalha de um senhor. Ethron havia descoberto uma forma de presenciar as últimas memórias de uma pessoa, e aquelas memórias tinham um preço alto: a vida daqueles que a observavam. O que o *coen* não podia imaginar era que vivenciar a morte de alguém pudesse ser tão devastador para o observador, quanto teria sido para o dono original da memória.

"*Talvez* – Ethron escreveu em outra página – *as memórias mais fortes se sobreponham às memórias menos importantes dentro do* sonho dos ossos. *E que memória seria mais forte do que os últimos momentos de vida?*"

O ladrão de vidas parou de ler para puxar para perto de si o baú vermelho no qual Ethron havia escondido a relíquia enviada por Círius. Após a morte dos quatro soldados de Grahan, Ethron tinha revisado todos os seus estudos em busca de uma solução para aquele dilema. Na forma do estupido Bahr, o ladrão de vidas observava enquanto o *coen* lutava contra a própria culpa. Ethron não tentaria aquela magia novamente, tão cedo, mas nunca coube a Ethron abrir o baú vermelho. Sua tarefa era terminar o sonho dos ossos e a morte era um contra tempo aceitável para descobrir os segredos escondidos dentro da pequeno caixa.

Ele não sabia como o mercador havia conseguido aquilo. Therik devia estar morto. Seu corpo devia ter sido cremado. Suas cinzas deveriam ter sido misturadas à argila e transformadas em um ídolo de barro para ser adorado entre os seus, ou espalhados ao vento que sopravam sobre Illioth. Havia um mausoléu em Illioth dedicado à memória de Therik, onde as pessoas se ajoelhavam para rezar.

Estava tudo errado.

O pequeno baú se abriu sem o menor rangido, como se mantivesse um respeitoso silêncio pelo tesouro guardado em seu interior. O ladrão de vidas enfiou a mão ali, sentindo-se um pouco como um saqueador de túmulos, para tocar com a ponta dos dedos os ossos secos, de aparência frágil, que podiam ter pertencido a uma mão.

Durante todo o tempo que trabalhou para Ethron, usando a identidade do estúpido Bahr, não havia visto o *coen* abrir o baú nenhuma vez. Claro que ele sabia o que tinha ali, mas era parte do seu papel fingir curiosidade e ouvir as respostas mal humoradas do seu "mestre" sobre o respeito que deviam aos mortos.

Ethron foi contratado para apresentar o maior espetáculo de todos os tempos ao rei de Illioth sem nunca desconfiar que trazia, dentro de sua carruagem, a chave para os segredos do passado. Segredos pelos quais reinos entrariam em guerra, deuses se envergonhariam, palácios se incendiariam e imperadores implorariam pela vida. Havia muito tempo a morte havia se tornado o argumento final de disputas que se perdiam no esquecimento. Ethron havia descoberto a voz que se levantava do túmulo em protesto.

De dentro do baú, retirou o pequeno osso esbranquiçado. Que segredos ele iria contar? O ladrão de vidas ficou decepcionado ao perceber sua própria curiosidade. As lendas diziam que Therik era um simples pastor de ovelhas morto pelos *eldani* e trazido de volta à vida por um deus para se vingar de sua morte e libertar os homens da tirania. As lendas também diziam que Therik havia sido cremado em Illioth, e que do seu corpo restava apenas a pérola brilhante de sua santidade. Os ossos em suas mãos diziam que as lendas estavam erradas quanto a isso. Em que mais elas teriam errado?

O osso caiu com um barulho tímido na cuia do pequeno pilão no qual o ladrão de vidas começou a esmagá-lo. Moer ingredientes era tudo o que tinha feito nos últimos meses, enquanto se fingia de idiota para aprender os segredos de Ethron. A tarefa não demorou muito.

Deixou o pó fino de lado e respirou, cansado. Refez em sua mente o que aconteceria dali a algumas horas; o que diria durante o jantar, e como conduziria a apresentação. Tentava visualizar o rosto dos presentes, sobretudo o rosto de Thuron. Por um instante, lamentou a sua morte. O rei havia ficado extasiado com a ideia de que veria a história de Therik.

Naquela noite, Thuron teria a sua história, Círius teria sua guerra e Illioth iria se ajoelhar.

Uma nova era estava para começar.

•••

O cavalo de Krulgar parecia prestes a desmaiar em sua corrida para Illioth. Acompanhado de Evhin, Riss e os soldados escolhidos por Gibs, sua única preocupação era encontrar Khirk e desaparecer, deixando para trás os planos de Thalla. Que se danasse o ouro perdido. Que se danassem os farejadores de Marg. Ele se preocuparia com isso quando chegasse a hora. A única coisa da qual não conseguia abrir mão era da ira. Não podia acreditar que chegaria tão perto da aranha púrpura sem mata-la.

Gibs viu o corpo esfacelado do *coen* jogado ao chão e empurrou Krulgar contra o tronco da árvore em busca de respostas. O mercenário não podia explicar, ele não podia nem mesmo compreender.

– Thalla achava que Ethron iria matar o rei. Era isso o que ela tentava evitar. Foi por isso que nós o perseguimos. – Krulgar tentou explicar, mas Gibs parecia incapaz de aceitar qualquer coisa que ele dissesse. – Ouça homem. Se Ethron está morto, quem foi para Illioth? Você tem que avisar Grahan que o rei corre perigo!

Todos eles haviam visto Ethron sair de dentro do rio para ir a Illioth e ser a estrela principal em uma apresentação ao rei. Agora eles imaginavam se o que haviam visto não teria sido o espírito vingativo de um homem que não havia sido cremado.

Se em vez disso, houvesse realmente um plano, Grahan precisava ser avisado.

– Eu quero ir. – Krulgar puxou Gibs pelo braço. O segundo tinha a expressão de quem esmagaria sua cabeça entre os dedos se ele não o soltasse, mas Krulgar manteve-se resoluto. – Eu não sei que merda está acontecendo aqui, mas Khirk estava com Thalla quando Ethron morreu. Se eles sabem de alguma coisa, quanto tempo você acha que vão viver? Quanto tempo você acha que demora para alguém cortar a garganta de um *dhäen*?

– Grahan deu ordens para você ficar aqui. Ele te queria em correntes. Não me dê motivo para obedecê-lo.

– O magistrado vai querer ouvir da nossa boca o que aconteceu. Se Khirk e Thalla não sobreviveram, eu e Evhin somos as únicas testemunhas dos planos do *coen*.

– Mas você disse que o *coen* negou a conspiração!

Krulgar não acreditava que o segundo podia ser tão burro. Apontou novamente o corpo esmagado de Ethron, alinhado no chão junto com os outros mortos, e abriu a boca sem saber bem que palavras escolher.

– Você ainda consegue acreditar em alguma coisa do que ele disse? – Krulgar enfiaria o corpo destroçado pela garganta de Gibs, se tivesse a chance.

O segundo acabou dando-se por vencido. Mandou Krulgar e Evhin junto com Riss e outros dois homens para garantir que chegassem à cidade. Levaram também o corpo do *coen*, enrolado em linho, manchado de sangue, amarrado nas costas de um cavalo.

Evitaram a estalagem que havia no meio do caminho, onde um grupo de soldados vestindo a Aranha Púrpura tinham se reunido. Continuaram pela estrada, vez por outra partilhando a jornada com os mercadores que seguiam ao sul. O dia já se tornara cinzento quando avistaram os muros da cidade. Fogo ardia em suas ameias, iluminando-as aos viajantes que se aproximavam. Illioth era majestosa. A grande cidade se espalhava pela campina, abastecida por um rio navegável que escoava seus produtos ao mar e recebia mercadorias de todos os lugares do mundo. Era tão grande quanto o pesadelo de um garoto, com fios de fumaça subindo de centenas de casas nas quais o jantar já começava a ser feito.

No portão da cidade, os homens de Gibs apresentaram suas credenciais. Um dos guardas mandou que se apressassem e cuspiu no chão antes de deixá-los passar.

– O que vocês estão trazendo?

O guarda apontou o corpo do *coen* embrulhado em linho. Os soldados de Grahan trocaram um olhar rápido com Krulgar antes de responder.

– Um procurado. Vamos levá-lo ao palácio da justiça.

Os homens sacudiram a cabeça, entediados.

– Mantenham as espadas embainhadas e evitem as tavernas. Penas Pretas não são bem-vindos na maioria delas.

Mesmo àquela hora, a cidade ainda parecia movimentada. O comércio ia fechando enquanto as luzes se acendiam. As pessoas juntavam suas coisas e iam para casa. Krulgar tentava não parecer um aldeão maravilhado: postes de iluminação pública se espalhavam pela rua principal e por praças arborizadas, com fontes de água limpa nas quais crianças ainda brincavam, afastando o calor do dia.

– Um *orog?* – Krulgar se virou para Evhin, sem acreditar no que via. Uma figura alta andava no meio da multidão, com músculos tão largos quanto a muralha de Illioth e uma pele cinzenta e áspera. Vestia uma camisa apertada e uma barretina peluda, feita de algum animal que Krulgar não conhecia. A longa trança balançava em suas costas, grossa como uma corda preta de cânhamo.
– Eles são comuns nos arredores. A maioria das fazendas tem um ou dois para ajudar no campo; são mais fortes do que um boi e aceitam o pagamento em bens e itens. Acho que não sabem muito bem como trabalhar com dinheiro. – Evhin explicou.

Além dos *orogi*, haviam *khani* em uma praça, fumando seus longos cachimbos e jogando em um estranho tabuleiro. Homens de todas as partes do mundo estavam espalhados pela multidão: *ommoë* altivos e negros, *shoi* esguios e elegantes e *kentarios*, que podiam ser reconhecidos pelos turbantes e lenços sobre o rosto. Todos mantinham conversas animadas e às vezes um pouco assustadoras. *Dhäeni* também podiam ser vistos por toda parte. Eram um grupo silencioso, que andava rápido e de cabeça baixa, tentando não chamar muita atenção. Em sua maioria eram empregados em casas abastadas, itens de luxo para nobres ou trabalhadores especializados em negócios como as tecelagens de *lhon*, cujos produtos eram levados por mercadores pelos mares a todo o mundo.

– Ali fica o palácio. – Evhin apontou a última torre a receber os raios do sol. O palácio coroava um grande monte, por onde só chegariam se seguissem pela rua de pedra em sua encosta. O caminho terminava em um muro, que apesar de muito mais baixo do que as gigantescas muralhas da cidade também era um desafio mais do que suficiente para manter sitiantes do lado de fora. – Não vão nos deixar entrar.

– Vão se souberem o que estamos trazendo.

– E o que estamos trazendo, Krulgar? – perguntou Evhin.

Krulgar ia indicar o corpo do *coen*, mas desconfiou que não era isso o que a *dhäen* estava perguntando. Ficou ligeiramente mal humorado, como se ela estivesse zombando dele. Evhin queria se reencontrar com Thalla tanto quanto Krulgar queria se encontrar com Khirk. A fidelidade de Evhin era inabalável; os laços que a uniam à sua senhora pareciam físicos. Krulgar já havia visto aquele tipo de servidão em *dhäeni* que haviam passado muitos anos como escravos.

Em um portão ao pé do monte, dois guardas fumavam e jogavam

conversa fora. A visão dos uniformes negros fez com que eles cruzassem as lanças para bloquear a passagem.

– Vocês não podem ficar aqui – um deles disse, bastante educado. Ambos vestiam o uniforme dos homens da cidade; eram grandes e de aparência esplendida, roupas limpas e nenhuma marca no rosto. A Aranha Púrpura de Illioth, pintada em seu peitoral, abraçava-os com as oito patas.

– Estamos aqui para falar com *dhun* Marhos Grahan – disse Riss.

– Vieram para o banquete? – Um dos guardas de cara lisa ergueu uma das sobrancelhas, examinando o embrulho que era o corpo de Ethron.

Riss abriu um grande sorriso e deixou o guarda examinar à vontade sua falta de dentes. Então ficou sério.

– Eu vim falar com *dhun* Marhos. Você não parece um magistrado. Agora deixe-me entrar para entregar o "pacote". Ou eu posso esperar aqui até ele descer e você vai comigo até o palácio da justiça para uma conversa. Já esteve no palácio da justiça, soldado?

O homem de trás se posicionou com a lança de forma ameaçadora, talvez sem perceber que havia feito aquilo. Os dois guardas arregalaram os olhos.

– Você vai entrar com essa cara de boneca e vai sair com outra tão bonita quanto a minha. – Riss sorriu. – Como vai ser?

O homem deve ter pesado as opções e resolvido que o problema não era dele. Sua tarefa naquela noite não era mais do que espantar mendigos e pedintes e os soldados se apresentavam como homens do magistrado. Mandou que seguissem pelo caminho e passou o problema aos guardas do portão do palácio.

Foram mais uma vez advertidos pela presença das armas. Alguém guardaria seus cavalos depois que chegassem no segundo portão, Krulgar, que havia se irritado quando Gibs enviou os três soldados para seguir com ele, agora estava agradecido. Não teria conseguido entrar no palácio da mesma forma.

A subida em zigue-zague terminou em um pequeno platô circular, onde um portão se abria em arco. Um grupo de soldados estava a postos.

– Quem está guardando este portão? – Riss rosnou para um dos guardas, que quase derrubou a lança antes de apontá-la. Apesar do susto, o homem manteve a voz firme:

– O palácio só está aberto aos convidados do rei.

Riss ouviu e limpou a insígnia dos magistrados do seu peitoral, em silêncio.

— Estamos aqui para falar com *dhun* Marhos.

— O palácio só está aberto aos convidados do...

Riss desceu do cavalo. Os outros soldados também desceram e Krulgar imitou o movimento, um pouco atrás. Estava desarmado e não tinha autoridade ali, mas imaginou que o volume de pessoas podia ajudar.

— Para os convidados do rei. Sim, você já disse. Agora você vai mexer essa bunda para avisar que estamos aqui para falar com *dhun* Marhos. E se não tirar essa lança da minha cara eu vou enfiá-la no seu...

— O que diabos está acontecendo aqui? — alguém gritou de dentro do pátio. Krulgar viu uma sombra de medo atravessar o rosto dos guardas. Quem quer que fosse, estava escondido nas sombras do arco.

— Meu príncipe... — O guarda abaixou a cabeça com a mão da espada sobre o coração. — São penas pretas. Estão à procura de *dhun* Marhos...

— *Dhun* Marhos está em conferência com os nobres. Ele não pode ser perturbado. — O príncipe tinha a voz um tom acima do exigido pela conversa, e os guardas silenciaram em acordo. — O que querem com Grahan?

— Meu senhor — Riss começou. — Temos um recado do nosso segundo sobre nossos homens na ponte, senhor.

— O que houve com eles?

Krulgar deu um passo ao lado, tentando ver melhor o rosto do príncipe. Seu coração acelerou e ele sentiu os dedos formigarem. Sua espada tinha ficado com Gibs; o segundo tinha razão em não confiar nele.

— Muitos feridos senhor, mas vamos ficar bem.

Krulgar mexeu os pés, nervosamente, procurando por uma visão que não seria conseguida com facilidade. Evhin, que havia descido do cavalo, parou ao seu lado ao perceber seu nervosismo.

— O que foi? — a *dhäen* sussurrou; Krulgar mandou que ela ficasse quieta.

— Se está tudo bem, não vejo o motivo de tanta urgência.

O príncipe deu um passo à frente e sorriu. Era um homem grande, maior do que Krulgar imaginava. Bastou ver seu rosto e as memórias da infância voltaram para assombrá-lo. A Aranha Púrpura, que às vezes era uma aranha, outras um garoto loiro de cabelos curtos à moda do Império, em cima de Liliah, enquanto outros três a seguravam no chão. O maxilar de Krulgar se tensionou tanto que ele pensou que arrebentaria os próprios dentes.

— Temos uma mensagem, senhor. Para o magistrado, senhor. — Riss não era o melhor exemplo de paciência e estava chegando perto do seu limite.

Os guardas do palácio perceberam, e voltaram a segurar as lanças com duas mãos. Eram cinco, mais o príncipe. Os ombros largos deixavam claro que Krulgar estava olhando para um lutador. Podiam lidar com eles, mas outros tantos sairiam de dentro do palácio tão logo as espadas fossem desembainhadas. Krulgar tateou a cintura, esquecido que estava desarmado.

O príncipe parou de encarar Riss para olhar seus homens. Viu o linho ensanguentado em que estava o corpo de Ethron e depois os olhos aflitos de Evhin. Examinou a pequena *dhäen* com cobiça e então encontrou os olhos de Krulgar. O guerreiro nunca soube o que o príncipe estava encarando. Viu o rosto do Mastim, o menino cachorro? Viu o rosto de um assassino enviado para matá-lo? Viu a ira de um homem? O grito de ódio?

Tudo o que Krulgar viu foi o príncipe contra o chão e suas mãos em sua garganta. Os homens de Grahan tentaram separá-lo. Riss tentou chegar até Krulgar, mas um lanceiro furou seu abdômen.

A ira o enlouquecia, Krulgar sabia, mas era uma sensação boa. Viu os olhos do príncipe ficando vermelhos à medida em que o sangue inchava o seu rosto. Estava rindo, ou ao menos pensava estar rindo, embora aos outros parecesse mais que rosnava como um cão selvagem. Dhommas foi pego desprevenido e o golpeava com toda a força. Krulgar não parecia sentir nada.

— Acerte-o logo, seu maldito! — ouviu alguém gritar.

Só então se deu conta do perigo que estava correndo. Virou o rosto e recebeu o golpe do punho da espada bem no nariz. Mais guardas apareceram. Dhommas tossia e tremia, tentando colocar-se de pé. Um guarda tentou ajudá-lo, e ele afastou sua mão, tentando encontrar ar.

— Filho da puta! Bastardo filho da puta! — Chutou Krulgar, caído no chão.

Os guardas tentavam explicar uns aos outros o que havia acontecido. Os homens de Grahan haviam atacado o príncipe; aquilo não fazia o menor sentido.

— Filho da puta!

Um soldado de Grahan estava no chão em uma poça de sangue. Os outros dois tinham sido rendidos com ferimentos leves.

– Vocês vieram me matar? Grahan quer me matar?

– Não, não, meu senhor! – um dos soldados gaguejou.

A guarda do palácio ouviu aquilo e sacou suas espadas, embora elas não fossem mais necessárias.

– Silêncio. Silêncio todos vocês! – Dhommas gritou. – Até saber o que aconteceu aqui não quero ouvir nenhuma palavra correndo pelo palácio, entenderam?

Os homens concordaram, quase em coro.

Ele chutou Krulgar mais uma vez e o guerreiro se mexeu. *O puto ainda está vivo? Ótimo.* Dhommas puxou um guarda em sua direção para não ter que gritar. Sua garganta ainda doía.

– Leve todos para o calabouço. Nenhuma palavra. Não quero começar uma maldita guerra, está me ouvindo? Eu mesmo vou interrogá-los! Encontre Essan!

O guarda concordou, sem imaginar que começar uma guerra era exatamente o que Dhommas pretendia. Antes, ele precisava entender por que Grahan havia mandado matá-lo. Se o magistrado tivesse descoberto seus planos, dali a algumas horas tudo estaria por um fio.

Quando os guardas arrastavam os prisioneiros, Dhommas se deu conta mais uma vez da bela *dhäen* que estava com eles. Sorriu.

– Já sei exatamente por quem eu vou começar.

# Capítulo 17

A dor voltou como uma maré que a inundava, atormentando-a mesmo durante o sono. Quando abria os olhos, alguém lhe empurrava um frasco nos lábios e ela sentia o gosto adocicado e quente do licor dos sonhos descendo pela sua garganta. Dormia novamente, jogada em um poço do qual não havia saída, em algum lugar sombrio perto de onde tinha encontrado Khirk: onde os sonhos encontram os fantasmas da morte. Pensou ter visto o *dhäen* em algum lugar desolado e úmido, mas logo o perdeu de vista. Esperava que ele não tivesse morrido, mas não sabia bem por que se preocupava.

Seu plano fracassava. Havia pensado que seria capaz de vencer seu pai em seu próprio jogo; era insignificante diante do olhar astuto de Círius. Infiltrar-se nos sonhos alheios acabou lhe trazendo mais dúvidas do que certezas. Sonhos não são verdades nem segredos. Na maior parte das vezes, sonhos são pedaços que acumulamos ao longo da vida, incoerentes e rarefeitos. Thalla observava e juntava as peças, como se remontasse um vaso estilhaçado.

Construíra seus planos sobre aquelas quimeras e os via fracassar. Vigiando os sonhos do seu pai, descobriu seus objetivos para Illioth, o que a levou a Dhommas. Nos devaneios do príncipe ela encontrou suas ambições. Noite após noite, Thalla mergulhou nos seus sonhos mais sórdidos, na ira e na violência. Dhommas odiava as mulheres e as brutalizava tanto em vida quanto em sonhos. Thalla reviveu cada estupro, procurando uma fraqueza que pudesse usar contra o príncipe. Observou enquanto ele violentava e espancava prostitutas de rosto delicado e *dhäeni* de olhos chorosos. A luxúria sempre foi a grande inimiga da casa de Vorus. Era mergulhando naquela luxúria que Thalla iria subjugá-los.

Às vezes recuperava a consciência. Acontecia de forma tão espontânea que ela olhava para os lados incerta sobre estar desperta ou profundamente mergulhada no sono. O licor dos sonhos embaralhava seus caminhos. Era jogada de uma mente à outra, sem saber nos pensamentos de quem estava caminhando.

A maioria das pessoas não sabe, mas as vezes nós compartilhamos sonhos. Algumas memórias se tornam tão importantes que se transformam em verdadeiras encruzilhadas onde os sonhadores se esbarram. São sonhos poderosos como esses que amarram a vida das pessoas para sempre. A morte de Liliah era um desses sonhos. Através dele, estavam amarrados Krulgar e os assassinos de Liliah, assim como Khirk, Oren e qualquer um que tivesse vivenciado aquilo através das palavras de outras pessoas. Um sonho de mil sonhadores era eterno e assombraria o mundo onírico para sempre. Até que ninguém reconhecesse o sonhador. Foi através daquele pesadelo que Thalla conheceu Krulgar.

Sentiu as brumas se dissiparem para revelarem novamente o quarto de Oren. O príncipe estava à porta, vestindo as cores de Illioth. Havia trocado a capa por uma jaqueta de couro comprida, forrada com *lhon* púrpura. Pequenas aranhas haviam sido desenhadas no couro marrom, algumas delas cravejadas com pedras brilhantes, desenhando seus botões. Usava calças justas por dentro da bota alta. Por baixo da jaqueta, vestia uma camisa de seda preta. Tinha enfeitado os braços com braceletes de prata e usava um grosso cinturão cravejado de ouro, no qual havia prendido a bainha da espada. Era um príncipe em toda a extensão da palavra e Thalla sentiu-se orgulhosa por ele.

– Que horas são?

Era como ouvir sua voz de dentro de uma garrafa. Estava insensível e sua língua parecia pesada.

– Está acordada? Você devia dormir. Está com fome? – Oren tinha a testa franzida e o olhar ansioso.

– Não. Encontrou Krulgar? Como foi a apresentação?

– Os salões estão lotados. Muitos nobres do sul vieram para ver Ethron. As mulheres parecem particularmente ansiosas com essa história de teatro *coen*. A ceia deve ser servida em uma hora.

– Você não pode ficar, Oren! A apresentação é o que mata as pessoas. Eu não sei como, mas é assim que ele vai matar o seu pai! Você precisa avisá-lo!

Oren sorriu. Abriu a boca para lhe dizer algo e desistiu. Em algumas horas tudo chegaria ao fim. Seu pai estaria morto, seu irmão seria rei. Ele poderia desaparecer, levando Thalla consigo. Já havia feito preparativos para partir. Intimamente, porém, não se sentia assim tão resolvido. Estava entregando o reino à carnificina da guerra e fazia isso por Thalla.

— Vou ficar bem. Se eu não for ao banquete, eles vão desconfiar. Durma. Amanhã será um novo dia.

— Você encontrou Krulgar?

Oren não queria mentir. De cabeça baixa pensou se devia contar o que sabia.

— Krulgar foi preso, Thalla. A esta altura, provavelmente está morto.

Thalla se surpreendeu com o choque que a notícia lhe trouxe. Jamais havia planejado deixar Krulgar e Khirk vivos, mas pensar na morte dos dois a desolou. Lembrou-se da barba mal feita de Jhomm Krulgar roçando seu pescoço. Preferiu acreditar que estava de luto pela destruição dos seus planos.

— Ele e Evhin foram pegos na entrada do palácio. Dhommas os levou à masmorra. Ele provavelmente já sabe de tudo. Um dos guardas do portão conseguiu me avisar e disse que meu irmão está tentando evitar o escândalo aos convidados. — Thalla fechou os olhos e Oren não sabia se ela havia dormido; ela se moveu e ele pôde continuar: — Tem mais uma coisa. Eles foram pegos com alguns soldados do magistrado. Meu irmão foi atacado e estão falando que Grahan está aqui para matá-lo. Acabou, Thalla. Fracassamos.

As mãos de Thalla tremiam quando tentou afastar os lençóis. Sua cabeça voltou a girar, mas isso não a impediu de procurar pelo chão aos seus pés. Se Krulgar estava morto, tudo o que lhes restava era deter o plano de Dhommas e esperar outra oportunidade. Enquanto Thuron estivesse no trono, eles poderiam encontrar uma maneira de impedir a guerra, mesmo que Dhommas nunca fosse acusado de colocar um assassino no palácio.

Suas esperanças agora estavam em Grahan.

— Grahan? Thalla, ele vai ser acusado de tentativa de assassinato. Dhommas tem testemunhas e prisioneiros confessos. Acabou. Se o magistrado sobreviver à apresentação, tudo o que lhe restará será a cela e uma execução pública.

Thalla procurou no chão por chinelos, mas tudo o que havia era a pedra com sua frieza de lápide. Círius devia estar rindo dela, como também riu quando ela gritou, socou e chutou suas pernas, pedindo para que ele deixasse sua mãe em paz. Como riu quando seus homens arrastaram sua mãe para fora. Thalla era pequena demais, não devia lembrar. Mas lembrava.

Oren se aproximou e ajoelhou-se ao seu lado, aparando sua queda. Sua consciência ia e vinha. Ele a ajudou a deitar-se novamente e puxou os lençóis até seu pescoço. Thalla tinha os olhos baços pela dor.

– Você precisa impedi-lo, Oren. Você precisa salvar o seu pai. – disse, antes que o príncipe empurrasse a garrafinha de licor dos sonhos nos seus lábios. Thalla bebeu, deixando um fio de prata escorrer pelo canto da boca. Oren a limpou com um lenço. A garota viu lágrimas em seus olhos e ele baixou a cabeça, envergonhado. – Você vai deixá-lo morrer!

– Se meu pai morrer, poderemos ficar juntos. – Ele viu o horror nos olhos de Thalla. O licor já fazia efeito e ela começava a perder a consciência. – Não temos escolha. Ele quer anunciar meu noivado com a garota Noire. Acabou, Thalla. Não nos resta mais nada.

Oren estava nas bordas de um poço em que ela começava a afundar. Ele se casaria com Noire. Thalla não tinha mais nada.

– Você vai ser acusado de participar da conspiração. Eles vão te caçar, Oren! Você precisa impedir o assassinato do rei...

– O Império vai me apoiar. Talvez com a ajuda do Imperador eu consiga retomar o trono. A guerra é inevitável!

Oren se inclinou para beijá-la, mas ela não sentiu os seus lábios. Tampouco sentiu o calor das lágrimas que caíram sobre sua bochecha. O príncipe limpou o rosto e ajeitou a gola da jaqueta. Passou as mãos nos curtos cabelos loiros e desapareceu do seu campo de visão. Thalla já não conseguia falar. Sentia a dormência do licor se espalhar pelos seus membros. Queria se levantar e avisar a todos. De que adiantaria? Oren se casaria com Noire. O Império mergulharia na guerra. Thalla não queria acreditar naquilo.

*A guerra deveria ser sempre evitável.*

Foi seu último pensamento antes de adormecer.

•••

Grahan viu Ethron em pé no centro da imensa mesa circular no formato de duas meias-luas na qual o banquete estava sendo servido. Os servos circulavam servindo os convidados, que viam as apresentações que aconteciam no centro. Como convidado de honra, o magistrado estava sentado entre o rei e Oren, ao seu lado direito. À esquerda de Thuron sentaria o seu filho mais velho e na outra mesa, à frente, a Rainha de Illioth, terceira esposa do rei, tão jovem quanto sua filha mais nova e, segundo as más línguas, muito mais casta. No sul, ainda existiam restrições sobre o que uma mulher podia fazer com seu corpo. Embora a lei do Império tentasse garantir às mulheres a escolha de quando, como e com quem dormir, no sul isso ainda era muito mal visto.

Os pensamentos de Grahan devaneavam por questões como aquela enquanto a bebida era servida e malabaristas dançavam cuspindo chamas multicoloridas que se transformavam em figuras exóticas e voavam sobre a cabeça dos nobres, pouco antes de desaparecer em uma nuvem de fumaça preta.

Os convidados foram posicionados de acordo com sua importância, mas era comum que as pessoas trocassem de lugar para se sentarem próximas aos conhecidos, e depois destrocassem para conversar com pessoas do outro lado da mesa. Alguns homens comiam em pé, enquanto outros aglomeravam suas cadeiras para se juntarem em um brinde. Havia cerca de duzentos convidados à mesa, além daqueles que, devido à menor importância, haviam sido delegados a outro salão, como alguns dos homens de Grahan. Os outros, ele sabia, estavam lá fora, bebendo e jogando com os homens do palácio.

O cheiro da comida era carregado de especiarias exóticas, vindas de todos os cantos do mundo, e fazia a boca de Grahan se encher de saliva. As pessoas falavam alto e cantavam velhas baladas sulistas que Grahan não conhecia. Estava cansado e gostaria de escapar daquela cerimônia, mas como ela havia sido organizada em sua homenagem, como representante do Imperador, ele pensava que não teria como escapar antes do fim do teatro *coen*. Ethron tinha falado muito sobre sua apresentação e Grahan precisava admitir certa curiosidade sobre o que ia acontecer.

Oren entrou no salão de forma discreta, sentando-se em silêncio com um copo de vinho na mão. Poucas pessoas além de Grahan repararam nele, e o magistrado ficou curioso quanto ao motivo do seu atraso. Thalla estaria se sentindo melhor? O caso entre os dois deveria ser um escândalo entre os sulistas, enquanto no norte seria visto de forma natural. Quando o príncipe se sentou ao seu lado, Grahan sorriu e lhe estendeu o copo para um brinde. Oren não retribuiu o sorriso. Seus copos se encontraram e o príncipe o encarou. Tinha olhos vermelhos e um rosto pálido.

— Não se sente bem, meu príncipe?

Oren era o único Vorus que ele conseguia enxergar como aliado. Havia se educado no norte e frequentado a corte, assim como outros sulistas, e por alguma razão não havia se esquecido das tradições da capital. Arteen também via em Oren um grande aliado. O príncipe, porém, era o segundo na linha de sucessão, e se algo acontecesse com Thuron, Illioth estaria entregue a Dhommas. A saída de Thuron para resolver a crise era anunciar o casamento do seu primogênito com a filha mais nova de Arteen. A aliança deveria manter Illioth em rédeas curtas, mas Grahan duvidava que o Imperador entregaria Pria sem relutar.

Suor salpicava a testa de Oren. Fosse o que fosse, o príncipe não estava bem. Grahan bebeu da própria taça, encorajando-o a fazer o mesmo. Seus movimentos eram lentos e mecânicos. O príncipe parou a taça a meio caminho da boca e pareceu por um instante que ia dizer algo. Foi interrompido.

— Amigos! Amigos! — uma voz poderosa se projetou acima do burburinho dos homens.

Grahan viu que Ethron havia andado até o centro do salão e tentava atrair a atenção das pessoas com efeitos pirotécnicos, sem sucesso. Esfregou as duas mãos e as soprou com força, fazendo algo como uma bola de sabão aparecer diante do seu nariz. A bola cresceu entre suas mãos até ficar quase da sua altura. Então ele a largou no chão para que crescesse mais um pouco. Quando já era grande o suficiente, Ethron estourou a bolha, deixando no seu lugar dois anões vestindo uma fantasia de um pequeno elefante muito peludo.

Algumas pessoas finalmente pararam o que estavam fazendo para prestar atenção no *coen*, mas ainda existia um grupo de resistentes. Ethron sorriu enquanto o elefante esticou a imensa tromba e a tocou como se fosse a corneta de um arauto. As pessoas silenciaram. Da tromba do elefante saíram novamente os macacos de chapéu. Àquela altura todos os convidados já haviam brincado com os macacos de Ethron e a maioria deles rebentou em risadas. Ethron sorria e esperava educadamente enquanto os macacos se espalhavam pelas mesas e o elefante continuava a tocar sua tromba. Quando ficou claro que todos estavam prestando atenção, Ethron bateu palmas e os macacos explodiram, um a um, em uma pequena nuvem de insetos luminescentes que se apagavam em direção ao teto.

O elefante permaneceu tocando até que Ethron pigarreou. A

musica vacilou, mas não parou. Ethron pigarreou mais alto e deu um sorriso sem graça para a plateia. O elefante finalmente parou e contrariado se virou para ele. O *coen* fez um sinal para que ele cortasse a música e o animal abaixou a cabeça, magoado. Ethron indicou a porta de saída a seu arauto e voltou a sorrir aos convidados, que explodiam em gargalhadas.

Nem mesmo Grahan podia negar que aquilo era divertido e lamentou muito que Gibs não estivesse ali.

— Desculpem. Bem... Boa noite a todos! Para quem não sabe, eu sou Ethron, o Inigualável! — Abriu os braços para a audiência enquanto o elefantinho da porta fazia um som de deboche com a tromba. — Hum... isso mesmo. Obrigado. — Esperou um instante enquanto as pessoas terminavam de rir. Abriu a boca e o elefante fez outro muxoxo com a tromba. Ethron parecia encabulado. — Ele anda meio temperamental depois que veio para o sul. Parece que ele dormia na cama com os homens de gelo.

As pessoas gargalharam. Homens de gelo era como os invasores de Whyndur eram chamados, pois sua terra vivia em um inverno eterno.

— Novamente, boa noite. Eu sou Ethron e esta noite vou apresentar um espetáculo em nome de Vossa Majestade Imperial Arteen II e de Vossa Majestade Thuron. — As pessoas bateram palmas ao ouvir o nome de seus anfitriões e Ethron esperou até que terminassem a demonstração de simpatia. — Esta noite levaremos vocês por um espetáculo que ninguém jamais viu. Será muito mais do que ilusões e pirotecnias. Muito mais do que heróis e dragões esvoaçantes. Esta noite, vamos penetrar na história da maior lenda do sul do Império. Vamos conhecer a história de Therik. E vocês vão ver com seus olhos como nasceu a lenda.

Houve um rugido de aprovação. Grahan não conhecia bem a história de Therik, exceto que se dizia que ele havia salvo os homens e ao mesmo tempo criado Illioth. Todos os reinos tinham histórias como aquela. Therik devia ser um antepassado de Thuron. Grahan viu que o rei pareceu ansioso com a oportunidade. Ethron continuou:

— Em vez de assistirem sentados à história que vou lhes mostrar, todos terão uma oportunidade única. Todos serão parte da mesma história e presenciarão com seus olhos o que aconteceu com Therik. Trata-se de algo que nenhum *coen*, nenhum ilusionista, nenhum *maghoe* no mundo, além de mim, sabe como fazer. – As pessoas começaram a cochichar, tentando entender o que aquilo significava. Ethron os interrompeu, assumindo um tom sombrio. – Como todos aqui sabem, Therik foi o fundador de Illioth. Um homem covardemente morto pelos *eldani*, que renasceu pela graça de Kuthar para lutar contra seus inimigos e devolver o mundo aos Homens. Quando Therik subjugou o inimigo, Kuthar ordenou que eles servissem aos homens por toda eternidade e os chamou de *dhäeni*.

Grahan quase engasgou ao ouvir aquelas palavras. *Os eldani são livres!*, ele ameaçou dizer, mas uma mão o segurou em seu lugar. Indignado, se virou e encarou Oren, que mantinha a mesma expressão desolada de quando havia chegado.

– Nós precisamos conversar, *dhun* Marhos – o príncipe sussurrou.

– Conversaremos depois da apresentação, meu príncipe, eu prometo. Antes eu preciso falar com Ethron...

– Sinto muito, *dhun* Marhos. Não teremos tanto tempo assim. Precisamos conversar imediatamente.

Grahan percebeu a urgência na voz de Oren, mas hesitou. Olhou o centro da mesa, e em vez de Ethron encontrou o mesmo elefantinho peludo que agora dançava ao som de uma banda composta por macacos de chapéu. Ethron estava em uma conversa animada com um grupo de nobres. O magistrado pensou em como esfolar o *coen*; não podia fazer nada sem estragar o banquete. Suspirou. Teria tempo de lidar com ele depois do espetáculo. Oren batia os dedos na mesa com impaciência, e Grahan concordou em sair por alguns instantes.

– Muito bem, meu príncipe. Temos mesmo que conversar.

Ninguém prestou atenção neles. Estariam de volta antes que Ethron começasse.

•••

Havia dor e gosto de sangue, e um zumbido estridente que preenchia o espaço à sua volta. Não sabia por que estava preso. Ainda sentia na carne a fúria da rinha de cães. Ouvia a multidão gritando ao seu redor, enquanto a grande besta negra avançava para destroçar seu rosto. Ele corria, rolava e fugia, mas por mais rápido que fosse o cão negro o encontrava, mordia-o e jogava-o de um lado a outro como um graveto. Deveria ter morrido. Seu mestre gritava para ele levantar e lutar, mas seus dentes não tinham fio.

Sua última lembrança foi o cabo da faca em sua mão, escorregadio de sangue, e o cão negro caído na lama da arena enquanto a multidão enlouquecia.

Acordou em sua jaula, lambendo as feridas e sentindo o gosto metálico do sangue. Estava fraco demais para se levantar. Ouviu seus irmãos ganindo, até que ninguém mais fez barulho e ele achou que ia morrer.

A porta da jaula se abriu com um gemido estridente e ele se encolheu em um canto, pensando em atacar e fugir. Podia rasgar uma garganta, saltar para fora da grade e desaparecer na mata, mas isso significaria deixar seus irmãos para trás e ele sabia que o cão que abandonava a matilha estava condenado à morte.

A garota cheirava a laranja e cravo. Era magra, com finos cabelos cor de palha e olhos grandes de um azul celeste. Era outra das vítimas de seu mestre. Carregava baldes com excrementos ou preparava comida no fogão à lenha do lado de fora. Krulgar a seguia pela floresta e deixava pequenos presentes em seu caminho, sem que ela soubesse. Seu mestre o espancava sempre que o via perto da garota.

E ali estava ela com o mesmo cheiro doce de antes.

– Não tenha medo – ela disse, embora as palavras não significassem muito para ele. A garota se aproximou devagar e ele tentou evitá-la, mas seus machucados ainda doíam muito. A tremedeira sacudia seus ossos. Sentia frio. Um frio irreal, que nunca havia sentido antes. – Eu não vim te fazer mal.

Ele teria rido se entendesse o que ela queria dizer. Aquela garota franzina, tão magra quanto uma boneca de gravetos, tentando tranquilizá-lo, alheia à sua selvageria. Ele era novo em comparação aos seus irmãos; era o mais fraco da matilha, mas já era um matador e não teria dificuldade em rasgar a garganta da garota com os dentes, comer um pouco de sua carne e desaparecer no meio da noite.

Não sabia o que ela dizia, mas sabia que não devia atacar seus mestres ou apanharia novamente. Estava curioso com o cheiro que ela trazia nas mãos e que lhe dava água na boca.

Ela abriu um pano que havia carregado até ali e lhe estendeu um pedaço de bolo. Ele nunca tinha comido bolo antes. Nem ela. O bolo havia sido roubado da mesa dos monges e guardado especialmente para ele. Ele se aproximou, temeroso. O cheiro era doce e contrastava com o fedor de urina, sangue e excremento que formava o seu mundo. A garota estremecia, mas manteve a mão estendida com o bolo entre os dedos. Ele esperava por um sinal de perigo, mas não havia nada. Deu um bote e arrancou a comida de suas mãos, ouvindo-a soltar um gritinho de terror.

Estava faminto. Enfiou o pedaço inteiro na boca, deixando-o despedaçar-se pelo chão em migalhas. Estava com sede, e a garganta seca o impediu de engolir. Tossiu e engasgou, mas não estava disposto a perder aquele pequeno pedaço de prazer. Com o canto dos olhos, viu a garota se aproximar, com a mão estendida. Não rosnou. Só queria comer. A fome era um animal dentro dele.

Os dedos dela encostaram em sua cabeça, enroscando-se nos pelos sujos e emaranhados. Ele a olhou, desesperado. Sua respiração era forte e cheia de medo. Esperava que ela tivesse mais comida. Os dedos brancos deslizaram pelo seu rosto. Ele se inclinou levemente para o outro lado, para que ela não parasse o que estava fazendo. Ela afastou a mão, mantendo a palma virada na sua direção, e ele estendeu a pata para encostar na dela. Dedo com dedo: um reconhecimento que nunca havia acontecido antes com ninguém de sua matilha. Ele olhou as duas mãos que se encontravam sabendo que aquilo não podia ser certo. A garota tinha lágrimas correndo pelo rosto e ele sorriu, tomando o cuidado de não lhe mostrar os dentes.

– Meu nome é Liliah. Eu vou te chamar de Jhomm.

•••

Sua mente ia e vinha. Nos cantos mais distantes de sua consciência, ele podia ver o rosto de Liliah sorrindo para ele, com as mãos ainda cheias de bolo. Abriu os olhos. Estava pendurado pelos braços em uma corrente presa ao teto e a masmorra girava; o metal lhe cortava a carne dos pulsos. Luz de tochas entrava pela fresta de uma porta. Um rato corria pelos cantos da parede de pedra. Um soldado limpava a unha com a ponta de uma faca e um corpo jazia aberto sobre uma mesa. Um braseiro ardia com um brilho avermelhado. Parede de pedra. Escuridão. Liliah. Um homem estapeava uma garota pendurada pelos braços.

Dhommas.

O rosto petrificado de Liliah, morta. O garoto de cabelos dourados, usando uma máscara com a Aranha Púrpura de Illioth, ofegava sobre ela. A risada dos outros nobres. Apenas rostos sem nome, monstros coroados no nascimento.

Dhommas sorriu para ele. Krulgar rosnou de raiva.

– Eu te mato, seu desgraçado! Eu te mato!

A ferocidade de Krulgar assustou Dhommas, que acabou se afastando. A corrente presa ao teto tilintou enquanto ele se sacudia para alcançar o príncipe. Sua mente não tinha foco. Podia ouvir um homem rindo ali perto, e o choro de uma garota ecoava em seu ouvido. Em seu devaneio febril, pensava que a voz era de Liliah.

– Seu filho de uma porca!

Dhommas acertou o punho na barriga exposta de Krulgar. O guerreiro se dobrou para frente e a musculatura do seu braço estalou. O ar desapareceu de seus pulmões.

Seu corpo voltou a girar pela cela. Dhommas se aproximou e agarrou-o pelo cabelo. Krulgar tentou cuspir no rosto do príncipe, mas acabou apenas se babando. Dhommas esmurrou-o no nariz, que já estava quebrado pela espada. Ficou impossível respirar.

– Você deve estar me confundindo com algum nortista chupador de touro, seu merda. Quem foi que te mandou para me matar?

Krulgar cuspiu sangue no chão e fungou, tentando desobstruir o nariz. Sentiu a ira ferver em suas veias. Pelo canto dos olhos reconheceu Evhin, seminua, presa como ele em uma corrente no teto, aparentemente desacordada. O corpo na mesa era de um dos homens do magistrado. Um homem gordo limpava suas mãos, tirando pedaços de vísceras de entre os dedos, enquanto sacudia a cabeça para o príncipe.

– Este aqui já está morto, meu príncipe! – Essan parecia entristecido. – Nada de útil.

– Essan. Ajude-me aqui. – Dhommas deu um passo para trás.

Essan era mais baixo do que o príncipe, e mais largo. Meio calvo e com grandes dentes de cavalo. Aproximou-se arrastando um chicote atrás de si. Krulgar já havia sido chicoteado antes; tinha cicatrizes que não o deixavam esquecer a sensação. O chicote de Essan serpenteava pelo chão com um chiado de ódio.

– Quem te enviou para me matar?

– Sua mãe! A puta que abriu as pernas para te cuspir no mundo!

Ele nem viu de onde veio o golpe. O chicote estalou em sua pele, cortando fundo. Essan era um especialista no chicote. Usá-lo com tamanha maestria era conseguir fazer a ponta dentada atingir a pele no exato momento em que o chicote dava o rebote, trazendo na volta parte da carne.

Krulgar gritou. Ainda gritava quando o chicote o atingiu outra vez, praticamente no mesmo lugar. Essan parecia extasiado e ergueu o chicote uma terceira vez, mas Dhommas o deteve com um gesto.

— Você só precisa dizer um nome. Acha que eu quero te matar? Se você disser quem te enviou, vou precisar que você jure a um magistrado. Jure sob o nome de Thedeon. Um homem morto não pode jurar. Ainda assim, eu posso te fazer desejar a morte... Quem foi que te enviou?

Krulgar queria ter tido coragem para xingá-lo, mas a lembrança do chicote o deteve. Seus lábios tremeram de medo. Tudo o que Dhommas queria era um nome. Ele podia fazer isso. Podia dar um nome.

Sua voz estava engasgada na garganta cheia de sangue. Dhommas viu seus lábios se moverem. Essan não esperou que ele desse a ordem. O chicote crepitou novamente nas costelas de Krulgar, arrancando um pedaço de carne grande o suficiente para mostrar uma sombra dos ossos. O guerreiro gritou; um grito tão pavoroso que Evhin acordou e se pôs a chorar. Dhommas lambeu os lábios.

— Mais alto! Quem te enviou?

— Liliah! — Krulgar gritou. — Liliah! — Seus dentes se fecharam para engolir a dor.

Dhommas não sabia se tinha ouvido direito. Liliah? Quem era Liliah? Pensou em todos os nobres que conhecia, em todos os servos que poderiam representá-los. Liliah? Esperava ouvir o nome de Grahan. Talvez fosse um dos seus homens.

— O nome dela era Liliah! — Krulgar bufou e cuspiu sangue, e encarou Dhommas. — Ela tinha só onze anos. Você e seus amigos a estupraram e a largaram no pátio do monastério como se não fosse nada! Jogada ao lado de duas moedas de prata! Liliah! Foi ela quem mandou te matar, seu desgraçado de merda!

Quando terminou de falar, Krulgar sentiu um estranho calor o inundar por dentro. Rezou para que não fosse mijo molhando suas calças, ou sangue escorrendo pelas suas pernas. O calor se transformou em um riso alucinado que cresceu e ecoou pelas paredes da masmorra diante do confuso príncipe. Krulgar riu até ficar sem ar e Dhommas não fez nada para detê-lo.

— Liliah! Diga o nome dela! Liliah! É esse o nome que você quer! Fui eu quem arrancou a cabeça do pai dela para jogar na sua mesa de jantar. Quando eu sair daqui vou arrancar a sua cabeça também!

Algo se acendeu nos olhos de Dhommas. Ele olhou Krulgar com curiosidade. Era possível?

— Você? Você é o menino cachorro? O mastim demônio? Você?

– Sou eu! E eu vou rolar no seu cadáver e mijar no seu crânio, seu desgraçado filho da puta!

Dhommas se virou para Essan e começou a rir. Logo estava rindo mais alto do que Krulgar gargalhava. Krulgar sentiu a fúria retorcendo seus músculos. Queria agarrar a garganta de Dhommas, queria sentir o gosto do sangue dele. Queria matá-lo!

Dhommas ria, e o aturdido Essan esperava, sem saber o que estava acontecendo.

– Meu irmão! – Ele parou para tomar ar. – Eu não fui para o norte, idiota. Só muito mais velho. Foi meu irmão! Ele começou o treinamento para se tornar um magistrado quando eu já estava engasgado na poeira *kentaria*, lutando contra mordidas de escorpião. Sei quem você é. Meu irmão me contou tudo, muito tempo atrás, chorando feito uma garotinha. O idiota se culpa até hoje pelo que fez. Não sei quem diabos era essa sua puta. Não é nenhuma das éguas que eu já montei.

*Não.*

Krulgar pensou em toda a viagem. Nas histórias que Thalla lhe havia contado. Nos sonhos que ela dizia ter decifrado... mentiras! Mentiras sobre mentiras. Não era Dhommas.

Ela estava protegendo Oren.

A ira de Krulgar ebuliu, maior do que a dor que latejava em suas costelas, e ele gritou. Havia sido enganado e ia morrer sem nunca se vingar pelo seu engano. Havia arrastado Khirk para morrer por nada. Havia visto uma aldeia inteira ser massacrada por nada. Havia arriscado a vida contra bandoleiros e monstros.

Por nada.

Dhommas sorriu ao ver a frustração do guerreiro e a raiva se transformar em lágrimas.

– Ninguém sabe quem é essa puta. Ninguém se importa com essa garota. Quem te enviou para me matar foi Grahan e é isso o que você vai dizer.

– Não! – Riss gritou do fundo da cela. – Seu desgraçado mentiroso!

– É isso mesmo? Estou mentindo? – Dhommas segurou Krulgar pelo queixo e olhou fundo em seus olhos, sorrindo. – Estou te dando uma chance. Talvez a última que você vai ter na vida. Tudo que você precisa fazer é dizer o nome de Grahan. Em troca, vai ter um fim tranquilo. Eu podia mentir, dizendo que te deixaria vivo, mas você sabe que eu não faria isso. Posso prometer te matar rápido. Basta dizer o nome do magistrado. Quem foi que te enviou?

Krulgar mal conhecia Grahan e não lhe devia fidelidade. Havia fracassado. Havia sido usado por Thalla e não era justo que sofresse pelas escolhas de outras pessoas. Dhommas não tinha motivo algum para mentir.

– Quando eu sair daqui eu vou te matar. Vou matar cada membro da sua família maldita, não importa quantos anos isso leve. Então é melhor acabar com isso agora, seu filho de uma cadela!

Dhommas olhou Essan sem acreditar no que estava ouvindo. Estava perdendo tempo tentando ser razoável com um animal.

– Eu vou matar os seus amigos.

Krulgar riu. Baixou a cabeça, sentindo suas costelas latejando de dor. No grande salão, a apresentação do *coen* já estava começando e Dhommas queria ser visto pelo palácio antes que descobrissem a morte do rei. Tinha medo de não parecer tão surpreso quanto devia. Viu a criatura patética e meio ensandecida que agora ria, esvaindo-se em sangue. Seus planos podiam ter desabado por causa da morte de uma garotinha que nem havia conhecido.

Dhommas bateu na porta do calabouço e gritou para que os guardas a abrissem. Krulgar olhou de soslaio para além do batente e viu que estavam em um corredor estreito e de teto baixo, com dois homens vigiando a saída.

– Tragam-no aqui – Dhommas disse aos guardas, e eles desapareceram pelo corredor, deixando a porta aberta. – Você quer sair por essa porta? Você acha que pode vir aqui, tentar me matar e ir embora?

Os guardas voltaram arrastando um corpo pelos braços. Krulgar reconheceu a cabeleira azul. O *dhäen* estava em frangalhos. Por um instante, Krulgar pensou que estivesse morto.

– Pode ser que você não ligue para essa putinha. – Dhommas apontou Evhin, que chorava baixinho. – Ou para aquele Pena Preta ali. Mas eu lembro bem como este aqui correu para te salvar quando você estava encurralado na montanha.

Krulgar se lembrou do homem de elmo que quase o tinha matado. Prevendo sua pergunta, Dhommas levantou o cabelo e mostrou ao mercenário a orelha cortada onde a espada de Krulgar tinha penetrado seu elmo.

– Era para este merda estar morto. Não sei como ele venceu o assassino, mas não conseguiu ir muito longe. Um merda escorregadio. – Dhommas viu o terror passando pelo rosto de Krulgar e soube que tinha um trunfo. – Quando eu disse que ia matar todos os seus amigos...

Krulgar gritou e sacudiu as correntes, e Dhommas bateu no ombro de Essan, sabendo que tinha ganhado. O mercenário se debateu, gritando ofensas e maldições. Quando sua voz já estava rouca, ele abaixou a cabeça e deixou o som da corrente dominar os ecos da masmorra.

– Deixe-os ir – Krulgar sussurrou. – Deixe os outros irem embora e eu te digo o que você quer ouvir.

Dhommas sorriu e deu um tapinha carinhoso no rosto suado de Krulgar. O guerreiro estava exausto.

– Deixá-los ir? Por que eu faria isso? Você vai dizer ao magistrado o que eu quero ouvir e depois disso... bem, veremos. Se você ficar quieto, eu vou cortar pedaços do seu amigo e vou dá-los para você comer.

Era uma batalha perdida. Não fazia sentido ver aquelas pessoas morrerem. Mesmo assim, sentia o ódio revirando-se como um verme faminto em suas entranhas.

– Tudo bem.

Krulgar ouviu Riss protestar, até ser calado por Essan. Viu o contentamento no rosto de Dhommas.

– Diga um nome e tudo vai acabar.

# Capítulo 18

Thuron assistiu ao banquete com um brilho de satisfação no olhar envelhecido. Havia se tornado peça central na maior crise política do Império de Karis e sabia que precisava equilibrar bem as taças, ou só lhe restariam cacos pelo chão.

Por baixo da carne decrépita e doente ainda existia uma mente afiada, que sabia muito bem aonde queria chegar. Por isso ele casaria Oren com a menina de Noire. Ulik Noire não havia ficado satisfeito com a aliança. Ele esperava que sua filha se casasse com Dhommas e se tornasse rainha de Illioth, mas o plano de Thuron era casar seu herdeiro com o norte, dando a ele laços inabaláveis com o Império. Thuron achava que aquelas duas alianças seriam o suficiente para manter ambos os lados interessados por alguns anos. Enquanto separatistas e imperialistas o desejassem, sua casa podia continuar acumulando poder.

O rei tossiu e olhou o prato no qual repousava, frio, um pedaço suculento de carne de veado. Não comeu quase nada, mas a carne havia sido deixada ali, como um incentivo para que os outros também comessem. Sua filha Jore o servia. Uma garota tímida, muito diferente dos meio-irmãos; fruto do segundo casamento de Thuron, de quem havia herdado o sorriso e o olhar.

– Quando a Senhora da Morte me levar, filha, sentirei a sua falta.

– Vou ter lhe dado bisnetos antes que a Piedosa o encontre, meu pai. Ainda temos muitos anos pela frente. – Jore sorriu e tentou lhe empurrar mais um pedaço de carne.

Thuron não pensava que estaria vivo para ver seus bisnetos. Sentia a morte se aproximando, e lutava contra ela com fervor, sabendo que ela podia ser a centelha que colocaria o Império em chamas.

Seus outros filhos não estavam à mesa. Dhommas nem havia aparecido e Oren havia ficado por um tempo ao seu lado, e desaparecido quando estava distraído. O rei havia enviado emissários à procura dos dois, mas nenhum deles retornou. Deveria anunciar o casamento de Oren naquela hora, mas fazê-lo sem o filho daria a impressão de que o príncipe não aprovava a decisão. Não tinha visto o magistrado a noite toda. Como convidado de honra, ele deveria circular entre os nobres. Os homens do magistrado estavam ali, tão bêbados quanto os demais, provando que nunca existiria uma lei contra um bom copo de cerveja.

Não havia sinal do homem do Imperador.

Os olhos dos convidados começavam a se voltar para ele, alguns já bocejando. Encurralado, Thuron pediu ao seu arauto que anunciasse o fim do banquete e o início do teatro *coen*.

Os convidados se levantaram e bateram palmas, alguns cantando, outros gargalhando, outros mal humorados por terem sido acordados. Thuron esperou que todos fossem levados ao outro salão. Procurava os conhecidos com os olhos debilitados. Havia aprendido a reconhecer as pessoas pela silhueta, postura e movimentos; não conseguia ver mais do que alguns passos diante de si. Procurava por Grahan.

Em vez do magistrado, Thuron deparou a silhueta encurvada de Ulik Noire. O nobre devia estar irritado pela ausência de Oren e Thuron não o culpava.

Arrependeu-se de ter devolvido a Grahan a flecha que havia matado Kuthar. Como a maior parte da sua família, Thuron também havia empenhado sua vida em nome de Kuthar. Não que acreditasse de verdade naquilo. Talvez valeria algo ter um pedaço da história de sua própria família para ser reverenciado pelo povo.

Se um homem quisesse ter algum privilégio quando chegasse ao Outro Mundo, precisava jurar sua lealdade a um *dhungein* e honrá--lo por toda a vida. Só assim ele seria recepcionado em um dos Domínios para se sentar à mesa de seu senhor e banquetear eternamente. Quando jovem, havia sido relapso com aqueles juramentos, mas na medida que a morte se aproximava, Thuron vinha lutando pelos favores do Senhor da Coragem.

Quando Kuthar recebeu a flecha maligna de Athis, o veneno percorreu suas veias e o condenou à morte. Antes de morrer, porém, ele profetizou sua volta a Therik. Após sua morte, Kuthar foi recebido de volta nos salões do Palácio Dourado dos Deuses e seu pai o aceitou de volta no panteão divino. Seu coração permaneceu eternamente entre os homens. Kuthar era a coragem que guiava o guerreiro em sua luta diária contra a morte. Therik, que havia nascido um pastor de ovelhas, renasceu como *dhungeintar* e se tornou o primeiro rei entre os homens.

Todos estavam prontos no outro salão, esperando-o. Seu médico aproveitou o intervalo para lhe dar seus remédios. Thuron sentiu as dores em seu abdômen se dissolverem em uma flatulência nada régia. Não havia comido quase nada e não sentia fome. Mesmo assim seu médico insistiu que tomasse duas colheres de uma sopa rala e insalubre. Os servos limparam e alisaram sua roupa, ajustaram a coroa sobre sua cabeça descarnada e levantaram sua cadeira alta para que fosse carregado ao local do espetáculo.

Os convidados foram sentados em quatro círculos concêntricos voltados para um pequeno tablado, onde Ethron permanecia em pé com um sorriso convidativo. No chão do tablado estava a lente do *coen*, com um intrincado desenho de areias multicoloridas em um padrão tão bonito quanto uma tapeçaria fina. Velas haviam sido posicionadas ao seu redor, fazendo a luz no rosto de Ethron tremular ao menor sopro de vento.

Thuron não se sentia bem. O ar lhe faltou e ele se revirou na cadeira, como se planejasse fugir pelo salão. Conteve o medo que quis se instalar em seu coração. Sabia que aquilo não tinha nada de racional. Ouviu as pernas da cadeira encostando no chão; tinha a expressão de quem estava prestes a mergulhar em águas frias.

Nortistas e sulistas haviam se misturado ao seu redor. Sua esposa se sentou ao seu lado. Era uma garota estúpida, que não tinha outra qualidade além do sangue nobre, e continuava encantada com a ideia de ser rainha. Thuron perguntou a ela sobre seus filhos, mas ela não os havia visto. Thuron bufou, impaciente.

– Você está vendo Ulik em algum lugar? – Thuron perguntou.

O patriarca da casa dos Noire os olhava com uma expressão irritada. Venarca, a cidade dos Noire, era rica e poderosa, mas nada comparada ao poder de Illioth. A descortesia dos seus filhos não era motivo para que Thuron fosse tão abertamente desafiado. O rei chamou Thirus, seu irmão, para perto de si, e pediu que ele desse um recado a Noire.

– Pergunte se ele gostaria que meu médico lhe faça uma visita com um tônico para aliviar as tripas – Thuron disse, sério. Thirus se aproximou de Noire. Como chefe da guarda real, era um dos poucos presentes que carregava uma espada, e apoiava a mão em seu cabo despretensiosamente. Se ele deu o recado, o rei nunca soube. Noire escolheu dar atenção a outra coisa.

Seu irmão parecia inquieto. Thuron estava surpreso com a tensão que ele exalava. Tinha colocado homens em todas as portas do lado de dentro e do lado de fora, e dado ordens para que todas as armas do castelo fossem trancadas, com exceção, claro, das armas da família e da guarda real. Todos os guardas no salão usavam a capa púrpura da guarda pessoal do rei. Tinham sido escolhidos a dedo por Thirus e Thuron. Mesmo assim, seu irmão continuava com o cenho franzido, procurando na multidão algum detalhe que lhe tivesse escapado.

– O que o aflige, meu irmão?

– É um dia importante, meu rei. Só quero que tudo esteja perfeito – Thirus mentiu. Queria que todos estivessem a salvo.

– Você quer perfeição? – Thuron estava bastante irritado. – Encontre Dhommas e Oren e arraste-os pelos cabelos até aqui. Se eles não estiverem de volta ao fim da apresentação, eu juro por todos os deuses que vou açoitá-los na frente dos convidados.

Thirus não sabia se o rei estava ou não exagerando, mas ficou feliz com a ordem. Estava preocupado com Oren e tinha medo do que Dhommas podia estar planejando. Pediu licença ao rei e saiu, dando ordens para que ninguém entrasse ou saísse do salão até que ele estivesse de volta.

O *coen* esperou que todos se acomodassem e fechou os olhos para se concentrar, como se tentasse ouvir algo. Ainda de olhos fechados, voltou-se para a plateia.

– Alguns de vocês talvez já tenham visto um teatro *coen* – disse. – Mas o que verão hoje é algo completamente diferente. Talvez sintam um estranhamento no começo; não tentem lutar contra isso. Deixem a narrativa guiá-los. Não tentem interferir no que está acontecendo ao seu redor. Lentamente vocês farão parte do teatro. Vão deixar de ver tudo de fora e vão seguir o destino da própria história. Vocês não *verão* Therik. Vocês *serão* Therik.

O *coen* circulou o palco encarando a plateia nos olhos, e imediatamente as pessoas começaram a silenciar. Então ele se sentou no centro do tablado e fechou os olhos. A luz das velas oscilou. Thuron não sabia o que esperar. Já havia visto alguns *coeni* antes, que criavam projeções para interagir com as pessoas, mas todos pareciam concordar que o que Ethron oferecia era outro tipo de experiência.

Alguns nobres já tinham visto o *coen* na corte do Imperador e garantiam que seus espetáculos eram inigualáveis, e mesmo eles estavam ansiosos com o que Ethron havia prometido. Algo que ninguém nunca havia feito. Thuron tentou novamente se ajustar na cadeira, incomodado.

O *coen* começou a respirar pesadamente. Todos ao redor pareciam ter prendido a respiração enquanto ouviam-no encher e esvaziar os pulmões. As velas ao seu redor inflavam e diminuíam como se ele estivesse roubando o ar da sala. Não havia mais nada no mundo, apenas a sua respiração.

Sem perceber, os presentes começaram a respirar no mesmo ritmo de Ethron. Thuron olhou ao redor; estavam tão curiosos quanto ele. O *coen* iniciou algo que era tanto uma canção quanto uma oração cadenciada, e derramou um pouco mais de areia na mandala a sua frente.

Uma fumaça fina começou a subir em resposta; uma névoa diferente de tudo o que o rei já havia visto, com uma aparência viva e saudável, escorrendo pelo chão como uma parreira, ramificando-se e insinuando-se pelas pernas dos presentes. Eram tentáculos etéreos de um sonho morto com pequenas explosões multicoloridas nas entranhas.

Thuron resmungou. Por todo lado as pessoas se reviraram, assustadas. Algumas mulheres soltaram pequenos gritinhos de terror ao sentir o toque delicado da névoa. Não havia conversa. Estavam petrificados. Quando a névoa alcançou os cantos mais remotos do salão, ela lentamente se expandiu, tornando-se mais rarefeita enquanto preenchia o ar ao redor deles.

Alguém em algum lugar começou a tossir, e mesmo isso parecia longínquo, como os sons de outra sala. O mundo se tornou uma coisa cinzenta, mal iluminada pela luz das velas ao redor do *coen*. Ele próprio desaparecia para a audiência. Um ruído indefinido pareceu preencher o salão. Thuron sentia seu coração acelerado. Estava arrependido de estar ali. Pensou em levantar e sair, mas não tinha mais consciência do próprio corpo. A luz das velas minguou na medida que a névoa voltou a engrossar e ele mergulhava no sonho de outra pessoa.

•••

Thalla vagou pelos corredores do palácio como um espírito que ninguém podia ver; uma tarefa mais simples do que invadir sonhos e roubar segredos.

O mundo se converteu em um lugar vazio e frio. As pessoas que andavam pelo castelo não eram mais do que sombras, sussurrando pensamentos que ela não podia ouvir direito. Procurava pelo farol radiante que era o sonho de uma pessoa. Um ponto de luz irresistível, para o qual ela era atraída sempre que estava dormindo, desde que era menina.

Sua mãe a abraçava com força e a mandava fechar os olhos para adormecer; então se levantavam da cama, deixando seus corpos para trás. Era tão natural como respirar. Tão real como as longas viagens da fazenda até a cidade. Thalla jamais questionou como aquilo era possível; não sabia que não deveria ser. De mãos dadas, as duas caminhavam pelos salões da casa grande, bisbilhotando os sonhos de suas irmãs e evitando o sono sombrio de seu pai. Thalla não devia contar aquilo a ninguém. Era seu segredo mais bem guardado.

Ouviu um som, como se todas as pessoas do mundo tivessem soltado o ar ao mesmo tempo. Algo a atraiu para um dos lados do corredor e ela se viu deslizar pela pedra morta.

O umbral dos sonhos era um retrato impreciso da realidade, feito com as lembranças de milhares de pessoas. Era a região mais próxima do mundo espiritual. Um espelho distorcido da realidade. O palácio nos sonhos tinha sua própria arquitetura, parodiando o palácio real. Thalla não sabia bem onde estava, mas se guiava como a ponta de uma bússola que aponta sempre para o norte.

As regiões do castelo mais frequentadas tinham forma mais nítida do que os corredores esquecidos; espaços transitórios que estavam sempre mudando, sem que ninguém tivesse memória forte sobre eles para torná-los mais claros. Pensou que estava indo para baixo, mas não tinha certeza. O caminho era confuso e ela tinha a impressão de andar em círculos.

Depois de uma porta, chegou a um grande salão circular. Uma mesa redonda, na forma de duas meias-luas, ocupava quase todo o espaço. Restos de comida e um leve cheiro de carne assada preenchiam o ambiente. Lâmpadas estavam acesas nos cantos, mas nenhuma delas rivalizava a luz que escapava pelas frestas de uma larga porta lateral. Era aquilo que a estava atraindo; era como se uma centena de pessoas estivessem tendo o mesmo sonho.

Pequenas partículas de pó eram arrastadas para trás das portas; um milhão de abelhas que zuniam do outro lado da madeira grossa. Thalla sentiu um vento frio bagunçar seus cabelos. Pensou em recuar. Não sabia aonde ir. Estava sozinha. Não tinha mais nada a perder.

Armou-se de toda a sua coragem e abriu as portas do grande salão.

•••

Dhommas passava as mãos nas coxas de Evhin com um sorriso satisfeito no rosto e olhava o pedaço de carne que eles chamavam de Krulgar preso ao teto. O mercenário não tinha nenhum valor, nenhum deles tinha. O teatro *coen* já tinha começado e em breve ele seria rei.

Se Krulgar tivesse entrado com o corpo de Ethron embrulhado no lençol, nada no mundo salvaria a apresentação. O assassino de Círius seria capturado, seu irmão falaria em conspiração separatista e seu pai se uniria a Grahan em busca dos traidores que tramavam sua morte. A providência divina tinha colocado Dhommas naquele portão pouco antes de aqueles homens entrarem com a prova definitiva de que algo não ia bem.

A única prova de qualquer coisa estava sendo cremada em uma fogueira, bem longe dali.

Evhin sentiu as mãos de Dhommas sobre seu corpo em uma mistura de repulsa e ódio. Seus lábios se moviam delicadamente, tentando, com a voz seca, encontrar a canção correta para seu sofrimento. Quando percebeu o quanto aquilo excitava Dhommas, calou-se. Aguentou sem lágrimas o toque ávido, e ignorou como pôde os gritos selvagens de Krulgar, as risadas incessantes de Dhommas, o zunir do chicote de Essan. Encolhia-se a cada golpe, como se eles estalassem sobre sua própria pele. Cravou as unhas na palma da mão até sentir a carne tão flagelada quando o resto de seu corpo. O príncipe cheirava a água de colônia, sangue e suor, e arfava entre um sorriso e um palavrão. Evhin fechou os olhos e desejou com todas as forças morrer.

– Eu conto! – ele ouviu a voz de Krulgar – Eu conto, seu bosta! Seu merda! Deixe ela em paz! Eu conto quem me contratou de verdade.

Dhommas não pareceu ouvir o que o mercenário estava dizendo. Evhin ouviu o chicote estalar outra vez e Essan gritar. Riss quis protestar, mas foi logo calado por um golpe do cabo do chicote. Krulgar tomou coragem para falar.

– Thalla! Foi a puta do seu irmão! Eles querem o trono!

Só então Dhommas parou. Evhin viu o ódio crescer em seus olhos. Pela primeira vez a *dhäen* tentou se soltar, mas sentiu a mão forte de Dhommas ao redor do seu pescoço impedindo o ar de voltar aos seus pulmões. Ele e Essan compartilharam um olhar de entendimento.

— Ela descobriu que eu queria te matar por causa de Liliah e me contratou. A puta me enganou. Ela enganou todo mundo! — Krulgar não engoliu a raiva quando voltou a falar. — A desgraçada queria que eu te matasse para salvar a vida do príncipe dela!

Dhommas riu. Percebia a ironia de tudo. Seu irmão tinha tentado matá-lo. Era tão bom quanto comprovar que Grahan estava por trás de tudo. Sentiu redobrar a raiva que gritava dentro de si. A puta do seu irmão tinha tentado matá-lo! O bondoso Oren! O perfeito Oren!

Dhommas soltou o prescoço de Evhin e viu a dhäen lutando para recuperar o ar. Agora que tinha começado, Krulgar não podia mais parar.

— Eles sabiam dos seus planos e tentaram impedi-lo — Krulgar debochou. — Fui um brinquedo de merda enquanto eles puxavam as cordinhas. Você quer um nome, Dhommas? O nome é Oren! O mesmo homem que desgraçou a minha vida tentou acabar com a sua. — Krulgar tomou ar. O nariz quebrado estava obstruído e ele babava de boca aberta. — Não somos tão diferentes assim.

Para Dhommas, Thalla era apenas uma mulher. Sabendo de quem era filha, porém, tudo era possível. Claro que ela queria ser rainha. Escolheu o idiota do seu irmão como amante e agora os dois queriam seu trono. *Mas e Grahan?* Dhommas se deu conta de que preferia que a culpa fosse de Grahan. Seus soldados haviam sido presos com o homem contratado para matá-lo. Ninguém nunca acreditaria que o magistrado não soubesse de nada.

— Hoje é seu dia de sorte, assassino — Dhommas finalmente disse. — Você veio aqui para matar um Vorus? Então eu vou te dar o que você quer. Deixe-o descer, Essan.

— Senhor?

— Coloque-o no chão! Leve-o até Oren e deixe-o matá-lo. Você odeia o meu irmão tanto assim, Krulgar? Você o odeia a ponto de matá-lo, mesmo sabendo que o reino será meu se o fizer?

— Sim.

Krulgar não tinha dúvidas.

— Você o odeia para matá-lo, mesmo sabendo que isso não vai salvar sua vida, ou a vida dos seus amigos?

Krulgar precisou pensar um pouco para responder. Olhou Khirk, inconsciente no chão, e Evhin.

Estavam todos condenados.

– Sim. – Sua voz soou firme. Mataria Thalla também, se tivesse a chance. E Dhommas, se ele estivesse no seu caminho. Incendiaria todo o palácio se fosse necessário.

– Veremos. – Dhommas parecia sombrio. – Essan, onde está meu irmão?

– Ele foi visto pela última vez saindo da apresentação *coen* com o magistrado, senhor. Ambos foram aos aposentos do seu irmão.

– Ótimo! – O príncipe herdeiro estava satisfeito. Ele não lamentaria se o magistrado e Oren morressem durante o teatro *coen*, mas o fato de eles se ausentarem os tornariam muito mais suspeitos. – Chame um guarda e leve Krulgar até o quarto de Oren. Ele vai ter a chance de se vingar de meu irmão e da sua puta.

Essan fez sinal de que tinha entendido as ordens, mas sua expressão ainda parecia cheia de dúvida. Krulgar continuava incrédulo.

– Senhor, o depoimento dele não deixaria dúvidas sobre quem orquestrou tudo isso. Não seria melhor mantê-lo vivo?

Dhommas só precisou pensar por um instante.

– Mate-o, Essan. Se meu irmão sobreviver, mate-o também. Mate a puta dele e mate Grahan se não puder prendê-lo. Tudo acaba essa noite, de um jeito ou de outro. O medo é o único pecado e chegou a hora de meu irmão se confessar aos pés de Kuthar. Amanhã, Illioth estará em guerra.

•••

O que Thuron havia pedido a Grahan era impossível. Pria era apenas uma garotinha e o Imperador jamais a entregaria. Tampouco entregaria todas aquelas terras e rendimentos. Grahan sabia disso, mas havia se comprometido a entregar a mensagem. Queria ganhar tempo.

– Tudo o que precisamos é de alguns meses. Os homens de gelo não vão resistir por muito tempo. Se Illioth se levantar, Dhommas vai ser considerado um traidor. Você vai ser o herdeiro de direito.

Sentado ao pé da cama, Oren deslizava os dedos pelos pés de Thalla, como se não ouvisse o que Grahan tentava dizer. Ela quase não respirava; tinha o rosto pálido e parecia às portas da morte. A preocupação por sua saúde estava estampada no rosto do príncipe.

– Ouvi boatos sobre você e Noire... – Apesar de não ter sido anunciada, os boatos sobre a aliança da casa de Vorus e de Noire já estavam correndo pelo palácio. Oren pareceu surpreso. – O Imperador não se importaria se você escolhesse sua própria rainha.

Grahan procurava saídas para o entrevo político que viria. Thuron não duraria muito tempo. Ele podia detê-lo com negociações intermináveis até que a morte finalmente o tirasse do tabuleiro. Mas quem restaria na liderança de Illioth? Dhommas? Era o mesmo que a guerra. O norte precisava de Oren.

– Quando eu era menor, meu pai quis que eu fosse magistrado. – Oren sorriu. – Os anos no monastério foram alguns dos mais duros que já tive.

Grahan assentiu com a cabeça, lembrando-se dos seus próprios anos sob o ensino dos monges. A vida no monastério era uma das etapas para se tornar um magistrado e nem de longe a mais simples. Os *kimpônicos* viviam sob a forma mais severa do livro das leis e alguns daqueles hábitos ficavam impregnados na vida dos seus discípulos para sempre.

– Arteen dizia o mesmo – Grahan disse. – Ele era o segundo filho e o pai dele queria que ele fosse magistrado. Só que não existe nada que possa convencer Arteen a desviar-se do que ele deseja. – Grahan pensou nos anos que tinham passado juntos, no estudo da lei, muito antes de Arteen ser candidato à sucessão da coroa de chamas.

– O Imperador sempre foi gentil comigo enquanto estive na corte.

Era impossível não amar Arteen. O Imperador era um homem bom que só queria o melhor para Karis. Havia recebido a coroa de chamas como uma maldição que temia recair sobre seus filhos. Isso não o impedia de fazer seu trabalho com vontade e um perfeccionismo obsessivo.

Oren olhou Thalla com os lábios contraídos e a testa franzida. Balançou a cabeça sem olhar Grahan.

– Se os soldados do Imperador baterem à porta de Illioth, eles não a encontrarão fechada. O Império não vai cair.

O alívio quase se transformou em um sorriso nos lábios de Grahan, mas ele resistiu. Se Illioth caísse rápido, talvez o sul desistisse da rebelião. Dhommas seria condenado, Oren teria um caminho legítimo ao trono. Havia uma chance para a paz e essa chance era Oren, a figura patética que suspirava por uma garota convalescente.

Grahan precisava do príncipe. Precisava que ele fosse forte como um demônio, e ele tinha a graça de um menestrel.

– Você teria sido um excelente magistrado, meu príncipe – Grahan mentiu.

Oren deu a Grahan um sorriso triste e se levantou. Imaginava que àquela altura seu pai já estaria morto, mas o magistrado não sabia. Quando saíssem por aquela porta, Dhommas seria rei. Oren percebeu que sua testa estava coberta de suor e a enxugou com as costas da mão. Havia sangue em seu suor, embora ele não estivesse machucado. Sem saber por que, sorriu para Grahan e disse algo que só havia dito uma única vez em sua vida:

— Nós matamos aquela garota. — Grahan não entendeu o que estava dizendo, mas a Oren pouco importava. Tinha começado e precisava terminar. — Nunca me perdoei por isso. Éramos sete. O pai dela a vendeu para a gente, o que não quer dizer muita coisa. Nós nos revezamos e ela morreu... — O príncipe tinha um olhar perdido.

— Quando eu contei isso a Dhommas ele riu e disse que eu finalmente tinha virado homem. Ele queria os detalhes. Ficava me perguntando o que ela gritava, se ela tinha tentado lutar. Se eu tinha rasgado o vestido dela, se eu tinha a estuprado assim mesmo. Ele não parava de perguntar os detalhes. Detalhes. Detalhes. Detalhes.

Grahan engoliu seco, constrangido. Não sabia se havia entendido bem. Oren tinha seus pecados no passado. Grahan odiava estupradores, mas ao ver a desolação nas palavras do príncipe, desejou ter algo confortador para dizer.

— Você acha que uma vida de retidão pode apagar um crime desses? — o príncipe o questionou. — Você acha que os deuses podem esquecer?

Não. Grahan não achava. Mas não era isso que Oren queria ouvir. Viu as lágrimas se formando nos olhos do príncipe. Aquele homem havia matado uma garota e agora estava prestes a trair o próprio irmão. Mal sabia Grahan que em sua lista de pecados estava também a traição contra o próprio pai.

— *Dhun* Marhos, — sua voz se encheu de uma súbita coragem — há um homem chamado Krulgar no calabouço do castelo que pretende me matar. Se você me quer vivo para impedir a rebelião, esse homem precisa morrer.

O príncipe não estava brincando. Grahan se lembrou do lema dos magistrados. *Sua consciência precisa ser tão leve quanto a pena com a qual escrevo seus pecados.*

# Capítulo 19

O corte nas suas costelas transformava cada passo em um pedaço de inferno. Krulgar não se importava. Em sua mente ainda queimava o sorriso de Thalla, o toque delicado dos seus dedos e o gosto dos seus lábios, adocicados com todas as mentiras que ela lhe contara. Jhomm Krulgar sabia que em breve estaria morto. Essan estava ali para assegurar seu destino, mas o mercenário não o via como seu executor. Haviam sido as mentiras de Thalla que o tinham condenado.

— Você espera que eu mate o príncipe só com as mãos? — Krulgar sentiu a garganta ardendo de sede. — Por que vocês não entram lá e matam Oren de uma vez?

— Se nós o fizermos, mataremos seu corpo. Se você o fizer, mataremos sua memória. A história vai se esquecer de Oren, o Bonito, e vai se lembrar de Oren, o Estuprador, que traiu sua família e se vendeu por uma puta do norte. Kuthar não perdoa traidores.

— E o que isso faz de vocês?

Dhommas tinha encomendado a morte do próprio pai e estava pronto a sacrificar o irmão. Krulgar podia duvidar dos deuses, mas sabia que quem se levantasse contra o próprio sangue era três vezes maldito.

— Nós? — Essan parou Krulgar e virou-o na sua direção. — Somos santos, prontos a qualquer sacrifício.

Essan roncava quando ria. Krulgar olhou para os lados, procurando um meio de fugir dali. O palácio de Illioth era proporcional ao tamanho de seus muros. Haviam atravessado corredores e salões sem fim até terminarem no pé daquela escada, que subia curvando-se sobre si mesma. Dhommas tinha mandado Essan trazer um guarda, e o gordo tinha trazido dois. Krulgar estava encurralado.

— Esse palácio tem fim? — Krulgar sentiu as costelas latejando e levou as mãos algemadas até o ferimento, debruçando-se ligeiramente. Ainda podia sentir o chicote de Essan estalando contra sua carne.

– Continue andando. – Essan tocou o chicote para dar a ordem, como os feitores faziam nas fazendas de *lhon*. – Já estamos perto.

Krulgar subiu os degraus da escada com dificuldade, um passo por vez. Essan o apressou. O palácio estava vazio, mas ele temia que alguém os avistasse. Estavam quase no topo da escada quando o mercenário estancou novamente, tocando a ferida em suas costelas com a palma da sua mão. Essan empurrou-o, Krulgar tropeçou no degrau e caiu para frente.

– Levante, idiota! – Essan bateu com o chicote dobrado nas costas de Krulgar. O mercenário aguentou o golpe apertando os dentes para não gritar. – De pé!

Krulgar chutou. Pôs toda a força que tinha naquele chute e implorou para que fosse o suficiente. Essan conseguiu se proteger do golpe, mas a força jogou-o para trás contra um dos guardas. Ouviu o barulho dos dois corpos rolando pelos degraus da escada e tentou se colocar de pé. O outro guarda subiu os últimos degraus antes que Krulgar conseguisse fugir e tentou esmurrá-lo com a manopla da armadura. O guerreiro se defendeu com a corrente dos grilhões, enrolando-a no pulso do soldado. Usou sua imensa força para puxar o guarda, jogando-o contra a parede. Essan já subia novamente as escadas; o outro guarda permaneceu no chão com uma perna quebrada.

Krulgar tinha apenas alguns segundos. O soldado tentou soltar as mãos da corrente de Krulgar, mas o guerreiro não estava disposto a deixá-lo ir. Girou sobre seu corpo e colocou o cotovelo do soldado sobre o ombro, puxando com toda força. O soldado gritou um protesto e Krulgar ouviu um barulho de galho se partindo quando o braço do guarda cedeu. Caído de joelhos, segurando o braço com um osso à mostra, o soldado sentiu as mãos de Krulgar agarrando-o pela cabeça. O guerreiro bateu seu crânio contra a parede e largou o corpo inconsciente no chão.

O chicote de Essan enrolou-se em sua garganta e puxou-o para trás. Krulgar sentiu o couro fino cortando sua garganta e achou que ia morrer quando bateu com as costas no chão. Essan podia parecer gordo, mas tinha braços bastante fortes e os usou para arrastar Krulgar por meio metro, deixando um rastro de sangue no chão.

– Seu merda! – Essan gritou.

Krulgar tentou se firmar sobre os pés e Essan enrolou o chicote no braço para içá-lo. Faltava ar em seus pulmões, mas ele sabia que não podia desmaiar ou estaria condenado.

— Dane-se! — Essan tirou do cinto a pequena faca com a qual havia torturado Riss e o outro Pena Preta, segurando o chicote com só um dos braços. — Vamos acabar com isso.

Era a única chance de Krulgar. Enrolou as mãos no chicote, aliviando a pressão sobre o seu pescoço e encheu os pulmões de ar antes de puxar. Essan tentou manter a pressão, puxando também. Tarde demais. Krulgar já tinha libertado o seu pescoço e agora o olhava, bufando, cheio de ódio.

— Não sou tão fácil de matar quanto vocês pensam — o guerreiro sussurrou.

Essan libertou o chicote das mãos de Krulgar e o girou acima da sua cabeça para açoitá-lo novamente. O golpe bateu contra o rosto de Krulgar, cortando sua bochecha. Aquele animal já não podia ser domado. Ele o açoitaria até a morte. Krulgar já esperava o golpe e deixou o chicote se enrolar na corrente do seu grilhão. Essan tentou puxá-lo, mas Krulgar estava de pé e não ia perder o equilíbrio tão facilmente. Com um puxão de seu oponente, Essan viu a arma voando pelo ar. Krulgar limpou o sangue do rosto com as costas da mão e puxou o chicote para si.

— Você sabe onde eu vou enfiar esse chicote agora?

Seu corpo estava coberto de suor e sangue, que caíam como grossas gotas sobre seus pés descalços. Essan ainda tinha uma faca na mão, mas não acreditava mais que podia matá-lo. Krulgar não era humano. Era algum tipo de demônio dos calabouços esquecidos do inferno. Virou as costas para fugir escada abaixo.

O chicote de Essan cortou o ar, agarrando-o pelo pescoço. Krulgar puxou com toda força, jogando-o para trás contra os degraus da escada. Ouviu a cabeça de Essan bater contra uma quina e continuou puxando enquanto ele engasgava na própria língua. Essan lutou contra o nó. Quando chegou ao topo da escada, Krulgar correu e pulou sobre o seu peito, empurrando o cabo do chicote em sua garganta, até sentir a cartilagem macia ceder. Essan engasgou e se debateu.

No instante seguinte estava morto.

Krulgar encontrou a chave dos grilhões no bolso de Essan e usou sua faca para matar os outros dois guardas. Um deles olhou em seus olhos e balançou a cabeça:

— O touro lhe deu forças, irmão, e eu me ajoelho para receber seu presente.

Eram as palavras que os fiéis de Kuthar usavam para pedir pela própria morte. Krulgar já havia matado outros homens em batalha e sabia como deveria responder:

— Você foi um adversário digno e o senhor da coragem te receberá em seu palácio, montado em um touro preto.

A pressa deixou-o piedoso e um corte rápido em sua garganta derramou o sangue no chão do palácio. Quando tudo acabou, sentiu suas forças desaparecerem. Sabia que precisava sair dali antes que alguém visse os mortos, mas não tinha certeza de onde ir.

Cuspiu sangue no chão. Seus olhos estavam meio embaçados pela dor.

Estava sendo guiado pelo ódio. Sua cabeça parecia leve, e talvez estivesse delirando. Precisou se sentar. A última escadaria o havia deixado sem ar. O corte nas costelas sangrava outra vez. Estava preocupado com Khirk. Talvez devesse voltar para salvá-lo. Khirk nunca concordaria com o que ele queria fazer. Pensou em esquecer tudo e fugir, mas não podia aceitar que Thalla conseguisse o que queria, nem que um dos assassinos de Liliah escapasse. Não quando estava tão perto.

No fim do corredor havia outra escada. Parecia a uma cavalgada de distância e Krulgar pensou que não fosse conseguir. Sentou-se no chão outra vez, ouvindo sons distantes de uma batalha. Precisava de tempo para encontrar Oren e Thalla. Não tinha esperança de sair dali com vida. Estava em paz com aquela certeza, desde que conseguisse levar consigo outro pedaço de sua vingança.

Procurou por algo para estancar o sangue. Não se lembrava em que momento tinha perdido a camisa. Fez um esforço descomunal para se erguer e resolveu que deveria se manter de pé, pois não conseguiria levantar-se novamente. Respirou fundo, cuspindo sangue mais uma vez, sentindo-o acumulando-se na sua garganta dolorida. Tinha dificuldade para se concentrar. Viu a luz de velas por uma porta aberta no meio do corredor.

Seus pés vacilaram sobre a pedra fria. Arrancou um pedaço de cortina e o usou como atadura para estancar o sangue. Precisava parar a hemorragia. Khirk teria na mochila algum unguento mal cheiroso para aquilo. Iria lambuzá-lo de lodo e fazê-lo beber chás com gosto tão ruim quanto urina de cavalo e logo ele estaria bem.

Mas o *dhäen* não estava ali e Krulgar começou a se sentir estúpido por não tê-lo salvo.

Apoiou-se no batente da porta e olhou para dentro, procurando briga. Devia parecer um morto-vivo, erguendo-se do campo de batalha para voltar à casa. Pilastras espalhadas sustentavam uma abóbada alta pintada com o desenho do sol. Ídolos de ouro ou bronze estavam incrustados na parede, como se surgissem de outro mundo; olhavam para baixo, com uma triste seriedade.

Era um templo.

Krulgar não pôde evitar o riso. Nada podia ser mais irônico. Os oito *dhungein* o encaravam, imóveis e insignificantes. Instintivamente procurou por Kimpus, lembrando-se de que sob o teto do Senhor da Justiça Liliah havia sido estuprada e morta. Sob as leis de Kimpus ela havia sido cremada e esquecida. Sob seu nome, Krulgar havia sido caçado como um cão e entregue à morte. Tocou a cicatriz escura em sua barriga, no lugar em que a faca do monge havia se cravado antes de Khirk salvá-lo.

Krulgar odiava Kimpus. Odiava suas promessas de justiça. Odiava as quatro faces com que vigiava o mundo. Havia sido Kimpus que o havia conduzido até aquele exato momento, quando falhou em lhe dar justiça. Cambaleando, Krulgar caminhou até o ídolo para cuspir em sua cara. Era o pagamento devido ao Senhor dos Justos.

Uma grande estátua de Kuthar, o Deus da Guerra, estava aos pés do Senhor dos Céus. Krulgar o conhecia como o Senhor da Coragem e coragem era algo que ele precisava mais do que ar naquele momento.

Uma tosse violenta ardeu em seus pulmões. O mundo girou e perdeu um pouco de luz. Krulgar tropeçou e se apoiou na estátua para não cair. O Deus da Guerra o olhava com ferocidade. Krulgar se deu conta que não estava nada bem. Tinha perdido muito sangue. Seu braço direito estava praticamente imobilizado e sua mente girava sem controle. Duvidava que pudesse dar mais um passo. O Deus da Guerra o encarou como um general teria encarado suas tropas. *Só mais um pouco,* ele teria dito. *Empurrem os malditos para o inferno,* Krulgar ouvia-o dizer.

— Eu não consigo! — Seus lábios se moveram contra sua vontade para responder à pressão silenciosa do ídolo de pedra. — Não posso mais!

*Levante-se! Sangue se paga com sangue. Fogo se paga com fogo. A coragem é o único caminho. O medo o único pecado. Levante-se e lute, seu desgraçado.*

Delirava.

Olhou a estátua de mármore com a certeza de que estava ficando louco. Não teve forças para lutar contra aquilo. Sentiu o coração arder de raiva. Olhou novamente a expressão no rosto de Kuthar, sem saber que ela era um espelho perfeito da ira em seu próprio semblante. Sentiu sangue coalhando em sua boca. Seus lábios estavam secos e procuravam por palavras que ele nunca havia pronunciado. Sem voz, fechou os olhos para uma prece silenciosa.

Se pudesse se levantar, se pudesse se vingar, entregaria sua vida nas mãos de Kuthar. Seria sua espada no coração da guerra que viria. Sussurrou, pedindo piedade, e caiu de joelhos. *Piedade!* Enlouquecido e fraco. *Piedade!* Foi quando leu o que estava escrito na espada que a estátua levava na mão. Esfregou os olhos sem saber se tinha visto direito. Nunca aprendera a ler muito bem. Então sorriu e repetiu em voz alta o que via:

– Piedade!

•••

Ao atravessar as imensas portas do teatro *coen*, Thalla se viu em um grande salão de madeira com teto alto, sustentado por grossas vigas de carvalho. Não estava mais no palácio de Thuron. Havia um cheiro reconfortante de lenha e um homem estava em pé, contemplando as chamas em silêncio. Era uma figura alta, com ombros largos e cabelos mal aparados tão ruivos quanto a barba cheia. Vestia calças de montaria e um casaco de lã azul. Os olhos verdes pareciam cintilar com as chamas da lareira. Um ar frio soprava a noite e trazia o lamento tranquilo de ovelhas pela janela. Thalla piscava os olhos confusos.

Já havia sonhado milhares de sonhos de milhares de pessoas diferentes e podia dizer com certeza que aquilo não se parecia com nada do que havia visto. Olhou as mãos e os pés sem entender como tinha chegado ali. Tudo o que se lembrava era da longa caminhada pelo labirinto espectral do palácio, dos lamentos de Evhin, do suplício de Krulgar, dos corredores sem fim até o grande salão de Thuron, das portas se abrindo para tanta luz que ela não podia ver o que havia lá dentro.

*Morte.*

A única explicação era a sua morte. O pensamento a assustou muito mais do que teria imaginado. Devia estar morta e prestes a ser recebida do outro lado por um dos seus parentes. Sempre pensou que sua mãe estaria à sua espera. Não sabia quem era aquele homem. Recuou vagarosamente em direção à porta, com a esperança quase infantil de escapar sem ser descoberta. Sabia que não havia dado a devida atenção aos deuses. Devia ser sua mãe esperando do outro lado para conduzi-la ao Domínio da Senhora dos Sonhos. Mas em vez de Rhella, ali estava aquele homem ruivo, e Thalla teve medo de saber quem era.

A porta atrás dela se abriu e lhe arrancou um soluço assustado. Uma mulher entrou pelo umbral e Thalla teve tempo de encarar seus olhos preocupados, de um azul quase impossível, que se perdiam em uma vasta cabeleira dourada. Thalla tentou sair do caminho, mas a mulher a atravessou, ignorando sua presença.

– Já é tarde, meu senhor. Por que não vem para a cama, Therik?

A mulher parou a alguns passos do homem ruivo, de costas para Thalla. Sua voz era suave e se perdia no salão, entre as sombras projetadas pela lareira.

*Therik?* Thalla reuniu coragem para se aproximar. Nenhum deles parecia capaz de enxergá-la. Viu o homem ruivo despertando de pensamentos profundos. Havia ouro em seus braços e uma tiara fina de ouro em sua testa, refletindo a luz da fogueira. Os olhos verdes trovejaram uma sombra de ódio.

– Não tenho sono. Estou esperando os homens cuidarem das *bhalin*.

O ruivo se afastou do fogo e foi até uma mesa. Serviu-se de uma caneca do que Thalla supôs que fosse hidromel. Os passos de Thalla faziam barulho no chão e ela podia sentir a textura da madeira com os pés descalços. Sonhos nunca eram tão precisos. Eram como um caleidoscópio de sensações que ela se esforçava para colocar em ordem. A mulher loira tomou coragem para falar:

– Therik, o que você fez? – A voz da mulher era quase um sussurro, sufocada pela raiva. Seu marido tinha dificuldade em olhá-la nos olhos.

Thalla conhecia a história. Ou pelo menos pensava que sim. Na versão que conhecia da lenda de Therik, ele era apenas um garoto quando sua família foi morta, o que teria acontecido muito antes de ele se tornar rei dos homens. Aquele à sua frente era um homem feito sem nada da aparência simples de um pastor de ovelhas. Era um senhor guerreiro. Um inimigo temível. Mas o sangue guerreiro não o protegia dos olhos recriminadores da mulher que o interrogava.

– Eu fiz o que era preciso ser feito. Nossas terras. Nossas leis. – Therik virou as costas para a mulher e apoiou as mãos no batente da janela.

O som das *bhalini* era de alguma forma tranquilizador. Seu pai tinha uma pequena criação daquelas ovelhas azuis, junto da qual Thalla e sua mãe haviam se escondido durante uma curta primavera. O grito das *bhalini* e a lembrança de sua mãe abriram um pequeno sorriso no rosto de Thalla enquanto ela seguia a mulher, parando a dois passos de distância de Therik. Observava com atenção cada detalhe da sua pele, as dobras de sua roupa.

Fechou os olhos e procurou pela origem daquele sonho. Depois de alguns instantes pôde senti-las: todas as mentes conectadas por meio de pó e fumaça. Estavam em toda parte e todos no mesmo lugar. Eram as paredes, o fogo, o balido das ovelhas, a madeira sob seus pés e o vento que entrava pela janela. Eram, sobretudo, Therik. De alguma forma ela havia ficado presa na história; um sonho compartilhado por centenas de sonhadores.

Lembrou-se dos quatro mortos nas montanhas a caminho de Illioth, e de quando havia entendido que Ethron era o assassino.

Ethron estava morto; Bahr assumiu seu lugar. Era ele quem estava ali, prendendo a todos naquele teatro da morte. Thalla sabia que precisava sair dali. Precisava avisá-los. Precisava fazê-los entender que não era um simples sonho, nem um mero teatro. Era a morte que planejava abraçá-los.

— ... nos proteja! Você tem ideia do que fez? — Thalla ouviu os gritos da mulher com surpresa.

— Fiz o que já devia ter sido feito há muito tempo. Não se questiona a vontade dos deuses, Alija. Kuthar me disse...

— *Sohas dhungeini*, Therik! O que você fez?

Therik se virou para a mulher parada diante do fogo, gélida. Thalla sentiu um frio abissal se entranhando em seus ossos. Sua boca estava seca. Therik apoiou o copo sobre a mesa e caminhou em direção à mulher. Alija lutava para não chorar, mas desabou quando as mãos brutas de Therik a seguraram pelos ombros e com sua voz cavernosa falou em tom gentil:

— Eles estão mortos, Alija. Chegou a hora dos homens. Os *dhungeini* se foram. Thedeon, Elleigon, Moran... todos se foram. Mas Kuthar continua entre nós. Kuthar quer os *eldani* mortos. *Sohas Kuthar!* Sagrado Kuthar!

Um silêncio profundo se instaurou. Thalla mal respirava. Therik e Alija trocaram um olhar de cumplicidade. Mesmo as *bhalini* do lado de fora haviam mergulhado em silêncio. A estranha quietude pareceu zumbir nos ouvidos de Thalla, que foi dominada por um estranho pavor. Uma tempestade se avizinhava. Ela quis acordar. Fechou os olhos e imaginou o próprio despertar, mas nada aconteceu. Precisava voltar ao seu corpo. Concentrou-se para descobrir qual era a saída. O lampejo de centenas de mentes cruzou os seus olhos. Ela arfou. Estavam todos ali. Por um instante o rosto de Therik se transformou em outras dezenas de rostos. Todos eram Therik. Todos viam aquilo como se fossem ele. Viviam como ele. Falavam como ele.

Sonhavam como ele.

O último rosto que Thalla viu foi o rosto de Bahr... mas não era exatamente o rosto de Bahr. Ela conhecia a sensação; era como um sonho impreciso, no qual você sabia quem eram as pessoas, mesmo sem poder vê-las. Bahr a olhou e sorriu. Thalla se virou para a porta e correu. Seus passos ecoaram tristemente na madeira e ela se perguntou por que estava tudo tão quieto. Sem pensar, estendeu a mão para a maçaneta no exato instante em que as duas portas se escancararam, empurrando-a para longe.

Thalla saltou para trás. Ouviu Therik soltar um grito de protesto. Um rapaz caiu para dentro do salão com sangue escorrendo de sua boca. Uma haste de penas pretas se projetava de suas costas. Thalla soltou um pequeno grito que, como todo o resto, passou despercebido e foi obliterado pelo grito de Alija.

– Meu filho! Não! Meu filho! – Ela correu para a porta. Therik gritou para que ela não se movesse; buscava a espada. O resto da cena foi preenchido de silêncio.

Thalla olhou outra vez a porta. Um grupo maior corria para dentro. Criaturas altas, vestidas com tiras apertadas de *lhon* preto e lustroso que escondiam parte dos seus rostos. Pareciam muito magros e muito altos e caminhavam no mais completo silêncio, espectros de ódio e vingança, silhuetas de homens e mulheres trazendo nas mãos setas de penas negras e arcos tão escuros quanto suas intenções. Thalla espremeu-se contra a parede. Uma das criaturas estava armada com dois bastões do tamanho de uma espada curta. Moviam-se com graça, como se cada passo fosse uma dança silenciosa de morte.

– Kuthar! – Therik gritou! – *Sohas* Kuthar!

Correu em direção aos invasores com a espada na mão e lágrimas nos olhos. Os dançarinos silenciosos não esperaram por ele. Encurvaram os arcos e apontaram em sua direção. Estava prestes a ver o massacre de Therik e percebeu, horrorizada, o jubilo que surgia em seu peito.

— *Eldani* de merda! *Eldani* de merda!

As flechas voaram, rápidas e invisíveis, buscando o coração de Therik. Suas pontas precisas, como os mais incorruptíveis pensamentos, correram o grande salão em busca de uma vingança não condizente com a habitual calma *eldani*. Thalla assistiu com admiração e medo à fúria de suas ações. Estava acostumada com Evhin e Thamos; a sombra deficiente e inerte daquele povo orgulhoso que um dia havia governado tudo o que era conhecido até perder a graça divina. Aqueles seres vestindo couro, seda e ódio não eram os subservientes *dhäeni*. Eram *eldani* em esplendor e glória. Temíveis e admiráveis, como só aqueles que haviam andado ao lado dos deuses podiam ser. E não vacilaram ao atingir seu alvo.

Alija foi jogada para trás como se golpeada por um murro. Três flechas a atingiram no peito, estraçalhando pele, músculo, ossos e órgãos, arrancando sua vida com o arfar da morte. Thalla gritou, surpresa. A cena brutal queimou em sua retina. O sangue espirrou como o espírito que se desprendia do corpo. Therik gritava coisas sem sentido; tinha as pernas pesadas, e escarro e lágrimas umedeciam sua barba. A espada caiu de sua mão, inerte. Thalla nunca mais veria cena tão triste.

Therik agarrou a cabeça loura de sua esposa no chão, já empapada de sangue, e a apoiou em seu colo. As mãos grandes, acostumadas aos mais cruéis ofícios, tremeram ao tocar seu rosto para confortar o que já não tinha alento. As flechas *eldani* foram certeiras e cruéis, atingindo Therik onde mais lhe doía. Alija olhava o marido e tentava encontrar ar nos pulmões. Tinha a boca cheia de sangue, e as mãos pálidas agarradas às hastes que floresciam em seu peito como um lírio negro.

— Therik... Therik... — Buscava palavras. Buscava explicação. Não havia nada que ele pudesse ouvir ou dizer. — É culpa sua, Therik! Meu filho... é culpa sua!

Thalla viu a razão se estilhaçar nos olhos de Therik e o homem dentro dele definhar em nome de algo que não era nem remotamente humano quando a luz se apagou dos olhos de sua esposa. Therik se encolheu e chorou. Os *eldani* aguardavam, com paciência. Thalla esperou em silêncio. Viu quando Therik explodiu em um grito de raiva.

O grito foi tão doloroso e violento que Thalla pensou que o salão viria abaixo, mas o ódio de Therik se esvaiu na noite. Os *eldani* saltaram sobre ele, armados com bastões e punhos. Therik lutou feito um animal. Não fez mais do que ferir superficialmente um dos *eldani*, urrando como uma criatura infernal. Os bastões baixaram com força redobrada, lacerando carne, esmagando ossos. Afogaram o ódio em uma inundação de dor.

Thalla assistiu horrorizada ao linchamento, sem saber o que fazer. O mundo parecia estremecer junto com Therik. Os assassinos *eldani* tinham tudo sob controle e lidavam com Therik como teriam lidado com qualquer outro animal encurralado. Therik saltou, tentando agarrar um deles pela garganta, e um bastão o atingiu na nuca.

•••

A porta da masmorra bateu com força atrás deles, sufocando-os na escuridão. O medo arrastou Evhin para um choro baixo e lamentoso. Dhommas deu ordens para que eles fossem mantidos vivos até a volta de Essan. O cheiro de morte e urina parecia aumentar com a escuridão. O silêncio só não era pior do que a promessa eminente de ruína caso a porta se abrisse novamente.

Estavam condenados.

Evhin não tinha grande apreço pela própria vida, mas ainda não desejava morrer. Carregava em si uma canção que não era dela e tinha se tornado responsável pelo destino de alguém que já não estava mais entre eles. Se morresse, estariam ambos condenados a repetir aquela sina pela roda da vida.

Seus pulsos estavam cortados pelo peso do seu corpo e ela já não sentia a ponta dos dedos. Ouvia Riss se remexendo e gemendo em algum lugar no fundo da cela e agradeceu pelo soldado ainda estar vivo. O que tinham feito com os homens de Grahan era monstruoso. Krulgar havia sido inconsequente, mas Evhin sabia que a culpa não tinha sido dele. Thalla pensava que podia controlá-lo, mas no fundo o guerreiro era o mesmo animal selvagem de quando era criança, guiado por instintos que só faziam sentido a ele mesmo.

Evhin havia prometido a Rhella que cuidaria da sua filha. Temia ter ficado cega para o que Thalla tinha se tornado. Para a *dhäen,* a garota ainda era a mesma criança que tinha perdido a mãe. Temia que ela houvesse se tornado algo pior; no fundo, ainda acreditava que existia na garota mais de Rhella do que de Círius.

Evhin não era nenhum *eagon*, mas ainda era capaz de dar conforto para um moribundo. A canção nasceu baixinho em sua garganta, tímida como a própria *dhäen*, e logo ganhou força através da pedra, tocando tudo ao seu redor. A voz de Evhin ecoou pela masmorra, infiltrando-se em cada fresta em busca da música que existe dentro de tudo até chegar ao ouvido de Riss. Ouviu quando o soldado relaxou, soltando o ar dos pulmões, um pouco aliviado. Um sorriso brotou no sorriso da *dhäen* ao saber que pelo menos aquilo ainda era capaz de fazer.

Então algo se moveu na escuridão.

Ela tinha se esquecido do *fahin*. A canção de Evhin correu pelo chão, empurrando as sombras contra a parede. Khirk podia estar desmaiado, mas o demônio dentro dele se revolvia com a canção, tornando o mundo frio ao seu redor. Evhin se lembrou da sensação que teve quando Thamos voltou à vida. Uma sombra de silêncio e morte que devorava a Canção do Mundo passou pela tenda e ela pensou que o cavalariço havia morrido, mas o *dhäen* estava mais vivo do que nunca.

Evhin se calou e Riss voltou a gemer. As sombras se aprofundaram, quase sufocando-a. Ela sabia que aquilo era só o medo se instalando em seu coração. Não devia falar com um *fahin*, não devia comer com ele, não devia sequer olhar em sua direção. Se existia, porém, alguma chance de eles saírem daquele lugar, ela estava no renegado.

A *dhäen* pesou tudo o que morreria com ela se não saíssem do calabouço e considerou o que faria ao seguir o menor dos pecados. Revirou outra vez sua memória atrás da canção de conforto e cantou-a com toda força que ainda existia no seu coração. A música tocou o espírito de Riss outra vez, trazendo ao seu corpo dolorido um pouco de paz. Já não era para Riss que ela cantava. O *fahin* também ouviu a canção e se revoltou dentro de Khirk para fazê-la parar. Ela podia sentir o arqueiro se remexendo aos seus pés e pôde imaginar sua boca se abrindo para soltar um gemido mudo de dor. Evhin se agitou; seu coração batia tão forte que ela precisou se controlar para ele não tomar o compasso da música.

O monstro dentro de Khirk arranhou sua pele por dentro, enchendo-o de agonia. Khirk não tinha o conforto do próprio grito para aliviar seu desespero. Evhin não podia enxergá-lo, não sabia quando devia parar. Ela continuou, e o *dhäen* lutou contra a criatura que tinha sido tatuada em sua alma, arrancando Khirk da inconsciência, empurrando-o de volta à vida.

Khirk tentou mexer os braços, mas eles estavam amarrados atrás de suas costas. A maldição dentro dele mordia e ele bateu as pernas em desespero, tentando dar um fim ao seu sofrimento. Com a ponta do pé encontrou a porta de madeira do calabouço e a chutou até Evhin se calar.

– Você está acordado? – Evhin sussurrou.

Ele chutou a porta duas vezes para ela saber que a ouvia. As sombras não o incomodavam e ele podia ver a garota pendurada pelo braço numa corrente do teto. Olhou ao redor para saber onde estava. A última coisa da qual se lembrava era o homem que havia tentado matá-lo e as mãos fortes que o arrastaram pelo corredor do castelo. Tinha levado uma surra, sentia os golpes nas costelas e no queixo; não se lembrava de quando ela tinha acontecido.

– Precisamos sair daqui. Eles vão voltar para nos matar. – Khirk tinha as pernas livres e se virou para sentar-se. Sua garganta estava inflamada e ele não se lembrava de ter sentido tanta sede em sua vida. Suas mãos tinham sido amarradas pelo pulso e seus dedos estavam inchados, embora ainda pudesse movê-los. – Você consegue se soltar?

Khirk chutou a porta duas vezes para dizer que sim. Na verdade não sabia. Precisava lutar contra os nós, e sua cabeça girava com o suplício. A marca *fahin* ainda queimava em seu rosto, como uma infecção, devorando sua vida. Era difícil se concentrar em qualquer coisa que não fosse dor. No chão, passou os pulsos amarrados por baixo das pernas, para a sua frente.

A portinhola da cela se abriu, inundando a escuridão com a luz de uma tocha. Um par de olhos revistou a cela. O *fahin* pareceu fugir da luz, direto ao fundo do crânio de Khirk.

– Que bartulhelra é essa? – o carcereiro perguntou. Seus olhos passaram por Khirk sentado no chão com a cabeça baixa diante da porta e pararam em Evhin, pendurada no teto, nua, como uma carcaça de açougue. – Olhe aquilo ali! – o carcereiro falou para alguém a seu lado. Outro rosto surgiu pela portinhola, com rugas de contentamento no canto dos olhos.

– Essa era bonitinha. Só precisava de um banho – a primeira voz disse. Houve então um silêncio constrangido e uma sequência de sussurros que eles não puderam ouvir. – Encosta lá, *dhäen*! – Indicaram a parede do canto.

Khirk rastejou até achar a parede que ofereceram. A porta da cela se abriu e um homem baixo, vestindo as cores de Illioth, parou diante deles enquanto coçava a barba. Atrás dele havia outro homem que o puxava pelo braço com uma expressão preocupada.

— Não devíamos fazer isso, Emmet. O príncipe pode voltar.

— Vamos um de cada vez. Você vigia, depois eu vigio. O príncipe já deve estar bêbado a esta hora.

— Ela pode ter alguma doença, Emmet. Esses *dhäeni* são sujos.

O carcereiro que tinha parado na porta deu um passo para dentro e riu, olhando para trás, sem acreditar no que tinha ouvido.

— Vire homem, Andh...

Não teve tempo de terminar a frase. Khirk usou ambas as mãos para esmurrar seu queixo com a força que ainda lhe restava e viu quando o outro tentou fechar a cela. Ainda tinha as mãos amarradas a sua frente, mas se jogou contra a porta com o ombro, empurrando-a no rosto do segundo carcereiro. O homem soltou um grito quando o seu nariz foi partido e cambaleou para frente. Khirk foi rápido em silenciá-lo, puxando sua cabeça contra o joelho. Ouviu o primeiro carcereiro gemendo e voltou para dentro, apanhando a tocha que tinha ficado caída no chão para acertá-lo: uma vez, depois outra, até que Evhin gritasse para parar. Quando terminou, apoiou-se no chão, tremendo.

— Precisamos ir. — Evhin tomou coragem para falar. — Temos que tirar Riss daqui. Precisamos ir.

Khirk usou a chama da tocha para queimar o nó das cordas que ainda prendiam seu pulso e se levantou com dificuldade. Foi até Evhin, apoiando-se nas paredes. Achou a ponta da corrente que prendia a garota no teto e esforçou-se para libertá-la. Evhin caiu no chão como um saco de legumes. Ficou de quatro com dificuldade, ralando os joelhos na pedra imunda. Khirk estendeu a mão para ajudá-la, e Evhin recusou.

Colocou-se de pé, com frio, sem levantar os olhos para o rosto de Khirk. Estendeu as mãos para que o *fahin* a soltasse e não agradeceu quando foi libertada. Acariciou os próprios pulsos, sentindo a carne lacerada e insensível.

Riss estava amarrado à mesa. Seu corpo estava coberto de cortes e hematomas e sua consciência ia e vinha. Evhin soltou-o enquanto avaliava sua condição de seguir em frente. Chamou baixinho pelo soldado, tentando acordá-lo, sem sucesso. Khirk apareceu um instante depois oferecendo a Evhin um cantil. A *dhäen* ergueu a cabeça de Riss e derramou água em sua boca. Khirk jogou para ela um camisão com a aranha de Illioth. A garota ameaçou rasgar o pano e Khirk sinalizou que ela devia vesti-lo e cobrir sua nudez.

Evhin respirou um instante. Khirk rasgou um tecido cinzento e fez ataduras nos ferimentos mais graves de Riss. Ela tomou um gole de água e só então percebeu o tamanho de sua sede. Bebeu mais um pouco. Pensou onde encontraria Thalla. Precisava tirá-la dali antes que Dhommas tomasse o trono. Precisavam aceitar que haviam fracassado.

Khirk deu um vigoroso tapa no rosto de Riss, e o Pena Preta acordou com um palavrão.

– Desgraçado, filho da puta! – O soldado olhou Khirk. – O que houve? Onde eles estão?

– Temos que sair daqui, *mo'shäen*. – Evhin ajudou-o a se erguer. – Precisamos ir embora antes que alguém volte.

– Gibs. – A voz de Riss arranhava. Khirk continuava a atar seus ferimentos. – Precisamos sair daqui e avisar Gibs.

– Vamos embora assim que encontrarmos Thalla. – Evhin empurrou o que restava de água nos lábios de Riss e o soldado desperdiçou metade enquanto tentava beber.

– Não. Precisamos ir. Gibs tem oitocentos homens prontos a marchar para Illioth. Vão estar todos mortos assim que Dhommas colocar a coroa sobre a cabeça. Precisamos avisá-los! – Riss se virou para apoiar o pé no chão. Seu corpo havia sido moído pelos torturadores, mas ele sabia que devia ignorar a dor.

– E quanto aos outros? Thalla? Grahan? Seus homens? – Evhin não acreditava no sangue frio das palavras de Riss. Isso não impediu o soldado de se levantar e testar suas pernas. Khirk deu a ele seu ombro para se apoiar. Riss podia andar sozinho, mesmo que com dificuldade.

– Pelo que eu entendi, foi Thalla quem causou toda essa merda. Grahan vai ficar bem; não vão matá-lo. Se o fizerem... – Riss sorriu, mostrando a boca desdentada. – Bem, o magistrado está em dia com seus pecados. Precisamos ir!

– Eu não vou sem Thalla! – Evhin decretou. – Vocês avisam Gibs, eu vou encontrá-la.

Riss tentou dar um passo e caiu. Khirk ajudou-o a se erguer, e recebeu de volta um empurrão e uma maldição.

– Você vai morrer, sua *dhäen* idiota. – Riss se levantou sozinho. – É isso o que você quer? Quanto tempo você acha que demora para eles se livrarem de um *dhäen* por aqui? Sua cabeça vai estar no palito antes de você entender que não tem mais garganta para cantar. Precisamos encontrar Gibs! O Imperador precisa saber o que aconteceu!

Evhin meditou um instante. Nenhum deles entenderia. Ela havia prometido para Rhella que cuidaria de Thalla e precisava da garota para cumprir sua parte da Grande Canção.

– Vou levá-los até a saída, mas não posso ir. Não posso ir sem Thalla.

Riss queria agarrá-la pelos cabelos e arrastá-la para fora, mas sabia que estavam apenas perdendo tempo.

– Certo. Faça o que quiser, só me tire daqui.

Não podiam ficar discutindo para sempre. Evhin obrigou Khirk a pegar Riss pelo outro ombro e ajudou-o a caminhar. Era impossível saber quem estava apoiando quem. Os três juntos não valiam por um, e ainda assim escaparam do calabouço.

– Para onde agora? – Para Riss, todas as opções levavam à morte certa. – Merda, como vamos sair desse lugar?

Evhin não vacilou. Aquela resposta ela conhecia. Iam sair do palácio da mesma forma que uma centena de cartas tinham entrado. Precisam fugir pelo portão do homem morto.

– Por aqui.

•••

– Onde você estava? – Thirus andou a passos largos na direção de Dhommas. – A apresentação já começou! Seu pai está a sua procura.

Dhommas tinha parado para trocar as roupas sujas de sangue; tinha vestido uma calça bege de couro e uma camisa branca sob um meio-manto marrom, preso com um grande medalhão feito de uma única safira púrpura. Os cabelos estavam presos para trás e os dedos cheios de anéis de ouro. Thirus não se lembrava de ter visto o príncipe tão bem vestido.

– Tivemos problemas no portão. – Dhommas começou a construir sua história. – Um homem pediu para ver Grahan e Oren e quando foi impedido atacou os guardas. Ele foi detido.

Thirus pareceu não compreender o que o príncipe estava dizendo. Então uma luz se acendeu no seu entendimento.

– Um homem? Quem era? Onde ele está? Por que não fui informado?

– Dei ordens para que ninguém falasse nada. Não queria um escândalo.

Dhommas parecia abatido. Algumas vezes na vida pode-se precisar o exato momento em que tudo muda. Dhommas sabia que aquele era um daqueles momentos. Em uma única noite ele derrubaria todos os seus inimigos e lançaria a pedra fundamental do seu reino, mas a vitória amargava em sua língua.

– Precisamos avisar o rei. – Thirus deu as costas ao príncipe, marchando de volta ao salão. – Quero homens vigiando o calabouço e que alguém traga Oren, arrastado se for preciso.

– Espere. – Dhommas segurou o tio pelo ombro. – Não podemos tirar o rei do meio da apresentação. Vai levantar suspeitas, meu tio. Vamos esperar que o *coen* termine. Enquanto isso, por que não vai procurar Oren?

Thirus suspeitou das intenções de Dhommas, mas tinha homens de confiança guardando cada porta do salão do rei, por dentro e por fora. Não existia lugar mais seguro no palácio. Thirus encarou o príncipe herdeiro e notou como ele sorria. Havia algo de consolador e triste nas suas feições. Thirus sentiu um frio na barriga. Deu um passo adiante de forma que Dhommas pudesse ouvir suas palavras sem alertar mais ninguém

– Eu não sei o que diabos você fez, Dhommas, mas não vai escapar desta vez. – Thirus fuzilou o sobrinho com os olhos, procurando qualquer sombra de traição. Tudo o que existia no príncipe era uma estranha desolação.

– Somos todos prisioneiros, meu tio. Os deuses apenas esconderam bem os nossos grilhões.

O primeiro impulso de Thirus foi correr para ver se Oren estava bem, mas havia jurado dar a vida pelo rei. Mandou um grupo de oito homens seguirem até o quarto de Oren para mantê-lo a salvo. Dhommas balançou a cabeça, divertindo-se com a teimosia do tio.

– Talvez você tenha razão, Dhommas – Thirus finalmente disse. – Vamos esperar juntos o fim da apresentação. Guardas, protejam o príncipe herdeiro. Fechem o castelo. Até que o rei seja avisado, quero todos em alerta.

Dhommas fez que concordava com o que Thirus dizia. Ficou pensando em o que os guardas encontrariam quando chegassem ao quarto de Oren. Haveria um corpo no chão e ele se perguntava de quem seria. Não imaginava que seu irmão tivesse condições de enfrentar Krulgar em uma luta justa, mas o mercenário mal podia parar em pé quando foi levado para fora do calabouço.

Não importava. Seu irmão seria detido antes que pudesse tramar algo.

Na antessala do salão do rei, Thirus reuniu seus homens. Ouviram os estranhos ruídos vindos da apresentação *coen*. Dhommas tinha para o tio a expressão mais inocente do mundo, embora seu coração estivesse pesado pela culpa. Não fazia aquilo por ele próprio. Fazia pelo reino; embora fosse difícil encarar a morte de seus parentes, sabia que não havia outro modo de libertar Illioth da tirania do norte.

"*A covardia é o único pecado*", o sacerdote havia lhe dito.

Dhommas podia ser qualquer coisa, mas não era um covarde.

Cruzou os braços e torceu para que os deuses o perdoassem.

•••

Grahan viu Thalla suspirar, encurvando-se para trás e revelando a exuberância de seus seios. Oren tinha acabado de pedir que ele matasse alguém e o magistrado pensava até onde iria para cumprir as ordens do Imperador.

– Você está seguro, eu te prometo – o magistrado disse. Oren continuava sentado ao pé da cama com a mão pousada sobre o pé de Thalla. Tinha os olhos perdidos no rosto da garota e ela continuava a se debater em algum pesadelo. – Mas eu não vou assassinar ninguém.

Oren não protestou. Parecia cansado. Algo estava quebrado dentro dele e Grahan lamentou que tanta coisa estivesse dependendo daquele homem. Oren era fraco. Um submisso. Um estuprador.

– Quando conheci Thalla, imediatamente soube que faríamos coisas grandiosas juntos. Você já encontrou alguém que te fizesse querer ser uma pessoa melhor, *dhun* Marhos?

– Sim, a lei – foi sua resposta mal-humorada. Se Oren percebeu seu tom de voz, não se importou. Olhou Thalla novamente e a viu balbuciar um nome. Nenhum deles sabia quem era Alija. – É melhor voltarmos para o salão.

Oren assentiu com pesar. Grahan imaginou que o príncipe não desejava abandonar sua amante doente; talvez tivesse medo de sair e encarar seus parentes como um traidor. Grahan tentava convencê-lo de que estava sendo fiel aos votos sagrados de seus antepassados, mas isso também não o animou. *Por meus pais, espero que esse idiota não chore.*

Alguém bateu à porta. Eles já haviam dispensado uns tantos emissários de seu pai. Oren prometia enviá-los às fazendas de *lhon* se dissessem onde ele estava. O príncipe deu passos tímidos na direção da porta, pronto a repetir as ameaças, mas Grahan o deteve, segurando-o pelo braço.

A maçaneta da porta se mexeu. Grahan indicou ao príncipe a porta para o quarto anexo. Oren o olhou com uma expressão confusa, sem entender o motivo da preocupação. O magistrado estava desarmado. A espada de Oren estava embainhada sobre uma cadeira e Grahan se sentiu melhor quando a apanhou e a pesou nas mãos. Oren riu da preocupação de Grahan.

Alguém mexeu de novo na maçaneta da porta. O príncipe ficou sério. Ninguém tentaria entrar no seu quarto sem se anunciar.

– Quem está ai? – Oren gritou. O magistrado lhe reprovou com o olhar. Ninguém respondeu. Pensaram o pior e recuaram em direção à porta para o quarto anexo.

– Não podemos deixá-la aqui! – Oren apontou Thalla.

Grahan não perdeu tempo explicando que se alguém estivesse atrás dele não teria o menor interesse na garota. Precisava do príncipe vivo se quisesse impedir a guerra. Empurrou-o na direção da saída, mantendo os olhos na porta do quarto. Seu sexto sentido fazia-o trincar os dentes.

– Você precisa sair daqui, meu príncipe. Encontre ajuda!

Grahan não tirou os olhos da porta. O soldado dentro dele farejava o inimigo por perto. Seus planos teriam sido descobertos? Oren acenou com a cabeça e desapareceu pela porta lateral com um último olhar na direção de Thalla. Grahan não queria deixar a garota onde estava.

Então a porta se abriu.

Grahan soltou um suspiro estupefato quando viu o rosto de Krulgar. De alguma forma o guerreiro surgia diante dele como um pesadelo sujo de sangue e suor, amarrado em trapos manchados e com uma expressão diabólica no rosto. Arrastava atrás de si uma coisa grande e disforme que lembrava vagamente uma espada de tamanho desproporcional, feita de metal escuro e puído. Grahan pensava que estava em má forma por causa do braço quebrado, mas Krulgar parecia ter brotado do inferno.

– O que você está fazendo aqui? – Grahan sentiu todos os pelos do corpo se eriçarem. Krulgar tinha uma máscara gélida no lugar do rosto e entrou no quarto com passos firmes. – Onde está Gibs?

— Eu não esperava encontrá-lo aqui, magistrado. — Krulgar passou os olhos pelo quarto, demorando-se um pouco mais na cama em que estava Thalla. Um sorriso sutil surgiu em seu rosto ao ver a garota; desapareceu em seguida. Grahan apertou o cabo da espada.
— Onde está o príncipe?

*"Tem um homem no calabouço tentando me matar."* As palavras de Oren ecoaram em sua cabeça. Krulgar havia escapado do acampamento e parado no calabouço; Grahan não sabia dizer como. Krulgar era aliado de Thalla; a garota tinha muito a perder com a morte de Oren. A história não fazia o menor sentido, mas Grahan sabia que não era a melhor hora para tentar ligar os pontos que faltavam.

— Largue a espada, Krulgar. Vamos conversar.

Grahan tinha a ponta da espada virada para o mercenário. Ele não pareceu intimidado. Jogou a espada gigante no ombro com dificuldade e caminhou para dentro do quarto arrastando uma das pernas.

Grahan percebeu o próprio medo. Não sabia de onde ele vinha. Olhava a péssima figura de Krulgar. Os ferimentos e a perda de sangue deveriam tê-lo quebrado, mas o guerreiro resistia. Mais do que isso, Krulgar o desafiava com o olhar, encontrando um prazer mórbido na expectativa de sua morte. Grahan tinha muito a perder. Com sua vida, defendia também a vida do príncipe, a paz do Império, a coroa de chamas, a liberdade dos *dhäeni* e tudo que conhecia como lei e ordem. Hesitava.

— Eu não tenho nada contra você, magistrado. Onde ele está?

Krulgar era jovem, apesar da aparência dura que a estrada causava nas pessoas. Os músculos eram firmes e determinados. Grahan não duvidava da sua capacidade de matar. Era mais de uma cabeça mais alto do que Grahan e o deixaria uma cabeça mais curto, se o magistrado não tivesse cuidado.

— Quanto Dhommas te pagou para você trair o seu Imperador? — Grahan provocou.

Mercenários eram corruptos por natureza; falar em dinheiro atiçava sua cobiça. O magistrado não tinha intenção de negociar com ele. Estava tentando ganhar tempo para Oren encontrar ajuda.

— Dhommas? — Krulgar riu e apontou a mancha de sangue que se projetava em suas costelas. — Foi isso o que aquele merda me deu.

Se não havia sido Dhommas, quem o havia contratado? Grahan mirou Thalla com o canto dos olhos. Por que ela trairia seu príncipe?

– Sai da frente, magistrado. Aquele merda vai pagar pelo que fez. Todos eles vão pagar.

Krulgar avançou. Deu dois passos e apenas baixou a espada do ombro; seu tamanho e o comprimento da lâmina colocaram o golpe sobre a garganta de Grahan, que o bloqueou com a espada de Oren, empurrando o ataque de lado. Krulgar não teve forças para puxar a gigantesca arma de volta e escolheu dar dois passos à frente, passando por ele para, só então, erguer novamente a lâmina. Grahan viu a barriga de Krulgar exposta e a considerou um convite para um golpe, mas imaginou que era exatamente isso o que ele esperava. Afastou-se.

– Seu idiota! O que você vai fazer? Matar um príncipe? Ele é tudo o que nós temos! Diga seu preço. O Imperador o fará gordo e rico.

Krulgar atacou novamente, com uma fúria descontrolada. Algo o havia ofendido e Grahan duvidava que tivesse sido a sugestão de fazê-lo gordo. O guerreiro lutava por algo pessoal. Desceu a espada com toda força, pronto a rachar a cabeça do magistrado. Grahan estava esperando e em vez de se esquivar e se afastar avançou, tentando encontrar a garganta de Krulgar. A gigantesca espada passou ao lado do magistrado, batendo com força no chão do quarto. O guerreiro ainda sentia o choque da espada contra a pedra estremecer seus ossos, mas conseguiu se abaixar, desviando-se do golpe de Grahan, soltando a espada para esmurrá-lo no estômago.

O magistrado achou que fosse desmaiar pela falta de ar. Nos dois segundos que demorou para retomar o fôlego, pensou que Krulgar o mataria. O mercenário também havia sentido o esforço do golpe nos músculos dilacerados e agarrou as costelas, afastando-se em busca da espada. Grahan correu em sua direção e em vez de se abaixar para pegar a espada, Krulgar agarrou uma cadeira, pronto a partir sua cabeça.

Grahan aparou o golpe com a espada, despedaçando a cadeira contra a parede. Krulgar partiu para cima dele com as próprias mãos. Esmurrou-o outra vez. Seus olhos estavam cheios de loucura. Grahan devolveu o soco com a mão esquerda, sentindo quebrar a tala que mantinha seu braço imóvel. Fogo e sangue percorreram seu antebraço até o ombro em uma onda de dor. Ao menos o guerreiro tinha recuado. Grahan balançou a espada diante dele, sem forças, apenas para mantê-lo longe.

Em outra situação, Krulgar teria explicado a Grahan por que ia matar o príncipe, mas naquela hora isso já não importava. Agora, o magistrado não era mais do que um obstáculo em seu caminho. Grahan avançou, tentando perfurá-lo; não tinha força para manusear a arma somente com um dos braços. Krulgar derrubou outra cadeira, virou uma mesa e jogou coisas sobre ele para contorná-lo e pegar a espada. Grahan entendeu a jogada e bloqueou o caminho.

— Desista, seu idiota. Os guardas estão chegando. Você não tem muito tempo. — Grahan não entendia por que ninguém havia aparecido com todo o barulho que estavam fazendo. Krulgar riu.

— Ninguém vai vir, magistrado. Enquanto você está aqui defendendo o estuprador, o rei está sendo morto pelo *coen*. A sua guerra já teve os primeiros mortos.

Grahan se lembrou de Ethron e Dhommas cochichando no dia em que haviam chegado ao palácio. Era isso. Dhommas ia usar o *coen*... e o *coen* havia sido enviado pelo Imperador. Se Thuron estivesse morto, Dhommas seria rei.

Ele precisava avisar o Imperador.

Surpreso, Grahan não percebeu que Krulgar havia abaixado para apanhar um grosso pé de mesa. O magistrado venceu a dor que sentia no braço esquerdo e segurou a espada com as duas mãos para dar um golpe definitivo. O guerreiro não se esquivou. Apenas aparou com o tacape improvisado, que deveria ter se partido, mas resistiu agarrado à lâmina. Torceu a espada da mão de Grahan e acertou-o com um direto no nariz. A lâmina não fez barulho quando caiu sobre um grosso tapete de lã azul.

Grahan buscou ar enquanto Krulgar se abaixava calmamente para pegar a espada do príncipe caída no chão. O guerreiro sentia dor e isso ficava a cada instante mais claro. Outro oponente nem teria começado uma luta. Krulgar, no entanto, não estava disposto a abandoná-la. Grahan o viu se aproximar, mancando de uma perna, decidido, impulsionado por um ódio que não podia ser contido.

— Você pode me ajudar, Krulgar. Nós ainda podemos impedir uma guerra. Só precisamos tirar Oren daqui.

Krulgar deu dois golpes no ar para sentir o peso da lâmina e avançou. *Maldito Idiota!* Grahan recuou até a grande espada de Krulgar. Na lâmina estava escrita apenas uma palavra: "Piedade". Grahan tentou erguê-la, mas não tinha a força necessária para empunhá-la. A lâmina brutal não era mais do que uma barra de ferro cega.

Grahan apoiou a espada no ombro, como Krulgar tinha feito, para balançá-la contra o inimigo.

O magistrado sabia que aquela era sua última chance; esperou o momento certo. A espada balançou em seu ombro e ele soltou um grito de agonia; curvou-se para alcançar Krulgar. O mercenário estava preparado, mas Grahan foi mais rápido do que ele supôs e a espada atingiu-o na têmpora. Grahan pensou que havia vencido, mas o golpe foi superficial e irritou Krulgar ainda mais. Grahan o viu dar mais um passo até que estavam frente a frente. Krulgar olhou para baixo e o encarou. Ambos tinham um aspecto triste e esgotado. Ainda assim, eram opostos.

– Por quê? – Grahan ouviu-se perguntando. O que teria feito de Krulgar aquele animal selvagem? – O que ele fez?

– Ele matou a única pessoa que me amou neste mundo – Krulgar respondeu, usando um tom baixo e envergonhado.

O magistrado balançou a cabeça com um sorriso de entendimento. Algo quente escorreu pelas suas pernas e ele não quis olhar para baixo.

– *Sua consciência deve ser tão leve quanto a pena com a qual escrevo seus pecados* – Grahan citou o lema dos magistrados.

– Ela vai estar leve. Eu prometo.

E o corpo sem vida do magistrado desabou aos seus pés.

# Capítulo 20

A canção era uma nuvem de fumaça ao seu redor, cheirando a sangue coagulado e lembranças de infância. O ladrão de vidas viu o vazio se estender em todas as direções quando a memória de Therik desapareceu do sonho dos ossos. Therik não viu como havia sido arrastado para fora de sua casa. Sua última memória foi a fúria ao ver sua família morta e o golpe que o entregou às trevas. Enquanto buscava pelo próximo pedaço de memória nos ossos, o ladrão de vidas ouviu a voz dos nobres sulistas capturados pelo sonho, chorando e gemendo uma distorção furiosa das palavras de Therik. Estavam todos atados às mesmas memórias e em breve compartilhariam o mesmo destino, transformando-se em ossos e lendas.

O sonho escorria pela mente dos seus prisioneiros e ele se deliciava experimentando a textura daquelas almas, roubando memórias e segredos, sonhos e habilidades. Mergulhava profundamente em tudo o que eles eram, extasiado com as vidas que estavam sendo roubadas. As almas que consumiria naquela noite o alimentariam por séculos e trariam ruína aos deuses usurpadores dos homens.

Logo que o sonho dos ossos teve início, percebeu que não estava sozinho. Era capaz de farejar cada uma das almas, e havia uma que tinha se escondido ali sem que ele tivesse domínio sobre ela. Aquilo o intrigou. Enquanto os *dhäeni* invadiam a casa de Therik e matavam sua família, o ladrão de vidas tentava descobrir quem ou o que tinha invadido seu teatro.

A criatura viu a morte da família de Therik e sua luta infrutífera contra os *eldani*. Era uma pena que só pudessem ver as memórias mais marcantes da vida de alguém. Aqueles acontecimentos únicos que se imprimiam em nossos ossos para crescerem conosco pelo que restasse de nossas vidas. Quando Therik foi atingido na cabeça seus sentidos se esvaíram, e restaram apenas o silêncio e o deserto da inexistência.

Foi quando o ladrão de vidas a viu; apenas por um segundo, mas de forma clara. Quem havia invadido o sonho dos ossos não era ninguém menos do que Thalla.

No instante seguinte, o mundo voltou a recobrar suas formas na medida que Therik reavia os sentidos. O céu era vermelho e tempestuoso, com nuvens baixas que se revolviam em uma revolução silenciosa. A grama alta das colinas azuis era soprada pelo vento até tombar contra o chão.

A cabeça de Therik girava. Suas costas eram cortadas por pedras e gravetos que tinham ficado pelo caminho. Sangue e lama manchavam sua pele e não havia força em seus membros. Estava amarrado. Quando percebeu isso, lutou contra os nós, sem sucesso.

Viu a silhueta dos *eldani* ao seu redor. Criaturas altas, alongadas como as sombras do fim do dia, vestidas com faixas negras de *lhon*, arrastando-o pelas ruínas da aldeia em chamas. Therik gritou. Os *eldani* receberam os gritos com a mesma indiferença objetiva com que haviam matado sua família, incendiado suas casas, destruído sua vida. Seguiam um plano frio e não havia nada que ele pudesse fazer para surpreendê-los.

O ladrão de vidas assistiu impassível à cena. Se fosse levado pela emoção poderia acabar preso dentro do sonho dos ossos. Mantinha-se distante o suficiente para saber que tudo não passava de um sonho, uma memória havia muito tempo passada. Uma história que não tinha nada a dizer sobre ele. Enquanto mantinha esse esforço consciente, observava os *eldani* lutando contra o forte Therik para atá-lo ao carvalho no qual seria executado.

Foi surpreendente ver Therik como um homem formado, ainda mais como um grande senhor. Desde o principio soube que a história que os ossos iam contar não seria a mesma que as lendas repetiam. As vidas que ele havia roubado no decorrer dos séculos o fizeram acreditar na imagem de Therik como um pobre pastor de ovelhas, atacado sem motivo pelos *eldani*. Aquele senhor violento, que viu todos seus entes queridos serem mortos, era igualmente digno de piedade; reduzido a um prisioneiro condenado, amarrado a uma árvore pelo tempo que fosse necessário para entender as consequências dos seus erros.

– Bastardos! Filhos da puta! – Therik gritou contra seus captores.
– Eu vou matar vocês! Eu vou matar vocês! Seus desgraçados!

Os *eldani* jogaram Therik contra o carvalho. Um deles desenrolou lentamente a faixa que cobria o rosto. Fios de cabelo cor de bronze esverdeado surgiam de sob sua máscara, precedendo um rosto triangular, com sinistros olhos de gato. Manchas escuras se projetavam em sua pele, como sardas grosseiras que tentavam fugir do olhar das pessoas. Os olhos pareciam maiores e mais separados do que seriam os olhos de um homem e ele não tinha sobrancelhas, o que arrancava de seu rosto qualquer demonstração natural de emoção.

O *eldan* encarou Therik com frieza. Não havia ali amor ou ódio, curiosidade ou piedade. Apenas o mesmo semblante congelado de quem realizava uma tarefa cotidiana. Os *eldani* prenderam Therik à árvore pelos cotovelos, rasgando sua camisa e deixando o peito exposto com uma pelugem avermelhada. Ele chutou e cabeceou, sem machucar ninguém além de si mesmo.

O ladrão de vidas encontrou Thalla parada em êxtase diante da árvore, observando. A cena era simbólica e comovente. Havia sido recontada em sua variação por milhares de anos para os descendentes dos descendentes até os dias de Thuron e Oren.

Ele flanava pelo sonho, sem forma. Bebericava dos espíritos submissos à história. Não era uma simples presença intrusa, como Thalla; era o olho de um deus sobre sua criação. Estava em tudo. E tudo lhe pertencia. A filha de Círius não passava de um espírito invasor que havia acabado aprisionado no sonho dos ossos e agora não sabia mais como se livrar dele.

"*Pelos nossos filhos, e os filhos deles, que foram apagados da Grande Canção do Mundo*": eram as palavras que as lendas tinham colocado na boca dos *eldani* quando olharam Therik uma última vez. Ali, diante do condenado, não houve palavras. Os *eldani* trocaram um olhar entre si como se concordassem que havia chegado a hora. Therik viu seus passos se afastando e lutou contra os nós que o prendiam, rindo para os assassinos de sua família.

— Vocês não são homens. Vocês não são nada. Os *dhungeini* não os quiseram. Eles os largaram aqui com o resto de nós. Vocês são a merda no sapato de Kuthar. Eu vou matar todos vocês, estão ouvindo? Vou acabar com cada um de vocês!

O ladrão de vidas sentiu o sonho chegando ao seu verdadeiro fim. Dentro de Therik estavam os espíritos de alguns dos grandes nobres do Império e a esperança de paz que ainda havia no sonho de alguns. Tudo estaria morto em alguns instantes com a memória de uma flecha fantasma que havia sido disparada havia milhares de anos.

A vinte e dois passos de distância, os *eldani* encordoaram seus arcos e nove flechas se voltaram para Therik. Não havia medo nos olhos do ruivo. Somente uma profunda tristeza por morrer sem vingar sua família. Os *eldani* não cremavam seus mortos. Estariam condenados àquele mundo por centenas de anos, até que seus ossos se tornassem o pó da terra; até que sua memória se apagasse de uma vez. O tênue conforto que encontrava na ideia de reencontrar sua mulher e seu filho no além vida era suplantado pela vergonha de ter causado suas mortes e ter deixado os assassinos escaparem. Os *eldani* retesaram seus arcos. Percebendo o que estava por vir, Thalla se moveu ansiosa, com os olhos oscilando entre Therik e os *eldani*.

*O que vai acontecer com ela?*, a criatura se perguntava. Talvez ela morresse, assim como os demais. Seu corpo desistiria da vida quando o sonho de Therik morresse com ele. Talvez ela simplesmente desaparecesse, como uma bolha de sabão diante de um alfinete. O corpo vivo, como uma lamparina sem chama. Talvez; nada. Talvez ela despertasse como se de um sonho ruim. Ele logo saberia. Os *eldani* respiraram fundo e prenderam o ar nos pulmões. Todos juntos, como em uma coreografia ensaiada. Tudo ficou mais lento.

– *Sohas* Kuthar, tome minha alma. – Therik fechou os olhos, lutando contra as lágrimas, e rezou para que o Senhor da Guerra se vingasse por ele. O canto dos arcos romperam o silêncio.

Todos iam morrer.

Thalla não sabia se estava certa. Seguia um instinto que a havia conduzido durante anos percorrendo os sonhos alheios. Enquanto os *eldani* se afastavam, mediu o peso daquela ideia. Então tudo parecia em seu lugar. Se estivesse errada, estaria morta. Morreria como Thuron e Ulik. Morreria com nobres sulistas e nortistas, vítima de uma grande catástrofe que seria creditada ao Imperador. Se estivesse certa... não sabia o que poderia acontecer; esperava que pudesse evitar o pior.

Seguindo os extintos esculpidos nos poucos anos em que viveu com sua mãe, deixou-se levar. A força do sonho que a havia atraído continuava a seduzi-la e Thalla, em um último suspiro, entregou-se a ela, tornando-se uma só com Thuron, Ulik, Jore, Therik... sentiu suas mentes se misturando: pensamentos e sonhos, segredos e falácias, todos misturados em uma cacofonia de sabores e cores. Quase desapareceu no turbilhão de almas que estavam prestes a morrer.

Sentiu-se dissolver em mais sonhos do que já havia controlado em toda a vida. Esforçou-se para orientar um fluxo constante de sentimentos que agora pareciam lamentar, quase em uníssono, a morte de Therik, desejando de coração que Kuthar pudesse vingá-los. Ela sabia que não podia se deixar levar pelos sonhos, mas as lições de sua mãe pareciam a lembrança de outra pessoa, e Thalla repetia as últimas palavras de Therik, tentando lembrar aquela outra verdade. Algo que precisava fazer; alguém que ela havia sido muitas vidas atrás. Alguém de quem ela precisava se lembrar.

Não havia mais nada.

As flechas deixaram os arcos. Não é a ponta da flecha que mata o alvo, e sim o canto do arco, dizia o ditado. Os nove arcos cantaram todos a mesma canção.

– É tudo um sonho – ela repetiu para si mesma. – Não é real. É só um sonho.

Tentou acordar; procurou por algo em sua vida a que pudesse se agarrar, mas sua vida era uma ficção mal ensaiada. Tudo o que ela tinha feito de si era um personagem raso e irreal. As flechas já estavam em seu caminho e Thalla ainda não sabia o que fazer. Tentou se lembrar de sua mãe, dos cabelos castanho-claros brilhando ao sol enquanto ela sorria. Das noites em que vagavam pelo palácio do seu pai, dançando e brincando. Therik tinha os olhos abertos para a morte que vinha em sua direção. Thalla se lembrou da noite em que sua mãe havia sido levada. Dos homens que a arrastaram pela casa enquanto ela esperneava e gritava; dos homens que a jogaram dentro da carruagem, com um saco preto cobrindo sua cabeça. O ódio que sentia pelo pai era real. Talvez fosse a única coisa real que Thalla ainda tinha dentro de si. Desesperada, tentou quebrar o sonho. Não sonhava sozinha, e não bastava acordar. Estendeu mãos invisíveis e agarrou a primeira consciência que encontrou ao seu lado, sacudindo-a como teria feito com um corpo inerte. *Acorde!*, ela teria gritado. E nove flechas acertaram ao mesmo tempo o peito de Therik.

•••

Uma centena de vozes gritaram ao mesmo tempo. Os homens que Thirus tinha reunido na antessala do salão do rei se jogaram no chão, como se um dos condenados do inferno tivesse se erguido para roubar-lhes a alma. Dhommas também não pôde disfarçar o próprio pânico. Caído no chão, agarrado às próprias pernas, lembrava-se dos escorpiões do deserto que pulavam sobre sua cama quando vivia no palácio da Rainha Eterna.

— Levantem-se! — A voz de Thirus trovejou pelas paredes do palácio. — Vocês são a Guarda Real de Illioth! Honrem o manto púrpura sobre seus ombros! De pé!

Os soldados lutaram contra memórias aterrorizantes e pesadelos de infância para colocarem-se de pé. Dhommas ainda podia sentir os escorpiões sobre a sua pele. Sentia as picadas coçando em seus braços e reprimiu da melhor forma que pôde o choro que cresceu em sua garganta. Era um homem formado; era príncipe de Illioth. Talvez fosse o seu rei. A guarda foi rápida em se colocar de pé. Um soldado que não soubesse enfrentar seus próprios medos não merecia a espada em suas mãos.

— Abram essa porta! — Dhommas deu a ordem. Tinha sacado sua espada e demonstrou autoridade. Thirus o olhou sem disfarçar suas suspeitas. — Derrubem essa merda, seus desgraçados!

Um dos soldados se aproximou. A porta não estava trancada. Uma fumaça espessa correu pelo chão, desfazendo-se em cinzas multicoloridas. O salão estava mergulhado na escuridão. As portas foram escancaradas e os homens se organizaram em três filas. Thirus seguia à frente deles. Usava roupas comuns: uma jaqueta de couro marrom com detalhes costurados em *lhon* púrpura. A espada em sua mão era um complemento à expressão de fúria. Ordenou que os soldados avançassem.

A escuridão, quase absoluta, era quebrada apenas pelo brilho fraco de uma tênue névoa que rastejava como uma criatura ferida. O silêncio era constrangedor. Dhommas respirou pesadamente, tentando imaginar o que veria.

— Senhora? — Dhommas teve a impressão de ter ouvido uma voz de mulher.

Ninguém se movia no salão. O príncipe olhou para trás e viu os soldados espalhando-se pela névoa, voltando a ganhar coragem. Thirus vinha caminhando em sua direção, ladeado por dois homens da guarda de Illioth.

— Espalhem-se e encontrem o rei! — seu tio deu a ordem e os soldados obedeceram sem pensar.

O príncipe se encheu de coragem e mergulhou nas sombras do salão, onde o ar parecia mais frio. Isso não o impediu de suar, coberto de tensão.

— Aqui — uma voz pareceu sussurrar nas sombras.

Dhommas examinou o contorno de pessoas sentadas em suas cadeiras, cabeças tombadas para trás, como se mergulhadas em um profundo sono. A densa neblina do teatro *coen* agora era apenas a sugestão de uma fumaça que balançava pelo ar. A escuridão ainda era vitoriosa. Ele deu outro passo e chamou pelo rei.

— Therik morreu. Ele foi morto nas colinas azuis. Morreu com sua família. Morreu.

Dhommas sentiu um arrepio ao ouvir aquela voz. Era o sussurro de centenas de gargantas, todas com a voz de Thalla. Sentiu os pés vacilarem, sem coragem de seguir em frente. Recuou outro passo e deu de encontro com Thirus. Tinha as mãos tão fortemente agarradas à espada que poderia tê-la quebrado entre os dedos.

— Therik morreu nas colinas azuis. Ladrão de vidas. É culpa do ladrão de vidas. Ele sabe. Agora ele sabe. Thirus...

— ... ele não é humano.

Aquelas últimas palavras saíram da garganta de um homem monstruosamente gordo que estava sentado em uma poltrona junto à porta. Thirus gritou um palavrão e apontou a espada na sua direção, tentando disfarçar o próprio susto.

Estendeu a mão até o gordo, que continuava a repetir a mesma ladainha. *"Therik morreu nas colinas azuis."* Ele não sabia o que aquilo queria dizer. Gritou para que alguém acendesse uma lamparina.

— Ele não é humano, Thirus — outra voz repetiu mais adiante.

Dessa vez era uma senhora de penteado extravagante, que parecia ter desmaiado no chão, de cara no próprio vômito. Dhommas caminhou até ela e a viu engasgar e tossir. A mulher tomou ar e abriu olhos cegos para o mundo. Dhommas soluçou quando os olhos a encontraram.

— Ele não é humano? — a mulher perguntou, como se repetisse algo que alguém havia lhe dito.

Dhommas deu um passo atrás, torcendo para ninguém ver o medo em sua expressão. Quando fez seu acordo com Círius não imaginava aquilo. O que tinha diante de si era um cenário de pesadelo.

— Eles estão vivos! — Thirus comemorou. Os guardas correram até ele levando uma pederneira para acender uma lâmpada. — Chamem os outros. Encontrem Thuron!

Foi quando Dhommas viu alguém se movendo nas sombras. Diante de si havia algo que só deveria existir nas lendas mais antigas dos *dhäeni*. O homem que andava em sua direção não era um homem. Era a quimera feita de mil rostos diferentes que se espalhavam como um vestido sobre um corpo em eterna deformação.

Dhommas viu o monstro se movendo com pés que desapareciam assim que se erguiam no ar e brotavam em uma posição diferente, antes que o corpo chegasse ao chão. Olhos e bocas surgiam em lugares aleatórios e desapareciam em meio à carne gelatinosa. O monstro parou diante dele, girando uma protuberância que bem podia ser uma cabeça coberta por argila, na qual a sombra de rosto surgiu para farejá-lo.

Era como um demônio de contos infantis. Dhommas viu todos aqueles rostos e reconheceu alguns deles. Ali estavam Ulik, Thuron e Ethron, falando e gritando. O rosto de Ethron o olhou e sorriu. Dhommas pensou nas palavras sussurradas pelo salão. *"Ele não é humano!"* Era uma criatura de pesadelos que surgia das trevas para arrastar as crianças para os mundos subterrâneos.

Um ladrão de vidas.

Thirus amaldiçoou todos os demônios do inferno e viu seu corpo se recusar a avançar. O monstro não era parecido com nada que ele tivesse visto. Dhommas caiu no chão, apavorado. A criatura já estava em cima dele, revistando-o com olhos pálidos que pareciam capazes de ler sua alma.

– Eu vou devorar o seu rosto, majestade! – A boca de Ethron babou sobre Dhommas.

Thirus correu até ele e bateu contra a cabeça do monstro com força, sem poupar os músculos. A espada afundou na carne macia, como teria feito com uma estátua de argila úmida. As pessoas ao redor pareciam estar acordando de um transe e gritavam ao ver o monstro, ou riam e balançavam a cabeça, como se ainda tentassem se livrar de um sonho recente.

Um dos guardas de Illioth, vendo a coragem de Thirus, investiu com uma lança nas mãos, mas a ponta não fez mais estrago do que a espada ao afundar profundamente na carne macia, perfurando a bochecha de um dos rostos. A criatura agarrou a arma e a arrancou de sua mão, puxando o guarda pelo pescoço. O rapaz lutou contra as mãos gelatinosas, e os olhos da criatura pareceram perfurar sua pele para arrancar sua alma, engolindo-a pela centena de bocas que se abriam em seu corpo. A criatura largou o corpo vazio do guarda no chão e convulsionou como se fosse se partir ao meio.

– Demônios de merda! – Thirus amaldiçoou. – O que é isso?
Thirus viu a forma da criatura mudar novamente. Encolheu-se, perdendo os rostos sobre a sua pele. Bocas e olhos sumiram como cicatrizes superficiais. A confusão ao redor tinha se alastrado. Os homens que estiveram do lado de fora correram para dentro na ânsia de proteger o rei, e os nobres que acordavam e viam o monstro tentavam desesperadamente sair. Thirus viu a criatura se transformar em um homem como qualquer outro, em tudo idêntico ao soldado que estivera em suas mãos. Temeu que a criatura desaparecesse misturada à multidão e investiu novamente contra ela.

Ao ver Thirus avançar, o monstro jogou contra ele a lança que havia tomado do guarda. Seus movimentos eram desajeitados e o voo da lança foi impreciso. A lâmina passou cortando a bochecha de Thirus. O capitão da guarda saltou para frente e fez sua espada cantar no ar, abrindo uma cicatriz no meio da cara da criatura como resposta ao ataque da lança. O monstro tocou o ferimento e cambaleou para trás, rindo.

– Quando eu roubar sua vida, vou matar todas as pessoas que você ama.

O salão havia se tornado uma confusão de pessoas gritando e correndo em todas as direções. Dhommas tentava manter os olhos no ladrão de vidas. A criatura deveria tentar escapar pela porta, mas em vez de correr estendeu os braços e bateu as palmas da mão uma vez, gritando um feitiço. Todas as lâmpadas do salão se acenderam ao mesmo tempo, explodindo em grandes labaredas que subiram para queimar o que encontravam pelo caminho. As pessoas se jogaram no chão e focos de incêndio se espalharam. Thirus estava cara a cara com o ladrão de vidas e tentou estocar a barriga do homem com sua espada, mas o monstro esquivou-se com facilidade e o agarrou pelo pescoço, erguendo-o do chão como se não pesasse mais do que uma criança.

De onde estava, Dhommas viu Thirus lutar pela própria vida; tinha a espada na mão e os olhos ofuscados pelas labaredas de fogo que cresciam, manchando o teto de fuligem. Naquele instante algo chamou a sua atenção e ele não pôde acreditar no que via.

– Dhommas! – uma voz fraca chamou. – Aqui!

O príncipe empalideceu quando se virou e viu Thuron gesticulando para ele, carregado por dois guardas. O ladrão de vidas pareceu ver a mesma cena e, esquecido de sua forma humana, urrou de ódio na direção do rei, largando Thirus desacordado no chão. Dhommas viu o monstro pegar a espada de Thirus e mudar de forma outra vez, roubando o rosto do patético Ethron, antes de correr na direção do rei.

— Arteen! – O ladrão de vidas gritou, usando a voz do *coen*. – *Sohas Kimpus! Arteen!*

Baixou a espada com toda força, pronto a cortar a cabeça de Thuron. O rei permaneceu imóvel diante do súbito ataque. Não tinha a menor chance de se defender. Thirus gritou. Thuron levantou a cabeça e olhou diretamente o rosto do carrasco; seria só mais uma das mortes daquela noite. Apenas mais um corpo para provocar a centelha que incendiaria o Império.

Mas não havia chegado a hora de Thuron.

Thirus se levantou e correu para o monstro. Dhommas temeu que o jogo pudesse estar mudando.

— Cuidado! – ele gritou para o ladrão de vidas. O monstro se virou a tempo de deter o ataque de Thirus.

— Se você quer tanto morrer, Thirus, vou lhe dar essa chance.

O monstro torceu o punho do capitão da guarda, ouvindo seu braço estalar com os ossos partidos. Apesar da dor, Thirus não gritou. Apenas olhou o rosto de Ethron, reconhecendo o monstro que havia dentro dele.

— Longa vida ao rei! – Ethron empalou Thirus com sua própria espada. Viu a vida se esvair de seus olhos e lamentou o desperdício de uma alma tão suculenta.

Dois guardas viram a morte de Thirus e avançaram para estocar a barriga de Ethron. O ladrão de vidas se debateu a cada golpe, resistindo à ideia da morte. Sua espada se ergueu novamente em uma última tentativa de matar o rei.

Outros membros da guarda real ganharam coragem e correram para proteger o rei. Dhommas havia pesado a espada em sua mão, vendo suas opções se reduzindo. Seu pai ainda vivia e a criatura não duraria muito tempo. Se fosse rápido, ainda podia ser rei. Bastava um único golpe e talvez pudesse lidar com todas as testemunhas. Talvez.

O golpe de Dhommas foi brutal e implacável. O corpo do ladrão de vidas caiu no chão, debatendo-se. A cabeça rolou até os pés de Thuron. Dhommas respirava com dificuldade. Ethron se tornou outra vez um monstro diante dos seus olhos, e então definhou.

Todos os rostos desapareceram de sua pele, deixando para trás uma forma raquítica da mesma criatura. Dhommas cuspiu sobre sua carcaça e, olhando pela primeira vez nos olhos de seu pai, estendeu a mão para ajudá-lo.

– Agora você está seguro, meu pai.

Thuron se levantou com a ajuda do filho mais velho e olhou o caos ao redor. O corpo sem vida de seu irmão estava caído ali perto. O salão ardia em chamas e o rei tentava decidir o que era real. Talvez ainda estivesse num sonho. Talvez fosse apenas o teatro *coen*.

Thuron deu uma leve palmada sobre o ombro de Dhommas e procurou pelos pensamentos que deviam estar espalhados nas poças escuras de sangue pelo chão. Então levantou os olhos outra vez e viu a farda preta de um dos homens de Grahan, caído morto aos seus pés. Estreitou os lábios e franziu o cenho, tomado pela raiva.

– Prenda todos eles! Prenda todos os homens de Grahan! Todo homem que tenha vindo do norte! Encontrem o magistrado. Tragam-no até mim! Eu quero o Leão sob grilhões! Eu quero o Império em chamas!

Dhommas viu a fúria do seu pai e entendeu que, de uma forma ou de outra, havia vencido.

Illioth estava em guerra.

•••

Grahan jazia no chão sobre uma poça de sangue cada vez maior. Krulgar viu Thalla deitada sobre a grande cama de Oren e caminhou até ela, sem saber o que ia fazer. O rosto da garota era pálido e ela permanecia em uma rigidez mortal. Puxou o lençol fino que se enrolava em seu corpo e viu a pele lisa sob a camisola. Seu rosto era sereno e ele não pôde deixar de se impressionar novamente com a sua beleza.

Com as mãos sujas de sangue fresco, Krulgar virou seu rosto de um lado para o outro, sem conseguir encontrar qualquer sinal de vida. Lembrou-se da noite que tinham passado juntos antes da chacina da aldeia da Pequena Rainha e da raiva crescente que o alertava sobre o perigo que corria. Thalla estava quase morta. Com ela morreria a única chance que Krulgar tinha de escapar de suas dívidas.

Do outro lado do quarto ele viu a porta por onde Oren devia ter escapado. Por um momento, considerou passar a espada na garganta de Thalla antes de ir embora e o pensamento o assustou. Envergonhado, virou as costas e continuou sua caçada.

Enfiou o pé na porta e deu de cara com o quarto conjugado. Havia outra porta escancarada do lado oposto e ele se apressou, levando a grande espada junto de si. Deu dois passos dentro do quarto e tropeçou, sentindo uma fisgada de dor que transpassou sua perna. Olhou para baixo, incrédulo, e viu uma flecha se projetando da sua coxa. Procurou ao redor o autor do disparo e viu o príncipe tremendo, com o arco na mão.

Oren era um excelente arqueiro, mas nunca havia entrado em uma batalha com um arco. O nervosismo dominava seu corpo e o tiro que deveria ter sido fatal voou baixo, atingindo Krulgar na perna. O príncipe se atrapalhou com as flechas, em uma acrobacia quase cômica, tentando colocar outra na corda do arco.

Krulgar não estava disposto a esperar para ser morto. Quebrou a haste da flecha em sua perna e viu que ainda podia andar. Usando a espada Piedade como apoio, levantou-se e rosnou quando outra flecha passou acima de sua cabeça.

— Eu vou enfiar esse arco no seu cu, seu idiota de merda!

Caminhou. Oren conseguiu colocar outra flecha em sua corda e viu Krulgar se aproximar. Vergou o arco, levando a pena até a sua orelha. Seus dedos escorregaram, úmidos de suor, e a flecha escapou descontrolada.

— Você quer me matar? Dispare! Vamos! — Krulgar gritou.

Oren tinha sido dominado pelo medo. As demais flechas caíram, espalhadas pelo tapete. Krulgar já estava quase sobre ele e Oren se jogou no chão para pegar outra seta. Krulgar ergueu sua espada e Oren não teve mais nada a fazer exceto levantar o grosso arco de teixo e rezar para que ele fosse forte o suficiente.

A madeira estalou; seus braços recuaram e somente os deuses poderiam dizer com que forças ele conseguiu se defender da morte. Krulgar rosnou e levantou a espada novamente. O príncipe não acreditava que a madeira pudesse resistir a outra pancada como aquela. Largando o arco no chão, tentou correr para a porta aberta, mas a arma de Krulgar era longa e buscou-o no primeiro passo, atingindo-o no calcanhar. Oren desabou no chão com um grito de dor.

Atrás dele, Krulgar gargalhava ou rosnava, o príncipe não saberia dizer. Tentou se levantar, mas a perna não obedeceu e a dor ameaçou devorar o que restava da sua sanidade. O sangue escorria quente pela sua pele, sujando o chão na medida que se arrastava.

Esperou que a lâmina cruel do mercenário partisse sua espinha com um único golpe.

O palácio estava em silêncio. Enquanto os servos correram para se esconder, os guardas haviam se deslocado para o salão principal, onde o cheiro de morte e as acusações anunciavam a guerra iminente. Oren não conseguia nem mesmo se concentrar nesses pensamentos. Tudo o que tinha em mente era o estranho silêncio que havia engolido o palácio, a batida alucinada do seu coração, a respiração difícil que secava sua boca e o som de uma lâmina se arrastando pelo chão.

Krulgar não via motivo para se apressar. Caminhou atrás de Oren com tranquilidade. Aquele homem era um dos sete nobres que haviam estuprado Liliah, quando ainda eram garotos idiotas em um monastério dedicado ao Deus da Justiça. *"A serpente e a lança; o leão com asas; a águia de duas cabeças; o javali negro; o cavalo com chifres; o touro em chamas; a aranha púrpura."* Sete nobres que deviam ter aprendido as leis dos deuses e do Império, em defesa dos homens, pelo bem da justiça, mas que haviam cuspido em tudo aquilo.

Krulgar, ainda tão alheio às palavras quanto um cão que só obedecia a comandos, sentou-se no pátio gelado do monastério e uniu seus lamentos ao da garota que sangrava estendida no chão, espancada e imunda, tão ferida que não podia se mover, e pediu aos deuses que enviassem algo que lhe aplacasse a dor.

– Promete! Promete para mim! Promete!

Ele balançou a cabeça e prometeu.

Nenhum deles sobreviveria.

Naquela noite, haviam embrulhado seu corpo em linho para ser levado ao crematório. Krulgar assistiu a tudo do alto de uma árvore e se assustou quando percebeu como Liliah havia se tornado um embrulho pequeno nas mãos dos monges. Diante do abade, Oren e os outros garotos nobres juraram que havia sido Krulgar quem havia atacado a garota e, embora existissem testemunhas que soubessem a verdade, ninguém se interessou em contestar a história.

Os monges reviraram o monastério à sua procura. O pai de Liliah foi encontrado tão bêbado que ninguém conseguiu lhe dizer o que havia acontecido com sua filha. Ele sabia. Ele havia consentido. Ele havia aprovado. Havia vendido a filha e seu silêncio por dez moedas. O plano dos nobres era que Krulgar fosse encontrado morto, enquanto os verdadeiros assassinos trocariam olhares e sorrisos presunçosos.

O Deus dos Justos permaneceria no mesmo silêncio constrangedor com que havia assistido a tudo.

Oren escapou para uma pequena sala conjugada e fechou a porta no rosto de Krulgar, orando para que pudesse escapar. Havia se esquecido de que não acreditava nos deuses.

— Se você me matar, Dhommas vai declarar guerra — ele gritou contra a porta. Sua resposta foi o barulho seco da lâmina cega arranhando a pedra gelada. Um peso brutal que anunciava a sua morte. — Não vai existir mais *dhäeni* livres em Illioth. Nenhum *dhäen* livre em todo o sul. Você está ouvindo? Você vai matar milhares de pessoas.

O guerreiro empurrou a porta apenas para descobri-la trancada. Aquilo não o deteria por muito tempo. Havia um busto de mármore no quarto, que ele usou como um aríete para arrebentar a porta. *Bum.* Oren procurou outra saída. *Bum.* A primeira porta que ele encontrou estava trancada. *Bum.* Lascas de madeira caíram dentro da sala. *Bum.*

Krulgar não viu o corpo de Liliah sendo cremado. Sua única experiência de luto havia sido com a morte de cães, cujas carcaças eram jogadas aos abutres e esquecidas. A morte para ele era apenas o cheiro de cadáveres em decomposição. Um odor que lhe dava ânsias e enchia sua boca de saliva. Ele não assistiu à fumaça branca que subiu aos ares para desaparecer no firmamento da noite. Não ouviu a ladainha interminável daqueles que despachavam sua alma, com a mesma tranquilidade com que se desvencilhavam do cadáver putrefato de um cachorro.

Em vez disso, havia voltado para casa. Os cães permaneciam no canil e não fizeram barulho ao reconhecer seu companheiro de cela. Ele podia ser muito silencioso quando queria, mas não teria feito diferença. Embrulhado em cobertores bolorentos, o pai de Liliah dormia, agarrado a uma garrafa de aguardente. Krulgar foi até a bancada da cozinha e agarrou com os pequenos dedos um cutelo.

Lembrando-se do peso da lâmina em suas mãos, Krulgar bateu mais uma vez contra a porta que guardava Oren de sua vingança.

*Bum.*

A porta ruiu. Oren observou horrorizado quando ela se escancarou para mostrar a silhueta selvagem de Krulgar. O guerreiro seguiu a trilha de sangue pelo chão e encontrou o príncipe prostrado, sem forças para se mover. O rosto pálido, coberto de gotas de suor, encarava o deus da morte que arrastava uma espada imensa em sua direção.

— Ela era uma puta! Não era nada! Só uma putinha sem importância! Eu posso governar um reino, eu posso salvar um Império! Eu posso impedir a escravidão de todo um povo! Se você me deixar viver, eu...

— Isso não vai acontecer. — A voz de Krulgar soou calma, quase triste, quando decretou o fim de Oren: — Você não vai sobreviver. Eu vou enfiar o seu pau na sua garganta e te ver sangrar até a morte. Depois vou cortar a sua cabeça e jogá-la no fundo do rio, para que seus ossos nunca encontrem paz.

— Por favor! Eu não te fiz nada! — A mentira saiu com toda a sinceridade que o medo podia lhe dar.

Krulgar ouviu as palavras e obscureceu-se.

— Você matou uma garotinha chamada Liliah. Estuprou-a até a morte porque ela não era nada. Ela não tinha importância. Hoje você vai entender que tudo tem consequência. Mesmo para um príncipe.

— Não foi ideia minha! Foi culpa de Marvus! Ele e o gordo!

Krulgar parou diante dele, com as duas mãos sobre o cabo da espada e olhos furiosos. O silêncio só foi quebrado pelo gaguejar desesperado de Oren e os soluços de suas lágrimas. Os clérigos da guerra diziam que não havia pecado além da covardia e ali estava o maior pecador.

— Dê-me os nomes e eu deixo sua cabeça.

— Se você me deixar vivo eu posso ajudá-lo.

— Você não vai viver. Nenhum de vocês vai. A única chance de escaparem de mim é que a morte venha me levar primeiro, mas hoje a morte me recusou, hoje eu sou seu servo. Diga-me os nomes e seus ossos encontrarão o fogo para você renascer do outro lado. É minha única oferta.

— Sem mim você não vai encontrá-los.

Krulgar sorriu.

— Eu encontrei você, não foi?

Oren sabia que aquela não era a primeira morte. Estava condenado. Era injusto. Tinha dedicado sua vida inteira a ser alguém melhor do que havia sido naquele dia. Então entendeu. Merecia o que estava acontecendo. Todos eles mereciam. Era o que precisava ser feito. Era assim que expiaria sua culpa.

— Gras Bardolph, Marvus Rhatontar, Dustan dipo Gresham, Compton Ormwor, Osyn Noire... Thyme Dermon.

Os nomes não diziam nada. Krulgar balançou a cabeça em entendimento e repetiu todos eles até se sentir confiante em sua memória. Diante dos olhos pasmos de Oren, ergueu a espada acima da cabeça.

Quando baixasse a lâmina, tudo o que conhecia no mundo seria destruído. A guerra rolaria pelos reinos do Império como um estouro de gado. Khirk seria caçado apenas por ser um *dhäen*. Não existiria paz enquanto o deus da guerra não visse saciado seu desejo de sangue.

Ele podia impedir tudo aquilo. Bastava virar as costas e ir embora. Podia castrá-lo. Podia fazer com que mastigasse as próprias bolas e as engolisse em meio às lágrimas. Depois bastava virar as costas e ir atrás do próximo nome. O Império continuaria a salvo. Os *dhäeni* continuariam livres. Talvez houvesse guerra, mas os separatistas não resistiriam ao poder de Illioth se ela estivesse apoiada pelo Leão do Sol Poente.

Estava tudo ali, em suas mãos, e pela primeira vez em sua vida Krulgar entendeu o que era o poder.

E gostou do que sentiu.

A espada bateu contra o osso do pescoço de Oren, como o cutelo havia feito contra a cabeça do pai de Liliah. Ao contrário do mestre dos cães, Oren já estava morto quando o segundo golpe definitivamente separou sua cabeça do corpo. O pai de Liliah havia acordado assustado e agarrado Krulgar pelo pescoço, mas o garoto encontrou forças para acertar outro golpe do cutelo, que se cravou no meio de sua cara. O pescoço de Oren era fino comparado com o pescoço do pai de Liliah.

Krulgar era um garoto forte, e ainda assim precisou de dezenas de golpes até conseguir despedaçar o pescoço do mestre dos cães. Arrastou sua cabeça pelo caminho que levava ao salão de jantar onde os garotos nobres ceavam.

O corpo de Oren era como as estátuas da ponte do Véu que haviam perdido uma cabeça, embora continuasse reconhecível. O corpo do guarda-caça era só um amontoado sujo de banha. Ambos estavam mortos. Krulgar ainda tinha quatro nomes em sua lista.

Khirk entrou pela porta lateral e viu Krulgar urinando no corpo do príncipe decapitado. O cabo da espada saía do pescoço no lugar em que antes deveria estar a cabeça; a cabeça estava sobre o corpo com algo irreconhecível enfiado na boca. Krulgar gargalhava, transformado no retrato da mais completa insanidade. Khirk havia chegado tarde.

Krulgar tinha o rosto transtornado, em uma mistura de ira, felicidade e loucura, e então lágrimas começaram a rolar, esculpindo canais no sangue que coagulava em seu rosto. Khirk não sabia como se aproximar. Os guardas logo iam procurar pelo príncipe e não queria estar ali quando chegassem.

Aproximou-se de Krulgar como teria se aproximado de um animal selvagem. Estendeu a mão, como havia feito muitos anos antes com a criança ferida que resgatou dos caçadores do monastério. Krulgar rosnou para ele. O animal que ele tinha se tornado na infância continuava vivo no coração do adulto.

Khirk queria ter voz para consolá-lo e dizer que tudo estava bem, mas Khirk não era um *eldani*. Ele não tinha mais voz para cantar a Grande Canção do Mundo. Não podia mais consertar a música do universo com uma oração. Ele era um *fahin*. Tudo o que ele tocava era maldito.

Um clamor de vozes surgiu pelos corredores do palácio. O nome de Dhommas era saudado pelos homens, assim como o nome de Thuron. Ele sabia que aquilo não podia ser bom. Nunca era. Pôs a mão sobre o ombro de Krulgar e, olhando em seus olhos, deu um breve aceno com a cabeça.

Era hora de ir embora dali.

Uma guerra havia acabado de começar.

Khirk parou ao seu lado com a mão no seu ombro ignorando a carnificina que se espalhava pelo chão do palácio. Krulgar estava coberto de sangue, seu e alheio, mas ao se virar para o companheiro parecia gentil como um filhote pego revirando o lixo. Khirk se lembrava daquele olhar. Por um instante teve vontade de se abaixar e abraçá-lo, como teria feito com o garotinho que ele tinha salvo na clareira.

– Eu o encontrei, Khirk. – Krulgar sorriu. – Eu sei quem eles são. Sei o nome de todos eles.

Khirk podia ouvir o barulho dos guardas vindo pelo castelo, mas se manteve calmo, enquanto o erguia do chão. Guiou-o para longe do cadáver ainda quente, procurando uma saída dali. Viu Evhin parada ao lado de Thalla, imóvel, com grandes olhos cheios de medo. Khirk lhe indicou a porta, mas a garota sacudiu a cabeça em recusa.

– Eu não posso deixá-la. – Evhin indicou a figura tranquila de Thalla, deitada sobre lençóis sujos de sangue. – Eu fiz uma promessa. Era impossível saber se Thalla estava ou não viva e o *fahin* não se importava. Tudo o que ele queria era tirar Krulgar dali. Entendia os laços que uniam a *dhäen* e sua *shäen*, obrigando Evhin a ficar, mesmo que aquilo significasse sua morte.
– Você se lembra como passar pelo portão do homem morto? – Khirk respondeu a pergunta de Evhin com um leve balançar de cabeça. – Então vá!
Khirk se foi, guiando Krulgar para fora sem olhar para trás. Evhin ajeitou as roupas de sua senhora, como fazia sempre que ela mergulhava no mundo dos sonhos. Um gesto cotidiano que a ajudava a ignorar o medo que ameaçava tomá-la. Ela podia ouvir os gritos dos soldados, cada vez mais perto. Evhin olhou para o cadáver do magistrado no centro do quarto e imaginou se alguém ouviria o que uma *dhäen* tinha a dizer sobre aquilo. Estava quase certa que não. Entre as roupas do magistrado avistou algo que não tinha reparado antes: pendurado em seu pescoço como um pingente, estava uma pequena ponta de flecha com filigranas douradas. Evhin foi até o cadáver e reconheceu o presente do Imperador. Retirou-o do pescoço do magistrado, sabendo o quanto aquilo era errado. Embora fosse algo que não pudesse evitar e, talvez para aliviar a própria culpa, passou a corrente no pescoço de Thalla, pousando-o sobre seu peito. A filha de Círius arfou, pela primeira vez, dando sinal de que estava viva e então a *dhäen* sorriu. Sua canção ainda não tinha chegado ao fim.

# Notas históricas

A morte do príncipe Oren e o atentado à vida do rei Thuron Arman Vorus em 1887 d.K. foi, sem dúvida, o estopim que levou à declaração de guerra entre os separatistas do sul e o Império de Karis. Os historiadores de Illioth descreveram o episódio como um Teatro da Ira, fazendo uma breve referência ao plano imperialista de tomar Illioth assassinando toda a família real.

Embora até o dia de sua morte o Imperador Arteen II tenha jurado não ser responsável pelo que aconteceu em Illioth, a versão dos historiadores é praticamente unânime.

Segundo esses estudiosos, Arteen não tinha o contingente necessário para tomar Illioth; a cidade era famosa por suas grandes muralhas. Com seus homens todos presos ao norte lutando contra Whyndur, Arteen enviou ao sul seu homem de confiança, *dhun* Marhos Grahan, com a missão de tomar a cidade e assassinar a família real, de forma que um novo governante pudesse ser escolhido. O plano era ambicioso. Grahan entrou pela porta da frente no palácio de Illioth, sob o pretexto de fortalecer a aliança com o sul, trazendo presentes do Imperador. Dentro do castelo, todos deveriam morrer durante uma apresentação *coen*.

Felizmente para a família Vorus o plano fracassou. Dhommas e Oren não estavam presentes na apresentação, e Dhommas descobriu os planos a tempo de impedir a morte de seu pai. Muitos nobres sulistas e alguns nortistas foram sacrificados naquela noite. Entre eles, estavam Thirus, o irmão do rei, e o Príncipe Oren Arman Vorus, um confesso defensor do Império. Especula-se que Oren tenha desmascarado Grahan. O enfrentamento entre os dois foi violento e Oren foi brutalmente assassinado. Seu corpo foi violado. Devido aos ferimentos da luta, *dhun* Marhos Grahan também não sobreviveu.

Relatos conflitantes mencionam a presença de um pequeno grupo de homens que invadiu o palácio durante a apresentação. Os relatos insistem que os homens tentavam falar com Grahan, e foram capturados no portão. Nunca se soube se isso fazia parte do plano de Grahan.

Esses homens nunca foram encontrados.

Com a morte de Oren, sepultou-se a paz do Império. Os reinos do sul se levantaram por independência e o Imperador precisou marchar com sua máquina de guerra para salvar o que podia de seu legado, enquanto os sulistas tinham apenas os deuses para salvá-los da destruição.

Mas essa é outra história.

Este livro foi impresso em papel pólen bold
na Renovagraf em agosto de 2019.